季羡林
百年散文精华

季羡林 著

国际文化出版公司
·北京·

图书在版编目（CIP）数据

季羡林百年散文精华/季羡林著. —北京：国际文化出版
公司，2013.8

ISBN 978-7-5125-0563-6

Ⅰ.①季… Ⅱ.①季… Ⅲ.①散文集-中国-当代
Ⅳ.①I267

中国版本图书馆CIP数据核字（2013）第206580号

季羡林百年散文精华

作　　者	季羡林
责任编辑	戴　婕
统筹监制	葛宏峰　王文侠
策划编辑	廉　勇　福茂茂
美术编辑	李丹丹
市场推广	胡红叶
出版发行	国际文化出版公司
经　　销	国文润华文化传媒（北京）有限责任公司
印　　刷	北京柯蓝博泰印务有限公司
开　　本	710毫米×1000毫米　　16开
	22印张　　　　　　325千字
版　　次	2013年9月第1版
	2018年12月第2次印刷
书　　号	ISBN 978-7-5125-0563-6
定　　价	36.00元

国际文化出版公司

北京朝阳区东土城路乙9号　　邮编：100013
总编室：（010）64271551　　传真：（010）64271578
销售热线：（010）64271187
传真：（010）64271187-800
E-mail：icpc@95777.sina.net
http://www.sinoread.com

代序 —— 父亲最后的散文^①/季承

　　今年年初，大约是在临近春节的前十几天，我在父亲的病房里发现了一张便签，上面有一行潦草的字，左高右低，斜斜地展现在纸上。我仔细地看了看，那正是父亲的笔迹。可是要辨认出父亲写的是什么却很困难。看过几遍，可以断定，那显然是一篇文章的一个标题和开头的一句话。"一年将尽夜　万里未归人"这是标题，接着写道：我已经忘记了，是在什么书中读到了这么两句诗的。下面便是空白了。我推测，这恐怕是父亲在想写点什么东西，而没能写完。没过几天，我又在病房里发现了另外一张便签，上面有一段文字，但笔迹却显然不是父亲的了。这段文字和格式如下：

————————

① 本文选自季承《我和父亲季羡林》一书。

一年将尽夜 万里未归人

　　我已经忘记了，是在什么书中读到了这么两句诗的。作者当然更忘记了。这两句话看起来很平常，很简单。但是身临其境者，感受却完全不同。我流浪德国达十几年之久，每一年都有一个"一年将尽夜"。在那十年之内，我当然是一个"万里未归人"。每到一年将近夜的时候，想到自己的处境，总要哭上一场的。

　　中国古代诗人有一句有名的诗：每逢佳节倍思亲。

……

　　文字到这里就中断了，文章当然也没有完成。在便签的最上面写的日期是2009年1月23日，离春节只有三天。

　　稍加思索，我突然感悟：啊，这是父亲没有能够完成的一篇散文！

　　从那一行潦草倾斜的文字，可以看出，父亲曾是以多大的毅力，想用自己的笔来写自己的文章的。从那一段由别人替他记录的文字，可以看出他是多么希望继续写作，继续抒发他曾经多次写过的他的思乡之情。他在2007年出版的《病榻杂记》里，曾经向世人宣布过，他虽已经到了耄耋之年，但他是不能封笔的。他还要写，还要自己写。可是他的视力逐渐地减退以至不能辨认较小的字，那曾经写过上千万字的手也不太听使唤了。用钢笔写字的时候，虽然戴上倍数很大的眼镜，但仍然不能看清笔画，更难以掌握书写的方向。他当然不服输，仍然决心自己去写，但那一行歪斜模糊的字迹彻底打破了他的雄心壮志，严酷的事实逼迫他不得不放下笔。之后，他一定经过非常苦恼的过程，才决定去求助于别人。可是，有了别人的帮助，为什么竟然连一篇文章都没有能够完成呢？这当中一定另有使他不得不放弃的原因，而这种原因除了痛苦之外不会有什么别的东西的。

那时，父亲已经在口述历史，就是他讲述，别人记录。这种做法，对于父亲来说，肯定也是无奈之举，自然是口服心不服的。但是由于那是一项巨大的工程，他只好接受那种方式。可是，对于过去曾经得心应手的短篇散文来说，他无论如何舍不得或者说不习惯由别人执笔来替他写。有了思绪，顺手写来，情思翻腾，手下的笔也随之龙飞凤舞，一篇好文章瞬时可成，多么惬意！现在，他说一句，别人记一句，思绪时断时续，写字的笔操在别人手里，这种写作的方式对父亲来说真是一种痛苦。他很想恢复往日的做法，动手去自己写作，于是就有了上述的尝试，就有了上述的文字，也就有了上述的失败和挫折。对于一个终生舞文弄墨的老人，这是多么大的打击，多么大的痛苦。于是，他宁愿不出文章，也不愿意去受这种痛苦的折磨。他放弃了写的愿望。

父亲不服老，是他在进入高龄时的心态。这种心态，使我肃然起敬，使我心灵震撼，使我产生极大的同情，也使我陷入极大的悲哀。面对这种情形，作儿子的我能做些什么事情来帮助父亲摆脱这种绝境呢？要知道这等于使一个人绝处逢生啊。

有一天，父亲告诉我，他还有几篇文章要写，于是我趁机向他提出，由他来口述我来记录，把它们完成。可是父亲犹豫了很久以后说："再说吧。"我没有敢坚持。我觉得父亲一定是希望有一天他精神好一点的时候，自己动手来写，因为他相信，过了那一段烦人的时间，自己的精神一定会好起来。可是，他的愿望终归没能实现，上述的几行字竟成了他最后的散文，而心里打算写的那几篇文字，也成了泡影，虽然我知道至少有一篇的题目是《泉城忆旧》。

父亲从1933年开始写散文，一直写到2008年，七十五年间，他写了几百篇散文，可是最后的这篇散文竟要求助于别人，尚且不能完成，对于父亲这太残酷了。

2010年7月

目 录

三
辑

31—40岁作品

四
辑

41—50岁作品

五
辑

51—60岁作品

八
辑

81-90岁作品

九
辑

90岁以后作品

一辑

20岁以前作品

那是个五月的早晨，太阳升得还不甚高。某国军队放炮距今已二十多天了。这个期间，恐慌笼罩了全城，谣言百出，不是说今天翻，便是说明天查，空气紧张到十二分，终日里除了害怕以外，还有什么心绪来看书？

文明人的公理

一九二九年一月

这是昨天上午的事。

我正同一个同伴在马路上慢慢地走着，低着头沉思一件很不要紧的事情，耳官里忽然充满了皮靴底与路沙相摩擦发出的粗糙的、单调的声音，使我不得不抬头看看。第一个挡住我的视线的，便是那黄色的制服，红边的军帽，和那粗笨的黄皮靴。我向远处望一望，只见许多许多上着刺刀的枪，一高一低地向前进行；间或因为走路震动的缘故，有意无意地一斜，被阳光直射着，发出耀目的闪光。在这一行列各分子间距离较远的地方，间杂着许多大的炮车，高的战马。轮声、蹄声击地做出和谐的音调。每人的脸面虽然轮廓的大小不同，五官的布置各异，都一律地嵌着两个黑溜溜的眼球；向前直看着，很少左右视，保持着一种不可剖析的神秘，似欣欢，似骄傲。

我见了这红边的军帽，黄的制服，粗笨的皮靴，浑身好像受了无形的魔力，自然而然地战栗起来。的确，它们——军帽等——在我过去的回忆中，留下了很深的印象。同时两腿也向路旁急窜，躲开"他们"——某国示威的军队。脚下就如踏着天鹅绒似的，高一步，低一步，向前直走，两只眼又想看看"他们"，又不敢很看。我这时可以说完全不受神经的支配，可惜我不是个大文学家，不能够将这时的恐惧心情，曲曲描写出来。

"慌什么？慢点走！看'他们'……"

我的同伴用很低的声调警告我，说了好多遍，我才模模糊糊地听见。虽然他这种警告在我惊惧的心灵里不过如微风一度，我行路的速度却减了不少。

"慢点走！"他又说。

"看那个老人因为躲'他们'挤倒了。"停了一会儿，他指着说。

"哪里？"我问。

"那不是吗！"

我顺着他手指的方向向北看：一个老人卧在马路旁的地上，正挣扎着想站起来。这种现象，在平常时候，一定有许多人围着看；因为中国人的好奇心向来是极大的。然而这时却各人走各人的，好像绝没有这种事情发生似的，间或有一两个人注意到他，也都表示出漠不关心的态度，仍然保持着无声的进程。

"看见了没有？"同伴问。

"……"

我的视线虽然固定在老人身上。但是我的心却全给因为看见"他们"而生的恐惧蒙迷了，毫不能做明了的观察。我的同伴虽然接续着说了许多，我只渺渺茫茫地听了一句"看见了没有"，眼前，脑中，心内都是些红边的军帽，黄的制服，粗笨的皮靴。

这时我旧时的回忆便一幕一幕地重现于我的脑海：

那是个五月的早晨，太阳升得还不甚高。某国军队放炮距今已二十多天了。这个期间，恐慌笼罩了全城，谣言百出，不是说今天翻，便是说明天查，空气紧张到十二分，终日里除了害怕以外，还有什么心绪来看书？现在总算是略见平静。我起来洗脸以后，坐在窗下的书桌旁发怔。两眼的视线集中在桌面的木纹上，忽然发生了看书的观念。左手去拿近旁的一本洋装书，指尖触着尘灰满封的皮面，起粒粒的感觉。随便掀到不知哪一页，一行一行地看去，只有些一方一方的黑字迹，奔马似的跑入眼里；及至看到末尾，书中的意义却一点也不能了解，甚至于连是什么字都不知道。又不得不从头再看。如此往来了两三遍。

"放炮已经二十多天了，H——我的同班——住的地方，听说离射击目的地不远。不知有危险没有，我也该去看看了……"我这么想着便立刻放下书，草草用了早饭，急往城里奔。

沿途上商家全都关着门，只有几个花生小摊还照常营业。地上残留的血痕，着弹半烧的大门或房屋，打断了垂在地上的电线，白灰墙上零零落落的弹眼……处处都足以点缀颓废的表象。偌大的街衢中，寂静静的绝少声息，让发红色的阳光完全笼罩了。间或有一两行人，也都急急促促地各走各路，绝不相顾，我这时心内受的刺激，自然在悲哀以上了……

行行复行行，一直来到H门口。敲门进去，H正同他母亲在屋中砖地上蹲着，旁边横七竖八地斜着几只开着的箱子，破衣服，烂字纸，很不规则地堆满了一地，见我进去，连忙站起来，递给我一支纸烟吸着，他也燃着一支。

"我万想不到你今天来，贵府怎么样？"

"怎么样"这三个字的意义本来很宽泛，然而现在却变成一种绝对的普通口头禅，应酬话，在这个期间，凡人只要受了这三个字的刺激，自会发出关于放炮的感觉，自会明了它的意思。

"很平安。"我说，"并没有见炮弹。"

"那还好。"H的母亲说。

"听说某国军队要家家检查，只要不合'他们'的意，便一刺刀刺死。"她又继续着说，手指着破纸。

"放炮时我们这里可了不得了。"他不等我问，打断她的话头。

"炮声直响了两昼夜。炮弹鸽子似的在头上乱飞。我们都躲在床底下，哪里敢出头？每到晚上更厉害。那流星样的弹子一阵阵地向北跑；院子里打下的树叶，混合着小飞弹，雨般地落了下来，放了炮以后，我们一共扫了四簸箕，你道多也不多！你看那屋"——H用手指着他的东屋——"弹子轰得多厉害呀！"

H弹了弹烟灰。

"记得是放炮的第二天晚上，一炮响得特别厉害，就落在北街，接着就有墙倒的声音，孩子哭的声音，求救的声音……陆续传入耳官里。等到炮响得较轻的时候，我伸出头来，窗纸已经通明；由窗纸缝里，可以看见火蛇似的火光，向上飞舞。大风呼呼地刮着，我们全家都陷入忧惧的旋涡中。我连话都不能说了。好容易风减了，火消了，这才放了心。第二天早晨，炮就停了，我走到北街一看：一片焦土，围着赭色的墙，中间竖着几个半焦的柱子。一个中年妇人，下腿已经给弹子带去了，血淋淋地卧在灰里，与死神争最末的残息。咳……"

说完了，又蹲下整理破纸。

这时全屋都归于沉寂，除了破纸的声音。

"烧了！烧了！那个得烧了！"H 的母亲忽然喊出来，目光注视在 H 的手里的一幅地图上。

"这个不要紧……"H 说。"紧"字的声浪特别延长。

"不，不，'他们'再当作一张行军地图呢？"

"不要紧。"

"……"

"这个也得烧。"她又指着她才找出的一束信封说，上面印着"督办公署军需科缄"的字样。因为着了水，字迹扩大了，变为淡淡的。

"这个也不要紧。"我说。

"不行，不行。"她指着"军"字说："这不是军队上用的么？"大概这八个字中，她只认得那一个字，从 H 手里她把那幅地图抢了去，揉成一团。嘴里还自语着："省得出了危险……"

嚓的一声，早已化为灰尘了。

忽然有一种急遽的脚步声音发生于庭中，她的男仆李升早已跑进来，手里拿着两个瓶，一个破篮子，急喘喘地：

"某国的……军……军……队……检查到了，街了……快……"

这一来，全室的空气陡然紧张到十二分，各人都给恐慌蒙迷了，她的脸变白了，嘴唇发颤了，浑身战栗了。我心里兀自跳个不住，也蹲下帮着敛破纸，向箱里填。

一分钟后，我们的工作完毕了。

"千万别关大门，"我开始贡献意见，"因为如果这样办，'他们'以为你拒绝他哩。"

"不……行……"她说着又停住了，吸了口气。

"不行……不关门我心里究竟不安稳，还是关的好。"说着就指挥李升去关紧大门。她在屋里一来一往地踱着，好像热锅上的蚂蚁一般——一会儿向外望望，一会儿低着头叹息；又忽然看着自己的东西都安置得不合次序，恐怕"他们"疑心。便用颤巍巍的手东一扯，西一拉地整理。结果却愈整理愈乱，远不如不整理。我劝她不要慌："沉住气，不要紧！"她却一点也听不见，仍是胡拉扯。

啪，啪，啪，大门上响了几声。

门响处拥进三个某国的军人！当头是个胖子，圆肿的脸。第二个是个矮子，最惹人注意的，便是他那两抹日本式的小胡。还有一个挂着刀，仿佛是个官——都一律是红边的军帽，黄的制服，粗笨的皮靴。他们在这时始给我一个很深的，永久不忘的印象。

"为什么关着门呢？"胖子发话。

"我们还抢你吗？"矮子说着，挺胸四下里看，表示出高傲的神气。

"我们不知道大人们来。请屋里坐吧！"H鼓着勇气说，面上堆起很不自然的笑容。这时H的母亲早已吓作一团，战栗不止。

"放屁！"

"你没听见说吗？"

Pia，H脸上早着了一掌，接着就接二连三地几枪托，H退到屋里，"他们"也跟进来。矮子先用刺刀掀开箱子，乱七八糟搅了一顿，也没有搅着什么。随后三人便大肆其威，翻箱倒笼，搜查起来，甚至于连老鼠穴、蚂蚁窝都寻到了。结果，一点也没有发现——银圆。

西屋里搜完了，又往东屋走。阳光从屋顶上炮弹穿的裂罅里漏进来，射在一堆满蒙着尘土的破衣服上。除此以外，只有一条三根腿的小桌，几扇破风门，一个破蒸笼，来点缀这所屋，愈显得破烂不堪，"他们"仍是如法炮制，随随便便地用刺刀一掀，挑得尘土迷日，那些破东西都横七竖八地横在地上，仍是，一点也没有。

军官摸出了三支烟，每人一支，点了火。

胖子真急了。便毫不客气，饿虎似的扑向 H 的母亲。她这时仍跟在后面。"有没有？"大声问奴仆似的问着，同时左手拇指与二指弯曲做出银圆状的圈形。

她不懂说的什么，只说："老……爷……我……我我……不……懂。"他右手举枪向着她的胸口，左手仍保持着圈状。

"有没有？"

"老爷……我我！"她说到这里，忽然悟过来。这时她两颊愈加变白了，说话也没有正调了，两手颤得更厉害了，赶快跑到北屋里，向床角间摸索了一会儿，摸出一个小包。这时"他们"已经从东屋跟进来。她解开小包——十多块白亮亮的圆头。

"老……老爷……是是是这个吗？"她说。

"好的。"胖子笑看着伸手接。

"Good．"矮子说着破碎的英文，也拿了两块。

……

医学士

一九二九年四月
于山大高中

南门外木桥旁的小屋，从前本是个茶馆，已经开市三年，墙、门、窗一切都给烟熏黑了。现在不知为何忽然整顿起来：原有的黑墙都加了一层白纸；破旧的窗户都刷了绿油，白油；黑破的土灶已经不见，一个白而大的架子顶了空……总之，一切都改变了。尤其使人感着异样的，就是从前水的沸声，风箱的击声，火的忽忽声，现在都不能再听见。我每逢走过那里，总是感觉着不自然，感觉着沉寂，便不由得向屋里看，久之，也就完了。

过了几天，白而大的架子上，渐渐充满了各样颜色的瓶子，瓶上贴着拉丁文的药名。又添了个柜台，门栏上也悬了一个匾：统是白的。不久，又有一方白纸糊的木牌出现于门外壁上：

医学士章贝起

过了几个月，也没有什么变动。

有一天是个夏日的早晨，太阳虽然升得很低，它的光线已经由房屋排列较稀的地方漏进来，"医学士"的白木板已经全浸没在阳光里。晨风吹来，气候似乎比夜里凉爽些；但是昨夜的沉闷，仍然保持着一部分。天空里一望碧蓝，连纤微的云片也没有。人们都想趁着晨间不甚热的时候，完成应当做的工作；所以行路的特别多，都急促促地，喘吁吁地，向前进行。并且心内都在忧惧，忧惧预测中的正午的热。

一直到现在我对于医学士的认识仍是模模糊糊。不过我常看见一个少年坐在柜台内，尤其是他那整齐光滑的美国式的分头，在我脑筋里留下了不灭的印象。大概这就是所谓医学士吧！

这时医学士已经起来了，赤着胸臂，坐在柜台内看书——看的什么书，也不能确切知道。由书面上看来，大概也不外性史一类。视线完全固定在所看的一页上，眼球一上一下地瞟着。已经将柜台、药瓶、大架，世界上一切一切，甚至于自我，都搏出于思想之外：只有所看着的书占据了他的全意识。有时因为看得累了，抬起脖子来，舒舒筋。两眼注视架上的一个小瓶，在沉思，在梦想。不久，仍低下头……

忽然有一个五十岁以上的老人，出现在柜台外面。由他俭朴的装束，满背的灰尘，可以断定他是一个劳动者。他脸上满布了深而曲的皱纹，隐隐露出惊慌失措的神气。眼白上覆遍了红线似的络网——更足以表示出他过去生活的艰苦。右手里拿着一张纸条，颤巍巍地把手放在柜台上，眼看着医学士。

"先生，先生，有这样药么？"他开始问。

医学士正看得出神，他这沉浊的声浪并没发生什么效果，只不过这久寂的室中有些微的回声而已。然而，这不过一刹那间，过了，仍然寂静如常。医学士仍然在那里仰头，微笑，在沉思，在梦想。

"先生！"老人放大了声。

"什么？"医学士听见了。

"有这样药么？先生……"

医学士接过纸条来，看了看，说了声"有"就回转身去，在架上取下了一个红色小瓶，倾出一堆白色粉末，纸包了，递给老人，老人便从破毡帽里取出一张钞票，给医学士，找了零去了。

这件工作不到十分钟就完毕了，其间所有拿、倾、包、找零等动作，虽然很快，并不会受神经的支配；不过如机械似的一种习惯动作而已，脑筋里只渺渺茫茫地似乎有点印象，也似乎没有，不但他的注意点没有集中在这个动作上；即使他的视线也似离似即地射向放在桌上的书页上——不到必要时，绝不离去。老人刚才跨出了铺门，他便一屁股坐在原坐的椅上，伸手摸过看的那册书来，眼睛一上一下地看下去。

仍有沉思、梦想、微笑……

这时太阳光已经由白木板上下来，渐渐地溜到屋里，直射他手中拿着的书，但是，时光是永不停步的旅客：停了一会儿，左手拿着的那边，便慢慢地有了阴影，渐至于扩大——扩大——不久书面已经全没在阴影里，若在每日，已经到了吃早饭的时候；然而今天却不然，医学士只是看，看，看。

时光流水似的过去，已经来到正午，太阳光挟着无上的炎威，直晒到街上，因为行人少的缘故，陡然寂静起来，这时，忽有一种急遽的声音传到医学士耳里，接着又似乎有两个人影出现在他面前，抬头一看，果然不差——一个仆人似的中年男人，扶着一个十七八岁的少年站在他面前。

"先生！这是我们的少爷，"中年男人指着说，"我跟着他出来买东西，不知为什么忽然晕在地上，这刚才起来，请先生看看。"

"……"

"早晨起来一点病也没有。"中年男人补充说。

"不要紧，"医学士说着站起来，摸过桌上放着的听病管走上前来给少年听病，头不住地乱点，表示已知病源的样子。嘴里还吐噜着："这是瘟疫，不要紧，只吃点药就行……"

按着手续听完了，又从架上取下一瓶药水，颜色红红的，叫少年立刻就吃，少年接过来吃了，坐在凳子上休息着，两眼视线集中在架上的小药瓶，由一个移向另一个，一一都看了一遍，再看别的。医学士又向中年人说："药资先不用拿，晚上你再来我这里一次！若你少爷好了，才收钱哩！"说着露出有把握的样子。

停了一会儿，他俩去了。

一天看看要过去了，太阳渐渐向西方落下，天空里一片灰色，只有西边的天边上，还有几线落日的余晖，由云缝里射出，医学士点了灯，坐下看书，正沉醉在甜蜜的幻想里，忽然有一种微飔般的思想之流，如电力似的，掠过他的脑海，不由得把书放下，两眼惊恐地向前直视着："今天早晨，我仿佛记得那个老人要的是和，我怎么错给了他砒呢！给错药怎么办？"同时就发生了这种思想。

"管他去哩！事已至此，夫复何言？找了来再说。"他颠转念，也终安然。

一方面正在自慰着，一方面用手开抽屉，想看看老人递给的那张票子，不料刚拿到手里"这不是关了门的票子吗！"医学士不由喊出来，自悔了半天，惘然而已。

正在自悔着，忽然给一种急促的声浪打断了。"这还了得吗？……打官司……"接着就有个中年男人跨进来，满脸是汗，喘吁吁地，他一看，正是同他少爷看病的那个男人，"我们少爷已经死了……"一路嚷进来。

"怎么的？"

"我们少爷已经死了，这都是你这好先生治的！"

说着就上来抓医学士，医学士一看不妙，连忙用椅子阻止住那人的进路，那人也用手来抓椅子，两人相持了半天，椅子受不了他俩的力，忽然起了分析作用，医学士手里两只木腿，那人手里两条木棒，那人就借了他手里的木棒来打医学士，医学士早已越过柜台爬出来，那人也跟出来。这时，街上的人渐渐聚满了，来参观这次徒手战争，有几个好事的就争着问事的始末。

"今天早晨，"那人开始说，"我跟我们少爷上街，他大概受了点热。来叫这位医学士看，不料刚吃了他的药，不到晚上，我们少爷就死了。非打官司不行，这还了得……"

说着又扑医学士，经众人阻挡住，又说了些"人死不能复活徒争无益"一类的话，来劝解那人，那人碍着众人的面子，气火也就渐渐消了。后来医学士又暗暗托人说和，许那人几元银，叫他回家消差，那人绝不通过，说一会儿他家老爷就来，这桩祸事他担不起，结果，医学士多出几元钱，众人多说了几句话，那人允了，这场风波才算完结。此后不久，这件事便传布了全城。

几个月又过去了。

现在已经将近冬天，我好久没有经过医学士的门口。有一次我同我的朋友亚生君沿着南门外的城根，慢行着闲话，这个地方本是乞丐荟萃之所——映入眼帘的都是些破屋草舍，闯入嗅官的都是些不可说出的奇异刺脑的臭味，因为这个地方阳光尚且充足，所以我俩走得特别慢。

忽然从一个尤其低而破的屋里，走出一个少年，脸上的黑泥有两钱厚，右手里携着他所有的家产——两个茶碗，一个布包，里面穿着一件满补丁的灰棉袍，外面又罩上一片麻包，尤其使人注意的，就是他仍然是美国式分头，却不很光滑整齐了，慢慢由屋中踱出，我看了看他，也没怎么注意。

已经走过了一段，忽然我脑海里如电光似的一掠，我不禁喊出来：

"这不是医学士吗？"

二 辑

21-30岁作品

　　到现在虽然已经过了十多年了，只要我眼花的时候，我仍然能把一切东西看成红的。这红，奇异的红，苦恼着我。

枸杞树

一九三三年十二月

雪之下午

在不经意的时候，一转眼便会有一棵苍老的枸杞树的影子飘过。这使我困惑。最先是去追忆：什么地方我曾看见这样一棵苍老的枸杞树呢？是在某处的山里么？是在另一个地方的一个花园里么？但是，都不像。最后，我想到才到北平时住的那个公寓；于是我想到这棵苍老的枸杞树。

我现在还能很清晰地温习一些事情：我记得初次到北平时，在前门下了火车以后，这古老都市的影子，便像一个秤锤，沉重地压在我的心上。我迷惘地上了一辆洋车，跟着木屋似的电车向北跑。远处是红的墙，黄的瓦。我是初次看到电车的；我想，"电"不是很危险吗？后面的电车上的脚铃响了；我坐的洋车仍然在前面悠然地跑着。我感到焦急，同时，我的眼仍然"如入山阴道上，应接不暇"，我仍然看到，红的墙，黄的瓦，终于，在焦急，又因为初踏入一个新的境地而生的迷惘的心情下，折过了不知多少满填着黑土的小胡同以后，我被拖到西城的某一个公寓里去了。我仍然非常迷惘而有点近于慌张，眼前的一切都仿佛给一层轻烟笼罩起来似的，我看不清院子里的什么东西，我甚至也没有看清我住的小屋，黑夜跟着来了，我便糊里糊涂地睡下去，做了许许多多离奇古怪的梦。

虽然做了梦；但是却没有能睡得很熟，刚看到窗上有点发白，我就起来了。因为心比较安定了一点，我才开始看得清楚：我住的是北屋，屋前的小院里，有不算小的一缸荷花，四周错落地摆了几盆杂花。我记得很清楚：这些花里面有一棵仙人头，几天后，还开了很大的一朵白花，但是最惹我注意的，却是靠墙长着的一棵枸杞树，已经长得高过了屋檐，枝干苍老钩曲像千年的古松，树皮皱着，色是黝黑的，有几处已经开了裂。幼年在故乡里的时候，常听人说，枸杞是长得非常慢的，很难成为一棵树，现在居然有这样一棵虬干的老枸杞站在我面前，真像梦；梦又掣开了轻渺的网，我这是站在公寓里么？于是，我问公寓的主人，这枸杞有多大年龄了，他也渺茫：他初次来这里开公寓时，这树就是现在这样，三十年来，没有多少变动。这更使我惊奇，我用惊奇的太息的眼光注视着这苍老的枝干在沉默着，又注视着接连着树顶的蓝蓝的长天。

就这样，我每天看书乏了，就总到这棵树底下徘徊。在细弱的枝条上，蜘蛛结了网，间或有一片树叶儿或苍蝇蚊子之流的尸体粘在上面。在有太阳和灯火照上去的时候，这小小的网也会反射出细弱的清光来。倘若再走近一点，你又可以看到有许多叶上都爬着长长的绿色的虫子，在爬过的叶上留了半圆缺口。就在这有着缺口的叶片上，你可以看到各样的斑驳陆离的彩痕。对了这彩痕，你可以随便想到什么东西，想到地图，想到水彩画，想到被雨水冲过的墙上的残痕，再玄妙一点，想到宇宙，想到有着各种彩色的迷离的梦影。这许许多多的东西，都在这小的叶片上呈现给你。当你想到地图的时候，你可以任意指定一个小的黑点，算作你的故乡。再大一点的黑点，算作你曾游过的湖或山，你不是也可以在你心的深处浮起点温热的感觉么？这苍老的枸杞树就是我的宇宙。不，这叶片就是我的全宇宙。我替它把长长的绿色的虫子拿下来，摔在地上，对了它，我描画给自己种种涂着彩色的幻想，我把我的童稚的幻想，拴在这苍老的枝干上。

在雨天，牛乳色的轻雾给每件东西涂上一层淡影。这苍黑的枝干更显得黑了。雨住了的时候，有一两个蜗牛在上面悠然地爬着，散步似的从容，蜘蛛网上残留的雨滴，静静地发着光。一条虹从北屋的脊上伸展出去，像拱桥不知伸到什么地方去了。这枸杞的顶尖就正顶着这桥的中心。不知从什么地方来的阴影，渐渐地爬过了西墙，墙隅的蜘蛛网，树叶浓密的地方仿佛把这阴影捉住了一把似的，渐渐地黑起来。只剩了夕阳的余晖返照在这苍老的枸杞树的圆圆的顶上，淡红的一片，熠耀着，俨然如来佛头顶上金色的圆光。

　　以后，黄昏来了，一切角隅皆为黄昏占领了。我同几个朋友出去到西单一带散步。穿过了花市，晚香玉在薄暗里发着幽香。不知在什么时候，什么地方，我曾读过一句诗："黄昏里充满了木樨花的香。"我觉得很美丽。虽然我从来没有闻到过木樨花的香；虽然我明知道现在我闻到的是晚香玉的香。但是我总觉得我到了那种缥缈的诗意的境界似的。在淡黄色的灯光下，我们摸索着转近了幽黑的小胡同，走回了公寓。这苍老的枸杞树只剩下了一团凄迷的影子，靠了北墙站着。

　　跟着来的是个长长的夜。我坐在窗前读着预备考试的功课。大头尖尾的绿色小虫，在糊了白纸的玻璃窗外有所寻觅似的撞击着。不一会儿，一个从缝里挤进来了，接着又一个，又一个。成群的围着灯飞。当我听到卖"玉米面饽饽"戞长的永远带点儿寒冷的声音，从远处的小巷里越过了墙飘了过来的时候，我便捻熄了灯，睡下去。于是又开始了同蚊子和臭虫的争斗。在静静的长夜里，忽然醒了，残梦仍然压在我心头，倘若我听到又有窸窣的声音在这棵苍老的枸杞树周围，我便知道外面又落了雨。我注视着这神秘的黑暗，我描画给自己：这枸杞树的苍黑的枝干该变黑了罢；那匹蜗牛有所趋避该匆匆地在向隐僻处爬去罢；小小的圆的蜘蛛网，该又捉住雨滴了罢，这雨滴在黑夜里能不能静静地发着光呢？我做着天真的童话般的梦。我梦到了这棵苍老的枸杞树。——这枸杞树也做梦么？第二天早起来，外面真的还在下着雨。空气里充满了清新的沁人心脾的清香。荷叶上顶着珠子似的雨滴，蜘蛛网上也顶着，静静地发着光。

　　在如火如荼的盛夏转入初秋的澹远里去的时候，我这种诗意的又充满了稚气的生活，终于也不能继续下去。我离开这公寓，离开这苍老的枸杞树，移到清华园里来。到现在差不多四年了。这园子素来是以水木著名的。春天里，满园里怒放着红的花，远处看，红红的一片火焰。夏天里，垂柳拂着地，浓翠扑上人的眉头。红霞般爬山虎给冷清的深秋涂上一层凄艳的色彩。冬天里，白雪又把这园子安排成为一个银的世界。在这四季，又都有西山的一层轻渺的紫气，给这园子添了不少的光辉。这一切颜色：红的，翠的，白的，紫的，混合地涂上了我的心，在我心里幻成一幅绚烂的彩画。我做着红色的，翠色的，白色的，紫色的，各样颜色的梦。论理说起来，我在西城的公寓做的童话般的梦，早该被挤到不知什么地方去了。但是，我自己也不了解，在不经意的时候，总有一棵苍老的枸杞树的影子飘过。飘过了春天的火焰似的红花；飘过了夏天的垂柳的浓翠；飘过了红霞似的爬山虎，一直到现在，是冬天，白雪正把这园子装成银的世界，混合了氤氲的西山的紫气，静定在我的心头。在一个浮动的幻影里，我仿佛看到：有夕阳的余晖返照在这棵苍老的枸杞树的圆圆的顶上，淡红的一片，熠耀着，像如来佛头顶上的金光。

黄 昏

一九三四年一月

黄昏是神秘的，只要人们能多活下去一天，在这一天的末尾，他们便有个黄昏。但是，年滚着年，月滚着月，他们活下去。有数不清的天，也就有数不清的黄昏。我要问：有几个人觉到过黄昏的存在呢？——

早晨，当残梦从枕边飞去的时候，他们醒转来，开始去走一天的路。他们走着，走着，走到正午，路陡然转了下去。仿佛只一溜，就溜到一天的末尾，当他们看到远处弥漫着白茫茫的烟，树梢上淡淡涂上了一层金黄色，一群群的暮鸦驮着日色飞回来的时候，仿佛有什么东西轻轻地压在他们心头。他们知道：夜来了。他们渴望着静息，渴望着梦的来临。不久，薄冥的夜色糊了他们的眼，也糊了他们的心。他们在低隘的小屋里忙乱着，把黄昏关在门外，倘若有人问：你看到黄昏了没有？黄昏真美呵。他们却茫然了。

他们怎能不茫然呢？当他们再从屋里探出头来寻找黄昏的时候，黄昏早随了白茫茫的烟的消失，树梢上金黄色的消失，鸦背上白色的消失而消失了。只剩下朦胧的夜，这黄昏，像一个春宵的轻梦，不知在什么时候漫了来，在他们心上一掠，又不知在什么时候走了。

黄昏走了。走到哪里去了呢？——不，我先问：黄昏从哪里来的呢？这我说不清。又有谁说得清呢？我不能够抓住一把黄昏，问它到底。从东方么？东方是太阳出来的地方。从西方么？西方不正亮着红霞么？从南方么？南方只充满了光和热。看来只有说从北方来的适宜了。倘若我们想了开去，想到北方的极北端，是北冰洋和北极，我们可以在想象里描画出：白茫茫的天地，白茫茫的雪原，和白茫茫的冰山。再往北，在白茫茫的天边上，分不清哪是天，是地，是冰，是雪，只是朦胧的一片灰白。朦胧灰白的黄昏不正应当从这里蜕化出来么？

然而，蜕化出来了，却又扩散开去。漫过了大平原，大草原，留下了一层阴影；漫过了大森林，留下了一片阴郁的黑暗；漫过了小溪，把深灰的暮色溶入琤琮的水声里，水面在阒静里透着微明；漫过了山顶，留给它们星的光和月的光；漫过了小村，留下了苍茫的暮烟……给每个墙角扯下了一片，给每个蜘蛛网网住了一把。以后，又漫过了寂寞的沙漠，来到我们的国土里。我能想象：倘若我迎着黄昏站在沙漠里，我一定能看着黄昏从辽远的天边上跑了来，像——像什么呢？是不是应当像一阵灰蒙的白雾？或者像一片扩散的云影？跑了来，仍然只是留下一片阴影，又跑了去，来到我们的国土里，随了弥漫在远处的白茫茫的烟，随了树梢上的淡淡的金黄色，也随了暮鸦背上的日色，轻轻地落在人们的心头，又被人们关在门外了。

但是，在门外，它却不管人们关心不关心，寂寞地，冷落地，替他们安排好了一个幻变的又充满了诗意的童话般的世界，朦胧，微明，正像反射在镜子里的影子，它给一切东西涂上银灰的梦的色彩。牛乳色的空气仿佛真牛乳似的凝结起来。但似乎又在软软的黏黏的浓浓的流动里。它带来了阒静，你听：一切静静的，像下着大雪的中夜。但是死寂么？却并不，再比现在沉默一点，也会变成坟墓般的死寂。仿佛一点也不多，一点也不少，优美的轻适的阒静软软地黏黏地浓浓地压在人们的心头，灰的天空像一张薄暮；树木，房屋，烟纹，云缕，都像一张张的剪影，静静地贴在这幕上。这里，那里，点缀着晚霞的紫晕和小星的冷光。黄昏真像一首诗，一支歌，一篇童话；像一片月明楼上传来的悠扬的笛声，一声缭绕在长空里亮喉的鹤鸣；像陈了几十年的绍酒；像一切美到说不出来的东西。说不出来，只能去看；看之不足，只能意会；意会之不足，只能赞叹。——然而却终于给人们关在门外了。

给人们关在门外，是我这样说么？我要小心，因为所谓人们，不是一切人们，也绝不会是一切人们的。我在童年的时候，就常常待在天井里等候黄昏的来临。我这样说，并不是想表明我比别人强。意思很简单，就是：别人不去，也或者是不愿意去这样做。我（自然还有别人）适逢其会地常常这样做而已。常常在夏天里，我坐在很矮的小凳上，看墙角里渐渐暗了起来，四周的白墙上也布上了一层淡淡的黑影。在幽暗里，夜来香的花香一阵阵地沁入我的心里。天空里飞着蝙蝠。檐角上的蜘蛛网，映着灰白的天空，在朦胧里，还可以数出网上的线条和粘在上面的蚊子和苍蝇的尸体。在不经意的时候蓦地再一抬头，暗灰的天空里已经嵌上闪着眼的小星了。在冬天，天井里满铺着白雪。我蜷伏在屋里。当我看到白的窗纸渐渐灰了起来，炉子里在白天里看不出颜色来的火焰渐渐红起来，亮起来的时候，我也会知道：这是黄昏了。我从风门的缝里望出去：灰白的天空，灰白的盖着雪的屋顶。半弯惨淡的凉月印在天上，虽然有点凄凉；但仍然掩不了黄昏的美丽。这时，连常常坐在天井里等着它来临的人也不得不蜷伏在屋里。只剩了灰蒙的雪色伴了它在冷清的门外，这幻变的朦胧的世界造给谁看呢？黄昏不觉得寂寞么？

但是寂寞也延长不了多久。黄昏仍然要走的。李商隐的诗说："夕阳无限好，只是近黄昏。"诗人不正慨叹黄昏的不能久留吗？它也真的不能久留，一瞬眼，这黄昏，像一个轻梦，只在人们心上一掠，留下黑暗的夜，带着它的寂寞走了。

走了，真的走了。现在再让我问：黄昏走到哪里去了呢？这我不比知道它从哪里来的更清楚。我也不能抓住黄昏的尾巴，问它到底。但是，推想起来，从北方来的应该到南方去的吧。谁说不是到南方去的呢？我看到它怎样的走了。——漫过了南墙，漫过了南边那座小山，那片树林；漫过了美丽的南国，一直到辽阔的非洲。非洲有耸峭的峻岭，岭上有深邃的永古苍暗的大森林。再想下去，森林里有老虎——老虎？黄昏来了，在白天里只呈露着淡绿的暗光的眼睛该亮起来了吧。像不像两盏灯呢？森林里还该有莽苍葳蕤的野草，比人高。草里有狮子，有大蚊子，有大蜘蛛，也该有蝙蝠，比平常的蝙蝠大。夕阳的余晖从树叶的稀薄处，透过了架在树枝上的蜘蛛网，漏了进来，一条条灿烂的金光，照耀得全林子里都发着棕红色，合了草底下毒蛇吐出来的毒气，幻成五色绚烂的彩雾。也该有萤火虫吧，现在一闪一闪地亮起来了。也该有花，但似乎不应该是夜来香或晚香玉。是什么呢？是一切毒艳的恶之花。在毒气里，不正应该产生恶之花吗？这花的香慢慢溶入棕红色的空气里，溶入绚烂的彩雾里。搅乱成一团，滚成一团暖烘烘的热气。然而，不久这热气就给微明的夜色消融了。只剩一闪一闪的萤火虫，现在渐渐地更亮了。老虎的眼睛更像两盏灯了。在静默里瞅着暗灰的天空里才露面的星星。

然而，在这里，黄昏仍然要走的。再走到哪里去呢？这却真的没人知道了。——随了淡白的稀疏的冷月的清光爬上暗沉沉的天空里去么？随了眨着眼的小星爬上了天河么？压在蝙蝠的翅膀上钻进了屋檐么？随了西天的晕红消融在远山的后面么？这又有谁能明白地知道呢？我们知道的，只是：它走了，带了它的寂寞和美丽走了，像一丝微飔，像一个春宵的轻梦。

是了——现在，现在我再有什么可问呢？等候明天么？明天来了，又明天，又明天，当人们看到远处弥漫着白茫茫的烟，树梢上淡淡涂上了一层金黄色，一群群的暮鸦驮着日色飞回来的时候，又仿佛有什么东西压在他们的心头，他们又渴望着梦的来临。把门关上了。关在门外的仍然是黄昏，当他们再伸出头来找的时候，黄昏早已走了。从北冰洋跑了来，一过路，到非洲森林里去了。再到，再到哪里，谁知道呢？然而夜来了，漫长的漆黑的夜，闪着星光和月光的夜，浮动着暗香的夜……只是夜，长长的夜，夜永远也不完，黄昏呢？——黄昏永远不存在人们的心里的。只一掠，走了，像一个春宵的轻梦。

寂寞

寂寞像大毒蛇，盘住了我整个的心，我自己也奇怪：几天前喧腾的笑声现在还萦绕在耳际，我竟然给寂寞克服了吗？

但是，克服了，是真的，奇怪又有什么用呢？笑声虽然萦绕在耳际，早已恍如梦中的追忆了，我只有一颗心，空虚寂寞的心被安放在一个长方形的小屋里。我看四壁，四壁冰冷像石板，书架上一行行排列着的书，都像一行行的石块，床上棉被和大衣的折纹也都变成雕刻家手下的作品了。死寂，一切死寂，更死寂的却是我的心，——我到了庞贝（Pompeii）了么？不，我自己证明没有，隔了窗子，我还可以看见袅动的烟缕，虽然还在袅动，但是又是怎样的微弱呢？——我到了西敏斯大寺（Westminster Abbey）了么？我自己又证明没有，我看不到阴森的长廊，看不到诗人的墓圹，我只是被装在一个长方形的小屋里，四周圈着冰冷的石板似的墙壁，我究竟在什么地方呢？桌子上那两盆草的蔓长嫩绿的枝条，反射在镜子里的影子，我透过玻璃杯看到的淡淡的影子；反射在电镀过的小钟座上的影子，在平常总轻轻地笼罩上一层绿雾，不是很美丽有生气的吗？为什么也变成浮雕般的呆僵着不动呢？——一切完了，一切都给寂寞吞噬了，寂寞凝定在墙上挂的相片上，凝定在屋角的蜘蛛网上，凝定在镜子里我自己的影子上……

　　一切都真的给寂寞吞噬了吗？不，还有我自己，我试着抬一抬胳膊，还能抬得起，我摆了摆头，镜子里的影子也还随着动，我自己问：是谁把我放在这里的呢？是我自己，现在我才发现，就是自己，我能逃——

　　我能逃，然而，寂寞又跟上我了呀！在平常我们跑着百米抢书的图书馆，不是很热闹的吗？现在为什么也这样冷清呢？我从这头看到那头，像看一个朦胧的残梦，淡黄的阳光从窗子里穿进来造成一条光的路，又射在光滑的桌面上，不耀眼，不辉腾，只是死死地贴在桌上，像——像什么呢？我不愿意说，像乡间黑漆棺材上贴的金边，寥寥的几个看书的，错落地散坐着，使我想到月明夜天空里的星星，但也都石像似的坐着，不响也不动，是人么？不是，我左右看全不像，像木乃伊？又不像，因为我闻不到木乃伊应该有的那种香味，像死尸？有点，但也不全像，——我看到他们僵坐的姿势了，我看到他们一个个的翻着的死白的眼了。我现在知道他们像什么，像鱼市里的死鱼，一堆堆地排列着，鼓着肚皮，翻着白眼，可怕！然而我能逃，然而寂寞又跟上了我，我向哪里逃呢？

　　到了世界的末日了吗？世界的末日，多可怕！以前我曾自己想象，自己是世界上最后的一个生物，因了这无谓的想象，我流过不知多少汗，但是现在却真教我尝到这个滋味了。天空倒挂着，像个盆，远处的西山，近处的楼台，都仿佛剪影似的贴在这灰白盆底上，小鸟缩着脖子站在土山上，不动，像博物院里的标本，流水在冰下低缓地唱着丧歌，天空里破絮似的云片，看来像一贴贴的膏药，糊在我这寂寞的心上，橘枝丫杈着，看来像鱼刺，也刺着我这寂寞的心。

　　但是，我在身旁发现有人影在游动了，我知道，我自己不是世界上最后的生物，我在内心里浮起一丝笑意。但是（又是但是）却怪没等这笑意浮到脸上，我又看到我身旁的人也同样翻着死白的眼，像木乃伊？像僵尸？像鱼市上陈列的死鱼？谁耐心去管，战栗通过了我全身，我想逃，寂寞驱逐着我，我想逃，向哪里逃呢？　——天哪！我不知道向哪里逃了。

　　夜来了，随了夜来的是更多的寂寞。当我从外面走回宿舍的时候，四周死一般沉寂，但总仿佛有窸窣的脚步声绕在我四围，说声，其实哪里有什么声呢？只是我觉得有什么东西跟着我而已，倘若在白天，我一定说这是影子；倘若睡着了，我一定说这是梦，究竟是什么呢？我知道，这是寂寞，从远处我看到压在黑暗的夜气下面的宿舍，以前不是每个窗子都射出温热的软光来么？但是，变了，一切变了，大半的窗子都黑黑的，闭着寥寥的几个窗子，无力地迸射出几条光线来，又都是怎样暗淡灰白呢？——不，这不是窗子里射出的灯光，这是墓地里的鬼火，这是魔窟里的发出的魔光，我是到了鬼影幢幢的世界里了，我自己也成了鬼影了。

我平卧在床上，让柔弱的灯光流在我的身上，让寂寞在我四周跳动，静听着远处传来的蹬蹬的足音，隐隐地，细细弱弱到听不清，听不见了，这声音从哪里传来的呢？是从辽远又辽远的国土里呀！是从寂寞的大沙漠里呀！但是，又像比辽远的国土更辽远；我的小屋是坟墓，这声音是从墓外过路人的脚下踱出来的呀！离这里多远呢？想象不出，也不能想象，望吧！是一片茫茫的白海流布在中间，海里是什么呢？是寂寞。

隔了窗子，外面是死寂的夜，从蒙翳的玻璃里看出去，不见灯光；不见一切东西的清晰的轮廓，只是黑暗，在黑暗里的迷离的树影，丫杈着，刺着暗灰的天。在三个月前，这秃光的枯枝上，有过一串串的叶子，在萧瑟的秋风里打战，又罩上一层淡淡的黄雾。再往前，在五六个月以前吧，同样的这枯枝上织上一丛丛的茂密的绿，在雨里凝成浓翠，在毒阳下闪着金光。倘若再往前推，在春天里，这枯枝上嵌着一颗颗火星似的红花，远处看，晖耀着，像火焰。——但是，一转眼，溜到现在，现在怎样了呢？变了，全变了，只剩了秃光的枯枝，刺着天空，把小小的温热的生命力蕴蓄在这枯枝的中心，外面披上这层刚劲的皮，忍受着北风的狂吹，忍受着白雪的凝固，忍受着寂寞的来袭，同我一样。它也该同我一样切盼着春的来临，切盼着寂寞的退走吧。春什么时候会来呢？寂寞什么时候会走呢？这漫漫的长长的夜，这漫漫的更长的冬……

年

一九三四年一月

年，像淡烟，又像远山的晴岚。我们握不着，也看不到。当它走来的时候，只在我们的心头轻轻一拂，我们就知道：年来了。但是究竟什么是年呢？却没有人能说清了。

当我们沿着一条大路走着的时候，遥望前路茫茫，花样似乎很多。但是，及至走上前去，身临切近，却正如向水里扑自己的影子，捉到的只有空虚。更遥望前路，仍然渺茫得很。这时，我们往往要回头看看的。其实，回头看，随时都可以。但是我们却不。最常引起我们回头看的，是当我们走到一个路上的界石的时候。说界石，实在没有什么石。只不过在我们心上有那么一点痕迹。痕迹自然很虚缥。所以不易说。但倘若不管易说不易说，说了出来的话，就是年。

说出来了，这年，仍然很虚缥。也许因为这一说，变得更虚缥。但这却是没有办法的事了。我前面不是说我们要回头看吗？就先说我们回头看到的罢。——我们究竟看到些什么呢？灰蒙蒙的一片，仿佛白云，又仿佛轻雾，朦胧成一团。里面浮动着种种的面影，各样的彩色。这似乎真有花样了。但仔细看来，却又不然，仍然是平板单调。就譬如从最近的界石看回去吧。先看到白皑皑的雪凝结在丫杈着刺着灰的天空的树枝上。再往前，又看到澄碧的长天下流泛着的萧瑟冷寂的黄雾。再往前，苍郁欲滴的浓碧铺在雨后的林里，铺在山头，烈阳闪着金光。更往前，到处闪动着火焰般的花的红影。中间点缀着亮的白天，暗的黑夜。在白天里，我们拼命填满了肚皮。在黑夜里，我们挺在床上咧开大嘴打呼。就这样，白天接着黑夜，黑夜接着白天；一明一暗地滚下去，像玉盘上的珍珠……

　　于是越过一个界石。看上去，仍然看到白皑皑的雪，看到萧瑟冷寂的黄雾，看到苍郁欲滴的浓碧，看到火焰般的红影。仍然是连续的亮的白天，暗的黑夜——于是又越过了一个界石。于是又一个界石，一个界石，界石接着界石，没有完。亮的白天，暗的黑夜交织着。白雪，黄雾，浓碧，红影，混成一团。影子却渐渐地淡了下来。我们的记忆也被拖到辽远又辽远的雾蒙蒙的暗陬里去了。我们再看到什么呢？更茫茫。然而，不新奇。

　　不新奇吗？却终究又有些新的花样了。仿佛是跨过第一个界石的时候——实在还早，仿佛是才踏上了世界的时候，我们眼前便障上了幕。我们看不清眼前的东西，只是摸索着走上去。随了白天的消失，暗夜的消失，这幕渐渐地一点一点地撤下去。但我们不觉得。我们觉得的时候，往往是在踏上了一个界石回头看的一刹那。一觉得，我们又慌了："会有这样的事情发生到我身上吗？"其实，当这事情正在发生的时候，我们还热烈地参加着，或表演着。现在一觉得，便大惊小怪起来。我们又肯定地信，不会有这样的事情发生到我们身上的。我们想：自己以前仿佛没曾打算有这样的事情发生。实在，打算又有什么用呢？事情早已给我们安排在幕后。只是幕不撤，我们看不到而已。而且又真没曾打算过。以后我们又证明给自己：的确发生过这样的事情了。于是，因了这惊，这怪，我们也似乎变得比以前更聪明些。"以后我要这样了，"我们想。真的，以后我要这样了。然而，又走到一个界石，回头一看，我们又惊疑："怎么又会有这样的事情发生到我身上呢？"是的，真有过。"以后我这样要了，"我们又想。——虽然一点点地撤开，我们眼前仍然是幕。于是，一个界石，一个界石，就在这随时发现的新奇中过下去，一直到现在，我们眼前仍然是幕。这幕什么时候才撤净呢？我们苦恼着。

但也因而得到了安慰了。一切事情，虽然都已经安排在幕后，有时我们也会蓦地想到几件，其中也不缺少一想到就使我们流汗战栗喘息的事情。我们知道它们一定会发生，只是不知道什么时候而已。但现在回头看来，许多这样的事情，只在这幕的微启之下，便悠然地露了出来，我们也不知怎样竟闯了过来。回顾当时的流汗，的战栗，的喘息，早成残像，只在我们心的深处留下一点痕迹，不禁微笑浮上心头了。回首绵绵无尽的灰雾中，竟还有自己踏过的微白的足迹在，蜿蜒一条长长的路，一直通到现在的脚跟下。再一想踏这路时的心情，看这眼前的幕一点一点撤开时的或惊，或惧，或喜的心情，微笑更要浮上嘴角了。

这样，这条微白的长长的路就一直蜿蜒到脚跟。现在脚下踏着的又是一块新的界石了。不容我们迟疑，这条路又把我们引上前去。我们不能停下来，也不愿意停下来的。倘若抬头向前看的时候——又是一条微白的长长的路，伸展开去。又是一片灰蒙蒙的雾、这路就蜿蜒到雾里去。到哪里止呢？谁知道，我们只是走上前去。过去的，混沌迷茫，不知其所以然了。未来的，混沌迷茫，更不知其所以然了。但是我们时时刻刻都在向前走着，时时刻刻这条蜿蜒的长长的路向后缩了回去，又时时刻刻向前伸了出去，摆在我们面前。仍然再缩了回去，离我们渐远，渐远，窄了，更窄了，埋在茫茫的雾里。刚才看见的东西，一转眼，便随了这条路缩了回去，渐渐地不清楚，成云，成烟，埋在记忆里，又在记忆里消失了。只有在我们眼前的这一点短短的时间——一分钟，不，还短；一秒钟，不，还短；短到说不出来，就算有那么一点时间吧；我们眼前有点亮；一抬眼，便可以看到桌子上摆着的花的蔓长的枝条在风里袅动，看到架上排着的书，看到玻璃杯在静默里反射着清光，看到窗外枯树寒鸦的淡影，看到电灯罩的丝穗在轻微地散布着波纹，看到眼前的一切，都发亮。然而一转眼，这一切又缩了回去，渐渐地不清楚，成云，成烟，埋在记忆里，也在记忆里消失吧。等到第二次抬眼的时候，看到的一切已经同前次看到的不同了。我说，我们就只有那样短短的时间的一点亮。这条蜿蜒的长长的路伸展出去，这一点亮也跟着走。一直到我们不愿意，或者不能走了。我们眼前仍然只有那一点亮，带大糊涂走开。

当我们还在沿着这条路走的时候，虽然眼前只有那样一点亮，我们也只好跟着它走上去了。脚踏上一块新的界石的时候，固然常常引起我们回头去看；但是，我们仍要时时提醒自己：前面仍然有路。我前面不是说，我们又看到一条微白的长长的路引到雾里去吗？渺茫，自然；但不必气馁。譬如游山，走过了一段路之后，乘喘息未定的时候，回望来路，白云四合，当然很有意思的。倘再翘首前路，更有青霭流泛，不也增加游兴不少吗？而且，正因为渺茫，却更有味。当我翘首前望的时候，只看到雾海，茫茫一片，不辨山水云树。我们可以任意把想象加到上面。我们可以自己涂上粉红色，彩红色；任意制成各种的梦，各种的幻影，各种的蜃楼。制成以后，随便按上，无不适合。较之回头看时，只见残迹，只见过去的面影，趣味自然不同。这时我们大概也要充满了欣慰与生力，怡然走上前去。倘若了如指掌，毫发都现，一眼便看到自己的坟墓。无所用其涂色，更无所用其蜃楼，只懒懒地抬起了沉重的腿脚，无可奈何地踱上去，不也大煞风景，生趣全丢吗？

然而，话又要说了回来。——虽然我们可以把未来涂上了彩色，制成了梦、幻影，和蜃楼；一想到，蜿蜒到灰雾里去的长长的路，仍然不过是长长的路，同从雾里蜿蜒出来的并不会有多大的差别；我们不禁又惘然了。我们知道，虽然说不定也有点变化，仍然要看到同样的那一套。真的，我们也只有看到同样的那一套。微微有点不同的，就是次序倒了过来。——我们将先看到到处闪动着的花的红影；以后，再看到苍郁欲滴的浓碧；以后，又看到萧瑟冷寂的黄雾；以后，再看到白皑皑的雪凝在丫杈着刺着灰的天空的树枝上。中间点缀着的仍然是亮的白天，暗的黑夜。在白天里，我们填满了肚皮。在夜里，我们咧开大嘴打呼。照样地，白天接着黑夜，黑夜接着白天。于是到了一个界石，我们眼前仍然只有那短短的时间的一点亮。脚踏上这个界石的时候，说不定还要回过头来看到现在。现在早笼在灰雾里，埋在记忆里了。我们的心情大概不会同踏在现在的这块界石上回望以前有什么差别吧。看了微白的足迹从现在的脚下通到那时的脚下，微笑浮上心头呢？浮上嘴角呢？惘然呢？漠然呢？看了眼前的幕一点一点撤去，惊呢？惧呢？喜呢？那就都不得而知了。

于是，通过了一块界石，又看上去，仍然是红影，浓碧，黄雾，白雪。

亮的白天，暗的黑夜，一个推着一个，滚成一团，滚上去，像玉盘上的珍珠。终于我们看到些什么？灰蒙蒙，然而不新奇。但却又使我们战栗了。——在这微白的长长的路的终点，在雾的深处，谁也说不清是什么地方，有一个充满了威吓的黑洞，在向我们狞笑，那就是我们的归宿。障在我们眼前的幕，到底也不会撤去。我们眼前仍然只有当前一刹那的亮，带了一个大混沌，走进这个黑洞去。

走进这个黑洞去。其实也倒不坏，因为我们可以得到静息。但又不这样简单。中间经过几多花样，经过多长的路才能达到呢？谁知道。当我们还没达到以前，脚下又正在踏着一块界石的时候，我们命定的只能向前看，或向后看。向看后，灰蒙蒙，不新奇了。向前看，灰蒙蒙，更不新奇了，然而，我们可以做梦。再要问：我们要做什么样的梦呢？谁知道。———一切都交给命运去安排吧。

母与子

一九三四年四月

一想到故乡，就想到一个老妇人。我自己也觉得奇怪：干皱的面纹，霜白的乱发，眼睛因为流泪多了镶着红肿的边，嘴瘪了进去。这样一张面孔，看了不是很该令人不适意的吗？为什么她总霸占住我的心呢？但是再一想到，我是在怎样的一个环境里遇到了这老妇人，便立刻知道，她不但现在霸占住我的心，而且要永远地霸占住了。

现在回忆起来，还恍如眼前的事。——去年的初秋，因为母亲的死，我在火车里闷了一天，在长途汽车里又颠荡了一天以后，又回到八年没曾回过的故乡去。现在已经不能确切地记得是什么时候，只记得我才到故乡的时候，树丛里还残留着一点浮翠，当我离开的时候就只有淡远的长天下一片凄凉的黄雾了。就在这浮翠里，我踏上印着自己童年游踪的土地。当我从远处看到自己的在烟云笼罩下的小村的时候，想到死去的母亲就躺在这烟云里的某一个角落里，我不能描写我的心情。像一团烈焰在心里烧着，又像严冬的厚冰积在心头。我迷惘地撞进了自己的家，在泪光里看着一切都在浮动。我更不能描写当我看到母亲的棺材时的心情。几次在梦里接受了母亲的微笑，现在微笑的人却已经睡在这木匣子里了。有谁有过同我一样的境遇的么？他大概知道我的心是怎样地绞痛了。我哭，我哭到一直不知道自己是在哭。渐渐地听到四周有嘈杂的人声围绕着我，似乎都在劝解我，都叫着我的乳名，自己听了，在冰冷的心里也似乎得到了点温热。又经过了许久，我才睁开眼，看到了许多以前熟悉现在都变了但也还能认得出来的面孔。除了自己家里的大娘婶子以外，我就看到了这个老妇人：干皱的面纹，霜白的乱发，眼睛因为流泪多了镶着红肿的边，嘴瘪了进去……

她就用这瘪了进去的嘴，一凹一凹地似乎对我说着什么话。我只听到絮絮的扯不断拉不断仿佛念咒似的低声，并没有听清她对我说的什么。等到阴影渐渐地从窗外爬进来，我从窗棂里看出去，小院里也织上了一层朦胧的暗色。我似乎比以前清楚了点，看到眼前仍然挤着许多人。在阴影里，每个人摆着一张阴暗苍白的面孔，却看不到这一凹一凹的嘴了。一打听，才知道，她就是同村的算起来比我长一辈的，应该叫做大娘之流的我小时候也曾抱我玩过的一个老妇人。

以后，我过的是一个极端痛苦的日子。母亲的死使我对一切都灰心。以前也曾自己吹起过幻影：怎样在十几年的漂泊生活以后，回到故乡来，听到母亲的一声含有温热的呼唤，仿佛饮一杯甘露似的，给疲惫的心加一点生气，然后再冲到人世里去。现在这幻影终于证实了是个幻影。我现在是处在怎样一个环境里呢？——寂寞冷落的屋里，墙上满布着灰尘和蛛网，正中放着一个大而黑的木匣子。这匣子装走了我的母亲，也装走了我的希望和幻影。屋外是一个用黄土堆成的墙围绕着的天井，墙上已经有了几处倾地的缺口，上面长着乱草。从缺口里看出去是另一片黄土的墙，黄土的屋顶，黄土的街道，接连着枣林里的一片淡淡的还残留着点绿色的黄雾，枣林的上面是初秋阴沉的也有点黄色的长天。我的心也像这许多黄的东西一样地黄，也一样地阴沉。一个丢掉希望和幻影的人，不也正该丢掉生趣吗？

我的心，虽然像黄土一样地黄，却不能像黄土一样地安定。我被圈在这样一个小的天井里：天井的四周都栽满了树。榆树最多，也有桃树和梨树。每棵树上都有母亲亲自砍伐的痕迹。在给烟熏黑了的小厨房里，还有母亲没死前吃剩的半个茄子，半棵葱。吃饭用的碗筷，随时用的手巾，都印有母亲的手泽和口泽。在地上的每一块砖上，每一块土上，母亲在活着的时候每天不知道要踏过多少次。这活着，并不渺远，一点都不；只不过是十天前。十天算是怎样短的一个时间呢？然而不管怎样短，就在十天后的现在，我却只看到母亲躺在这黑匣子里。看不到，永远也看不到，母亲的身影再在榆树和桃树中间，在这砖上，在黄的墙，黄的枣林，黄的长天下游动了。

虽然白天和夜仍然交替着来，我却只觉到有夜。在白天，我有颗夜的心。在夜里，夜长，也黑，长得莫名其妙，黑得更莫名其妙；更黑的还是我的心。我枕着母亲枕过的枕头，想到母亲在这枕头上想到她儿子的时候不知道流过多少泪，现在却轮到我枕着这枕头流泪了。凄凉零乱的梦萦绕在我的四周，我睡不熟。在蒙眬里睁开眼睛，看到淡淡的月光从门缝里流进来，反射在黑漆的棺材上的清光。在黑影里，又浮起了母亲的凄冷的微笑。我的心在战栗，我渴望着天明。但夜更长，也更黑，这漫漫的长夜什么时候过去呢？我什么时候才能看到天光呢？

时间终于慢慢地走过去。——白天里悲痛袭击着我，夜里黑暗压住了我的心。想到故都学校里的校舍和朋友，恍如回望云天里的仙阙，又像捉住了一个荒诞的古代的梦。眼前仍然是一片黄土色，每天接触到的仍然是一张张阴暗灰白的面孔。他们虽然都用天真又单纯的话和举动来对我表示亲热，但他们哪能了解我这一腔的苦水呢？我感觉到寂寞。

就在这时候，这老妇人每天总到我家里来看我。仍然是干皱的面纹，霜白的乱发，眼睛镶着红肿的边，嘴瘪了进去。就用这瘪了进去的嘴一凹一凹地絮絮地说着话，以前我总以为她说的不过是同别人一样的劝解我的话，因为我并没曾听清她说的什么。现在听清了，才知道这一凹一凹的嘴里发出的并不是我想的那些话。她老向我问着外面的事情，尤其很关心地问着军队的事情，对于我母亲的死却一句也不提。我很觉得奇怪，我不明了她的用意。我在当时那种心情之下，有什么心绪同她闲扯呢？当她絮絮地扯不断拉不断地仿佛念咒似的说着话的时候，我仍然看到母亲的面影在各处飘，在榆树旁，在天井里，在墙角的阴影里。寂寞和悲哀仍然霸占住我的心。我有时也答应她一两句。她于是就絮絮地说下去，说，她怎样有一个儿子，她的独子，三年前因为在家里没饭吃，偷跑了出去当兵。去年只接到他的一封信，说是不久就要开到不知道哪里去打仗。到现在又一年没信了。留下一个媳妇和一个孩子（说着指了指偎在她身旁的一个肮脏的拖着鼻涕的小孩）。家里又穷，几年来年成又不好，媳妇时常哭……问我知道不知道他在什么地方。说着，在叹了几口气以后，晶莹的泪点顺着干皱的面纹流下来，流过一凹一凹的嘴，落到地上去了。我知道，悲哀怎样啃着这老妇人的心。本来需要安慰的我也只好反过头来，安慰她几句，看她领着她的孙子沿着黄土的路踽踽地走去的渐渐消失的背影。

接连着几天的过午，她总领着她孙子来看我。她这孙子实在不高明，肮脏又淘气。他死死地缠住她，但是她却一点不急躁。看着她孙子的拖着鼻涕的面孔，微笑就浮在她这瘪了进去的嘴旁。拍着他，嘴里哼着催眠曲似的歌。我知道，这单纯的老妇人怎样在她孙子身上发现了她儿子。她仍然絮絮地问着我，关于外面军队里的事情，问我知道她儿子在什么地方不。我也很想在谈话间隔的时候，问她一问我母亲活着时的情形，好似我这八年不见面的渴望和悲哀的烈焰消熄一点。她却只"唔唔"两声支吾过去，仍然絮絮地扯不断拉不断地仿佛念咒似的自己低语着，说她儿子小的时候怎样淘气，有一次，他打碎一个碗，她打了他一掌，他哭得真凶呢。大了怎样不正经做活。说到高兴的地方，也有一丝微笑掠过这干皱的脸。最后，又问我知道她儿子在什么地方不。我发现这老妇人出奇的固执，我只好再安慰她两句。在黄昏的微光里，送她出去，眼看着她领着她的孙子在黄土道上踽踽地凄凉地走去，暮色压在她的微驼的背上。

就这样，有几个寂寞的过午和黄昏就度过了。间或有一两天，这老妇人因为有事没来看我。我自己受不住寂寞的袭击，常出去走走。紧靠着屋后是一个大坑，汪洋一片水，在外面的小湖那样大。是秋天，前面已经说过。坑里丛生着的芦草都顶着白茸茸的花，望过去，像一片银海。芦花的里面是水。从芦花稀处，也能看到深碧的水面，我曾整个过年坐在这水边的芦花丛里，看水面反射的静静的清光。间或有一两条小鱼冲出水面来喋喋着。一切都这样静。母亲的面影仍然浮动在我眼前。我想到童年时候怎样在这里洗澡；怎么在夏天里，太阳出来以前，水面还发着蓝黑色的时候，沿着坑边去摸鸭蛋；倘若摸到一个的话，拿给母亲看的时候，母亲的微笑怎样在当时的童稚的心灵开成一朵花；怎样又因为淘气，被母亲在后面追打着，当自己被逼紧了跳下水去站在水里回头看岸上的母亲的时候，母亲却因了这过分顽皮的举动，笑了，自己也笑。……然而这些美丽的回忆，却随了母亲的死吞噬了去，只剩下一两把的眼泪。我要问，母亲怎么会死了？我究竟是什么东西？但一切都这样静。我眼前闪动着各种幻影。芦花流着银光，水面上反射着青光，夕阳的残晖照在树梢上发着金光：这一切都混杂地搅动在我眼前，像一串串的金星，又像迸发的火花。里面仍然闪动着母亲的面影，也是一串串的，——我忘记了自己，忘记了一切，像浮在一个荒诞的神话里，踏着暮色走回家了。

有时候，我也走到场里去看看。豆子谷子都从田地里用牛车拖了来，堆成一个个小山似的垛。有的也摊开来在太阳里晒着。老牛拖着石碾在上面转，有节奏地摆动着头。驴子也摇着长耳朵在拖着车走。在正午的沉默里，只听到豆荚在阳光下开裂时毕剥的响声，和柳树下老牛的喘气声。风从割净了庄稼的田地里吹了来，带着土的香味。一切都沉默。这时候，我又往往遇到这个老妇人，领着她的孙子，从远远的田地里顺着一条小路走了来，手里间或拿着几支玉蜀黍秸，霜白的发被风吹得轻微地颤动着。一见了我，立刻红肿的眼睛里也仿佛有了光辉，站住便同我说起话来。嘴一咂一咂地说过了几句话以后，立刻转到她的儿子身上。她自己又低着头絮絮地扯不断拉不断地仿佛念咒似的说起来。又说到她儿子小的时候怎样淘气。有一次他摔碎了一个碗，她打了他一掌，他哭得真凶呢。他大了又怎样不正经做活。说到高兴的地方，干皱的脸上仍然浮起微笑。接着又问到我外面军队上的情形，问我知道他在什么地方、见过他没有。她还要我保证，他不会被人打死的。我只好再安慰安慰她，说我可以带信给他，叫他回家来看她。我看到她那一凹一凹的干瘪的嘴旁又浮起了微笑。旁边看的人，一听到她又说这一套，早走到柳荫下看牛去了。我打发她回家去，仍然让沉默笼罩着这正午的场。

　　这样也终于没能延长多久。在由一个乡间的阴阳先生按着什么天干地支找出的所谓"好日子"的一天，我从早晨就穿了白布袍子，听着一个人的暗示。他暗示我哭，我就伏在地上咧开嘴号啕地哭一阵，正哭得淋漓的时候，他忽然暗示我停止，我也只好立刻收了泪。在收了泪的时候，就又可以从泪光里看来来往往的各样的吊丧的人，也就号啕过几场，又被一个人牵着东走西走。跪下又站起，一直到自己莫名其妙，这才看到有几十个人去抬母亲的棺材了。——这里，我不愿意，实在是不可能，说出我看到母亲的棺材被人抬动时的心痛。以前母亲的棺材在屋里，虽然死仿佛离我很远，但只隔一层木板里面就躺着母亲，现在却被抬到深的永恒黑暗的洞里去了。我脑筋里有点糊涂，跟了棺材沿着坑走过了一段长长的路，到了墓地。又被拖着转了几个圈子……不知怎样脑筋里一闪，却已经给人拖到家里来了。又像我才到家时一样，渐渐听到四周有嘈杂的人声围绕着我，似乎又在说着同样的话。过了一会儿，我才听到有许多人都说着同样的话，里面杂着絮絮的扯不断拉不断的仿佛念咒似的低语。我听出是这老妇人的声音，但却听不清她说的什么，也看不到她那一凹一凹的嘴了。

　　在我清醒了以后，我看到的是一个变过的世界。尘封的屋里，没有了黑亮的木匣子。我觉得一切都空虚寂寞。屋外的天井里，残留在树上的一点浮翠也消失到不知哪儿去了。草已经都转成黄色，耸立在墙头上，在秋风里打战。墙外一片黄土的墙更黄；黄土的屋顶，黄土的街道也更黄；尤其黄的是枣林里的一片黄雾，接连着更黄更黄的阴沉的秋的长天。但顶黄顶阴沉的却仍然是我的心。一个对一切都感到空虚和寂寞的人，不也正该丢掉希望和幻影吗？

　　又走近了我的行期。在空虚和寂寞的心上，加上了一点绵绵的离情。我想到就要离开自己漂泊的心所寄托的故乡，以后，闻不到土的香味，看不到母亲住过的屋子、母亲的墓，也踏不到母亲曾经踏过的地，自己心里说不出是什么味。在屋里觉得窒息，我只好出去走走。沿着屋后的大坑蹓着，看银耀的芦花在过午的阳光里闪着光，看天上的流云，看流云倒在水里的影子。一切又都这样静。我看到这老妇人从穿过芦花丛的一条小路上走了来。霜白的乱发，衬着霜白的芦花，一片辉耀的银光。极目苍茫微明的云天在她身后伸展出去。在云天的尽头，还可以看到一点点的远村。这次没有领着她的孙子，神气也有点匆促，但掩不住干皱的面孔上的喜悦。手里拿着有点红颜色的东西，递给我，是一封信。除了她儿子的信以外，她从没接到过别人的信。所以，她虽然不认字，也可以断定这是她儿子的信。因为村里人没有能念信的，于是赶来找我。她站在我面前，脸上充满了微笑，红肿的眼里也射出喜悦的光。瘪了进去的嘴仍然一四一四地动着，但却没有絮絮地念咒似的低语了。信封上的红线因为淋过雨扩成淡红色的水痕。看邮戳，却是半年前在河南南部一个做过战场的县城里寄出的。地址也没写对，所以经过许多时间的辗转。但也居然能落到这老妇人手里。我的空虚的心里，也因了这奇迹，有了点生气。拆开看，寄信人却不是她儿子，是另一个同村的跑去当兵的。大意说，她儿子已经阵亡了，请她找一个人去运回他的棺材。——我的手战栗起来，这不正给这老妇人一个致命的打击吗？我抬眼又看到她脸上抑压不住的微笑，我知道这老人是怎样切望得到一个好消息。我也知道，倘若我照实说出来，会有怎样一幅悲惨的景象展开在我眼前。我只好对她说，她儿子现在很好，已经升了官，不久就可以回家来看她。她喜欢得流下眼泪来。嘴一四一四地动着，她又扯不断拉不断地絮絮地对我说起来。不厌其详地说到她儿子各样的好处：怎样她昨天夜里还做了一个梦，梦着他回来。我看到这老妇人把信揣在怀里转身走去的渐渐消失的背影，我再能说什么话呢？

第二天，我便离开我故乡里的小村。临走，这老妇人又来送我，领着她的孙子，脸堆满了笑意。她不管别人在说什么话，总絮絮地扯不断拉不断地仿佛念咒似的自己低语着。不厌其详地说到她儿子的好处，怎样她昨天夜里还做了一个梦，梦见她儿子回来，她儿子已经升成了官了。嘴一四一四地急促地动着。我身旁的送行的人的脸色渐渐有点露出不耐烦，有的也就躲开了。我偷偷地把这信的内容告诉别人，叫他在我走了以后慢慢地转告给这老妇人，或者简直就不告诉她。因为，我想，好在她不会再有许多年的活头，让她抱住一个希望到坟墓里去吧。当我离开这小村的一刹那，我还看到这老妇人的眼里的喜悦的光辉，干皱的面孔上浮起的微笑。……

不一会儿，回望自己的小村，早在云天苍茫之外，触目尽是长天下一片凄凉的黄雾了。

在颠簸的汽车里，在火车里，在驴车里，我仍然看到这圣洁的光辉，圣洁的微笑，那老妇人手里拿着的那封信。我知道，正像装走了母亲的大黑匣子装走了我的希望和幻影，这封信也装走了她的希望和幻影。我却又把这希望和幻影替她拴在上面，虽然不知道能拴得久不。

经过了萧瑟的深秋，经过了阴暗的冬，看死寂凝定在一切东西上，现在又来了春天。回想故乡的小村，正像在故乡里回想到故都一样，恍如回望云天里的仙阙，又像捉住了一个荒诞的古代的梦了。这个老妇人的面孔总在我眼前盘桓：干皱的面纹，霜白的乱发，眼睛因为流泪多了镶着红肿的边，嘴瘪了进去。又像看到她站在我面前，絮絮地扯不断拉不断地仿佛念咒似的低语着，嘴一凹一凹地在动。先仿佛听到她向我说，她儿子小的时候怎样淘气，怎样有一次他摔碎了一个碗，她打了他一巴掌，他哭。又仿佛看到她手里拿着一封雨水渍过的信，脸上堆满了微笑，说到她儿子的好处，怎样她做了一个梦，梦着他回来……然而，我却一直没接到故乡里的来信。我不知道别人告诉她她儿子已经死了没有，倘若她仍然不知道的话，她愿意把自己的喜悦说给别人，却没有人愿意听。没有我这样一个忠实的听者，她不感到寂寞吗？倘若她已经知道了，我能想象，大的晶莹的泪珠从干皱的面纹里流下来，她这瘪了进去的嘴一凹一凹的，她在哭，她又哭晕了过去……不知道她现在还活在人间没有？——我们同样都是被厄运踏在脚下的苦人，当悲哀正在啃着我的心的时候，我怎忍再看你那老泪浸透你的面孔呢？请你不要怨我骗你吧，我为你祝福！

一九三四年七月　红

在我刚从故乡里走出来以后的几年里，我曾有过一段甜蜜的期间，是长长的一段。现在回忆起来，虽然每一件事情都仿佛有一层灰蒙蒙的氛围萦绕着，但仔细看起来，却正如读希腊的神话，眼前闪着一片淡黄的金光。倘若用了象征派诗人的话，这也算是粉红色的一段了。

当时似乎还没有多少雄心壮志，但眼前也不缺少时时浮起来的幻想。从一个字不认识，进而认得了许多字，因而知道了许多事情；换了话说，就是从莫名其妙的童年里渐渐看到了人生，正如从黑暗里乍走到光明里去，看一切东西都是新鲜的。我看一切东西都发亮，都能使我的幻想飞出去，小小的心也便日夜充塞了欢欣与惊异。

我就带了一颗充塞了欢欣与惊异的心，每天从家里到一个靠近了墟墙有着一个不小的有点乡村味的校园的小学校里去上学。沙着声念古文或者讲数学的年老而又装着威严的老师，自然引不起我的兴趣，在班上也不过用小刀在桌子上刻花，在书本上画小人头。一下班立刻随了几个小同伴飞跑到小池子边上去捉蝴蝶，或者去捡小石头子；整个的心灵也便倾注在蝴蝶的彩色翅膀上和小石头子的螺旋似的花纹里。

从家里到学校是一段颇长的路。路既曲折狭隘，也偏僻。顶早的早晨，当我走向学校去的时候，是非常寂静，没有什么人走路的。然而，在我开始上学以后不久，我却遇到一个挑着担子卖绿豆小米的。以后，接连着几个早晨都遇到他。有一天的早晨，他竟向我微笑了。他是一个近于老境的中年人，有一张纯朴的脸。无论在衣服上在外貌上都证明他是一个老实的北方农民。然而他的微笑却使我有点儿窘，也害臊。这微笑在早晨的柔静的空气里回荡，我赶紧避开了他。整整的一天，他的微笑在我眼前晃动着。

　　第二天早晨，当我刚走出了大门，要到学校去的时候，我又遇到了他。他把担子放在我们门口，正同王妈争论米豆的价钱。一看到我，脸上立刻又浮起了微笑，嘴动了动，看样子是要对我讲话了。这微笑使我更有点窘，也更害怕，我又赶紧避开了他，匆匆地走向学校去。——那时大概正是春天。在未出大门之先，我走过了一段两边排列着正在开着的花的甬道。我也看到春天的太阳在这中年人的脸上跳跃。

　　在学校里仍然不外是捉蝴蝶，找石子。当我走回家坐在一间阴暗的屋里一张书桌旁边的时候，我又时时冲动似的想到这老实纯朴的中年人。他为什么向我笑呢？当时童稚的心似乎无论怎样也不能了解。小屋里在白天也是黑黝黝的，仅有的一个窗户给纸糊满了。窗外有一棵山丁香，正在开着花。窗户像个闸，把到处都充满了花香鸟语的春光闸在外面。当暮色从四面高高的屋顶上溜进小院来的时候，我不再想到这中年人，我的心被星星的光吸引住，给蝙蝠的翅膀拖着到苍茫的太空里去了。

　　接连着几天的早晨，我仍然遇到这中年人。每天放学回来就喝着买他的绿豆和小米做成的稀饭。因为见面熟了，我不再避开他。我知道他想同我讲话也不过是喜欢小孩的一种善意的表示。我们开始谈起话来。他所说的似乎都是些离奇怪诞的话。他告诉我：他见到过比象大的老鼠。这却不足使我震惊，因为当时我还没能看到过象。我觉得顶有趣的是他说到一个馒头皮竟有四里地厚，一个人啃了几个月才啃到馅；怎样一个鸡下了个比西瓜还大的卵；怎样一个穷小子娶了个仙女。当他看到我瞪大了错愕的眼睛看着他的时候，这老实的中年人孩子似的笑起来了。

经过了明媚的春天，接着是长长的暑假。暑假过了，是瑟冷的秋天：看落叶在西风里颤抖。跟着来了冬天：看白雪装点了枯树。雪的早晨，我们堆雪人。晚上，我们在小院里捉迷藏。每天上学的时候，仍然碰到这中年人。回到家里来的时候，就又坐在那阴暗的屋里一张小桌旁看书什么的。窗户仍然是个闸，把夏的蓝得有点古怪的天、秋的长天、冬的灰暗的天都闸在外面。只有从纸缝里看到星星的光、月的光、听秋蝉的嘶声从黄了顶的树上飘下来，听大雪天寒鸦冷峭的鸣声。仿佛隔了一层世界。——就这样生活竟意外地平静，自己也就平静地活下去。

当第二年的清朗的春天看看要化入夏天的炎辉里去的时候，自己在心情上微微起了点变化。也许因为过去的生活太单调，心里总仿佛在渴望着什么似的，感到轻微的不满足。在学校里班上对刻字画人头也感到烦腻，沙着声念古文的老教员更使我讨厌得不可言状。这位老实的中年人的荒唐话再也不能引起我的兴趣。以前寄托在蝴蝶的彩色翅膀上，小石子的花纹里的空灵的天堂幻灭了。我渴望着抓到一个新的天堂，但新的却究竟在什么地方呢？

就在这时候，因了一个机缘的凑巧，我看到了《彭公案》之类的武侠小说。这里面给了我另外一个新奇的天堂——一个人凭空会上屋，会在树顶上飞。更荒唐的，一个怪人例如和尚道士之流的，一张嘴就会吐出一道白光，对方的头就在这白光里落下来了。对我，这是一个天大的奇迹。这奇迹是在蝴蝶翅膀上、小石子的花纹里绝对找不到的。我失掉的天堂终于又在这里找到了。

最初读的时候，自然有许多不识的字。但也能勉强看下去，而明了书里的含意。只要一看书的插图，就使我够满意的了：一个个有着同普通人不一样的眼、眉、胡子，手里都拿着刀枪什么的。这些图上的小人占据了我整个的心。我常常整整的一个过午逃了学，找一个僻静的地方去读小说。黄昏的时候，走回家去，红着脸对付家里大人们的询问。脑子里仍然满装着剑仙剑侠之流的飞腾的影子。晚上，夜深人静的时候，一觉醒转来，看看窗纸上微微有点白光在晃动；我知道，这是王妈起来纺麻线了。我于是也悄悄地起来，拿一本小说，就着纺线的灯光瞅着一行行蚂蚁般大的小字，一直读到小字真像蚂蚁般地活动起来。一闭眼，眼前浮动着一丛丛灿烂的花朵。这时候才嗅到夜来香的幽香一阵阵往鼻子里挤，花的香合了梦一齐压上了我。第二天早晨到学校去的路上，倘若遇到那位老实的中年人，我不再听他那些荒唐怪诞的话；我却要把我的剑侠剑仙之流的飞腾说给他听了。

我现在也有了雄心壮志了，是荒唐的雄心壮志。我老想着，怎样我也可以一张嘴就吐出一道白光，使敌人的头在白光里掉在地上；怎样我也可以在黑夜的屋顶上树顶上飞。在我眼前蓦地有一条黑影一晃，我知道是来了能人了。我于是把嘴一张，立刻一道白光射出去，眼看着那人从几十丈高的墙上翻身落下去。这不是天下的奇观吗？自己心里仿佛真有那样一回事似的愉快。同时，也正有同我年纪差不多的小孩子，他们也有着同样的雄心壮志。他们告诉我，怎样去练铁沙掌，怎样去练隔山打牛。我于是回到家里就实行。候着没有人在屋里的时候，把手不停地向盛着大米或绿豆的缸里插，一直插到全手麻木了；自己一看，指甲与肉接连着的一部分已经磨出了血。又在帐子顶上悬上一个纸球，每天早晨起床之先，先向空打上一百掌。据说倘若把球打动了，就能百步打人。晚上，在小院里，在夜来香的丛中，背上斜插着一条量布用的尺，当作宝剑。同一群小孩玩的时候，也凛凛然仿佛有不可一世的气概似的。

但是，把手向大米或绿豆里插已经流过几次血，手痛不能再插。凭空打球终于也没看见球微微地动一动，心里渐渐感到轻微的失望。已经找到的天堂现在又慢慢幻灭了去。自己以前的希望难道真的都是些幻影吗？以后，又渐渐听到别人说，剑侠剑仙之流的怪人，只有古时候有，现在是不会有的了。我深深地感到失掉幻影的悲哀。但别人又对我说，现在只有绿林的豪杰相当于古时候的剑侠。我于是又向往绿林豪杰了。

说到绿林豪杰，当时我还没曾见过。我只觉得他们不该同平常人一样。他们应该有红胡子、花脸、蓝眼睛，一生气就杀人了，正像在舞台上见到的一些人物一样。这都不是很可怕的吗？但当时却只觉得这样的人物的可爱。这幻想支配着我。晚上，我梦着青面红发的人在我屋里跳。第二天早晨起来，无论是花的早晨，雨的早晨，云气空灵的早晨，蝉声鸣澈的早晨，我总是遇到这老实的中年人。他腻着我告诉他关于剑侠剑仙的故事。我红着脸没有说话，却不告诉他我这新的向往。虽然有点窘，我仍然是愉快的。——在我心里也居然有一个秘密埋着了。

这时候，如火如荼的夏天已经渐渐化入秋的朗远里去。每天早晨到学校去的时候，蝉声和了秋的气息萦混在微明的空气里。在学校里听年老的老师大声念古文，回到家里来的时候，就仍然坐在阴暗的屋里一张小桌的旁边，做着琐碎的事情。任窗户把秋的长天，带着星星的长天，和了玉簪花的幽香阑在外面。接连着几天的早晨，我没遇到这中年人。我真有点想他，想他那纯朴的北方农民特有的面孔。我仍然走以前走的那段偏僻的路。顶早的早晨仍然是非常寂静，没有什么人走路的。我遇不到这老实的中年人，心里感觉到缺少点什么。我踽踽地独行着，这长长的路就更显得长起来。我问自己：难道他有什么意外的不幸的事情么？

这样也就过了一个多月。等到天更蓝、更高，触目是一片萧瑟的淡黄色的时候，我心里又给别的东西挤上，这老实的中年人的影子也渐渐消失了。就在这样一个萧瑟淡黄的黄昏里，因为有事，我走过一条通到墟子外的古老的石头街。街两边挤满了人，都伸长了脖颈，仿佛期待着什么似的。我也站下来。一问，才知道今天要到墟子外河滩里杀土匪。这使我惊奇，我倒要看看杀人到底是什么样子。不久，就看见刽子手踽踽地走了过去，背着血痕斑驳的一个包，里面是刀。接着是马队步队。在这一队人的中间是反手缚着的犯人，脸色比蜡还黄。别人是啧啧地说这家伙没种的时候，我却奇怪起来：为什么这人这样像那卖绿豆小米的老实的中年人呢？随着就听到四周的人说：这人怎样在乡里因为没饭吃做了土匪；后来洗了手，避到济南来卖绿豆小米；终于给人发现了捉起来。我的心立刻冰冷了，头嗡嗡地响。我却终于跟了人群到墟子外去。上千上万的人站成了一个圈子，这老实的中年人跪在正中，只见刀一闪，一道红的血光在我眼前一闪。我的眼花了。回看西天的晚霞正在天边上结成了一朵大大的红的花。

这红的花在我眼前晃动。当我回到那阴暗的屋里去的时候，窗户虽然仍然能把秋的长天拦在外面，我的眼仿佛能看透窗户，看到有着星星的夜的天空满是散乱的红的花。我看到已经落净了叶子的树上满开着红的花。红的花又浮到我梦里去，成了橹，成了船，成了花花翅膀的蝴蝶；一直只剩下一片通明的红。第二天早晨上学的时候，冷僻的长长的路上到处泛动着红的影子。在残蝉的声里，我也仿佛听出了红声，小石子的花纹也都转成红的了。

到现在虽然已经过了十多年了，只要我眼花的时候，我仍然能把一切东西看成红的。这红，奇异的红，苦恼着我。我前面不是说，这是粉红色的一段么？我仍然不否认这话。真的，又有谁能否认呢？我只要回忆到这一段，我就能看见自己的微笑，别人的微笑；连周围的东西也都充满了笑意，咧着嘴的大哭里也充满了无量的甜蜜；我就能看见自己的影子，在向大米缸里插手，在凭空击着纸球；我也就能看见这老实的中年的北方农民特有的纯朴的面孔，他向我微笑着说话的样子。只有这中年人使我这粉红色的一段更柔美，也只有他把这粉红色的一段结尾涂上了大红。这红色给我以大欢喜，它遮盖了一切存在在我的回忆里的影子。但也对我有大威胁，它时常使我战栗。每次我看到红色的东西，我总想到这老实的中年人。——我仿佛还能看到我们俩第一次见面时春的阳光在他脸上跳跃，和最后一瞥里，他脸上的蜡黄。——我应该怜悯他呢？或者，正相反，我应该憎恶他呢？

夜来香开花的时候

一九三五年

夜来香开花的时候，我想到王妈。我不能忘记，在我刚走出童年的几年中，不知道有几个夏夜里，当闷热渐渐透出了凉意，我从飘忽的梦境里转来的时候，往往可以看到窗纸上微微有点白；再一沉心，立刻就有嗡嗡的纺车的声音，混着一阵阵的夜来香的幽香，流了进来。倘若走出去看的话，就可以看到，一盏油灯放在夜来香丛的下面，昏黄的灯光照彻了小院，把花的高大支离的影子投在墙上，王妈坐在灯旁纺着麻，她的黑而大的影子也被投在墙上，合了花的影子在晃动着。

她是老了。我不知道她什么时候到我们家里来的。当我从故乡来到这个大都市的时候，我就看到她已经在我们家里来来往往地做着杂事。那时，似乎已经很老了。对我，从那时到现在，是一个从莫名其妙的朦胧里渐渐走到光明的一段。最初，我看到一切事情都像隔了一层薄纱。虽然到现在这层薄纱也没能撤去，但渐渐地却看到了一点光亮，于是有很多事情就不能再使我糊涂。就在这从朦胧到光亮的一段里，我们搬过两次家。第一次搬到一条歪曲铺满了石头的街上，王妈也跟来了。房子有点旧，墙上满是雨水的渍痕，只有一个窗子的屋里白天也是暗沉沉的。我童年的大部分的时间就在这黑暗的屋里消磨过去，院子里每一块土地都印着我的足迹。现在我还能清晰地记起来屋顶上在秋风里颤抖的小草，墙角、檐下挂着的蛛网。但倘若笼统想起来的话，就只剩一团苍黑的印象了。

倘若我的记忆可靠的话，在我们搬到这苍黑的房子里第二年的夏天，小小的院子里就有了夜来香。当时颇有一些在一起玩的小孩，往往在闷热的黄昏时候聚在一块，仰卧在席上数着天空里飞来飞去的蝙蝠。但是最引我们注意的却是夜来香的黄花——最初只是一个长长的花苞，我们目不转睛地注视着它。还不开，还不开，蓦地一眨眼，再看时，长长的花苞已经开放成伞似的黄花了。在当时的心里，觉得这样开的花是一个奇迹，这花又毫不吝惜地放着香气。王妈也很高兴，每天她总把所有开过的花都数一遍。当她数着的时候，随时有新的花在一闪一闪地开放着。她眼花缭乱，数也数不清。我们看了她慌张而又用心的神情，不禁哄笑起来。就这样每一个黄昏都在奇迹和幽香里度过去，每一个夜跟着每一个黄昏走了来。在清凉的中夜里，当我从飘忽的梦境里转来的时候，就可以看到王妈的投在墙上的黑而大的影子在合着夜来香的影子晃动了。

就在这样一个环境里，我第一次觉得我的眼前渐渐地亮起来。以前我看到王妈只像一个弹子，现在我才发现她也像我一样地是一个活动的人。但是我仍然不明了她的身世。在小小的心灵里，我并想不到她这样大的年纪出来佣工有什么苦衷；我只觉得她同我们住在一块，就是我们家里的一个人，她也应该同我们一样地快活。童稚的心岂能知道世上还有不快活的事情吗？

在初秋的暴雨里，我看见她提着篮子出去买菜；在严冬大雪的早晨，我看到她点着灯起来生炉子。冷风把她的手吹得像红萝卜似的开了裂，露出鲜红的肉来。我永远也忘不掉这两只有着鲜红裂口的手！她有自己的感情，自己的脾气，这些都充分表现出一个北方农民的固执与倔强。但我在黄昏的灯下却常听到她不时吐出的叹息了。我从小就是孤独的，在我小小的心里，一向感觉到缺少点什么。我虽然从没叹息过，但叹息却堆在我的心里。现在听了她的叹息，我的心仿佛得到被解脱的痛快。我愿意听这样的低咽的叹息从垂老的人的嘴里流出来。在她，不知因为什么，闲下来的时候，也总爱找着我说话。她告诉我，她的丈夫是她村里唯一的秀才，但没能捞上一个举人就死去了。她自己被家里的妯娌们排挤，不得已从出来佣工。有一个儿子，因为乡里没有饭吃，到关外做买卖去了。留下一个媳妇在这大城里，似乎也不大正经。她又告诉我，她年轻的时候，怎样刚强，怎样有本领，和许多别的美德；但谁又知道，在垂老的暮年又被迫着走出来谋生，只落得几声叹息呢？

以后，这叹息就时时可以听到。她特别注意到我衣服寒暖，在冬天里，她替我暖；在夏夜里，她替我用大芭蕉扇赶蚊子。她仍然照常地提着篮子出去买菜，冬天早晨用开了鲜红裂口的手生炉子。在夜来香开花的时候，又可以看到她郑重其事地数着花朵。但在不寐的中夜里，晚秋的黄昏里，却连续听到她的叹息，这叹息在沉寂里回荡着，更显得凄冷了。她仿佛时常有话要说。被追问的时候，却什么也不说，脸上只浮起一片惨笑。有时候有意与无意之间，又说到她年轻时候的倔强，她的秀才丈夫，往往归结说到她在关外做买卖的儿子。我们都可以看出来，这老人怎样把暮年的希望和幻想放在她儿子身上。我也曾替她写过几封信给她的儿子，但终于也没能得到答复。这老人心里的悲哀恐怕只有她一个人知道了。

不记得是哪一年，在夏天，又是夜来香开花的时候，她儿子来了信。信里说的，却并不像她想的那样满意，只告诉她，他在关外勤苦几年挣的钱都给别人骗走了；他因为生气，现在正病着，结尾说："倘若母亲还要儿子的话，就请汇钱给我回家。"这样一封信给她怎样的影响，我们大概都可以想象得出。连着叹了几口气以后，她并没说什么话，但脸色却更阴沉了。这以后，没有叹气，我们只看到眼泪。

我前面不是说，我渐渐从朦胧里走向光明里去么？现在我眼前似乎更亮了。我看透了一些事情：我知道在每个人嘴角上常挂着的微笑后面有着怎样的冷酷，我看出大部分的人们都给同样黑暗的命运支配着。王妈就在这冷酷和黑暗的命运下呻吟着活下来。我看透了这老人的眼泪里有着无量的凄凉，我也了解了她的寂寞。

在这时候，我们又搬了一次家，只不过从这条铺满了石头的街的中间移到南头。王妈仍然跟了来。房子比以前好了一点，再看不到四壁的雨痕和蜘蛛。每个屋子也都有了两个以上的窗子，而且窗子上还有玻璃。尤其使我满意的是西屋前面两棵高过房檐的海棠。时候大概是春天，因为才搬进来的时候，树上还开满着一团团的花。就在这一年的夏天，大概因为院子大了一点吧，满院里，除了一个大水缸养着子午莲和几十棵凤仙花和其他杂花以外，便只看到一丛丛的夜来香。我现在已经不是孩子，有许多地方要摆出安详的样子来；但在夏天的黄昏时候，却仍然做着孩子时候做的事情。我坐在院子里数着天上飞来飞去的蝙蝠，看着夜色慢慢织入夜来香丛里，一片朦胧的薄暗。一眨眼，眼前已经是一片黄黄的伞似的花了，跟着又有幽香流过来。夜里同蚊子打过了仗，好容易睡过去。各样的梦做过了以后，从飘忽的梦境里转来的时候，往往可以看到窗上有点白，听到嗡嗡的纺车的声音。走出去，就又可以看到王妈的黑大的投在墙上的影子在合着夜来香的影子晃动了。

王妈更老了，但我仍然只看到她的眼泪。在她高兴的时候，她又谈到她的秀才丈夫，她的不大正经的儿媳妇，和她病倒在关外的儿子。她仍然提着篮子出去买菜，冬天老早起来生炉子，从她走路的样子上看来，她真有点老了；虽然她自己在别人说她老的时候还在竭力否认着。她有颗简单纯朴的心，因了年纪更大的关系，这颗心似乎就更纯朴简单。往往因为少得了一点所应得的东西，我们就可以看到她的干瘪了的嘴并拢在一起，腮鼓着，似乎要有什么话从里面流了出来。然而在这样的情形下往往是没有什么流出的。倘若有人意外地给了她点什么，我们也可以意外地看到这老人从心里流出来的快意的笑了。她不会做荒唐的梦，极小的得失可以支配她的感情。她有一颗简单的心。

日子一天天地过去，这寂寞的老人就在这寂寞里活下去。上天给了她一个爽直的性情，使她不会向别人买好，不会在应该转圈的时候转圈。因为这，在许多极琐碎的事情上，她给了别人一点小小的不痛快，她自己却得到一个更大的不痛快。这时候，我们就见到她在把干瘪了的嘴并拢以后，又在暗暗地流着眼泪了。我们都知道，这眼泪并不像以前想到她儿子时的那眼泪那样有意义。这样的眼泪流多了，顶多不过表示她在应当流的泪以外，还有多余的泪，给自己一点轻松。泪流过了不久，就可以看到她高兴地在屋里来来往往地做着杂事了。她有一颗同孩子一样的简单的心。

在没搬家过来以前，我已经到一个在城外的四面满是湖田和荷池的学校里去读书，就住在那里，只在星期日回家一次。在学校里死沉的空气里住过六天以后，到家里觉得仿佛到了另外一个世界。进门先看到王妈的欢乐的微笑，等到踏着暮色走回去的时候，心里竟觉得意外地轻松。这样的情形似乎也延长不算很短的一个期间。虽然我自己的心情随时都有着变化，生活却显得惊人的单调。回看花开花落，听老先生沙着声念古文，拼命地在饭堂里抢馒头，感情冲动的时候，也热烈地同别人打架，时间也就慢慢地过去。

又忘记了是多少时候以后，是星期日，当时我从学校里走回家去的时候，我看到一个黄瘦个儿很高的中年男子在替我们搬移着桌子之类的东西。旁人告诉我，这就是王妈的儿子。几个月以前她把储蓄了几年的钱都汇给他，现在他居然从关外回到家来了。但带回来的除了一床破棉被以外，就剩了一个有着几乎各类的一个他那样用自己的力量来换面包的中年人所能有的病的身子，和一双连霹雳都听不到的耳朵。但终于是个活人，是她的儿子，而且又终于回到家里来了。

王妈高兴。在垂暮的老年，自己的独子从迢迢的塞外回到她跟前来，这样奇迹似的遭遇怎能不使她高兴呢？说到儿子的身体和病，她也会叹几口气，但儿子终于是儿子，这叹息掩不过她的高兴的。不久，她那不大正经的媳妇也不知从哪里名正言顺找了来，于是一个小家庭就组成了。儿子显然不能再干什么重劳力的活了，但是想吃饭除了劳力之外似乎没有第二条路可走。在我第二星期回到家里来的时候，就看到她那说话也需要打手势的儿子在咳嗽着一出一进地挑着满桶的水卖钱了。

这以后，对王妈，对我们家里的人，有一个惊人大的转变。从她那里，我们再听不到叹息，看不到眼泪，看到的只有微笑。有时儿子买一个甜瓜或柿子，甚至几个小小的梨，拿来送给母亲吃。儿子笑，不说话；母亲也笑，更不说话。我们都可以看出来，这笑怎样润湿了这老人的心。每逢过节或特别日子的时候，儿子把母亲接回家去。当吃完儿子特别预备的东西走回来的时候，这老人脸上闪着红光。提着篮子买菜也更带劲，冬天早晨也更起得早，生命对她似乎是一杯香醪。她高兴地活下去，没有了寂寞，也没有了凄凉，即便再说到她丈夫的时候，也只有含着笑骂一声："早死的死鬼！"接着就兴高采烈地夸起自己年轻时的美德来了。我们都很高兴，我们眼看着这老人用手捉住自己的希望和幻想。辛勤了几十年，现在这希望才在她心里开成了花。

日子又平静地过下去，微笑似乎从没离开过她。这老人正做着一个天真的梦。就这样差不多过了一年的时间。中间我还在家里住了一个暑假，每天黄昏时候，躺在院子里的竹床上，数着天上的蝙蝠。夜来香每天照例一闪便开了。我们欣赏着花的香，王妈更起劲地像煞有介事似的数着每天开过的花。但在暑假过了以后，当我再每星期日从学校里走回家来的时候，我感到空气似乎有点不同，从王妈那里我又常听到叹息了。她又找着我说话，她告诉我，儿子常生病，又聋。虽然每天拼命挑水，在有点近于接受别人恩惠的情形下接了别人的钱，却连肚皮也填不饱，这使他只有更拼命；然而结果，在已经有了的病以外，又添了其他可能的新病。儿媳妇也学上了许多新的譬如喝酒抽烟之类的毛病。她丈夫自然不能满足她；凭了自己的机警，公然在她丈夫面前同别人调情，而且又进一步姘居起来了。这老人早起晚睡侍候别人颜色挣来的钱，以前是被严谨地锁在一个箱子里的，现在也慢慢地流出来，换成面包，填充她儿子的肚皮了。她为儿子的病焦灼，又生媳妇的气，却没办法。这有一颗简单的心的老人只好叹息了。

儿子病的次数加多起来，而且也厉害起来。在很短的期间，这叹息就又转成眼泪了。以前是因为有幻想和希望而不能捉到才流泪，现在眼看着幻想和希望要在自己手里破碎，这泪当然更沉痛了。我虽然不常在家里，但常听人们说到，每次她从儿子那里回来的时候，总带回来惊人多的叹息和眼泪。问起来，她就说到儿子怎样病，几天不能挑水，柴米没有，媳妇也不知道跑到什么地方去了。于是在静寂的中夜里，就又常听到她低咽的暗泣。她现在再也没有心绪谈到她的秀才丈夫，夸耀自己年轻时的美德，处处都表示出衰老的样子。流泪成了日常的工作，泪也终于流不完。并没延长了多久，她有了病，眼也给一层白膜障上了。她说，她不想死。真的，随处都表示出，她并不想死。她请医生，供神水，喝符，用大葱叶包起七个活着的蜘蛛生生吞下去，以及一切的偏方正方。为了自己的身子，她几乎忘掉了一切。大约有几个月以后吧，身子好了，却只剩下了一只眼。

她更显得衰老了。腰佝偻着，剩下的一只眼似乎也没有什么大用。走路的时候，只是用手摸索着走上去。每次我看她拿重一点的东西而曲着背用力的时候，看到她从儿子那里回来含着泪慢慢蹀进自己的幽暗的小屋里去的时候，我真想哭。虽然失掉一只眼睛，但并没有失掉固有的性情，她仍然倔强，仍然不会买好，不会在应当转圈的时候转圈；也就仍然常常碰到点小不痛快，流两次无所谓的眼泪。她同以前一样，有着一颗简单又纯朴的心。

四年前，为了一个近于荒诞的理想，我从故乡来到这辽远的故都里。我看到的自然是另一个新的世界，但这世界却不能吸引着我；我时常想到王妈，想到她数夜来香的神情，想到她红胡萝卜似的开了鲜红裂口的手。第一年寒假回家的时候，迎着我的是她的欢迎的微笑。只有我了解她这笑是怎样勉强做出来的。前年的冬天，我又回家去。照例一阵微微地晕眩以后，我发现了家里少了一个人，以前笑着欢迎我的王妈到哪里去了呢？问起来，才知道这老人已经回老家去了。在短短的半年里，她又遭遇到许多不如意的事情。因为看到放在儿子身上的希望和幻想渐渐渺茫起来，又因为自己委实得有点老了，于是就用勉强存起来的一点钱在老家托人买了一口棺材。这老人已经看透了自己一生决定了不过是这么回事；趁着没死的时候，预备点东西，过一个痛快的死后的生活吧。但这口棺材却毫无理由地被她一个先死去的亲戚占去了。从年轻时候守节受苦，到垂老的暮年出来佣工，辛苦了一生，老把自己的希望和幻想拴在儿子身上，结果是幻灭；好容易自己又织了一个死后的美丽的梦，现在又给打碎了。她不懂怎样去诉苦，也没人可诉。这颗经了七十年痛创的简单又纯朴的心能容得下这些破损吗？她终于病倒了。

正要带着儿子和媳妇回老家去养病的时候，儿子竟然经不起病的催折死去了。我不忍去想象，悲哀怎样啮着这老人的心。她终于回了家，我们家里派了一个人去送她。临走的时候，她还带着恳乞的神气说："只要病好了，我还回来。"生命的火还在她心里燃烧着，她不想死的。在严冬的大风雪里，在灰黯的长天下，坐在一辆独轮小车上，一个垂老的人，带了自己独子的棺材，带了一个艰苦地追求了一辈子而终于得到的大空虚，带了一颗碎了的心，回到自己的故乡里去，把一切希望和幻想都抛在后面，人们大概总能想象到这老人的心情吧！我知道会有种种的幻影在她眼前浮掠，她会想到过去自己离开家时的情景，然而现在眼前明显摆着的却是一个不可避免的黑洞，一切就都归到这洞里去。车走上一个小木桥的时候，忽然翻下河去，这老人也被倾到水里。被人捞上来的时候，浑身都结了冰。她自己哭了，别人也都哭起来。人生到这样一个地步，还有什么话可说呢？这纯朴的老人也不能不咒骂自己的命运了。

我不忍去想象，她怎样在那穷僻的小村里活着的情形。听人说，剩下的一只眼睛也哭得失了明。自己的房子已经卖给别人，只好借住在亲戚家里。一闭眼，我就仿佛能看到她怎样躺在床上呻吟，但没有人去理会她；她怎样起来沿着墙摸索着走，她怎样呼喊着老天。她的红萝卜似的开了裂流着红血的手在我眼前颤动……以前存的钱一个也没能剩下，她一定会回忆到自己困顿的一生，受尽人们的唾弃，老年也还免不了早起晚睡侍候别人的颜色；到死却连自己一点无论怎样不能成为希望和幻想的希望和幻想都一个不剩地破碎了去。过去的黑影沉重地压在她心头。人到欲哭无泪的地步，还有什么话可说呢？我听不到她的消息，我只有单纯地有点近于痴妄地希望着，她能好起来，再回到我们家里去。

但这岂是可能的呢？第二年暑假我回家的时候，就听人说，王妈死了。我哭都没哭，我的眼泪都堆在心里，永远地。现在我的眼前更亮，我认识了怎样叫人生，怎样叫命运。——小小的院子里仍然挤满了夜来香，黄昏里我仍然坐在院子里的竹床上，悲哀沉重地压住了我的心。我没有心绪再数蝙蝠了。在沉寂里，夜来香自己一闪一闪地开放着，却没有人再去数它们。半夜里，当我再从飘忽的梦境里转来的时候，看不到窗上的微微的白光，也再听不到嗡嗡的纺车的声音，自然更看不到照在四面墙上的黑而大的影子在合着历乱的枝影晃动，一切都死样的沉寂。我的心寂寞得像古潭。第二天早晨起来的时候，整夜散发着幽香的夜来香的伞似的黄花枝枝都枯萎了。没了王妈，夜来香哪能不感到寂寞呢？

去故国
——欧游散记之一
一九三五年八月

　　不知从什么时候起，就有一个到外国去，尤其是到德国去的希望埋在我的心里了。同朋友谈话的时候也时时流露出来。在外表看来似乎是很具体、很坚决，其实却渺茫得很。我没有伟大的动机，冠冕堂皇的理由自然也不能没有。但仔细追究起来，却只有一个单纯的要求：我总觉得，在无量的——无论在空间上或时间上——宇宙进程中，我们有这次生命，不是容易事；比电火还要快，一闪便会消逝到永恒的沉默里去。我们不要放过这短短的时间，我们要多看一些东西。就因了这点小小的愿望，我想到外国去。

　　但是，究竟怎样去呢？似乎从来不大想到。自己学的是文科，早就被一般人公认为无补于国计民生的落伍学科；想得到官费自然不可能。至于自费呢，家里虽然不能说是贫无立锥之地；但倘若把所有的财产减去欠别人的一部分，剩下的也就只够一趟的路费。想自己出钱到外国去自然又是一个过大的妄想了。这些都是实际上不能解决的问题，但却从来没有给我苦恼，因为我根本不去想。我固执地相信，我终会有到外国去的一天。我把自己沉在美丽的涂有彩色的梦里，这梦有多么的渺茫，恐怕只有我一个人知道了。

一直到去年夏天，当我的大学学程告一段落的时候，我才第一次想到究竟怎样到外国去。恐怕从我这不切实际的只会做梦的脑筋里再也不会想出切合实际的办法：我想用自己的劳力去换得金钱，再把金钱储存起来到外国去。我没有详细计算每月存钱若干，若干年后才能如愿，便贸贸然回到故乡的一个城里去教书。第一个月过去了，钱没能剩下一个。第二个月又过去了，除了剩下许多账等第三个月来还之外，还剩下一颗疲劳的心。我立刻清醒了，头上仿佛浇上了一瓢冷水：照这样下去，等到头发全白了的时候，岂不也还是不能在柏林市上逍遥一下吗？然而书却终于继续教下去，只有把疲劳的心更增加了疲劳。

就在这时候，却有一个从天而降的机会落在我的头上，我只要出很少的一点钱就可以到德国去住上二年。亲眼看着自己用手去捉住一个梦，这种狂欢的心情是不能用任何语言文字描写得出的。我匆匆地从家里来到故都，又匆匆地回去。从虚无缥缈的幻想里一步跨到事实里，使我有点糊涂。我有时就会问起自己来：我居然也能到德国去了吗？然而，跟着来的却是在精神上极端痛苦的一段。平常我对事情，总有过多的顾虑，这我知道比谁都清楚。但这次却不能不顾虑：我顾虑到到德国以后的生活，我顾虑到自己的家境。许多琐碎到不能再琐碎的小事纠缠着我，给我以大痛苦。随处都可以遇到的不如意与不满足像淡烟似的散布在我的眼前，同时还有许多实际问题要我解决：我还要筹钱。平常从自己手里水似的流去的钱，我现在才知道它的可贵。从这里面也可以看出真正的人情和世态。经了许多次的碰壁，终于还是大千和洁民替我解了这个围。同时又接到故都里梅生的信，他也要替我张罗。在这个期间，我有几次都想放弃了这个机会，因为这机会带给我的快乐远不如带给我的痛苦多，但长之却从辽远的故都写信来劝我，带给我勇气和力量。我现在才知道友情的可贵；没有他们几位，说不定我现在又带了一颗疲劳的心开始吃粉笔末的生活了。这友情像一滴仙露，滴到我的焦灼的心上，使我又在心里开放了希望的花，使我又重新收拾起破碎的幻想，回到故都来。

在生命之路上，我现在总算走上一段新程了。几天来，从早晨到晚上，我时常一个人坐在一间低矮然而却明朗的屋里，注视着支离的树影在窗纱上慢慢地移动着，听树丛里曳长了的含有无量倦意的蝉声。我心里有时澄澈沉静得像古潭，有时却又搅乱得像暴风雨下的海面。我默默地筹划着应当做的事情，时时有幻影，柏林的幻影，浮动在我眼前：我仿佛看到宏伟古老的大教堂，圆圆的顶子在夕阳中闪着微光；宽广的街道，有车马在上面走着。我又仿佛看到大学堂的教室，头发斑白的老教授颤声讲着书。我仿佛连他的声音都能听得到；他那从眼镜边上射出来的眼光正落在我的头上。但当我发现自己仍然在这一间低矮而明朗的屋子里的时候，我的心飞到不知什么地方去了。

我虽然在过去走过许多路，但从降生一直到现在，自己脚迹叠成的一条路，回望过去，是连绵不断的一条，除了在每一年的末尾，在心里印上一个浅痕，知道又走过一段路以外，自己很少画过明显的鸿沟，说以前走的是一段，以后是另一段的开端。然而现在，自己却真的在心里画了一个鸿沟，把以前二十四年走的路就截在鸿沟的那一岸；在这一岸又开始了一条新路，这条会把我带到渺茫的未来去。这样我便不能不回头去看一看，正如当一个人走路走到一个阶段的时候往往回头看一样。于是我想到几个月来不曾想到的几个人。我先想到母亲，母亲死去到现在整二年了。前年这时候，我回到故乡去埋葬母亲，现在恐怕坟头秋草已萋萋了。我本来预备每年秋天，当树丛乍显出点微黄的时候，回到故乡母亲的坟上去看看。无论是在白雾笼罩墓头的清晨，归鸦驮了暮色进入簌簌响着的白杨树林的黄昏，我都到母亲墓绕两周，低低地唤一声："母亲！"来补偿生前八年的长时间没见面的遗恨。然而去年的秋天，我刚从大学走入了社会，心情方面感到很大的压迫，更没有余闲回到故乡去。今年的秋天，又有这样一个机会落到我的头上。我不但不能回到故乡去，而且带了一颗饱受压迫的心，不能得到家庭的谅解，跑到几万里外的异邦去漂泊，一年，二年，谁又知道几年才能再回到这故国来呢？让母亲一个人凄清地躺在故乡的地下，忍受着寂寞的袭击，上面是萋萋的秋草。在白杨簌簌中，淡月朦胧里，我知道母亲会借了星星的微光到各处去找她的儿子，借了西风听取她儿子的消息。然而所找到的只是更深的凄清与寂寞，西风也只带给她迷离的梦。

我又想到母亲生前最关心的外祖母。当我七八岁还没有离开故乡的时候，整天住在她家里，她的慈祥的面貌永远印在我的记忆里。今年夏天见她的时候，她已龙钟得不像样子了。又正同别人闹着田地的纠纷，现在背恐怕更驼了吧？临分别的时候，她再三叮嘱我要常写信给她。然而现在当我要到这样远的地方去的时候，我却不能写信给她，我不忍使她流着老泪看自己晚年唯一的安慰者离开自己跑了。我只希望她能好好地活下去，当我漂泊归来的时候，跑到她怀里，把受到的委屈，都哭了出来。我为她祝福。

　　我终于要走了，沿了我自己在心里画下的一条鸿沟的这一岸的路走去。天知道我会走到什么地方去；这条路真太渺茫，渺茫到使我吃惊。以前我曾羡慕过漂泊的生活，也曾有过到外国去的渴望。然而当希望成为事实的现在，我又渴慕平静的生活了。我看了在豆棚瓜架下闲话的野老，看了在一天工作疲劳之余在门前悠然吸烟的农人，都引起我极大的向往。我真不愿意离开这故国，这故国每一方土地，每棵草木，都能给我温热的感觉。但我终于要走的，沿了自己在心里画下的一条路走。我只希望，当我从异邦转回来的时候，我能看到一个一切都不变的故国，一切都不变的故乡，使我感觉不到我曾这样长的时间离开过它，正如从一个短短的午梦转来一样。

听诗
── 欧游散记之一
一九三六年二月
于德国哥廷根

　　自己也不知道为什么，从很早的时候，就常有一幅影像在我眼前晃动：我仿佛看到一个垂老的诗人，在暗黄的灯影里，用颤动幽抑的声音，低低地念出自己心血凝成的诗篇。这颤声流到每个听者的耳朵里、心里，一直到灵魂的深深处，使他们着了魔似的静默着。这是一幅怎样动人的影像呢？然而，在国内，我却始终没能把这幅影像真真地带到眼前来，转变成一幅更具体的情景。这影像也就一直是影像，陪我走过西伯利亚，来到哥廷根。谁又料到在这沙漠似的哥廷根，这影像竟连着两次转成具体的情景，我连着两次用自己的耳朵听到老诗人念诗。连我自己现在想起来，也像回忆一个充满了神奇的梦了。

当我最初看到有诗人来这里念诗的广告贴出来的时候，我的心喜欢得直跳。念诗的是老诗人宾丁（Rudolf G. Binding），又是一个能引起人们的幻想的名字。我立刻去买了票。我真想不到这古老的小城还会有这样的奇迹。离念诗还有十来天，我每天计算着日子的逝去。在这十来天中，一向平静又寂寞的生活竟也仿佛有了点活气，竟也渲染上了点色彩。虽然照旧每天一个人拖了一条影子，走过一段两旁有着粗得惊人的老树的古城墙，到大学去；再拖了影子，经过这段城墙走回家来；然而心情却意外地觉得多了点什么了。

终于盼到念诗的日子，从早晨就下起雨来。在哥廷根，下雨并不是什么奇事。而且这里的雨还特别腻人，有时会连着下七八天，仿佛有谁把天钻了无数的小孔似的，就这样不急不慢永远是一股劲地向下滴。抬头看灰黯的天空，心里便仿佛塞满了棉花似的窒息。今天的雨仍然同以前一样，然而我的心情却似乎有点不同了。我的心里充满了喜悦，仿佛正有一个幸福就在不远的前面等我亲手去捉，在灰黯的不断漏着雨丝的天空里，也仿佛亮着幸福的星。

念诗的时间是在晚上。黄昏的时候，就有一位在这里已经住过七年以上的朋友来邀我。我们一同走出去，雨点滴在脸上，透心地凉，使我有深秋的感觉。在昏暗的灯光中，我们摸进女子中学的大礼堂。里面已经挤了上千的人，电灯照得明耀如白昼。这使我多少有点惊奇，又有点失望。我总以为念诗应该在一间小屋中，暗黄的灯影里，只有几个素心人散落地围坐着，应该是梦似的情景。然而眼前的情景竟是这样子。但这并不能使我灰心，不久我就又恢复了以前的兴头，在散乱嘈杂的声影里期待着。

声音蓦地静下去，诗人已经走了进来。他已经似乎很老了，走路都有点摇晃。人们把他扶上讲台去，慢慢地坐在预备好的椅子上，两手交叉起来，然而不说话。在短短的神秘的寂静中，我的心有点颤抖。接着说了几句引言，论到自由，论到创作。于是就开始念诗。最初的声音很低，微微有点颤动，然而却柔婉得像秋空的流云，像春水的细波，像一切说都说不出的东西。转了几转以后，渐渐地高起来了。每一行不平常的诗句里都仿佛加入了许多新东西，加入了无量更不平常的神秘的力量。仿佛有一颗充满了生命力的灵魂跳动在里面，连我自己的渺小的灵魂也仿佛随了那大灵魂的节律在跳动着。我眼前诗人的影子渐渐地大起来，大起来，一直大到任什么都看不到。于是只剩了诗人的微颤又高亢的声音不知从什么地方飘了来，宛如从天上飞下来的一道电光，从万丈悬崖上注下来的一线寒流，在我的四周舞动。我的眼前只是一片空濛，我什么东西都看不到了。四周的一切都仿佛化成了灰，化成了烟；连自己也仿佛化成了灰，化成了烟，随了那一股神秘的力量飞到不知什么地方去了。

不知多久以后，我的四周蓦地一静，我的心一动，才仿佛从一阵失神里转来一样，发现自己仍然坐在这里听诗。定了定神，向台上看了看，灯光照了诗人脸的一半，黑大的影投在后面的墙上。他的诗已经念完，正预备念小说。现在我眼前的幻影一点也不剩了，我抬头看了看全堂的听者，人人都瞪大了眼睛静默着。又看了看诗人，满脸的皱纹在一伸一缩地跳动着：我们很容易看出这位老人是怎样吃力地读着自己的作品。

小说终于读完了。人们又把这位老诗人扶下讲台，热烈的掌声把他送出去，但仍然不停，又把他拖回来，走到讲台的前面，向人们慢慢地鞠了一个躬，才又慢慢地踱出去。

礼堂里立刻起了一阵骚动：人们都想跟了诗人去请他在书上签字。我同朋友也挤了出去，挤到楼下来。屋里已经填满了人。我们于是就等，用最大的耐心等。终于轮到了自己。他签字很费力，手有点颤抖，签完了，抬眼看了看我，我才发现他的眼睛是异常地大的，而且充满了光辉。也许因为看到我是个外国人的缘故，嘴里喃喃地说了一句什么；但没等我说话，后面的人就挤上来，把我挤出屋去，又一直把我挤出了大门。

外面雨还没停，一条条的雨丝在昏暗的路灯下闪着光，地上的积水也凌乱地闪着淡光。那一双大的充满了光辉的眼睛只是随了我的眼光转，无论我的眼光投到哪里去，那双眼睛便冉冉地浮现出来。在寂静的紧闭的窗子上，我会看到那一双眼睛；在远处的暗黑的天空里，我也会看到那双眼睛。就这样陪着我，一直陪我到家，又一直把我陪到梦里去。

这以后不久，又有了第二次听诗的机会。这次念诗的是卜龙克（Hans Friedriech Blunck）。他是学士院的主席，相当于英国的桂冠诗人。论理应该引起更大的幻想，但其实却不然。上次自己可以制造种种影像，再用幻想来涂上颜色，因而给自己一点期望的快乐。但这次，既然有了上次的经验，又哪能再凭空去制造影像呢？但也就因了有上次的经验，知道了诗人的诗篇从诗人自己嘴里流出来的时候是有着怎样大的魔力，所以对日子的来临渴望得比上次又不知厉害多少倍了。

在渴望中，终于到了念诗的那天。又是阴沉的天色，随时都有落下雨来的可能。黄昏的时候，我去找到那位朋友，走过那一段古老的城墙，一同到大学的大讲堂去。

人不像上次多，讲台的布置也同上次不一样。上次只是极单纯的一张桌子，一把椅子。这次桌子前却挂了国社党的红地黑字的旗子，而且桌子上还摆了两瓶乱七八糟的花。我感到深深的失望的悲哀。我早没有了那在一间小屋中暗黄的灯影里只有几个人听诗的幻想，连上次那样单纯朴质的意味也寻不到踪影了。

最先是一个毛手毛脚的年轻小伙子飞步上台，把右手一扬，开口便说话，嘴鼻子乱动，眼也骨碌骨碌地直转。看样子是想把眼光找一个地方放下，但看到台下有这样许多人看自己，急切又找不到地方放，于是嘴鼻子眼也动得更厉害。我忍不住直想笑出声来。但没等我笑出来，这小伙子，说过几句介绍词之后，早又毛手毛脚地跳下台来了。

接着上去的是卜龙克。他不知道什么时候已经来到这屋里，只从前排的一个位子上站起来就走上台去。他的貌相颇有点滑稽。头顶全秃光了，在灯下直闪光。嘴向右边歪，左嘴角上一个大疤。说话的时候，只有上唇的右半颤动，衬了因说话而引起的皱纹，形成一个奇异的景象。同宾丁一样，说了几句话之后，就开始念自己的诗。但立刻就给了我一个不好的印象。音调不但不柔婉，而且生涩得令人想也想不到，仿佛有谁勉强他来念似的，抱了一肚皮委屈，只好一顿一挫地念下去。我想到宾丁，在那老人的颤声里是有着多样大的魔力呢？但我终于忍耐着。念过几首之后，又念到他采了民间故事仿民歌作的歌。不知为什么诗人忽然兴奋起来，声音也高起来了。在单纯质朴的歌调中，仿佛有一股原始的力量在贯注着。我的心又不知不觉飞了出去，我又到了一个忘我的境界。当他念完了诗再念小说的时候，他似乎异常地高兴，微笑从不曾离开过他的脸。听众不时发出哄堂的笑声，表示他们也都很兴奋。这笑声延长下去，一直到诗人念完了小说带了一脸的微笑走下讲台。

我们又随着人们挤出了大讲堂。外面是阴暗的夜。我们仍然走过那段古城墙，抬头看到那座中世纪留下来的古老的教堂的尖顶，高高地刺向灰暗的天空里去，像一个巨人的影子。同上次一样，诗人的面影又追了我来，就在我眼前不远的地方浮动。同时那位老诗人的有着那一双大而有光辉的眼睛的面影，也浮到眼前来。无论眼前看到的是一棵老树，是树后面一团模糊的山林，但这两个面影就会浮在前面。就这样，又一直把我送到家，又一直把我送到梦里去。

到现在已经一个多月了，每在不经心的时候，一转眼，便有这样两个面影一前一后地飘过去，这两位诗人的声音也便随着缭绕在耳旁，我的心立刻起一阵轻微的颤动。有人会以为这些纠缠不清的影子对我是一个大的累赘，然而正相反，我自己心里暗暗地庆幸着：从很早的时候就在眼前晃动的那幅影像终于在眼前证实了。自己就成了那影像里的一个听者，诗人的颤声就流到自己的耳朵里、心里、灵魂的深深处，而且还永远永远地埋起来。倘若真是一个梦的话，又有谁否认这不是一个充满了神奇的梦呢！

寻梦

一九三六年七月于哥廷根

　　夜里梦到母亲，我哭着醒来。醒来再想捉住这梦的时候，梦却早不知道飞到什么地方去了。

　　我瞪大了眼睛看着黑暗，一直看到只觉得自己的眼睛在发亮。眼前飞动着梦的碎片，但当我想到把这些梦的碎片捉起来凑成一个整个的时候，连碎片也不知道飞到什么地方去了。眼前剩下的就只有母亲依稀的面影……

　　在梦里向我走来的就是这面影。我只记得，当这面影才出现的时候，四周灰蒙蒙的，母亲仿佛从云堆里走下来。脸上的表情有点同平常不一样，像笑，又像哭。但终于向我走来了。

　　我是在什么地方呢？这连我自己也有点弄不清楚。最初我觉得自己是在现在住的屋子里。母亲就这样一推屋角上的小门，走了进来。橘黄色的电灯罩的穗子就罩在母亲头上。于是我又想了开去，想到哥廷根的全城：我每天去上课走过的两旁有惊人的粗的橡树的古旧的城墙，斑驳陆离的灰黑色的老教堂，教堂顶上的高得有点古怪的尖塔，尖塔上面的晴空。然而，我的眼前一闪，立刻闪出一片芦苇，芦苇的稀薄处还隐隐约约地射出了水的清光。这是故乡里屋后面的大苇坑。于是我立刻感觉到，不但我自己是在这苇坑的边上，连母亲的面影也是在这苇坑的边上向我走来了。我又想到，在我童年还没有离开故乡的时候，每个夏天的早晨，天还没亮，我就起来，沿着这苇坑走去，很小心地向水里看着。当我看到暗黑的水面下有什么东西在发着白亮的时候，我伸下手去一摸，是一只白而且大的鸭蛋。我写不出当时快乐的心情。这时再抬头看，往往可以看到对岸空地里的大杨树顶上正有一抹淡红的朝阳——两年前的一个秋天，母亲就静卧在这杨树下，永远地，永远地。现在又在靠近杨树的坑旁看到她生前八年没见面的儿子了。

但随着这苇坑闪出的却是一枝白色灯笼似的小花，而且就在母亲的手里。我真想不出故乡里什么地方有过这样的花。我终于又想了回来，想到哥廷根，想到现在住的屋子，屋子正中的桌子上两天前房东曾给摆上这样一瓶花。那么，母亲毕竟是到哥廷根来过了，梦里的我也毕竟在哥廷根见过母亲了。

想来想去，眼前的影子渐渐乱了起来。教堂尖塔的影子套上了故乡的大苇坑，在这不远的后面又现出了一朵朵灯笼似的白花，在这一些的前面若隐若现的是母亲的面影。我终于也不知道究竟在什么地方看到的母亲了。我努力压住思绪，使自己的心静了下来，窗外立刻传来潺潺的雨声，枕上也觉得微微有寒意。我起来拉开窗幔，一缕清光透进来。我向外怅望，希望发现母亲的足踪。但看到的却是每天看到的那一排窗户，现在都沉在静寂中，里面的梦该是甜蜜的吧！

但我的梦却早飞得连影都没有了；只在心头有一线白色的微痕，蜿蜒出去，从这异域的小城一直到故乡大杨树下母亲的墓边；还在暗暗地替母亲担着心：这样的雨夜怎能跋涉这样长的路来看自己的儿子呢？此外，眼前只是一片空濛，什么东西也看不到了。

天哪！连一个清清楚楚的梦都不给我吗？我怅望灰天，在泪光里，幻出母亲的面影。

海棠花

一九四一年五月 德国哥廷根

早晨到研究所去的路上，抬头看到人家的园子里正开着海棠花，缤纷烂漫地开成一团。这使我想到自己故乡院子里的那两棵海棠花，现在想也正是开花的时候了。

我虽然喜欢海棠花，但却似乎与海棠花无缘。自家院子里虽然就有两棵，枝干都非常粗大，最高的枝子竟高过房顶，秋后叶子落光了的时候，看到尖尖的顶枝直刺着蔚蓝悠远的天空，自己的幻想也仿佛跟着高爬上去，常默默地看上半天；但是要到记忆里去搜寻开花时的情景，却只能搜到很少几个断片。搬过家来以前，曾在春天到原来住在这里的亲戚家里去讨过几次折枝，当时看了那开得团团滚滚的花朵，很羡慕过一番。但这已经是很久很久以前的事情，现在回忆起来都有点渺茫了。

家搬过来以后，自己似乎只在家里待过一个春天。当时开花时的情景，现在已想不真切。记得有一个晚上同几个同伴在家南边一个高崖上游玩，向北看，看到一片屋顶，其中纵横穿插着一条条的空隙，是街道。虽然也可以幻想出一片海浪，但究竟单调得很。可是在这一片单调的房顶中却蓦地看到一树繁花的尖顶，绚烂得像是西天的晚霞。当时我真有说不出的高兴，其中还夹杂着一点渴望，渴望自己能够走到这树下去看上一看。于是我就按着这一条条的空隙数起来，终于发现，那就是自己家里那两棵海棠树。我立刻跑下崖头，回到家里，站在海棠树下，一直站到淡红的花团渐渐消逝到黄昏里去，只朦胧留下一片淡白。

但是这样的情景只有过一次，其余的春天我都是在北京度过的。北京是古老的都城，尽有许多机会可以作赏花的韵事，但是自己却很少有这福气。我只到中山公园去看过芍药，到颐和园去看过一次木兰。此外，就是同一个老朋友在大毒日头下面跑过许多条窄窄的灰土街道到崇效寺去看过一次牡丹；又因为去得太晚了，只看到满地残英。至于海棠，不但是很少看到，连因海棠而出名的寺院似乎也没有听说过。北京的春天是非常短的，短到几乎没有。最初还是残冬，可是接连吹上几天大风，再一看树木都长出了嫩绿的叶子，天气陡然暖了起来，已经是夏天了。

夏天一来，我就又回到故乡去。院子里的两棵海棠已经密密层层地盖满了大叶子，很难令人回忆起这上面曾经开过团团滚滚的花。长昼无聊，我躺在铺在屋里面地上的席子上睡觉，醒来往往觉得一枕清凉，非常舒服。抬头看到窗纸上历历乱乱地布满了叶影。我间或也坐在窗前看点书，满窗浓绿，不时有一只绿色的虫子在上面慢慢地爬过去，令我幻想深山大泽中的行人。蜗牛爬过的痕迹就像是山间林中的蜿蜒的小路。就这样，自己可以看上半天。晚上吃过饭后，就搬了椅子坐在海棠树下乘凉，从叶子的空隙处看到灰色的天空，上面嵌着一颗一颗的星。结在海棠树与檐边中间的蜘蛛网，借了星星的微光，把影子投在天幕上。一切都是这样静。这时候，自己往往什么都不想，只让睡意轻轻地压上眉头。等到果真睡去半夜里再醒来的时候，往往听到海棠叶子窸窸窣窣地直响，知道外面下雨了。

似乎这样的夏天也没有能过几个，六年前的秋天，当海棠树的叶子渐渐地转成淡黄的时候，我离开故乡，来到了德国。一转眼，在这个小城里，就住了这么久。我们天天在过日子，却往往不知道日子是怎样过的。以前在一篇什么文章里读到这样一句话："我们从现在起要仔仔细细地过日子了。"当时颇有同感，觉得自己也应立刻从即时起仔仔细细地过日子了。但是过了一些时候，再一回想，仍然是有些捉摸不住，不知道日子是怎样过去的。到了德国，更是如此。我本来是下定了决心用苦行者的精神到德国来念书的，所以每天除了钻书本以外，很少想到别的事情。可是现实的情况又不允许我这样做。而且祖国又时来入梦，使我这万里外的游子心情不能平静。就这样，在幻想和现实之间，在祖国和异域之间，我的思想在挣扎着。不知道怎样一来，一下子就过了六年。

哥廷根是有名的花城。来到这里的第一个春天，这里花之多就让我吃惊。雪刚融化，就有白色的小花从地里钻出来。以后，天气逐渐转暖，一转眼，家家园子里都挤满了花。红的、黄的、蓝的、白的，大大小小，五颜六色，锦似的一片，都不知道是什么时候开放的。山上枝林子里，更有整树的白花。我常常一个人在暮春五月到山上去散步，暖烘烘的香气飘拂在我的四周。人同香气仿佛融而为一，忘记了花，也忘记了自己，直到黄昏才慢慢回家。但是我却似乎一直没注意到这里也有海棠花，原因是，我最初只看到满眼繁花，多半是叫不出名字。"看花苦为译秦名"，我也就不译了。因而也就不分什么花什么花，只是眼花缭乱而已。

但是，真像一个奇迹似的，今天早晨我竟在人家园子里看到盛开的海棠花。我的心一动，仿佛刚睡了一大觉醒来似的，蓦地发现，自己在这个异域的小城里住了六年了。乡思浓浓地压上心头，无法排解。

我前面说，我同海棠花无缘。现在我不知道应该怎样说好了，乡思并不是很舒服的事情。但是在这垂尽的五月天，当自己心里填满了忧愁的时候，有这么一团十分浓烈的乡思压在心头，令人感到痛苦。同时我却又有点爱惜这一点乡思，欣赏这一点乡思。它使我想到：我是一个有故乡和祖国的人。故乡和祖国虽然远在天边，但是现在它们却近在眼前。我离开它们的时间愈远，它们却离我愈近。我的祖国正在苦难中，我是多么想看到它呀！把祖国召唤到我眼前来的，似乎就是这海棠花，我应该感激它才是。

想来想去，我自己也糊涂了。晚上回家的路上，我又走过那个园子去看海棠花。它依旧同早晨一样，缤纷烂漫地开成一团，它似乎一点也不理会我的心情。我站在树下，呆了半天，抬眼看到西天正亮着同海棠花一样红艳的晚霞。

　　总有一个女孩子的面影飘动在我的眼前：淡红的双腮，圆圆的大眼睛。这面影对我这样熟悉，却又这样生疏。每次当她浮起来的时候，我一点也不去理会，她只是这么摇摇曳曳地在我眼前浮动一会儿，蓦地又暗淡下去，终于消逝到不知什么地方去了。我的记忆也自然会随了这消逝去的影子追上去，一直追到六年前的波兰车上。

　　也是同现在一样的夏末秋初的天气，我在赤都游了一整天以后，脑海里装满了红红绿绿的花坛的影像，走上波德通车。我们七个中国同学占据了一个车厢，谈笑得颇为热闹。大概快到华沙了吧，车里渐渐暗了下来，这时忽然走进一个年轻的女孩子来。我只觉得有一个秀挺的身影在我眼前一闪，还没等我细看的时候，她已经坐在我的对面。我的地理知识本来不高明，在国内的时候，对波兰我就不大清楚，对波兰的女孩子更模糊成一团。后来读到一位先生游波兰描写波兰女孩子的诗，当时的印象似乎很深，但不久就渐渐淡了下来，终于连一点痕迹都没有了。然而现在自己竟到了波兰，而且对面就坐了一个美丽的波兰女孩子：淡红的双腮，圆圆的大眼睛。

　　倘若在国内的话，七个男人同一个孤身的女孩子坐在一起，我们即使再道学，恐怕也会说一两句带着暗示的话，让女孩子红上一阵脸，我们好来欣赏娇羞含怒然而却又带笑的态度。然而现在却轮到我们红脸了。女孩子坦然地坐在那里，脸上挂着一丝微笑，把我们七个异邦的青年男子轮流看了一遍，似乎想要说话的样子。但我们都仿佛变成在老师跟前背不出书来的小学生，低了头，没有一个人敢说些什么。终于还是女孩子先开了口。她大概知道我们不能说波兰话，只用德文问我们会说哪一国的话。我们七个中有一半没学过德文，我自己虽然学过，但也只是书本子里的东西。现在既然有人问到了，也只好勉强回答说自己会说德文。谈话也就开始了，而且还是愈来愈热闹。我们真觉得语言的功用有时候并不怎样大，静默或其他别的动作还能表达更多更复杂更深刻的思想。当时我们当然不能长篇大论地叙述什么，有的时候竟连意思都表达不出来，这时我们便相对一笑，在这一笑里，我们似乎互相了解了更多更深的东西。刚才她走进来的时候，先很小心地把一个坐垫放在座位上，然后坐下去。经过了也不知道多少时候，我蓦地发现这坐垫已经移到一位中国同学的身子下面去；然而他们两个人都没注意到，当时热闹的情形也可以想见了。

在满洲里的时候，我们曾经买了几瓶啤酒似的东西。一路上，每到一个大车站，我们就下去用铁壶提开水来喝，这几瓶东西却始终珍惜着没有打开。现在却仿佛蓦地有一个默契流过我们每个人的心中，一位同学匆匆忙忙地找出来了一瓶打开，没有问别人，其余的人也都兴高采烈地帮忙找杯子，没有一个人有半点反对的意思。不用说，我们第一杯是捧给这位美丽的女孩子的。她用手接了，先不喝，问我这是什么。我本来不很知道这究竟是什么，反正不过是酒一类的东西，而且我脑子里关于这方面的德文字也就只有一个酒字，就顺口回答说："是酒。"她于是喝了一口，立刻抬起眼含着笑仿佛谴责似的问着我说："你说是酒？"这双眼睛这样大，这样亮，又这样圆，再加上玫瑰花似的微笑，这一切深深地压住了我的心，我本来没有意思辩解，现在更没话可说，其实也不能说什么话了。她没有再说什么，拿出她自己带来的饼干分给我们吃。我们又吃又喝，忘记了现在是在火车上，是在异域；忘记了我们是初相识的异国的青年男女，根本忘记了我们自己，忘记了一切。她皮包里带着许多相片，她一张一张地拿给我们看。我们也把我们身边带的书籍画片，甚至连我们的毕业证书都找出来给她看。小小的车厢里充满了融融的欣悦。一位同学忽然问她叫什么名字，她立刻毫不忸怩地把自己的名字写在我们的簿子上：Wala，一个多么美妙令人一听就神往的名字！

大概将近半夜了吧，我走到另外一个车厢里想去找一个地方睡一会儿。终于在一个角落里找到一个位子，对面坐了一位大鼻子的中年人。才一出国，看到满车外国人，已经有点觉得生疏；再看了他这大鼻子，仿佛自己已经走进了一个童话的国土里来，有说不出的感觉。这大鼻子仿佛有魔力，把我的眼睛吸住，我非看不行。我敢发誓，我一生还没有看到这样大的鼻子。他耳朵上又罩上了无线电收音机，衬上这生在脸正中的一块大肉，这一切合起来凑成一幅奇异的图案画，看了我再也忍不住笑起来。但他偏又高兴同我说话，说着破碎的英语，一手指着自己的头，一手指着远处坐着的 Wala，头摇了两摇，奇异的图案画上浮起一丝鄙夷微笑。我抬起头来看了看 Wala，才发现她头上戴了一顶红红绿绿的小帽子。刚才我竟没有注意到，我的全部精神都让她的淡红的双腮同圆圆的大眼睛吸住了。现在忽然发现她头上的小帽子，只觉得更增加了她的妩媚。一直到现在我还不明白，这位中年人为何讨厌这一顶同她的秀美的面孔相得益彰的小帽子。

我现在已经忆不起来，我们是怎样分的手。大概是我们，至少是我，坐着蒙蒙眈眈地睡了会儿，其间 Wala 就下了车。我当时醒了后确曾觉得非常值得惋惜，我们竟连一声再会都没能说，这美丽的女孩子就像神龙似的去了，我仿佛看了一个夏夜的流星。但后来自己到了德国，蓦地投到一个新的环境里去，整天让工作压得不能喘一口气。以前在国内的时候，无论是做学生，是教书，尽有余裕的时间让自己的幻想出去飞一飞，上至青天，下至黄泉，到种种奇幻的世界里去翱翔，想到许多荒唐的事情，摹绘给自己种种金色的幻影，然后再回到这个世界里来。现在每天对着自己的全是死板板的现实，自己再没有余裕把幻想放出去，Wala 的影子似乎已经从我的记忆里消逝了去，我再也想不到她了。这样就过去了六个年头。

前两天，一个细雨萧索的初秋的晚上，一位中国同学到我家里来闲谈。谈到附近一个菜园子里新近来了一个波兰女孩子在工作。这女孩子很年轻，长得又非常美丽，父母都很有钱。在波兰刚中学毕业，正要准备进大学的时候，德国军队冲进波兰。在听过几天飞机大炮以后，于是就来了大恐怖，到处是残暴与血光。在风声鹤唳的情况里过了一年，正在庆幸着自己还能活下去的时候，又被希特勒手下的穿黑衣服的两足走兽强迫装进一辆火车里运到德国来，终于被派到哥廷根来，在这个菜园子里做下女。她天天做着牛马的工作，受着牛马的待遇，一生还没有做过这样的苦工。出门的时候，衣襟上还要挂上一个绣着 P 字的黄布，表示她是波兰人，让德国人随时都能注意她的行动；而且也只能白天出门，晚上出去捉起来立刻入监狱。电影院戏院一类娱乐的地方是不许她去的。衣服票鞋票当然领不到，衣服鞋破了也只好将就着穿，所以她这样一个年轻又美丽的女孩子，衣服是破烂不堪的，脚下穿的又是木头鞋。工资少到令人吃惊。回家的希望简直更渺茫，只有天知道，她什么时候能再见到她的故乡，她的父母！我的朋友也不由得叹了一口气。

我的眼前电火似的一闪，立刻浮起 Wala 的面影，难道这个女孩子就是 Wala 么？但立刻我又自己否认，这不会是她的，天下不会有这样凑巧的事情。然而立刻又想到，这女孩子说不定就是 Wala，而且非是她不行；命运是非常古怪的，它有时候会安排下出人意料的事情。就这样，我的脑海里纷乱成一团，躺下无论如何也睡不着，伏在枕上听窗外雨声滴着落叶，一直到不知什么时候。

第二天早晨起来，到研究所去的时候，我就绕路到那菜园子去。这里我以前本来是常走的，一切我都很熟悉。但今天我看到这绿绿的菜畦，黄了叶子的苹果树，中间一座两层的小楼，我的眼前发亮，一切都蓦地对我生疏起来，我仿佛第一次看到这许多东西，我简直失了神似的，觉得以前菜畦没有这样绿，苹果树的叶子也没有黄过，中间并没有这样一座小楼。但现在却清清楚楚地看到眼前有这样一座楼，小小的红窗子就对着黄了叶子的苹果林，小巧得古怪又可爱。我注视这窗口，每一刹那我都盼望着，蓦地会有一个女孩子的头探出来，而且这就是 Wala。在黄了叶子的苹果树下面，我也每一刹那都在盼望着，蓦地会有一个秀挺的少女的身影出现，而且这也就是 Wala。但我什么也没看到。我带了一颗失望的心走到研究所，工作当然做不下去。黄昏回家的时候，我又绕路从这菜园子旁边走过，我直觉地觉得反正在离我住的地方不远的小楼里有一个 Wala 在；但我却没有一点愿望再看这小楼，再注视这窗口，只匆匆走过去，仿佛是一个被检阅的兵士。

以后，我每天要绕路到那菜园子附近去走上两趟。我什么也没看到，而且我也不希望看到什么，因为我现在已经知道，这女孩子不会是 Wala 了。不看到，自己心里终究有一个极渺茫极不成希望的希望：说不定她就真是 Wala。怀了这渺茫的希望，回到家来，每当夜深人静的时候，就把幻想放出去，到种种奇幻的世界里去翱翔，想到许多荒唐的事情，给自己摹描种种金色的幻影。这幻想会自然而然地把我带到六年前的波兰车上。我瞪大了眼睛向眼前的空虚处看去，也自然而然地有一个这样熟悉然而又这样生疏的女孩子的面影摇摇曳曳地浮现起来：淡红的双腮，圆圆的大眼睛。

我每次想到的就是这似乎平淡然而却又很深刻的诗句："同是天涯沦落人。"因为，我已经再不怀疑，即使这女孩子不是 Wala，但 Wala 的命运也不会同这女孩子的有什么区别，或者还更坏。她也一定是在看过残暴与血光以后，被另外一个希特勒手下的穿黑衣服的两足走兽强迫装进一辆火车里拖到德国来，在另一块德国土地上，做着牛马的工作，受着牛马的待遇，出门的时候也同样要挂上一个 P 字黄牌，同样不能看到她的父母，她的故乡。但我自己的命运又有什么两样呢？不正有另一群兽类在千山万山外自己的故乡里散布残暴与火光吗？故乡的人们也同样做着牛马的工作，受着牛马的待遇，自己也同样不能见到自己的家属，自己的故乡。"同是天涯沦落人"，但是我们连"相逢"的机会都没有，我真希望我们这曾经一度"相识"者能够相对流一点泪，互相给一点安慰。但是，即使她现在有泪，也只好一个人独洒了，她又到什么地方能找到我呢？有时候，我曾经觉得世界小过，小到令人连呼吸都不自由，但现在我却觉得世界真正太大了。在茫茫的人海里，找寻她，不正像在大海里找寻一粒芥子么？我们大概终不能再会面了。

三
辑

31-40岁作品

　　哥廷根的秋天是美的，美到神秘的境地，令人说不出，也根本
想不到去说。有谁见过未来派的画没有？这小城东面的一片山林在
秋天就是一幅未来派的画，你抬眼就看到一片耀眼的绚烂。

忆章用

一九四六年七月写于南京

　　我一直到现在还不能相信，他竟撒手离开现在的这个世界去了。我自己的生命虽然截止到现在还说不上怎样太长；但在这不太长的过去的生命中，他的出现却更短，短到令人怀疑是不是曾经有过这样一回事。倘若要用一个譬喻的话，我只能把他比作一颗夏夜的流星，在我的生命的天空中，蓦地拖了一条火线出现了，蓦地又消逝到暗冥里去。但在这条火线留下的影于却一直挂在我的记忆的丝缕上，到现在，已经是隔了几年了，忽然又闪熠了起来。

　　人的记忆也是怪东西，在每一天，不，简直是每一刹那，自己所遇到的大大小小的事情中，在风起云涌的思潮中，有后来想起来认为是极重大的事情，但在当时看过想过后不久就忘却了，费很大的力量才能再回忆起来。但有的事情，譬如说一个人笑的时候脸部构成的图形，一条柳枝摇曳的影子，一片花瓣的飘落，在当时，在后来，都不认为有什么不得了；但往往经过很久很久的时间，却能随时都明晰地浮现眼前，因而引起一长串的回忆。到现在很生动地浮现在我眼前，压迫着我想到俊之（章用）的，就是他在谈话中间静默时神秘地向眼前空虚处注视的神态。

　　但说来已经是六年前的事情了。六年前的深秋，我从柏林来到哥廷根。

第二天起来，在街上走着的时候，觉得这小城的街特别长，太阳也特别亮，一切都浸在一片白光里。过了几天，就在这样的白光里，我随了一位中国同学走过长长的街去访俊之。他同他母亲赁居一座小楼房的上层，四周全是花园。这时已经是落叶满地，树头虽然还挂了几片残叶，但在秋风中却只显得孤零了。那一次究竟说了些什么话，现在已经记不清了。似乎他母亲说话最多，俊之并没有说多少。在谈话中间静默的一刹那，我只注意到，他的目光从眼镜边上流出来，神秘地注视着眼前的空虚处。

就这样，我们第一次见面他给我的印象是颇平常的，但不知为什么，以后竟常常往来起来。他母亲人非常慈和，很能谈话。每次会面，都差不多只有她一个人独白，每次都感觉不到时间的逝去，等到觉得屋里渐渐暗起来，却已经晚了，结果每次都是仓仓促促辞了出来，摸索着走下黑暗的楼梯，赶回家来吃晚饭。为了照顾儿子，她在这离开故乡几万里的寂寞的小城里陪儿子一住就是七八年，只是这一件，就足以打动了天下失掉了母亲的孩子们的心，让他们在无人处流泪，何况我又是这样多愁善感？又何况还是在这异邦的深秋呢？我因而常常想到在故乡里萋萋的秋草下长眠的母亲，到俊之家里去的次数也就多起来。

哥廷根的秋天是美的，美到神秘的境地，令人说不出，也根本想不到去说。有谁见过未来派的画没有？这小城东面的一片山林在秋天就是一幅未来派的画，你抬眼就看到一片耀眼的绚烂。只说黄色，就数不清有多少等级，从淡黄一直到接近棕色的深黄，参差地抹在这一片秋林的梢上，里面杂了冬青树的浓绿，这里那里还点缀上一星星的鲜红，给这惨淡的秋色涂上一片凄艳。就在这林子里，俊之常陪我去散步，我们不知道曾留下多少游踪。林子里这样静，我们甚至能听到叶子辞树的声音。倘若我们站下来，叶子也就会飘落到我们身上。等到我们理会到的时候，我们的头上肩上已经满是落叶了。间或前面树丛里影子似的一闪，是一匹被我们惊走的小鹿，接着我们就会听到窸窣的干叶声，渐远，渐远，终于消逝到无边的寂静里去。谁又会想到，我们竟在这异域的小城里亲身体会到"叶干闻鹿行"的境界？但这情景都是后来回忆时才觉到的，在当时，我们却没有，或者可以说很少注意到：我们正在热烈地谈着什么。他虽然念的是数学，但因为家学渊源，对中国旧文学很有根底，作旧诗更是经过名师的指导，对哲学似乎比对数学的兴趣还要大。我自己虽然一无所成，但因为平常喜欢浏览，所以很看了些旧诗词，而且自己对许多文学上的派别和几个诗人还有一套看法。平时难得解人，所以一直闷在心里，现在居然有人肯听，于是我就一下子倾出来。看了他点头赞成的神气，我的意趣更不由地飞动起来，我忘记了时间，忘记了世界，连自己也忘记了。往往是看到桦树的白皮上已经涂上了淡红的夕阳，才知道是应该下山的时候。走到城边，就看到西面山上一团紫气，不久天上就亮起星星来了。

等到林子里最后的几片黄叶也落净了的时候，不久就下了第一次的雪。哥城的冬天是寂寞的，天永远阴沉，难得看到几缕阳光。在外面既然没有什么可看，人们又觉得炉火可爱起来。有时候在雪意很浓的傍晚，他到我家里来闲谈。他总是靠近炉子坐在沙发上，头靠在后面的墙上。我们总有说不完的话，大半谈的仍然是哲学宗教上的问题；但转来转去，总转到中国旧诗上。他说话没有我多，当我滔滔不绝地说着的时候，他只是静静地听，脸上又浮起那一片神秘的微笑，眼光注视着眼前的空虚处。同我一样，他也会忘记了时间，现在轮到他摸索着走下黑暗的楼梯赶回家去吃晚饭了。

后来这情形渐渐多起来。等到我们再聚到一起的时候，章伯母就笑着告诉我，自从我到了哥廷根，他儿子仿佛变了一个人，以前同他母亲也不大多说话，现在居然有时候也显得有点活泼了。他在哥城八年，除了间或到范禹（龙丕炎）家去以外，很少到另外一位中国同学家里去，当然更谈不到因谈话而忘记了吃晚饭。多少年来，他就是一个人到大学去，到图书馆去，到山上去散步，不大同别人在一起。这情形我都能想象得到，因为无论谁只要同俊之见上一面，就会知道，他是孤高一流的人物。这样一个人怎么能够同其他油头粉面满嘴里离不开跳舞电影的留学生们合得来呢？

但他的孤高并不是矫揉造作的，他也并没有意思去装假名士。章伯母告诉我，他在家里，也总是一个人在思索着什么，有时坐在那里，眼睛愣愣的，半天不动。他根本不谈家常，只有谈到学问，他才有兴趣。但老人家的兴趣却同他的正相反，所以平常时候母子相对也只有沉默着一句话也不说了。他对吃饭也感不到多大兴趣，坐在饭桌旁边，嘴里嚼着什么，眼睛并不看眼前的碗同菜，脑筋里似乎正在思索着只有他自己知道的问题。有时候，手里拿着一块面包，站起来，在屋里不停地走，他又沉到他自己独有的幻想的世界里去。倘若叫他吃，他就吃下去；倘若不叫他，他也就算了。有时候她同他开个玩笑，问他刚才吃的是什么东西，他想上半天，仍然说不上来。这是他自己说起来都会笑的。过了不久，我就有机会证实了章伯母的话。这所谓"不久"，我虽然不能确切地指出时间来，但总在新年过后的一两月里，小钟似的白花刚从薄薄的雪堆里挣扎出来，林子里怕已经抹上淡淡的一片绿意了。章伯母因为有事情到英国去了，只留他一个人在家里。我因为学系不能决定，有时候感到异常的烦闷，所以就常在傍晚的时候到他家里去闲谈。我差不多每次都看到桌子上一块干面包，孤零地伴着一瓶凉水。问他吃过晚饭没有，他说吃过了。再问他吃的什么，他的眼光就流到那一块干面包和那一瓶凉水上去，什么也不说。他当然不缺少钱买点儿香肠牛奶什么的；而且煤气炉子也就在厨房里，只要用手一转，也就可以得到一壶热咖啡；但这些他都没做，也许是忘记了，也许根本没兴致想到这些琐碎的事情，他脑筋里正盘旋着什么问题。在这时候，最简单的办法当然就是向面包盒里找出他母亲吃剩下的面包，拧开凉水管子灌满一瓶，草草吃下去了事。既然吃饭这事情非解决不行，他也就来解决；至于怎样解决，那有什么重要呢？反正只要解决过，他就能再继续他的工作，他这样就很满意了。

　　我将怎样称呼他这样一个人呢？在一般人眼中，他毫无疑问的是一个怪人，而且他和一般人，或者也可以说，一般人和他合不来的原因恐怕也就在这里面。但我从小就有一个偏见，我最不能忍受四平八稳处事接物面面周到的人物。我觉得，人不应该像牛羊一样，看上去都差不多，人应该有个性。然而人类的大多数都是看上去都差不多的角色，他们只能平稳地活着，又平稳地死去，对人类对世界丝毫没有影响。真正大学问大事业是另外几个同一般人不一样，甚至被他们看作怪人和呆子的人做出来的。我自己虽然这样想，甚至也试着这样做过，也竟有人认为我有点怪；但我自问，有的时候自己还太妥协平稳，同别人一样的地方还太多。因而我对俊之，除了羡慕他的渊博的学识以外，对他的为人也有说不出来的景仰了。

在羡慕同景仰两种心情下，我当然高兴常同他接近。在他那方面，他也似乎很高兴见到我。到现在还不能忘记，每次我找他到小山上去散步，他都立刻答应，而且在非常仓皇的情形下穿鞋穿衣服，仿佛一穿慢了，我就会逃掉似的。我们到一起，仍然有说不完的话，我们谈哲学，谈宗教，仍然同以前一样，转来转去，总转到中国旧诗上去。他把他的诗集拿给我看，里面的诗并不多，只是薄薄的一本。我因为只仓促翻了一遍，现在已经记不清，里面究竟有些什么诗。我用尽了力想，只能想起两句来："频梦春池添秀句，每闻夜雨忆联床。"他还告诉我，到哥城八年，先是拼命念德文，后来入了大学，又治数学同哲学，总没有余裕和兴致来写诗；但自从我来以后，他的诗兴仿佛又开始汹涌起来，这是连他自己都没想到的。

果然，过了不久，又在一个傍晚，他到我家里来。一进门，手就向衣袋里摸，摸出来的是一个黄色的信封，里面装了一张硬纸片，上面工整地写着一首诗：

> 空谷足音一识君，
> 相期诗伯苦相薰。
> 体裁新旧同尝试，
> 胎息中西沐见闻。
> 胸宿赋才徕物与，
> 气嘘史笔发清芬。
> 千金敝帚孰轻重，
> 后世凭猜定小文。

我看了脸上直发热。对旧诗，我虽然喜欢胡谈乱道，但说到作，我却从来没尝试过，可以说是一个十足的门外汉，我哪里敢做梦做什么"诗伯"呢？但他的这番意思我却只有心领了。

这时候，我自己的心情并不太好，他也正有他的忧愁。七八年来，他一直过着极优裕的生活。近一两年来，国内的地租忽然发生了问题，于是经济来源就有了困难。对于他这其实都算不了什么，因为我知道，只要他一开口，立刻就会有人自动地送钱给他用，而且，据他母亲告诉我，也真的已经有人寄了钱来，譬如一位德国朋友，以前常到他家里去吃中国饭，现在在另外一个大学里当讲师，就寄了许多钱来，还愿意以后每月寄。然而俊之都拒绝了。我也同他谈过这事情，我觉得目前用朋友几个钱完成学业实在是无伤大雅的；但他却一概不听，也不说什么理由，我自己根本没有多少钱，领到的钱也不过刚够每月的食宿，一点也不能帮他的忙。最初听到说，他不久就要回国去筹款，心中有说不出的难过。后来他这计划终于成为事实了。每次到他那里去，总看到他忙忙碌碌地整理书籍。我不愿意看这一堆堆横七竖八躺在地上的书籍，我觉得有什么地方对他不起，心里凭空惭愧起来。

在不知不觉时，时间已经由暮春转入了初夏，哥廷根城又埋到一团翠绿里去。俊之起程的日子也决定了。在前一天的晚上，我们替他饯行，一直到深夜才走出市政府的地下餐厅。我同他并肩走在最前面。他平常就不大喜欢说话，今天更不说了，我们只是沉默着走上去，听自己的步履声在深夜的小巷里回响，终于在沉默里分了手。我不知道他怎么样，我是一夜在床上翻来覆去地睡不着。第二天天一亮我就到他家去了。他已经起来了。我本来预备在我们离别前痛痛快快谈一谈，我仿佛有许多话要说似的，但他却坚决要到大学里去上一堂课。他母亲挽留也没有用。他嘴里只是说，他要去上"最后一课"，"最后"两个字说得特别响，脸上浮着一片惨笑。我不敢接触到他的目光，但我却很能了解他的"客树回看成故乡"的心情。谁又知道，这一堂课就真的成了他的"最后一课"呢？

就这样，俊之终于离开了他的第二故乡哥廷根，离开了我，从那以后，我就再没有看到他。路上每到一个停船的地方，他总有信给我。他知道我正在念梵文，还剪了许多报上的材料寄给我。此外还寄给我了许多诗。回国以后，先在山东大学教数学。在这期间，他曾写过一封很长的信给我，报告他的近况，依然是牢骚满腹。后来又转到浙江大学去。情形如何，我不大清楚。不久战争也就波及浙江，他随了大学辗转迁到江西。从那里，我接到他一封信，附了一卷诗稿，把他回国以后作的诗都寄给我了。他仿佛预感到自己已经不久于人世，赶快把诗抄好，寄给一个朋友保存下去，这个朋友他就选中了我。我一直到现在还不相信，这是偶然的，他似乎故意把这担子放在我的肩上。

从那以后，我从他那里就再没听到什么。不久范禹来了信，报告他的死。他从江西飞到香港去养病，就死在那里。我真没法相信这是真的，难道范禹听错了消息么？但最后我却终于不能不承认，俊之是真的死了，在我生命的夜空里，他像一颗夏的流星似的消逝了，永远地消逝了。

我们相处一共不到一年，一直到离别还互相称作"先生"。在他没死之前，我不过觉得同他颇能谈得来，每次到一起都能得到点安慰，如此而已。然而他的死却给了我一个回忆沉思的机会，我蓦地发现，我已于无意之间损失了一个知己，一个真正的朋友。在这茫茫人世间究竟还有几个人能了解我呢？俊之无疑是真正能够了解我的一个朋友。我无论发表什么意见，哪怕是极浅薄的呢，从他那里我都能得到共鸣的同情。但现在他竟离开这人世去了，我陡然觉得人世空虚起来。我站在人群里，只觉得自己的渺小和孤独，我仿佛失掉了倚靠似的，徘徊在寂寞的大空虚里。

哥廷根仍然同以前一样地美，街仍然是那样长，阳光仍然是那样亮。我每天按时走过这长长的街到研究所去，晚上再回来。以前我还希望，俊之回来的时候，我们还可以逍遥在长街上高谈阔论；但现在这希望永远只是希望了。我一个人拖了一条影子走来走去：走过一个咖啡馆，我回忆到我曾同他在这里喝过咖啡消磨了许多寂寞的时光；再向前走几步是一个饭馆，我又回忆到，我曾同他每天在这里吃午饭，吃完再一同慢慢地走回家去；再走几步是一个书店，我回忆到，我有时候呆子似的在这里站上半天看玻璃窗子里面的书，肩头上蓦地落上了一只温暖的手，一回头是俊之，他也正来看书窗子；再向前走几步是一个女子高中，我又回忆到，他曾领我来这里听诗人念诗，听完在深夜里走回家，看雨珠在树枝上珠子似的闪光——就这样，每一个地方都能引起我的回忆，甚至看到一块石头，也会想到，我同俊之一同在上面踏过；看了一枝小花，也会回忆到，我同他一同看过。然而他现在却撒手离开这个世界走了，把寂寞留给我。回忆对我成了一个异常沉重的负担。

今年秋天，我更寂寞得难忍。我一个人在屋里无论如何也坐不下去，四面的墙仿佛逗起来给我以压迫。每天吃过晚饭，我就一个人逃出去到山下大草地上去散步。每次都走过他同他母亲住过的旧居：小楼依然是六年前的小楼，花园也仍然是六年前的花园，连落满地上的黄叶，甚至连树头残留着的几片孤零的叶子，都同六年前一样；但我的心情却同六年前的这时候大大的不相同了。小窗子依然开对着这一片黄叶林。我以前在这里走过不知多少遍，似乎从来没有注意过有这样一个小窗子；但现在这小窗子却唤回我的许多记忆，它的存在我于是也就注意到了。在这小窗子里面，我曾同俊之同坐过消磨了许多寂寞的时光，我们从这里一同看过涂满了凄艳的彩色的秋林，也曾看过压满了白雪的琼林，又看过绚烂的苹果花，蜜蜂围了嗡嗡地飞；在他离开哥廷根的前几天，我们都在他家里吃饭，忽然扫过一阵暴风雨，远处的山，山上的树林，树林上面露出的俾斯麦塔都隐入濛濛的云气里去：这一切仿佛是一幅画，这小窗子就是这幅画的镜框。我们当时都为自然的伟大所压迫，半天说不出一句话来，只是沉默着透过这小窗注视着远处的山林。当时的情况还历历如在眼前；然而曾几何时，现在却只剩下我一个人在满了落叶的深秋的长街上，在一个离故乡几万里的异邦的小城里，呆呆地从下面注视这小窗子了，而这小窗子也正像蓬莱仙山可望而不可即了。

逝去的时光不能再捉回来，这我知道；人死了不能复活，这我也知道。我到现在这个世界上来活了三十年，我曾经看到过无数的死：父亲、母亲和婶母都悄悄地死去了，尤其是母亲的死在我心里留下无论如何也补不起来的创痕。到现在已经十年了，差不多隔几天我就会梦到母亲，每次都是哭着醒来。我甚至不敢再看讲母亲的爱的小说、剧本和电影。有一次偶然看一部电影，我一直从剧场里哭到家。但俊之的死却同别人的死都不一样：生死之悲当然有，但另外还有知己之感。这感觉我无论如何也排除不掉。我一直到现在还要问：世界上可以死的人太多太多了，为什么单单死俊之一个人？倘若我不同他认识也就完了，但命运却偏偏把我同他在离祖国几万里的一个小城里拉在一起，他却又偏偏死去。在我的饱经忧患的生命里再加上这幕悲剧，难道命运觉得对我还不够残酷吗？

但我并不悲观，我还要活下去。有的人说："死人活在活人的记忆里。"俊之就活在我的记忆里。只是为了这，我也要活下去。当然这回忆对我是一个无比的重担，但我却甘心肩起这一份重担，而且还希望能肩下去，愈久愈好。

五年前开始写这篇东西，那时我还在德国。中间屡屡因了别的研究工作停笔，终于剩了一个尾巴，没能写完。现在在挥汗之余勉强写起来，离开那座小城已经几万里了。

胭脂古井
一九四六年

一

不知怎么一来，自己的生活竟然安静下来。四五个月以来轮车的劳顿，现在一想，竟像回忆许久许久以前的事情，同现在隔了一段很久的距离；这一段是这样渺远，连自己想起来，都有点吃惊了。

然而，这也只是最近的事，说清楚一点，就是自从移到朋友这里来住以后，才有这样的感觉。从那以后，自己居然有了一张桌子，上面堆了书同乱纸。我每天坐在这桌旁边写些什么；有些时候，什么也不写，只把幻想放出去，上天下地到各处去飞。偶尔一回头，就可以看到朋友戴了大眼镜伏在桌子上在努力写着，有的时候，他手里拿着一支纸烟，烟纹袅袅地向上飘动。我的眼也不由得随了往上看，透过窗子就可以看到在不远的地方有一段颓残的古墙，上面爬满了薜荔之类的东西。再往上看，是一堆树林，在树林的浓绿里隐约露出一片红墙。

但这些东西在眼前都仿佛影子似的，我心里想到朋友。朋友是老朋友，在倒数上去二十多年的时候，我们已经认识了。那时候我们都在国民小学，岁数都在十岁以下。我不知道他怎么样，我当时还没有离开混沌时期，除了吃喝玩乐以外，什么都不懂。现在一转眼就过了二十多年。在大学里我们又同学，从那时到现在也已经十几年了。我从那个辽远的国度里回来，我们又聚在一起。难道这就是所谓"缘"么？现在回想起那小学校来，颇有隔世之感，仿佛是另外一个人的事情，与自己无关了，一闭眼也真的就看到自己的影子在小学校的长长的走廊里晃动。只有在朋友的嘴里，我还是我，还是一个活人。当他说到我同别的小孩打架时闭紧了眼睛乱挥拳头的情景的时候，连我自己也笑起来了。

在这时候我往往停止了幻想，站起来同朋友谈几句闲话，朋友也开了话匣子，一谈就是半天。在谈话的间隙里，两人都静默的时候，在有意与无意之间，抬头又看到远处长满了薜荔的古墙，古墙上面的树林，树林里隐约露出来的红墙。但这次却看得清楚了：在我住的地方同那古墙中间，有几条小路蜿蜒在竹篱茅舍边，看上去就像一条条的白痕。园子里的青菜，菜畦里徘徊着的鸡鸭都历历在目。

我现在才想到问朋友这红墙是什么地方。朋友告诉我，这长满了薜荔的古墙是历史上有名的台城，再远的古庙就是更有名的鸡鸣寺。

但又隔了好久，我才有机会到鸡鸣寺去玩，同我去的仍然是我的朋友。我们在大殿里徘徊了会儿，看了看佛像，又到大殿里去喝茶。从窗子里看出去，看到玄武湖。这时是六月，正是莲叶接天、荷花映日的时候，远处的水洲，湖里的荷花，荷花丛里的小船，都清清楚楚映入我们的眼中。我们的心也不由得飞到湖中去了。

第二次再去的时候，只有我自己，我看了看佛像，看了看湖。觉得无聊了，又到各处去逛。我忽然发现半山里有一个亭子，旁边一口古井。探头看下去，黑洞洞看不到底，上半透光的地方长满了青草。再转到亭子那一面，就看到一个躺在那里的古碑，上面四个大字：胭脂古井。我才知道，这口井就是有名的胭脂井。回到亭子里，靠中间的大石头桌子坐下，清风从四面袭过来，令我忘记是夏天。不远处看到城墙，城墙上面是一片片的白云。透过城墙我想象到玄武湖，湖上的荷花。我拿出带去的书，读一段，又出一会儿神。想到现在，不知怎么一来，自己的生活竟然安静下来了。四五个月来轮车的劳顿，现在一想，不但像回忆许许久久以前的事情，简直不多不少正像回忆一个夏天的梦，自己现在也仿佛正在梦中了。

在这样梦境里，十年来压下去的写点什么的欲望蓦地又燃了起来，我于是用幻想在眼前的空地处写了五个字：胭脂井小品。

我又走到井旁，探头向里面看。虽然依然是黑洞洞看不见什么，但井却仿佛忽然活了起来，它仿佛能了解我，告诉我许多东西。这使我有点不安，我究竟能写出什么东西来呢？连我自己也不敢说。我只希望我真的能写出点东西来，不要玷污了这井的名字，又可以纪念我这次同朋友的重逢。如此而已。

二

今年夏天在南京的时候，忽然心血来潮写了上面这一篇小序。当时心头确是堆满了感触，要想写点什么。但还没等到能动笔，我又不得不离开南京重登旅途了。九月底到了故都，这半年来走过地球一半的长途旅行才算告一段落。现在转眼又是一个多月，以前从窗子里望出去，那一片浓绿的树顶已经渐露黄意了。当时堆满心头的感触也都消逝得如云如烟，不但难再追写，即便写出来，恐怕也与当时真正想写的有不少的出入了。所以现在就不再动笔，只把这小序拿出来发表了，纪念南京的小住。至于这对别人有什么意义呢？我有点说不上来。反正我自己看了，还能依稀追索出那些消逝得如云如烟的感触的影子，因而引起点渺远的回忆，仿佛看一片夹在书里的红叶。

（本文原为《胭脂井小品》序、跋。序写于1946年7月16日，南京；跋写于1946年11月1日，故都。）

纪念一位德国学者
西克灵教授
一九四七年一月
于北平

　　昨天晚上接到我的老师西克先生（Prof. Dr. Emil Sieg）从德国来的信，说西克灵教授（W. Siegling）已经于去年春天死去，看了我心里非常难过。生死本来是一种自然现象，值不得大惊小怪。但死也并不是没有差别。有的人死去了，对国家，对世界一点影响都没有。他们只是在他们亲族的回忆里还生存一个时期，终于也就渐渐被遗忘了。有的人的死却是对国家、对世界都是一个损失。连不认识他们的人都会觉得悲哀，何况认识他们的朋友们呢？

　　西克灵这名字，对许多中国读者大概还不太生疏，虽然他一生所从事研究的学科可以说是很偏僻的。他是西克先生的学生。同他老师一样，他也是先研究梵文，然后才转到吐火罗语去的。转变点就正在四十年前，当时德国的探险队在 Grünwedel 和 Ven LeCoq 领导之下从中国的新疆发掘出来了无量珍贵的用各种文字写的残卷运到柏林去。德国学者虽然还不能读通这些文字，但他们却意识到这些残卷的重要。当时柏林大学的梵文正教授 Pischel 就召集了许多年轻的语言学者，尤其是梵文学者，来从事研究。西克和西克灵决心合作研究的就是后来定名为吐火罗语的一种语言。当时他们有的是幻想和精力，这种稍稍带有点冒险意味，有的时候简直近于猜谜式的研究工作，更提高了他们的兴趣。

他们日夜地工作，前途充满了光明。在三十多年以后，西克先生每次谈起来还不禁眉飞色舞，仿佛他自己又走回青春里去，当时热烈的情景就可以想见了。

他们这合作一直继续了几十年。他们终于把吐火罗语读通。在这期间，他们发表的震惊学术界的许多文章和书，除了在第一次世界大战西克灵被征从军的一个期间外，都是用两个人的名字。西克灵小心谨慎，但没有什么创造的能力，同时又因为住在柏林，在普鲁士学士院（Preussische Akademie der Wissenschaften）里做事情，所以他的工作就偏重在只是研究抄写 Brāhmi 字母。他把这些原来是用 Brāhmi 字母写成的残卷用拉丁字母写出来寄给西克，西克就根据这些拉丁字母写成的稿子来研究文法，确定字义。但我并不是说西克灵只懂字母而西克只懂文法，他们两方面都懂的，不过西克灵偏重字母而西克偏重文法而已。

两个人的个性也非常不一样。我已经说到西克灵小心谨慎，其实这两个形容词是不够的，他有时候小心到我们不能想象的地步。根据许多别的文字，一个吐火罗字的字义明是毫无疑问地可以确定了，但他偏怀疑，偏反对，无论如何也不承认。在这种情形下，西克先生看到写信已经没有效用，便只好自己坐上火车到柏林用三寸不烂之舌来说服他。我常说，西克先生就像是火车头的蒸汽机，没有他火车当然不能走。但有时候走得太猛太快也会出毛病，这就用得着一个停车的闸。西克灵就是这样的一个让车停的闸。

他们俩合作第一次出版的大著是 *Tocharische Sprachreste*（1921），两本大书充分表现了这合作的成绩。在这书里他们还很少谈到文法，只不过把原来的Brāhmi 字母改成拉丁字母，把每个应该分开来的字都分了而已。在1931年出版的 *Tocharische Grammatik* 里面，他们才把吐火罗语的文法系统地整理出来。这里除了他们两个人以外，他们还约上了大比较语言学家柏林大学教授舒尔慈 Wilhelm Schulz 来合作。结果这一本五百多页的大著就成了欧洲学术界划时代的著作，一直到现在研究中亚古代语言和比较语言的学者还不能离开它。

写到这里，读者或者以为西克灵在这些工作上都没有什么不得了的贡献，因为我上面曾说到他的工作主要是在研究抄写 Biāhmi 字母。这种想法是错的。Brāhmi 字母并不像我们知道的这些字母一样，它是非常复杂的。有时候两个字母的区别非常细微，譬如说 t 同 n，稍一不小心，立刻就发生错误。法国的梵文学家莱维（Sylvain Lévi）在别的方面的成绩不能不算大，但看他出版的吐火罗语 B（龟兹语）的残卷里有多少读错的地方，就可以知道只是读这字母也并不容易了。在这方面西克灵的造诣是非常惊人的，可以说是并世无二。

也是为了读 Brāhmi 字母的问题，我在1942年的春天到柏林去看西克灵。我在普鲁士学士院他的研究室里找到他，他正在那里埋首工作，桌子上摆的墙上挂的全是些 Brāhmi 字母的残卷，他就用他特有的蝇头般的小字一行一行地抄下来。在那以前，我就听说，只要有三个学生以上，他就一句话也说不出来了。所以他一生就只在学士院里工作，只有很短的一段时间在柏林大学里教过吐火罗语，终于还是辞了职。见了面他给我的印象同传闻的一样，人很沉静，不大说话。问他问题，他却解释无遗。我从他那里学到了不少读 Brāhmi 字母的秘诀。我发现他外表虽冷静，但骨子里他却是个很热情的人，正像一切良好的德国人一样。

以后，我离开柏林，回到哥廷根（Göttingen），战争愈来愈激烈，我也就再也没能到柏林去看他。战争结束后，自己居然还活着，听说他也没被炸死，心里觉得非常高兴，我也就带了这高兴在去年夏天里回了国来，一转眼就过了半年。在这期间，因为又接触了一个新环境，终天糊里糊涂的，连回忆的余裕都没有了。最近，心情方面渐渐安静下来，于是又回忆到以前的许多事情，在德国遇到的这许多师友的面影又不时在眼前晃动，想到以前过的那个幸福的时期，恨不能立刻再回到德国去。然而正在这时候，我接到西克先生的信，说西克灵已经去世了。即便我能立刻回到德国，师友里面已经少了一个了。对学术界，尤其是对我自己，这个损失是再也不能弥补的了。

我现在唯一的安慰就是在西克先生身上了。他今年已经八十多岁，但他的信上说，他的身体还很好。德国目前是既没有吃的穿的，也没有烧的。六七个人挤在一个小屋里，又以他这样的高龄，但他居然还照常工作。他四十年来的一个合作者西克灵，比他小二十多岁的一个朋友，既然先他而死了，我只希望上苍还加佑他，让他再壮壮实实多活几年，把他们未完成的大作完成了，为学术，为他死去的朋友，我替他祝福。

送礼

一九四七年六月

我们中国究竟是礼义之邦，所以每逢过年过节，或有什么红白喜事，大家就忙着送礼。既然说是"礼"，当然是向对方表示敬意的。譬如说，一个朋友从杭州回来，送给另外一个朋友一只火腿，二斤龙井；知己的还要亲自送了去，免得受礼者还要赏钱。你能说这不是表示亲热么？又如一个朋友要结婚，但没有钱，于是大家凑个份子送了去，谁又能说这是坏事呢？

事情当然是好事情，而且想起来极合乎人情，一点也不复杂；然而实际上却复杂艰深到万分，几乎可以独立成一门学问：送礼学。第一，你先要知道送应节的东西。譬如你过年的时候，提了几瓶子汽水，一床凉席去送人，这不是故意开玩笑吗？还有五月节送月饼，八月节送粽子，最少也让人觉得你是外行。第二，你还要是一个好的心理学家，能观察出对方的心情和爱好来。对方倘若喜欢吸烟，你不妨提了几听三炮台恭恭敬敬送了去，一定可以得到青睐。对方要是喜欢杯中物，你还要知道他是维新派或保守派。前者当然要送法国的白兰地，后者本地产的白干或五加皮也就行了。倘若对方的思想"前进"，你最好订一份《文汇报》送了去，一定不会退回的。

但这还不够，买好了应时应节的东西，对方的爱好也揣摩成熟了，又来了怎样送的问题。除了很知己的以外，多半不是自己去送，这与面子有关系；于是就要派听差，而这个听差又必须是个好的外交家，机警、坚忍、善于说话，还要有一副厚脸皮；这样才能不辱使命。拿了东西去送礼，论理说该到处受欢迎，但实际上却不然。受礼者多半喜欢节外生枝，东西虽然极合心意，却偏不立刻收下。据说这也与面子有关系。听差把礼物送进去，要沉住气在外面等。一会儿，对方的听差出来了，把送去的礼物又提出来，说："我们老爷太太谢谢某老爷太太，盛意我们领了，礼物不敢当。"倘若这听差真信了这话，提了东西就回家来，这一定糟，说不定就打破饭碗。但外交家的听差却绝不这样做。他仍然站着不走，请求对方的听差再把礼物提进去。这样往来斗争许久，对方或全收下，或只收下一半，只要与临来时老爷太太的密令不冲突，就可以安然接了赏钱回来了。

上面说的可以说是常态的送礼，可惜（或者也并不可惜）还有变态的。我小的时候，我们街上住着一个穷人，大家都喊他"地方"，有学问的人说，这就等于汉朝的亭长。每逢年节的早上，我们的大门刚一开，就会看到他笑嘻嘻地一手提了一只鸡，一手提了两瓶酒，跨进大门来。鸡咯咯地大吵大嚷，酒瓶上的红签红得眩人眼睛。他嘴里却喊着："给老爷太太送礼来了。"于是我婶母就立刻拿出几毛钱来交给老妈子送出去。这"地方"接了钱，并不像一般送礼的一样，还要努力斗争，却仍旧提了鸡和瓶子笑嘻嘻地走到另一家去喊去了。这景象我一年至少见三次，后来也就不以为奇了。但有一年的某一个节日的清晨，却见这位"地方"愁容满面地跨进我们的大门，嘴里不喊"给老爷太太送礼来了"，却拉了我们的老妈子交头接耳说了一大篇，后来终于放声大骂起来，老妈子进去告诉了我婶母，仍然是拿了几毛钱送出来。这"地方"道了声谢，出了大门，老远还听到他的骂声。后来老妈子告诉我，他的鸡是自己养了预备下蛋的，每逢过年过节，就暂且委屈它一下，被缚了双足倒提着陪他出来逛大街。玻璃瓶子里装的只是水，外面红签是向铺子里借用的。"地方"送礼，在我们那里谁都知道他的用意，所以从来没有收的。他跑过一天，衣袋塞满了钞票才回来，把瓶子里的水倒出来，把鸡放开。它在一整天"陪绑"之余，还忘不了替他下一个蛋。但今年这"地方"倒运，向第一家送礼，就遇到一家才搬来的外省人。他们竟老实不客气地把礼物收下了。这怎能不让这"地方"愤愤呢？他并不是怕瓶子里的凉水给他泄露真相，心痛的还是那只鸡。

另外一种送礼法也很新奇，虽然是"古已有之"的。我们常在笔记小说里看到，某一个督抚把金子装到坛子里当酱菜送给京里的某一位王公大人。这是古时候的事，但现在也还没有绝迹。我的一位亲戚在一个县衙门里做事，因与同县太爷是朋友，所以地位很重要。在晚上回屋睡觉的时候，常常在棉被下面发现一堆银圆或别的值钱的东西。有时候不知道，把这堆银圆抖到地上，哗啦一声，让他吃一惊。这都是送来的"礼"。

这样的"礼"当然不是每个人都有资格接受的。他一定是个什么官，最少也要是官的下属，能让人生，也能让人死，所以才有人送这许多金子银圆来。官都讲究面子，虽然要钱，却不能干脆当面给他，于是就想出了这种种的妙法。我上面已经提到送礼是一门学问，送礼给官长更是这门学问里面最深奥的。须要经过长期的研究简练揣摩，再加上实习，方能得到其中的奥秘。能把钱送到官长手中，又不伤官长的面子，能做到这一步，才算是得其门而入了。也有很少例外，官长开口向下面要一件东西，居然竟得不到。以前某一个小官藏有一颗古印，他的官长很喜欢，想拿走。他跪在地上叩头说："除了我的太太和这块古印以外，我没有一件东西不能与大人共享的。"官长也只好一笑置之了。

普通人家送礼没有这样有声有色，但在平庸中有时候也有杰作。有一次我们家把一盒有特别标志的点心当礼物送出去，隔了一年，一个相熟的胖太太到我们家来拜访，又恭而敬之把这盒点心提给我们。嘴里还告诉我们：这都是小意思，但点心是新买的，可以尝尝。我们当时都忍不住想笑，好歹等这位胖太太走了，我们就动手去打开。盒盖一开，立刻有一股奇怪的臭味从里面透出来。再把纸揭开，点心的形状还是原来的，但上面满是小的飞蛾，一块也不能吃了，只好掷掉。在这一年内，这盒点心不知代表了多少人的盛意，被恭恭敬敬地提着或托着从一家到一家，上面的签和铺子的名字不知换过了多少次，终于又被恭而敬之提回我们家来。"解铃还是系铃人"，我们还要把它丢掉。

我虽然不怎样赞成这样送礼，但我觉得这办法还算不坏。因为只要有一家出了钱买了盒点心就会在亲戚朋友中周转不息，一手收进来，再一手送出去，意思表示了，又不用花钱。不过这样还是麻烦，还不如仿效前清御膳房的办法，用木头刻成鸡鱼肉肘，放在托盘里，送来送去，你仍然不妨说："这鱼肉都是新鲜的。一点小意思，千万请赏脸。"反正都是"彼此彼此，诸位心照不宣"。绝对不会有人来用手敲一敲这木头鱼肉的。这样一来，目的达到了，礼物却不霉坏，岂不是一举两得？在我们这喜欢把最不重要的事情复杂化了的礼义之邦，我这发明一定有许多人欢迎，我预备立刻去注册专利。

四
辑

41–50岁作品

　　这里的太阳似乎特别亮，一走进这个城市，就仿佛沐浴在无边无
际的阳光中。在淡蓝的天空下，房子的颜色多半是浅白的，有的稍微
带一点淡黄、淡灰，有的带一点浅红；大红大绿是非常少的。

到达印度

一九五二年三月

我曾向往过印度。我想象中的印度，当然不会同一般迷信佛爷菩萨的老太太们想象的西天佛地一样，但是也有相似的地方。印度在我的想象里也只是一堆灰白色的影子，很空洞，很模糊。我只想象到：一片热带的炎阳下，一带椰子林，林子里有黑皮肤、鼻子上穿了洞装上宝石的妇女们在来往游动。这就是我想象中的印度。

当我们从缅甸仰光坐飞机快到加尔各答的时候，这一堆灰白色的影子又在我脑袋里活动起来。我从飞机的小窗洞里面向下看，看到地面上小方格似的田地，白练似的河流，像一棵棵小草似的椰子树，我首先问自己：下面的印度是不是同我想象中的完全一样呢？但是，当飞机飞临达姆达姆机场上空的时候，我却吃了一大惊。场上是密密麻麻的一堆人，人群上面飘扬着红色的旗子。这鲜红的颜色同我想象中的那一片灰白色太不协调了，太冲突了；它放射出了充沛的生命力，它是活生生的东西。在我就要踏上印度土地的一瞬间，我才知道，我对这个我一向向往的国度的想法，完全是不着边际的幻想。

我终于走下了飞机，踏上了印度的土地。飞机场上挤满了人，大概总有两三千吧。站在最前列的是从印度首都新德里飞来的印度政府的代表，西孟加拉邦政府的代表，加尔各答市政府的代表和各人民团体的代表。稍远的地方，不知道是在木栅栏以内，还是在木栅栏以外，有许多人排队站在那里，里面有华侨，也有印度人民，他们手里高举着五星红旗和其他别的旗子。一阵热烈的握手之后，我们每个人的脖子上都套上了四五个或者更多的浓香扑鼻、又重又大又长的花环，仿佛要把我们整个的脸都埋在花堆里似的。但是手还并没有握完，仍然有许许多多的手伸向我们。我们就戴了这样沉重的花环，努力挺起腰来，同四面八方向我们进袭的手打交道。

除了手以外，还有一种我们最初没有注意到的东西，也在向我们进袭，这就是照相机。大的，小的，拿在手里的，支在架上的，我们的眼光无论转到什么地方，总有那么一个黑色的怪物在对准我们，想把我们初到这个国土的影像摄下来。这些黑色的怪物仿佛布下了一个天罗地网，我们无论如何也逃不出去。

我们的团长被人潮拥上了候机室前的台阶，对新闻记者发表到达印度后的第一次谈话。他说，中印过去有几千年的传统友谊，现在新的时代要求我们的友谊有新的内容，我们就是为了巩固和发展这个友谊才到印度来的。只要中印两大民族能联合起来，团结起来，我们就一定能保卫亚洲和世界的和平。人堆里爆发出来了热烈的掌声，"中印友谊万岁"的呼声响彻整个飞机场。

在激昂的呼声中，我们渐渐被人潮拥出飞机场。我们前后左右全是人，每个人都有一张笑脸对着我们。在不远的地方，大概是在木栅栏以外吧，有一队衣服穿得不太好的印度人，手里举着旗子一类的东西，拼命对着我们摇晃。我们走过他们面前的时候，蓦地一声："毛泽东万岁！"破空而下，这声音沉郁、热烈，而又雄壮，仿佛是内心深处喊出来的，里面充满了火热的爱。过去几千年所受的压迫仿佛都夹在里面迸发了出来，将来的希望也仿佛都夹在里面迸发出来了。我抬头看了看他们，他们眼睛里闪着光，脸上激动得红了起来。他们向我们招手，摇晃着手里的旗子，恨不得把自己的身体拉长，从木栅栏外面拉到我们跟前来。

这是我第一次听到从印度人民嘴里喊出这个伟大的可爱的名字，这位巨人的影像立即浮现到我的眼前来。这影像非常巨大，非常清晰，山岳一般地飘动在汹涌澎湃的人潮上面，飘动在招展的红旗上面。是他领导我们站了起来的，我今天非常具体地有了站了起来的感觉。

然而，这还不够。正当我陷入沉思的时候，耳边又飘来了《东方红》的声音，这歌声是从华侨队伍里发出来的。他们同印度人民一样，也成群结队地欢迎祖国来的亲人。他们乘着大汽车，高举着五星红旗，兴高采烈，高声歌颂我们伟大的领袖。听到印度人民嘴里喊出来的口号，听到《东方红》的歌声，"毛泽东"这三个字使我感到骄傲，感到光荣。但同时也使我清晰地意识到，我们现在已经远离我们伟大的祖国，离开了这位巨人居住的地方，我们脚下踏着的土地已经不是我们祖国的土地了。在同印度朋友和华侨握手的时候，我们眼睛里都充满了热泪。

我们乘上汽车，驶向宾馆。这一段路很长，最少也走了半小时。我们从汽车的玻璃窗子里看到外面大街上熙熙攘攘的印度人民。有的头上缠了布包头，满腮大胡子；有的额上画上花纹，横竖几条白线；有的平平常常，没有什么特征。有些人赶着牛车，车上装满了东西，牛头上的两只大犄角左右摆动。另外还有成群的"神牛"在来来往往的汽车和电车堆里，高视阔步，一点也不惊惶。有些人盘着腿坐在低矮的小铺子前面，在做生意。电车上，公共汽车上，也都挤满了人，形形色色，什么样子都有。

最初，我的眼有点看不惯，感觉到满街都是"洋人"。但是，这些"洋人"里面居然有人注意到我们了。他们看着我们脖子上挂的花环，向我们微笑。他们大约知道，我们是什么人了。我随着他们的目光低头看到挂在我们脖子上的花环：红的花，白的花，成堆成团。每一朵花都象征着印度人民对新中国的无量无边的热爱。我蓦地觉得这些"洋人"在我眼里变了样子，我再也不觉得他们是"洋人"，我觉得他们是我们的兄弟。以前对这个国家的那种荒唐可笑的幻想消逝得无影无踪，我爱起这些人民来了。

我们也就带着这样的爱，踏上了访问印度的程途。

羡林按：

这是整整四十年前写的一篇文章。当时未发表。现在拿出来，重看一遍，我个人觉得，虽然时过境迁，物换星移，我的感情也难免有了一些变化，但是它的意义并没有失掉，依然还是有一些光彩的。中印两国毕竟已经有了两千多年的互相往来的历史，这区区四十年不过是弹指一瞬间而已。因此，应《经济日报》之邀，重抄一遍，供发表。

1992年4月15日

歌唱塔什干

一九五九年三月

我怎样来歌唱塔什干呢？它对我是这样熟悉，又是这样陌生。

在小学念书的时候，我就已经读到有关塔什干的记载。以后又有机会看到这里的画片和照片。我常想象：在一片一望无际的沙漠中间，在一片黄色中间，有一点绿洲，塔什干就是在这一点浓绿中的一颗明珠。它的周围全是瓜园和葡萄园，在翡翠般的绿叶丛中，几尺长的甜瓜和西瓜把滚圆肥硕的身体鼓了出来。一片片的葡萄架，在无边无际的沙漠中，形成了一个个的绿点。累累垂垂的葡萄就挂在这些绿点中间。成群的骆驼也就在这绿点之间走动，把巨大的黑影投在热烘烘的沙地上。纯伊斯兰风味的建筑高高地耸入蔚蓝的晴空中。古代建筑遗留下来的断壁颓垣到处都可以看到。蓝色和绿色琉璃瓦盖成的清真寺的圆顶，在夕阳余晖中闪闪发光。

大起来的时候，我读了玄奘的《大唐西域记》。我知道，他在七世纪的时候走过中亚到印度去求法。他徒步跋涉万里，曾到过塔什干。关于这个地方的生动翔实的描述还保留在他的著作里。这些描述并没有能改变我对塔什干的那一些幻想。一提到塔什干，我仍然想到沙漠和骆驼，葡萄和西瓜；我仍然看到蓝色的和绿色的琉璃瓦圆顶在夕阳余晖中闪闪发光。

我想象中的塔什干就是这个样子，它在我的想象中已经待了不知道多少年了，它是美丽的、动人的。我每一次想到它，都不禁为之神往。我心中保留着这样一个幻想的城市的影子，仿佛保留着一个令人喜悦的秘密，觉得十分有趣。

然而我现在竟然真来到了塔什干，我梦想多年的一个地方竟然亲身来到了。这真就是塔什干吗？我万没有想到，我多少年来就熟悉的一个城市，到了亲临其境的时候，竟然会变得这样陌生起来。我想象中的塔什干似乎十分真实，当前的真实的塔什干反而似乎成为幻想。这个真实的塔什干同我想象中的那一个是有着多么大的不同啊！

我们一走下飞机，就给热情的苏联朋友们包围起来。照相机、录音机、扩音器，在我们眼前摆了一大堆。只看到电光闪闪，却无法知道究竟有多少照相机在给我们照相。音乐声、欢笑声、人的声音和机器的声音，充满了天空。在热闹声中，我偷眼看了看机场：是一个极大极现代化的飞机场。大型的"图－104"飞机在这里从从容容地起飞、降落。候机室也是极现代化的高楼，从楼顶上垂下了大幅的红色布标，上面写着欢迎参加亚非作家会议的各国作家的词句。

汽车开进城去，是宽阔洁净的柏油马路，两旁种着高大的树。树荫下是整齐干净的人行道。马路两旁的房子差不多都是高楼大厦，同莫斯科一般的房子也相差无几。中间或间杂着一两幢具有民族风味的建筑。只有在看到这样的房子的时候，我心头才漾起那么一点"东方风味"，我才意识到现在是在苏联东方的一个加盟共和国里。

为了迎接亚非作家会议的召开，古城塔什干穿上了节日的盛装。大街上，横过马路，悬上了成百成千的红色布标，用汉文、俄文、乌兹别克文、阿拉伯文、日本、英文，以及其他文字，写着欢迎祝贺的词句，祝贺亚非人民大团结，希望亚非人民之间的友谊万古常青。有上万盏，也许是上十万盏——谁又知道究竟有多少万盏呢——红色电灯悬在街道两旁的树上、房子上、大建筑物的顶上，就是在白天，这些电灯也发着光芒。到了夜里，这些灯群更把塔什干点缀成一个不夜之城。从任何一条比较大的马路的一端望过去，一重重一层层一团团的红色灯光，一眼看不到头，比天空里的繁星还要更繁。

这不是我多少年来所想象的那一个塔什干，我想象中的那一个塔什干哪里是这样子呢？

然而这的确又是塔什干。

面对着这一个美丽的大城市，觉得它十分熟悉，又十分陌生，我的心情有点错乱了。

但是，我并没有真正错乱，我一下子就爱上了这一个塔什干。就让我那一些幻想随风飘散吧！不管它是多么美丽，多么动人，还是让它随风飘散吧！如果飘散不完的话，就让它随便跟一个什么城市连接在一起吧！我还是十分热爱我跟前的这一个塔什干。

我怎能不热爱这一个塔什干呢？它的妙处是说不完的，用多少话也说不完，用什么话也说不完。

这里的太阳似乎特别亮，一走进这个城市，就仿佛沐浴在无边无际的阳光中。在淡蓝的天空下，房子的颜色多半是浅白的，有的稍微带一点淡黄、淡灰，有的带一点浅红；大红大绿是非常少的。大概这里下雨的时候也不太多，天永远晴朗。这一切配合起来，就把这里的阳光衬托得更加明亮。你一走进塔什干，只需待上那么一两个钟头，你就会感觉到，这里的太阳永远是这样亮；你会感觉到，一年四季，阳光普照；百年千年，也会是这样。

到处都可以看到玫瑰花，但是你却千万不要用我们平常对于玫瑰花的概念来想象这里的玫瑰花。你应该想象：在小树上开满了牡丹花或芍药花，这样就跟这里的玫瑰花差不多了。就是这样大的玫瑰花，一丛丛，一团团，开在闹市中间，开在浅白色的楼房的下面，开在喷水池旁，开在幽雅的公园中，开在巨大的铜像的周围，枝子高，花朵大，在早晨和黄昏，香气特别浓，给这一座美丽的城市增添了芳香。

葡萄架比玫瑰花丛还要多，几乎家家都有一架葡萄，撑在房子前面，在白色的阳光下，把浓黑的影子投在地上。葡萄的种类据说有一千多种，而且每一种都是优良品种。我们到了塔什干，正是葡萄熟了的时候。家家门口或者小院子里，都累累垂垂地悬着一嘟噜一嘟噜的葡萄，黄的、红的、紫的、绿的、长的、圆的，大大小小，不同的颜色，不同的样子，像是一串串的各色的宝石。

　　说到葡萄的味道，那是无法形容的。语言文字在这里仿佛都失掉了作用。你可以拿你一生吃过的各种各样的最甜美的水果来同它比较：你可以说它像山东肥城的蜜桃，你可以说它像江西南丰的蜜橘，你可以说它像广东增城挂绿的荔枝，你可以说它像沙田的柚子，你可以说它像一切你曾尝过你能够想象到的水果——这些比拟都有道理，它的确有一点像这些东西，但是又不全像这些东西。我们用尽了我们的想象力和联想力，归根结底，还只有说：它什么都不像，只是像它自己。

　　我们一到塔什干，这种绝妙的东西就成了我们的亲密朋友。我们在这里住了将近三个星期，随时随地都要跟它接触，它给我们的生活增添了无穷的情趣。一日三餐的餐桌上摆的是一盘盘的葡萄，像是一盘盘红色的、紫色的、黄色的、绿色的宝石，把餐桌衬托得美丽动人。在会场的休息室里摆的也是一盘盘葡萄。在我们住的房间里，每天都有人把成盘的葡萄送了来，简直是取之不尽，用之不竭。我们出席宴会，首先吃到的也就是葡萄。到集体农庄去参观，主人从枝子上剪下来塞到我们手里的也还是葡萄。塔什干真正成了一个葡萄城。

　　这一种个儿不大的果品还让我们回忆起历史，把我们带到遥远的古代去。在汉代，中国旅行家就已经从现在的中央亚细亚一带地方把这种绝妙的水果移植到中国来。移植的地方是不是就是我们现在所在的塔什干呢？我不能不这样遐想了。我不由自主地想到两千多年以前葡萄通过绵延万里渺无人烟的大沙漠移植到东方去的情况，想到我们同这一带地方悠久的文化关系，想到当年横贯亚洲的丝路，成捆成捆的中国丝绸运到西方去，把这里的美女打扮得更加美丽，给这里的人民带来快乐幸福。就这样，一直想下来，想到今天我们同苏联各族人民的万古常青牢不可破的兄弟般的友谊。我心里面思潮汹涌，此起彼伏。我万没有想到这一颗颗红色的、黄色的、紫色的、绿色的宝石，竟有这样大的魔力，它们把过去两千多年的历史一幕一幕地活生生地摆在我的眼前。……

不管这里的自然景色多么美好，不管这里的西瓜和葡萄多么甘美，塔什干之所以可爱、可贵，之所以令人一见难忘，却还并不在这自然景色，也不在这些瓜果，而在这里的人民。

对这样的人民，我还有什么话可说呢？他们同苏联其他各地的人民一样，热情、直爽、坦白、好客。他们把亚非作家会议的召开看成是自己的节日，把从亚非各国来的代表看成是自己最尊贵的客人和兄弟姐妹。在这一段时间内，他们每天都穿上美丽多彩的民族服装，兴高采烈，喜气洋洋。我虽然跟他们交谈得不多，但是看来他们每天想到的是亚非作家会议，谈到的也是亚非作家会议。他们是在过他们一生中最好的一个节日，全城大街小巷到处都弥漫着节日的气氛。

为了招待各国的代表，乌兹别克加盟共和国的领导人特别在城中心纳沃伊大剧院的对面建筑了一座规模很大的旅馆。里面是崭新的现代化的设备，外表上却保留了民族的风格。墙壁是淡黄色的，最高的一层看起来像是一座凉亭，给人的印象是朴素、幽雅、美丽。

在塔什干旅馆和纳沃伊大剧院之间是一个极大的广场，这个广场十分整齐美观，是我在许多国家许多城市所看到的最美的广场之一。中间用柏油和大块的石头铺得整整齐齐，四周是四条又宽又长的马路。在这些马路上，日夜不停地行驶着各种各样的汽车。按理说这个广场应该很乱很闹，但是，如果你在广场的中心一站，你却不但不感觉到乱和闹，而且还会感觉到有一点寂静，似乎远远地离开了闹市的中心。难道这里面还有什么奥秘吗？广场大，它自己又仿佛形成了一个独立的世界，这就是奥秘之所在。广场中心有一个大喷水池，它就是这一个独立世界的中心。银白色的不断喷涌的水柱，水柱中红红绿绿变幻不定的彩虹，谁看到它，谁的注意力一下子就会给它吸住，不管有多少人，只要他们一踏上广场，就会不由自主地对喷泉发生了向心力。对他们来说，广场以外的东西似乎根本不存在了。此外，广场的两旁还栽种了雨后像小树丛一样大小的玫瑰花。季候虽然已近深秋，大朵的玫瑰花仍在怒放。它们的色和香也仿佛构成了一座墙壁，把广场和外面的热闹的马路隔开。

在这个全城的节日里，这一个广场也穿上了节日的盛装。那许多临时售卖书报的小亭，都油饰一新。红色的电灯挂满了全场。两头两个大建筑物上的五彩缤纷的标语交相辉映。两面的大街上，横悬着两幅极其巨大的红色布标。一幅上面用汉文写着："向亚非作家会议参加者致热烈的敬意。"一幅写着："所有国家的文学都应该为人民，为和平，为先进事业，为各民族之间的友谊而服务。"布标的红色仿佛把广场都映红了。我们走在这一片红光里，看到我们熟悉的汉字，似乎已经回到了祖国。

在那一些日子里，这一个广场就成了全城聚会的中心。

天还没有亮，塔什干人民就成群结队地来到广场上。父母抱着孩子，孙子扶着祖母，男女老幼，拥拥挤挤，都来了。里面各族人民都有，有俄罗斯人，有乌兹别克人，有朝鲜族人，还有其他各族的人民。他们都穿得整整齐齐，脸上带着愉快的笑容。闹闹嚷嚷，喜喜欢欢，在这里一直待到深夜。

每天，从早到晚，广场上人群队形是随着时间的不同而随时在变化着。一看队形，就几乎可以猜出时间来。早晨初到广场上的时候，人群是零零乱乱地到处散布着的。在这一大片场子上，各处都有人。只在中央喷水池的周围，在玫瑰花畦的旁边，聚集得比较密一点。大家的态度都从从容容，一点也不紧张。在这时候，广场上是一片闲闲散散的气象。

一到大会开始前半小时，代表们从塔什干旅馆走向纳沃伊大剧院的时候，广场上的队形就陡然变化。人群从块块变成了条条，很自然地形成了两路纵队。一头是塔什干旅馆，另一头是纳沃伊大剧院，仿佛是两条巨龙。中间人稍稍稀疏一点，这就是巨龙的细腰，一头一尾则又粗又大。这时候，广场上的气象由从容闲散一变而为热烈紧张。不管是大人小孩，很多人手里都拿了一个小本子或者几张白纸，争先恐后地拥上前去，请代表们在上面签字。有些人就在旁边的书摊上买了亚非各国文学作品的俄文或者乌兹别克文的译本，请代表们把名字写在上面。有的父母抱着三四岁的小孩子，小孩子手里拿了小本子或者书籍，高高地举在代表们眼前，小眼睛一闪忽一闪忽地，等着签字。还有一些人，手里什么都没有拿，看样子是并不想得到什么签字。但是他们也是满腔热情十分勇敢地挤在人群里，拼命伸长了脖子，想多看代表们两眼。在这时候，广场上是一片热闹景象。

到了代表们不开会而出去参观的时候，队形又大大地改变。这时候的广场上，不是一块块，也不是一条条，而是一团团。每一团的中心，不是一辆汽车，就是几个代表。他们给塔什干的人民包围起来了。这里的人民愿意同代表们谈一谈，交换一些徽章或者其他的纪念品。从塔什干旅馆的五层楼上看下来，广场上仿佛开出了一朵朵的大黑花，周围黑色的人群形成了花瓣，穿着花花绿绿的服装的非洲代表和披着黄色袈裟的锡兰代表，就形成了红红绿绿或黄色的花心。

有一次，我看到一个老祖母抱了小孙女，坐在大剧院门外台阶上，喘着气休息。她见了我，就对着我笑，我也笑着向她问安，并且逗引小女孩。这就引得这一位白发老人开了话匣子。她告诉我，她的家离这里很远，她坐了很久的电车和公共汽车才来到这里。"年纪究竟大了，坐了这样久电车和汽车，就觉得有点受不了，非坐下来喘一口气休息休息不行了。"说着擦了擦头上的汗，又说下去："各国的代表都来了，塔什干还是头一次开这个眼界呢。你们是我们最欢迎的客人，我在家里怎么能待得下去呢？小孙女还小，不懂事，但是我也把她带来，她将来大了，好记住这一回事。"这样的感情难道只是这一位白发老人的感情吗？

又有一次，我碰到了一群朝鲜族的男女学生。他们一看到我，就像看到了久别的亲人，一拥而上，争着来跟我握手。十几只手同时向我伸过来，我恨不能像庙里塑的千手千眼佛一样，多长出一些手来，让这些可爱的孩子们每个人都满足愿望，现有的这两只手实在太不够分配了。握完了手，又争着给我照相，左一张，右一张，照个不停。照完了相，又再握手。他们对于我依依难舍，我也真舍不得离开这一群可爱的孩子们。

还有一次，是在晚上，我们到什么地方去参加宴会。一上汽车，司机同志为了"保险"起见，就把车门关上了。但是外面的人还是照样像波涛似的涌上来，把汽车团团围住，后面的人不甘心落后，拼命往前挤；前面的人下定决心，要坚守阵地。因而形成了相持不下的局面，后面来的人却愈来愈多了。很多人手里高高地举着签名的小本子，向着我们直摇摆。但是司机却无论如何也不开门，我们只有隔着一层玻璃相对微笑。我们的处境是颇有点尴尬的。一方面，我们不愿意伤了司机同志的"好意"；另一方面，我们又觉得有点对不起车窗外这些热情的人们。正在左右为难的时候，我们忽然看到人群里挤出来了一个中年男子，怀里抱着一个三四岁的小孩，手里还领着两个六七岁七八岁的孩子。看样子不知道费了多大劲才挤到车跟前来，他含着微笑，把小孩子高高举起来，小孩子也在对着我们笑。看了这样天真的微笑，我们还有什么办法呢？眼前的这一层薄薄的玻璃，蓦地成了我们的眼中钉。我们请求司机同志把汽车的大门打开，我们争着去抱这一个可爱的小孩子，吻他那苹果般的小脸蛋，把一个有毛主席像的纪念章别在他的衣襟上。

这样的情景几乎每天都有，它使我们十分感动，我们陶醉于塔什干人民这种热情洋溢的友谊中。

但是我们也有受窘的时候，也有不得不使他们失望的时候。最初，因为我们经验不丰富，一走出塔什干旅馆，看到这些可爱的人民，我们的热情也燃烧起来了。我们握手，我们签名，我们交换纪念品，我们做一切他们要我们做的事情。根本没有注意到，也没有觉到时间的逝去。等我们冲出重围到了会场的时候，会议已经开始很久了。据我的观察，其他国家的代表也有类似的情况。我常常在楼上看到代表们被包围的情况。有一次，一个印度代表被群众包围了大概有四个小时。另外一次，我看到一个穿黄色袈裟的锡兰代表给人包围起来。我不知道是什么时候开始的，我看到的时候，他周围已经围了六七百人。等了很久，我在屋子里工作疲倦了，又走上凉台换一换空气的时候，我看到黄色的袈裟还在人丛里闪闪发光。又等了很久，他大概非走不行了，他走在前面，后面的人群仍然尾追不散，一直跟出去很远很远，仿佛是一只驶往远洋的轮船，后面拖了一串连绵不断的浪花。

在这样的情况下，我们要出门的时候，就先在旅馆里草拟一个"联防计划"。如果有什么人偶入重围，我们一定要派人去接应，去解围。我们有时候也使用金蝉脱壳的计策，把群众的注意力转移到别的地方去，我们自己好顺利地通过重重的包围，不致耽误了开会或者宴会的时间。

这样一来，自然会给这一些可爱的塔什干人民带来一些失望，我们又有什么办法呢？在我们内心的深处，我们实在为他们这种好客的热情所感动，我们陶醉于塔什干人民的热情洋溢的友谊中。

等我们在哈萨克加盟共和国的首都阿拉木图访问了五天又回到塔什干来的时候，会议已经结束了好多天，代表们差不多都走光了。我们也只能再在这一个可爱的城市里住上一夜，明天一大早就要离开这里，离开这一些热情的人民，到莫斯科去了。

吃过晚饭，我怀了惜别的心情，站在五层楼的凉台上，向下看。我还想把这里的东西再多看上一眼，把这些印象牢牢地带回国去。广场上冷冷清清，只有稀稀落落的人影，在空荡荡的场子里来回地晃动。成千盏成万盏的红色电灯仍然在寂寞中发出强烈的光辉。

但是仍然有一群小孩子挤在旅馆门口，向里面探头探脑。代表们都走了，旅馆也空了。看来这些小朋友并不甘心，他们大概希望像前几天开的那样的会能够永远开下去，让塔什干天天过节。现在看到场子上没了人，旅馆里也没了人，他们幼稚的心灵大概很感到寂寞吧。

我对这一些天真可爱的小朋友有无限的同情。我也希望，能够永远住在塔什干，天天同这一些可爱的人民欢度佳节。但是，在实际生活中，这只是幻想，是完全不可能的，是永远也不会实现的。会议完了，我们的任务已经完成；现在我们的任务是，把在塔什干会议上形成的所谓塔什干精神带到世界各地去，让它在世界上每一个角落里开出肥美的花，结出丰硕的果。

我来到了塔什干，现在又要离开了。当我才到的时候，我对这一个城市又感到熟悉，又感到陌生。当我离开它的时候，我对它感到十分熟悉，我爱上了这一个城市。现在先唱出我的赞歌，希望以后再同它会面。

研究学问的三个境界

一九五九年

王国维在他著的《人间词话》里说了一段话：

> 古今之成大事业大学问者，必经过三种之境界："昨夜西风凋碧树，独上高楼，望尽天涯路。"此第一境也。"衣带渐宽终不悔，为伊消得人憔悴。"此第二境也。"众里寻他千百度，蓦然回首，那人却在灯火阑珊处。"此第三境也。

尽管王国维同我们在思想上有天渊之别，他之所谓"大学问"、"大事业"，也跟我们了解的不完全一样。但是这一段话的基本精神，我们是可以同意的。

现在我就根据自己一些经验和体会来解释一下王国维的这一段话。

"昨夜西风凋碧树，独上高楼，望尽天涯路。"意思是：在秋天里，夜里吹起了西风，碧绿的树木都凋谢了。树叶子一落，一切都显得特别空阔。一个人登上高楼，看到一条漫长的路，一直引到天边，不知道究竟有多么长。王国维引用这几句词，形象地说明了一个人立志做一件事情时的情景。志虽然已经立定，但是前路漫漫，还看不到什么具体的东西。

说明第二个境界的那几句词引自欧阳修的蝶恋花。王国维只是借用那两句话来说明：在工作进行中，一定要努力奋斗，刻苦钻研，日夜不停，坚持不懈，以致身体瘦削，连衣裳的带子都显得松了。但是，他（她）并不后悔，仍然是勇往直前，不顾自己的憔悴。

在三个境界中，这可以说是关键，根据我自己的体会，立志做一件事情以后，必须有这样的精神，才能成功。无论是在对自然的斗争中，还是在阶级斗争中，要想找出规律，来进一步推动工作，都是十分艰巨的事情。就拿我们从事教育和科学研究工作的人来说吧。搞自然科学的，既要进行细致深入的实验，又要积累资料。搞社会科学的，必须积累极其丰富的资料，并加以细致的分析和研究。在工作中，会遇到层出不穷的意想不到的困难，我们一定要坚韧不拔，百折不回，决不容许有任何侥幸求成的想法，也不容许徘徊犹豫。只有这样，才能得到最后的成功。

工作是艰苦的，工作的动力是什么呢？对王国维来说，工作的动力也许只是个人的名山事业。但是，对我们来说，动力应该是建设社会主义社会和共产主义社会，所以，我们今天的工作动力同王国维时代比起来，真有天渊之别了。

所谓不顾身体的瘦削，只是形象的说法，我们决不能照办。在王国维时代，这样说是可以的。但是到了今天，我们既要刻苦钻研，同时又要锻炼身体。一马万马的关系必须正确处理。

此外，我们既要自己钻研，同时也要兢兢业业地向老师学习，打一个不太确切的比喻，老师和学生一教一学，就好像是接力赛跑，一棒传一棒，跑下去，最后达到目的地。我们之所以要尊师，就是因为老师在一定意义上是跑前一棒的人。一方面，我们要从他手里接棒；另一方面，我们一定会比他跑得远，这就是所谓"青出于蓝，而胜于蓝"。

说明第三个境界的词引自辛弃疾的青玉案（元夕）。意思是：到处找他（她），也不知道找了几百遍几千遍，只是找不到，猛一回头，那人原来就在灯火不太亮的地方。中国旧小说常见的"踏破铁鞋无觅处，得来全不费工夫"，表达的也是这个意思。王国维引用这几句词，来说明获得成功的情形。一个人既然立下大志做一件事情，于是就苦干、实干、巧干。但是什么时候才能成功呢？对于这个问题大可以不必过分考虑。只要努力干下去，而方法又对头，干得火候够了，成功自然就会到你身边来。

这三个境界，一般地说起来，是与实际情况相符的。就王国维所处的时代来说，他在科学研究方面所获得的成绩是极其辉煌的，他这一番话，完全出自亲身的体会和经验，因此才这样具体而生动。

到了今天，社会大大地进步了，我们的学习条件大大地改善了，我们的学习动力也完全不一样了；我们都应该立下雄心大志，一定要艰苦奋斗，攀登科学的高峰。

忆日内瓦

一九六一年六月

扩大的日内瓦会议正在紧张地进行着，全世界爱好和平的人们的目光都集中到这一座世界名城上来。十几年前，我曾在那里住过。现在我的回忆的丝缕又不禁同这一座美妙绝伦的城市联系起来了。

我首先回忆到的就是日内瓦美丽的风光。大家都知道，瑞士全国就是一个花团锦簇的大花园，到处都可以看到明媚秀丽的山光水色，美不胜收，令人目不暇接。到过那里的人，自然会亲眼观察，亲身经历。连没有到过那里的人也会从画片上领略一二，聊当卧游。在全世界范围内，瑞士之美真可以说是家喻户晓，脍炙人口，看来用不着我在这里浪费笔墨加以描绘了。

我只想谈一点我的观察，我的体会。在我们国家里，一提到山水之美，肯定说是"青山""绿水"。这对不对呢？当然是对的。因为这是我们从实际观察中得出来的结果。如果有人怀疑的话，有诗为证。用不着到处翻阅，仅就我记忆所及，就可以举出不少的例证来。唐代诗人韦应物的《东郊》里有这样两句话："杨柳散和风，青山澹吾虑。"李白的《送友人》："青山横北郭，白水绕东城。"杜甫的《奉济驿重送严公四韵》："远送从此别，青山空复情。"最全面的当然是王湾的《次北固山下》："客路青山下，行舟绿水前。"你看，"青山""绿水"这里全有了。如果还需要现在的例证的话，那就是毛主席的《送瘟神》。青和绿这两样颜色，确实能够概括中国山水之美。不管是阳朔，还是富春；不管是峨眉，还是雁荡，莫不皆然。

　　然而，谈到瑞士的山水，我觉得，青和绿似乎就不够了。我小的时候，很喜欢看瑞士风景画片。几乎在每一张画片上，除了青和绿之外，都还可以看到一种介乎淡紫淡红淡黄之间的似浓又似淡的颜色。我当时颇不以为然，以为这是印画片的人创造出来的，实际上是不会存在的。但是，当我到了瑞士以后，我亲眼看到了这一种颜色，我的疑团顿消，只好承认它的存在了。在白皑皑的雪峰下面，在苍翠蓊郁的树林旁边，特别是在小湖的倒影中，有那么一层青中透紫的轻霭若隐若现地浮动在那里，比起纯粹的青和绿来，更是别有逸趣。如果有人想把这种颜色抓住，仔细加以分析研究，亲身走到山下林中去观察，那么他看到的只是树木山峰，"青霭入看无"，他什么也看不到的。

　　我不懂光学，我不知道这种颜色是怎样形成的。我只是觉得它很美。对我来说，我看这也就够了。中国古代诗文描绘山水，除了上面说到的青和绿外，也有用紫色的。王勃的《滕王阁序》里就有"烟光凝而暮山紫"这样的句子。住在北京的人黄昏时分看西山，也会发现紫的颜色。但是，这只限于黄昏时分。而在瑞士却不是这样。一日之内，只要有太阳，就能看到这一团紫气，人们几乎一整天都能够欣赏这种神奇的景色。

　　我虽然谈的是整个瑞士，实际上也就是谈日内瓦。不过有一条：在日内瓦城内，这景色是看不到的。一旦走进附近的山林中，却可以充分地尽情地享受这种奇丽的景色。我之所以特别喜欢日内瓦，这也是原因之一。

　　其他原因是什么呢？恐怕首先就是莱茫湖。我住在那里的时候，每天都是很早就起来。我的第一件工作就是到莱茫湖边去散步。湖这样大，水这样深，而且又清澈见底，在世界上其他国家确实是极罕见的。湖的对岸是高耸入云的雪峰，就是在夏天，上面的积雪也不融化，一片白皑皑的雪光压在这一座美丽的小城的上面，使人随时都想到"积雪浮云端"这样的诗句。而湖面的倒影，似乎比上面的对立面还更动人，比真实的东西还更真实，——白色显得更白，红色显得更红，绿色显得更绿，——这一些颜色混合起来，在波平如镜的湖面上，绘上了一幅绚烂多彩的图画。

在湖边漫步的时候，几乎每次都能够看到一两只或者三四只白色的天鹅，像纯白的军舰一样，傲然在湖里游来游去。据老日内瓦说，这些鹅都是野鹅，它们并不住在日内瓦，它们的家离开日内瓦还有上百里的路程。每天它们都以惊人的速度从那里游来；到了一定的时候，再游回去，天天如此。对我来说，这也是非常新鲜的事。我立即想到欧洲的许多童话，白鹅在里面是主人公，它们变成太子或者公主，做出许多神奇的事情。我面对着这样如画的湖山，自己也像是走进一个童话的王国里去了。

日内瓦的好地方多得很。这里有列宁读过书的地方，有卢梭的纪念碑，有整齐宽敞的街道，有五颜六色各式各样的楼房别墅，还有好客的瑞士人。这一切都是回忆的最好的资料。可惜我离开日内瓦时间已经太久了，到现在有点朦胧模糊。即使自己努力到记忆里去挖掘，有时候也只能挖出一些断片，连不成一个整体的东西了。

无论如何，日内瓦留给我的印象是非常美妙的，我自己也常常高兴回忆它。就算是只能回忆到一些断片吧，它们仍然能带给我一些快乐。这一次又回忆到这一座中欧的名城，情形也不例外。

但是，事情也不全是美妙的。青山绿水，再加上那么一团紫气，确实是美丽动人；莱茫湖的白鹅也确实能引人遐想。可是在这一些美丽的东西之间，总还似乎有那么一点不十分如意的东西，很不调和地夹杂在里面，使我有骨鲠在喉之感。这究竟是什么东西呢？我有点困惑了。我左思右想，费了很大的力量，终于恍然大悟：这是美国大兵。

美国大兵同美丽的日内瓦有什么关系呢？原来在二次大战前后，美国统治者趁火打劫，又发了一笔横财，在世界上许多国家里都建立了军事基地，这就需要大量的士兵住在国外。美国人民并不甘心给华尔街的老板们到外国去卖命。老板们于是就想尽了办法，威胁利诱，金钱美人，能用的全用上了。效果仍然不大。他们异想天开，最后想到打瑞士的主意。他们规定：谁要是在国外服兵役多少多少年，就有权利到这个山明水秀的世界公园里来逛上一两周。

这办法大概发生了作用，当我到了瑞士的时候，到处都可以看到身着美国军服，嘴里嚼着口香糖，迈着美国人特有的步子大声喧嚷的美国士兵。谁也不知道，他们眼睛里究竟看到了些什么。他们徜徉于山上、林中、湖边、街头，看来也自得其乐。但是，事情是不能尽如人意的。瑞士这个地方是有钱不愁花不出去的，而美国大兵口袋里所缺的就是钱这玩意儿。有些人意志坚强一些，能够抗拒大玻璃窗子里陈列着的金光闪闪的各种名牌手表的诱惑，能够抗拒大旅馆中肉山酒海的诱惑。但是，据说也有少数人，少数美国大少爷抵抗不住这种诱惑。那么怎么办呢？美国颇为流行的诲盗诲淫的小说中是有锦囊妙计的。到了此时，只好乞灵于这些妙计了。我曾几次听瑞士朋友说，在夜里，有时候甚至在白天，大表店里的大玻璃窗子就被砸破，有人抓到几只手表，就飞奔逃走。据说，还有更厉害的。有的美国大兵，也是由于抵挡不住美妙绝伦的瑞士名表的诱惑，又没有赤手空拳砸破玻璃窗子的勇气。天无绝人之路，他们卖掉自己的钢笔以及身上所有能够卖掉的东西，用来换一只手表。据说有人连军装都脱下来卖掉。难道这就是他们吹嘘的所谓民主自由吗？这些事情听起来颇为离奇。但是，告诉我这些事情的瑞士朋友并不是说谎者，他们是真诚的。事情究竟怎样，那只有天知道了。

就这样，美国某一些士兵带到瑞士去的这样的"美国生活方式"，颇引起一些人们的喊喊喳喳。这种事情无论如何也同这世界花园的神奇的青色、绿色和紫色有些矛盾，有些不调和，有些不协调，有些煞风景。难道不是这样吗？

过了没有多久，我就离开了瑞士，到现在一转眼已经十五年了。我头脑里煞风景的感觉，一直没能清除。到了今天，扩大的日内瓦会议又在这一座美丽的城市里开幕了。以国务卿腊斯克为首的美国代表团，千方百计在会内、会外捣乱，企图阻挠会议的进行。他们撒谎、吹牛、装疯、卖傻，极尽出丑之能事，集丢人之大成。我于是恍然大悟：这一批家伙干坏事，既不择时，也不择地。原来我对美国兵所作所为的那些想法，简直是太幼稚了。我现在仿佛是如来佛在菩提树下成了道，我把那一些不切实际的想法通通丢掉，什么矛盾，什么不调和，什么不协调，什么煞风景，都见鬼去吧。十五年前我在瑞士遇到的美国兵，今天在日内瓦开会的美国官，他们是一脉相承，衣钵不诬。这些人都不能代表真正的美国老百姓，但又确确实实都是美国产品。道理是明摆着的。我们应该把二者区分开来，才是全面而又准确的。想到这里，我的心情愉快了，疑团消逝了。今后我再回忆日内瓦的时候，就只有神奇美妙的山水，莱茫湖中漫游的白鹅，又青又绿又紫的那一团灵气，还有好客的居民。这些美好的回忆将永远伴随着我，永远，永远。

羡林按：

偶检旧稿，无意中发现了这一篇散文。我的眼立刻亮了起来，简直像是在陈年古旧的书中发现了一片几十年前夹进去的红叶。时光的流逝好像在上面根本没有留下任何痕迹，依然鲜艳照人。我既惊且喜，立即读了一遍。虽然已经过去了三十年，但文中所写的印象至今依然鲜明、生动。文中提到了美国大兵，迹近不敬。但是，当时他们确是如此。我留下了这一幅写照，反映了历史的真实，难道一点意义也没有吗？质之黄伟经同志，不知以为然否？

1961年6月原作
1992年2月13日重抄

塔什干的一个男孩子

一九六一年七月

塔什干毕竟是一个好地方。按时令来说，当我们到了这里的时候，已经是秋天，淡红淡黄斑驳陆离的色彩早已涂满了祖国北方的山林；然而这里还到处盛开着玫瑰花，而且还不是一般的玫瑰花——有的枝干高得像小树，花朵大得像芍药、牡丹。

我就在这样的玫瑰花丛旁边认识了一个男孩子。

我们从城外的别墅来到市内，最初并没有注意到这一个小男孩。在一个很大的广场里，一边是纳瓦依大剧院，一边是为了招待参加亚非作家会议各国代表而新建的富有民族风味的塔什干旅馆，热情的塔什干人民在这里聚集成堆，男女老少都有。在这样一堆堆的人群里，一个普普通通的小孩子怎么能引起我们的注意呢？

但是，正当我们站在汽车旁边东张西望的时候，忽然听到细声细气的儿童的声音，说的是一句英语："您会说英国话吗？"我低头一看，才看到一个十二三岁的小男孩。他穿了一件又灰又黄带着条纹的上衣，头发金黄色，脸上稀稀落落有几点雀斑，两只蓝色的大眼睛一闪忽一闪忽的。

这个小孩子实在很可爱，看样子很天真，但又似乎懂得很多的东西。虽然是个男孩，却又有点像女孩，羞羞答答，欲进又退，欲说又止。

我就跟他闲谈起来。他只能说极简单的几句英国话，但是也能把自己的意思表达出来。他告诉我，他的英文是在当地的小学里学的，才学了不久。他有一个通信的中国小朋友，是在广州。他的中国小朋友曾寄给他一个什么纪念章，现在就挂在他的内衣上。说着他就把上衣掀了一下。我看到他内衣上的确别着一个圆圆的东西。但是，还没有等我看仔细，他已经把上衣放下来了。仿佛那一个圆圆的东西是一个无价之宝，多看上两眼，就能看掉一块似的。我可以很清楚地看到，这一个看来极其平常的中国徽章在他的心灵里占着多么重要的地位；也可以看到，中国和他的那一个中国小朋友，在他的心灵里占着多么重要的地位。

我同这一个塔什干的男孩子第一次见面，从头到尾，总共不到五分钟。

跟着来的是极其紧张的日子。

在白天，上午和下午都在纳瓦依大剧院里开会。代表们用各种不同的语言发言，愤怒控诉殖民主义的罪恶。我的感情也随着他们的感情而激动，而昂扬。

一天下午，我们正走出塔什干旅馆，准备到对面的纳瓦依大剧院里去开会。同往常一样，热情好客的塔什干人民，又拥挤在这一个大广场里，手里拿着笔记本，或者只是几张白纸，请各国代表签名。他们排成两列纵队，从塔什干旅馆起，几乎一直接到纳瓦依大剧院，说说笑笑，像过年过节一样。整个广场成了一个欢乐的海洋。

我陷入夹道的人堆里，加快脚步，想赶快冲出重围。

但是，冷不防，有什么人从人丛里冲了出来，一下子就把我抱住了。我吃了一惊，定神一看，眼前站着的就是那一个我几乎已经完全忘记了的小男孩。

也许上次几分钟的见面就足以使得他把我看作熟人。总之，他那种胆怯羞涩的神情现在完全没有了。他拉住我的两只手，满脸都是笑容，仿佛遇到了一个多年未见十分想念的朋友和亲人。

我对这一次的不期而遇也十分高兴。我在心里责备自己："这样一个小孩子我怎么竟会忘掉了呢？"但是，还有人等着我一块走，我没有法子跟他多说话，在又惊又喜的情况下，一时也想不起说什么话好。他告诉我："后天，塔什干的红领巾要到大会上去献花，我也参加。"我就对他说："那好极了。我们在那里见面吧！"

我倒是真想在那一天看到他的。第二次的见面，时间比第一次还要短，大概只有两三分钟。但是我却真正爱上了这一个热爱中国热爱中国人民的小孩子。我心里想：第一次见面是不期而遇，我没有能够带给他什么东西当作纪念品。第二次见面又是不期而遇，我又没有能够带给他什么东西当作纪念品。我心里十分不安，仿佛缺少了什么东西，有点惭愧的感觉。

跟着来的仍然是极其紧张的日子。

大会开到了高潮，事情就更多了。但是，我同那个小孩子这一次见面以后，我的心情同第一次见面后完全不同了。不管我是多么忙，也不管我在什么地方，我的思想里总常常有这个小孩子的影子。它几乎霸占住我整个的心。我把所有的希望都寄托在他要到大会上去献花的那一天上。

那一天终于来到了。气氛本来就非常热烈的大会会场，现在更热烈了。成千成百的男女红领巾分三路拥进会场的时候，全场响起了雷鸣般的掌声。一队红领巾走上主席台给主席团献花。这一队红领巾里面，男孩女孩都有。最小的也不过五六岁，还没有主席台上的桌子高；但也站在那里，很庄严地朗诵诗歌，头上缠着的红绿绸子的蝴蝶结在轻轻地摆动着。主席台上坐着来自三四十个国家的代表团的团长，他们的语言不同，皮肤颜色不同，宗教信仰不同，社会制度不同；但是现在都一齐站起来，同小孩子握手拥抱，有的把小孩子高高地举起来，或者紧紧地抱在怀里。对全世界来说，这是一个极有意义的象征，它象征着全世界爱好和平的人们的大团结。我注意到有许多代表感动得眼里含着泪花。

我也非常感动。但是我心里还记挂着一件事情：我要发现那一个塔什干的男孩。我特意带了一张丝织的毛主席像，想送给他，好让他大大地高兴一次。我到处找他，挨个看过去，看了一遍又一遍。这些男孩的衣服都一样；女孩子穿着短裙子，男女小孩还可以分辨出来；但是，如果想在男小孩中间分辨出哪个是哪个，那就十分困难了。我看来看去，眼睛都看花了。我眼前仿佛成了一片红领巾和红绿蝴蝶结的海洋，我只觉得五彩缤纷，绚丽夺目。可是要想在这一片海洋里捞什么东西，却毫无希望了。一直等到这一大群孩子排着队退出会场，那一张有着金黄色的头发，上面长着两只圆而大的眼睛和稀稀落落的雀斑的脸，却无论如何也没有找到。

我真是从内心深处感到失望，但是我却是一点办法都没有。只怪我自己疏忽大意，既没有打听那一个男孩的名字，也没有打听他的住处、他的学校和班级。当我们第二次见面，他告诉我要来献花的时候，我丝毫也没有想到，我们竟会见不到面。现在想打听，也无从打听起了。

会议眼看就要结束了。一结束，我们就要离开这里。我一想到这一点，心里就焦急不堪。但是我也并没有完全放弃了希望。每一次走过广场的时候，我都特别注意向四下里看，我暗暗地想：也许会像我们第二次见面那样，那个男孩子会蓦地从人丛中跳出来，两只手抱住我的腰。

但是结果却仍然是失望。

会议终于结束了。第二天我们就要暂时离开这里，到哈萨克加盟共和国的首都阿拉木图去做五天的访问。在这一天的黄昏，我特意到广场上去散步，目的就是寻找那一个男孩子。

我走到一个书亭附近去，看到台子上摆满了书。亚非各国作家作品的俄文和乌兹别克文译本特别多，特别引人注目。有许多人挤在那里买书。我在那里站了一会儿，想在拥挤的人堆里发现那个男孩子。

我走到大喷水池旁。这是一个大而圆的池子，中间竖着一排喷水的石柱。这时候，所有的喷水管都一齐开放，水像发怒似的往外喷，一直喷到两三丈高，然后再落下来，落到墨绿的水池子里去。喷水柱里面装着红绿电灯，灯光从白练似的水流里面透了出来，红红绿绿，变幻不定，活像天空里的彩虹。水花溅在黑色的水面上，翻涌起一颗颗的珍珠。

我喜欢这一个喷水池，我在这里站了很久。但是我却无心欣赏这些红红绿绿的彩虹和一颗颗的白色珍珠，我是希望能够在这里找到那一个小孩子的。

我走到广场两旁的玫瑰花丛里去，这也是我特别喜欢的地方。这里的玫瑰花又高又大又多，简直数不清有多少棵。人走进去，就仿佛走进了一片矮小的树林子。在黄昏的微光中，碗口大的花朵颜色有点暗淡了，分不清哪一朵是黄的，哪一朵是红的，哪一朵又是红里透紫的。但是，芬芳的香气却比白天阳光普照下还要浓烈。我绕着玫瑰花丛走了几周，不管玫瑰花的香气是多么浓烈，我却仍然是醉翁之意不在酒，我是来寻找那一个男孩子的。

我当时就想到，我这种做法实在很可笑，哪里就会那样凑巧呢？但是我又不愿意承认我这种举动毫无意义。天底下凑巧的事情不是很多很多的吗？我为什么就一定遇不到这样的事情呢？我决不放弃这万一的希望。

但是，结果并不像想象的那样，我到处找来找去，终于怀着一颗失望的心走回旅馆去。

第二天，天还没有明，我们就乘飞机到阿拉木图去了。在这个美丽的山城里访问了五天之后，又在一天的下午飞回塔什干来。

我们这一次回来，只能算是过路，第二天天一亮，我们就要离开这里了。这一次离开同上一次不一样，这是真正的离开。

这一次我心里真正有点急了。

吃过晚饭，我又走到广场上去。我走近书亭，上面写着人名书名的木牌还立在那里。我走过喷水池，白练似的流水照旧泛出了红红绿绿的光彩。我走过玫瑰花丛，玫瑰在寂寞地散放着浓烈的香气。我到处徘徊流连，我是怀着满腔依依难舍的心情，到这里来同塔什干和塔什干人民告别的。

实在出我意料，当我走回旅馆的时候，我从远处看到旅馆门口有几个小男孩挤在那里，向里面探头探脑。我刚走上台阶，一个小孩子一转身，突然扑到我的身边来：这正是我已经寻找了许久而没有找到的那一个男孩。这一次的见面带给他的喜悦，不但远非第一次见面时的喜悦可比，也决非第二次见面时他的喜悦可比。他紧紧地抓住我的双手，双脚都在跳；松了我的手，又抱住我的腰，脸上兴奋得一片红，连气都喘不上来了。

他断断续续地告诉我，他是来找我的，过去五天，他天天都来。

"你怎么知道我还在这里呢？"

"我猜您还在这里。"

"别的代表都已经走了，你这猜想未免太大胆了。"

"一点也不大胆，我现在不是找到您了吗？"

我大笑起来，不得不承认他是对的。

这是一次在濒于绝望中的意外的会见。中国旧小说里有两句话："踏破铁鞋无觅处，得来全不费工夫。"并不能写出我当时的全部心情。"蓦然回头，那人却在灯火阑珊处"，也只能描绘出我的心情的一小部分。我从来不相信世界上会有什么奇迹，现在我却感觉到，世界上毕竟是有奇迹的，虽然我对这一个名词的理解同许多人都不一样。

我当时十分兴奋，甚至有点慌张。我说了声："你在这里等我，不要走！"就跑进旅馆，连电梯也来不及上，飞快地爬上五层楼，把我早已经准备好了的礼物拿下来，又跑到餐厅里找中国同志要毛主席纪念章，然后匆匆忙忙地跑出去。我送给那个男孩子一张织着天安门的杭州织锦和一枚毛主席像的纪念章，我亲手给他别在衣襟上。同他在一块的三四个男孩子，我也在每个人的衣襟上别了一枚毛主席像的纪念章。这一些孩子简直像一群小老虎，一下子扑到我身上来，搂住我的脖子，在我脸上使劲地亲吻。在惊惶失措中，我清清楚楚地听到清脆的吻声。

我现在再不能放过机会了，我要问一下他的姓名和住址。他就在我的笔记本上写了：谢尼亚·黎维斯坦。我们认识了也好多天了，在这临别的一刹那，我才知道了他的名字。我叫了他一声："谢尼亚！"心里有说不出的感觉。只写了姓名和地址，他似乎还不满意，他又在后面加上了几句话：

　　我永远也不会忘记您，亲爱的季美林！希望您以后再回到塔什干来。再见吧，从遥远的中国来的朋友！

谢尼亚

有人在里面喊我，我不得不同谢尼亚和他的小朋友们告别了。

因为过于兴奋，过于高兴，我在塔什干最后的一夜又是一个失眠之夜。我翻来覆去地想到这一次奇迹似的会见。这一次会见虽然时间仍然不长，但是却很有意义。在我这方面，我得到机会问清楚这个小孩子的姓名和地址，以便以后联系；不然的话，他就像是一滴雨水落在大海里，永远不会再找到了。在小孩子方面，他找到了我，在他那充满了对中国的热爱的小小的心灵里，也不会永远感到缺了什么东西。这十几分钟会见的意义是无法用言语表达的。

想来想去，无论如何再也睡不着。我站起来，拉开窗幔：对面纳瓦依大剧院的霓虹灯还在闪闪发光。广场上只有稀稀落落的几个人影。那一丛丛的玫瑰花的确是看不清楚了；但是，根据方向，我依然能够知道它们在什么地方；我也知道，在黑暗中，它们仍然在散发着芬芳浓烈的香气。

一双长满老茧的手

一九六一年九月

有谁没有手呢？每个人都有两只手。手，已经平凡到让人不再常常感觉到它的存在了。

然而，一天黄昏，当我乘公共汽车从城里回家的时候，一双长满了老茧的手却强烈地引起了我的注意。我最初只是坐在那里，看着一张晚报。在有意无意之间，我的眼光偶尔一滑，正巧落在一位老妇人的一双长满老茧的手上。我的心立刻震动了一下，眼光不由地就顺着这双手向上看去：先看到两手之间的一个胀得圆圆的布包；然后看到一件洗得挺干净的褪了色的蓝布褂子；再往上是一张饱经风霜布满了皱纹的脸，长着一双和善慈祥的眼睛；最后是包在头上的白手巾，银丝般的白发从里面披散下来。这一切都给了我极好的印象。但是给我印象最深的还是那一双长满了老茧的手，它像吸铁石一般吸住了我的眼光。

老妇人正在同一位青年学生谈话，她谈到她是从乡下来看她在北京读书的儿子的，谈到乡下年成的好坏，谈到来到这里人生地疏，感谢青年对她的帮助。听着她的话，我不由深深地陷入回忆中，几十年的往事蓦地涌上心头。

在故乡的初秋，秋庄稼早已经熟透了，一望无际的大平原上长满了谷子、高粱、老玉米、黄豆、绿豆等等，郁郁苍苍，一片绿色，里面点缀着一片片的金黄和星星点点的浅红和深红。虽然暑热还没有退尽，秋的气息已经弥漫大地了。

我当时只有五六岁，高粱比我的身子高一倍还多。我走进高粱地，就像是走进大森林，只能从密叶的间隙看到上面的蓝天。我天天早晨在朝露未退的时候到这里来掰高粱叶。叶子上的露水像一颗颗的珍珠，闪出淡白的光。把眼睛凑上去仔细看，竟能在里面看到自己的缩得像一粒芝麻那样小的面影，心里感到十分新鲜有趣。老玉米也比我高得多，必须踮起脚才能摘到棒子。谷子同我差不多高，现在都成熟了，风一吹，就涌起一片金浪。只有黄豆和绿豆比我矮，我走在里面，觉得很爽朗，一点也不闷气，颇有趾高气扬之概。

因此，我就最喜欢帮助大人在豆子地里干活。我当时除了跟大奶奶去玩以外，总是整天缠住母亲，她走到哪里，我跟到哪里。有时候，在做午饭以前，她到地里去摘绿豆荚，好把豆粒剥出来，拿回家去煮午饭。我也跟了来。这时候正接近中午，天高云淡，蝉声四起，蝈蝈儿也爬上高枝，纵声欢唱，空气中飘拂着一股淡淡的草香和泥土的香味。太阳晒到身上，虽然还有点热，但带给人暖烘烘的舒服的感觉，不像盛夏那样令人难以忍受了。

在这时候，我的兴致是十分高的。我跟在母亲身后，跑来跑去。捉到一只蚱蜢，要拿给她看一看；掐到一朵野花，也要拿给她看一看。棒子上长了乌霉，我觉得奇怪，一定问母亲为什么；有的豆荚生得短而粗，也要追问原因。总之，这一片豆子地就是我的乐园，我说话像百灵鸟，跑起来像羚羊，腿和嘴一刻也不停。干起活来，更是全神贯注，总想用最高的速度摘下最多的绿豆荚来。但是，一检查成绩，却未免令人气短：母亲的筐子里已经满了，而自己的呢，连一半还不到哩。在失望之余，就细心加以观察和研究。不久，我就发现，这里面也并没有什么奥妙，关键就在母亲那一双长满了老茧的手上。

这一双手看起来很粗，由于多年劳动，上面长满了老茧，可是摘起豆荚来，却显得十分灵巧迅速。这是我以前没有注意到的事情。在我小小的心灵里不禁有点困惑。我注视着它，久久不愿意把眼光移开。

我当时岁数还小，经历的事情不多。我还没能把许多同我的生活有密切联系的事情都同这一双手联系起来，譬如说做饭、洗衣服、打水、种菜、养猪、喂鸡，如此等等。我当然更没能读到"慈母手中线，游子身上衣"这样的诗句。但是，从那以后，这一双长满了老茧的手却在我的心里占据了一个重要的地位，留下了一个不可磨灭的印象。

后来大了几岁，我离开母亲，到了城里跟叔父去念书，代替母亲照顾我的生活的是王妈，她也是一位老人。

她原来也是乡下人，干了半辈子庄稼活。后来丈夫死了，儿子又逃荒到关外去，二十年来，音讯全无。她孤苦伶仃，一个人在乡里活不下去，只好到城里来谋生。我叔父就把她请到我们家里来帮忙。做饭、洗衣服、扫地、擦桌子，家里那一些琐琐碎碎的活全给她一个人包下来了。

王妈除了从早到晚干那一些刻板工作以外，每年还有一些带季节性的工作。每到夏末秋初，正当夜来香开花的时候，她就搓麻线，准备纳鞋底，给我们做鞋。干这活都是在晚上。这时候，大家都吃过了晚饭，坐在院子里乘凉，在星光下，黑暗中，随意说着闲话。我仰面躺在席子上，透过海棠树的杂乱枝叶的空隙，看到夜空里眨着眼的星星。大而圆的蜘蛛网的影子隐隐约约地印在灰暗的天幕上。不时有一颗流星在天空中飞过，拖着长长的火焰尾巴，只是那么一闪，就消逝到黑暗里去。一切都是这样静。在寂静中，夜来香正散发着浓烈的香气。

这正是王妈搓麻线的时候。干这个活本来是听不到多少声音的，然而现在那揉搓的声音却听得清清楚楚。这就不能不引起我的注意了。我转过身来，侧着身子躺在那里，借着从窗子里流出来的微弱的灯光，看着她搓。最令我吃惊的是她那一双手，上面也长满了老茧。这一双手看上去拙笨得很，十个指头又短又粗，像是一些老干树枝子。但是，在这时候，它却显得异常灵巧美丽。那些杂乱无章的麻在它的摆布下，服服帖帖，要长就长，要短就短，一点也不敢违抗。这使我感到十分有趣。这一双手左旋右转，只见它搓呀搓呀，一刻也不停，仿佛想把夜来香的香气也都搓进麻线里似的。

这样一双手我是熟悉的，它同母亲的那一双手是多么相像呀。我总想多看上几眼，看着看着，不知道在什么时候，竟沉沉睡去了。到了深夜，王妈就把我抱到屋里去，同她睡在一张床上。半夜醒来，还听到她手里拿着大芭蕉扇给我赶蚊子。在蒙蒙眬眬中，扇子的声音听起来好像是从很远很远的地方传来似的。

去年秋天，我随着学校里的一些同志到附近乡村里一个人民公社去参加劳动。同样是秋天，但是这秋天同我五六岁时在家乡摘绿豆荚时的秋天大不一样。天仿佛特别蓝，草和泥土也仿佛特别香，人的心情当然也就特别舒畅了。——因此，我们干活都特别带劲。人民公社的同志们知道我们这一群白面书生干不了什么重活，只让我们砍老玉米秸。但是，就算是砍老玉米秸吧，我们干起来，仍然是缩手缩脚，一点也不利落。于是一位老大娘就走上前来，热心地教我们：怎样抓玉米秆，怎样下刀砍。在这时候，我注意到，她也有一双长满了老茧的手。我虽然同她素昧平生，但是她这一双手就生动地具体地说明了她的历史。我用不着再探询她的姓名、身世，还有她现在在公社所担负的职务。我一看到这一双手，一想到母亲和王妈的同样的手，我对她的感情就油然而生，而且肃然起敬，再说什么别的话，似乎就是多余的了。

就这样，在公共汽车行驶声中，我的回忆围绕着一双长满了老茧的手连成一条线，从几十年前，一直牵到现在，集中到坐在我眼前的这一位老妇人的手上。这回忆像是一团丝，愈抽愈细，愈抽愈多。它甜蜜而痛苦，错乱而清晰。在我一生中给我印象最深的三双长满了老茧的手，现在似乎重叠起来化成一双手了。它在我眼前不停地晃动，体积愈来愈扩大，形象愈来愈清晰。

这时候，老妇人同青年学生似乎发生了什么争执。我抬头一看：老妇人正从包袱里掏出两个煮鸡蛋，硬往青年学生手里塞，青年学生无论如何也不接受。两个人你推我让，正在争执得不可开交的时候，公共汽车到了站，蓦地停住了，青年学生就扶了老妇人走下车去。我透过玻璃窗，看到青年学生用手扶着老妇人的一只胳臂，慢慢地向前走去。我久久注视着他俩逐渐消失的背影。我虽然仍坐在公共汽车上，但是我的心却仿佛离我而去。

五辑

51-60岁作品

　　我一来到科纳克里，立刻就爱上了这个风景如画的城市。谁又能不爱这样一个城市呢？它简直就是大西洋岸边的明珠，黑非洲土地上的花园。

香橼

一九六二年三月

书桌上摆着一只大香橼，半黄半绿，黄绿相间，耀目争辉。每当夜深人静，我坐下来看点什么写点什么的时候，它就在灯光下闪着淡淡的光芒，散发出一阵阵的暗香，驱除了我的疲倦，振奋了我的精神。

它也唤起了我的回忆，回忆到它的家乡，云南思茅。

思茅是有名的地方。可是，在过去几百年几千年的历史上，它是地地道道的蛮烟瘴雨之乡。对内地的人来说，它是一个神秘莫测的地方；除非被充军，是没有人敢到这里来的。来到这里，也就不想再活着离开。"江南瘴疠地"，真令人谈虎色变。当时这里流行着许多俗语："要下思茅坝，先把老婆嫁"、"只见娘怀胎，不见儿上街"等等。这是从实际生活中归纳出来的结论，情况也真够惨的了。

就说十几二十年以前吧，这里也还是一个人间地狱。1938年和1948年，这里爆发了两次恶性疟疾，每两个人中就有一个患病死亡的。城里的人死得没有剩下几个，即使在白天，也是阴风惨惨。县大老爷的衙门里，野草长到一人多高。平常住在深山密林里的虎豹，干脆扶老携幼把家搬到县衙门里来，在这里生男育女，安居乐业，这里比山上安全得多。

这就是过去的情况。

但是，不久以前，当我来到祖国这个边疆城市的时候，情况却完全不一样了。我们一走下飞机，就爱上了这个地方。这简直是一个宝地，一个乐园。这里群山环翠，碧草如茵，有四时不谢之花，八节长春之草。我们都情不自禁地唱起"思茅的天，是晴朗的天"这样自己编的歌来。你就看那菜地吧：大白菜又肥又大，一棵看上去至少有三十斤。叶子绿得像翡翠，这绿色仿佛凝固了起来，一伸手就能抓到一块。香蕉和芭蕉也长得高大逾常，有的竟赛过两层楼房，把黑大的影子铺在地上。其他的花草树木，无不繁荣茂盛，郁郁苍苍。到处是一片绿、绿、绿。我感到有一股活力，奔腾横溢，如万斛泉涌，拔地而出。

人呢，当然也都是健康的。现在，恶性疟疾已经基本上扑灭。患这种病的人一千人中才有两个，只等于过去的二百五十分之一。即使不幸得上这种病，也有药可以治好。所谓"蛮烟瘴雨"，早成历史陈迹了。

我永远也忘不掉我们参观的那一个托儿所，这里面窗明几净，地无纤尘。谁也不会想到，就在十几年前，这里还是一片荒草。我们看了所有的屋子，那些小桌子、小椅子、小床、小凳、小碗、小盆，无不整整齐齐，干干净净。这里的男女小主人更是个个活泼可爱，个个都是小胖子。他们穿着花花绿绿的衣服，向我们高声问好，给我们表演唱歌跳舞，红苹果似的小脸笑成了一朵朵的花。我立刻想到那句俗语："只见娘怀胎，不见儿上街。"我心里思绪万端，真有不胜今昔之感了。我们说这个地方现在是乐园、是宝地，除此之外，难道还有更恰当的名称吗？

就在这样一个宝地上，我第一次见到大香橼。香橼，我早就见过；但那是北京温室里培育出来的，倒是娇小玲珑，可惜只有鸭蛋那样大。思茅的香橼却像小南瓜那样大，一个有四五斤重，拿到手里，清香扑鼻。颜色有绿有黄，绿的像孔雀的嗉袋，黄的像田黄石，令人爱不释手。我最初确有点吃惊：怎么香橼竟能长到这样大呢？但立刻又想到：宝地生宝物，不也是很自然的吗？

我们大家都想得到这样一只香橼。画家想画它，摄影家想照它。我既不会画，也不会摄影，但我十分爱这个边疆的城市，却又无法把它放在箱子里带回北京。我觉得，香橼就是这个城市的象征，带走一只大香橼，就无异于带走思茅。于是我就买了一只，带回北京来，现在就摆在我的书桌上。我每次看到它，就回忆起思茅来，回忆起我在那里度过的那一些愉快的日子来，那些动人心魄的感受也立刻涌上心头。思茅仿佛就在我的眼前，历历如绘。在这时候，我的疲倦被驱除了，我的精神振奋起来了，而且我还幻想，在今天的情况下，已经长得够大的香橼，将来还会愈长愈大。

春满燕园

一九六二年五月

　　燕园花事渐衰。桃花、杏花早已开谢。一度繁花满枝的榆叶梅现在已经长出了绿油油的叶子。连几天前还开得像一团锦绣似的西府海棠，也已落英缤纷、残红满地了。丁香虽然还在盛开，灿烂满园，香飘十里，但已显出疲惫的样子。北京的春天本来就是短的，"雨横风狂三月暮，门掩黄昏，无计留春住。"看来春天就要归去了。

　　但是人们心头的春天却方在繁荣滋长。这个春天，同在大自然里的春天一样，也是万紫千红、风光旖旎的，但它却比大自然里的春天更美、更可爱、更真实、更持久。郑板桥有两句诗："闭门只是栽兰竹，留得春光过四时。"我们不栽兰，不种竹，我们就把春天栽种在心中，它不但能过今年的四时，而且能过明年、后年，不知多少年的四时，它要常驻我们心中，成为永恒的春天了。

　　昨天晚上，我走过校园。四周一片寂静，只有远处的蛙鸣划破深夜的沉寂，黑暗仿佛凝结了起来，能摸得着，捉得住。我走着走着，蓦地看到远处有了灯光，是从一些宿舍的窗子里流出来的。我心里一愣，我的眼睛仿佛有了佛经上叫做天眼通的那种神力，透过墙壁，就看了进去。我看到一位年老的教师在那里伏案苦读，他仿佛正在写文章，想把几十年的研究心得写了下来，丰富我们文化知识的宝库。他又仿佛是在备课，想把第二天要讲的东西整理得更深刻、更生动，让青年学生获得更多的滋养。他也可能是在看青年教师的论文，想给他们提些意见，共同切磋琢磨。他时而低头沉思，时而抬头微笑。对他说来，这时候，除了他自己和眼前的工作以外，宇宙万物都似乎不存在，他完完全全陶醉于自己的工作中了。

今天早晨，我又走过校园。这时候，晨光初露，晓风未起。浓绿的松柏，淡绿的杨柳，大叶的杨树，小叶的槐树，成行并列，相映成趣。未名湖绿水满盈，不见一条皱纹，宛如一面明镜。还看不到多少人走路，但从绿草湖畔，丁香丛中，杨柳树下，土山高头却传来一阵阵朗诵外语的声音。倾耳细听，俄语、英语、梵语、阿拉伯语等等，依稀可辨。在很多地方，我只是闻声而不见人，但是仅仅从声音里也可以听出那种如饥如渴迫切吸收知识、学习技巧的炽热心情。这一群男女大孩子仿佛想把知识像清晨的空气和芬芳的花香那样一口气吸了下去。我走进大图书馆，又看到一群男女青年挤坐在里面，低头做数学或物理化学的习题，也都是全神贯注，鸦雀无声。

我很自然地就把昨天夜里的情景同眼前的情景联系了起来。年老的一代是那样，年青的一代又是这样，还能有比这更动人的情景吗？我心里陡然充满了说不出的喜悦。我仿佛看到春天又回到园中：繁花满枝，一片锦绣。不但已经开过花的桃树和杏树又开出了粉红色的花朵，连根本不开花的榆树和杨柳也满树红花。未名湖中长出了车轮般的莲花。正在开花的藤萝颜色显得格外鲜艳。丁香也是精神抖擞，一点也不显得疲惫。总之是万紫千红，春色满园。

这难道仅仅是我一个人的幻像吗？不是的。这是我心中那个春天的反映。我相信，住在这个园子里的绝大多数的教师和同学心中都有这样一个春天，眼前也都看到这样一个春天。这个春天是不怕时间的。即使到了金风送爽、霜林染醉的时候，到了大雪漫天、一片琼瑶的时候，它也会永留心中，永留园内，它是一个永恒的春天。

马缨花

曾经有很长的一段时间，我孤零零一个人住在一个很深的大院子里。从外面走进去，越走越静，自己的脚步声越听越清楚，仿佛从闹市走向深山。等到脚步声成为空谷足音的时候，我住的地方就到了。

院子不小，都是方砖铺地，三面有走廊。天井里遮满了树枝，走到下面，浓荫匝地，清凉蔽体。从房子的气势来看，从梁柱的粗细来看，依稀还可以看出当年的富贵气象。

这富贵气象是有来源的。在几百年前，这里曾经是明朝的东厂。不知道有多少忧国忧民的志士曾在这里被囚禁过，也不知道有多少人在这里受过苦刑，甚至丧掉性命。据说当年的水牢现在还有迹可寻哩。

等到我住进去的时候，富贵气象早已成为陈迹，但是阴森凄苦的气氛却是原封未动。再加上走廊上陈列的那一些汉代的石棺石椁，古代的刻着篆字和隶字的石碑，我一走回这个院子里，就仿佛进入了古墓。这样的环境，这样的气氛，把我的记忆提到几千年前去；有时候我简直就像是生活在历史里，自己俨然成为古人了。

这样的气氛同我当时的心情是相适应的，我一向又不相信有什么鬼神，所以我住在这里，也还处之泰然。

但是也有紧张不泰然的时候。往往在半夜里，我突然听到推门的声音，声音很大，很强烈，我不得不起来看一看。那时候经常停电，我只能在黑暗中摸索着爬起来，摸索着找门，摸索着走出去。院子里一片浓黑，什么东西也看不见。连树影子也仿佛同黑暗粘在一起，一点都分辨不出来。我只听到大香椿树上有一阵窸窸窣窣的声音，然后咪噢的一声，有两只小电灯似的眼睛从树枝深处对着我闪闪发光。

这样一个地方，对我那些经常来往的朋友们来说，是不会引起什么好感的。有几位在白天还有兴致来找我谈谈，他们很怕在黄昏时分走进这个院子。万一有事，不得不来，也一定在大门口向工友再三打听，我是否真在家里，然后才有勇气，跋涉过那一个长长的胡同，走过深深的院子，来到我的屋里。有一次，我出门去了，看门的工友没有看见。一位朋友走到我住的那个院子里，在黄昏的微光中，只见一地树影，满院石棺，我那小窗上却没有灯光。他的腿立刻抖了起来，费了好大力量，才拖着它们走了出去。第二天我们见面时，谈到这点经历，两人相对大笑。

我是不是也有孤寂之感呢？应该说是有的。当时正是"万家墨面没蒿莱"的时代，北京城一片黑暗。白天在学校里的时候，同青年同学在一起，从他们那蓬蓬勃勃的斗争意志和生命活力里，还可以吸取一些力量和快乐，精神十分振奋。但是，一到晚上，当我孤零一个人走回这个所谓家的时候，我仿佛遗世而独立。没有人声，没有电灯，没有一点活气。在煤油灯的微光中，我只看到自己那高得、大得、黑得惊人的身影在四面的墙壁上晃动，仿佛是有个巨灵来到我的屋内。寂寞像毒蛇似的偷偷地袭来，折磨着我，使我无所逃于天地之间。

在这样无可奈何的时候，有一天，在傍晚的时候，我从外面一走进那个院子，蓦地闻到一股似浓似淡的香气。我抬头一看，原来是遮满院子的马缨花开花了。在这以前，我知道这些树都是马缨花，但是我却没有十分注意它们。今天它们用自己的香气告诉了我它们的存在，这对我似乎是一件新事。我不由得就站在树下，仰头观望：细碎的叶子密密地搭成了一座天棚，天棚上面是一层粉红色的细丝般的花瓣，远处望去，就像是绿云层上浮上了一团团的红雾。香气就是从这一片绿云里洒下来的，洒满了整个院子，洒满了我的全身，使我仿佛游泳在香海里。

花开也是常有的事，开花有香气更是司空见惯。但是，在这样一个时候，这样一个地方，有这样的花，有这样的香，我就觉得很不寻常；有花香慰我寂寥，我甚至有一些近乎感激的心情了。

从此，我就爱上了马缨花，把它当成了自己的知心朋友。

北京终于解放了。1949年的10月1日给全中国带来了光明与希望，给全世界带来了光明与希望。这一个具有重大意义的日子在我的生命里划上了一道鸿沟，我仿佛重新获得了生命。可惜不久我就搬出了那个院子，同那些可爱的马缨花告别了。

时间也过得真快，到现在，才一转眼的工夫，已经过去了十三年。这十三年是我生命史上最重要、最充实、最有意义的十三年。我看了很多新东西，学习了很多新东西，走了很多新地方。我当然也看了很多奇花异草。我曾在亚洲大陆最南端科摩林海角看到高凌霄汉的巨树上开着大朵的红花；我曾在缅甸的避暑胜地东枝看到开满了小花园的火红照眼的不知名的花朵；我也曾在塔什干看到长得像小树般的玫瑰花。这些花都是异常美妙动人的。

然而使我深深地怀念的却仍然是那些平凡的马缨花，我是多么想见到它们呀！

最近几年来，北京的马缨花似乎多起来了。在公园里，在马路旁边，在大旅馆的前面，在草坪里，都可以看到新栽种的马缨花。细碎的叶子密密地搭成了一座座的天棚，天棚上面是一层粉红色的细丝般的花瓣。远处望去，就像是绿云层上浮上了一团团的红雾。这绿云红雾飘满了北京，衬上红墙、黄瓦，给人民的首都增添了绚丽与芬芳。

我十分高兴，我仿佛是见了久别重逢的老友。但是，我却隐隐约约地感觉到，这些马缨花同我回忆中的那些很不相同。叶子仍然是那样的叶子，花也仍然是那样的花；在短短的十几年以内，它决不会变了种。它们不同之处究竟何在呢？

我最初确实是有些困惑，左思右想，只是无法解释。后来，我扩大了回忆的范围，不把回忆死死地拴在马缨花上面，而是把当时所有同我有关的事物都包括在里面。不管我是怎样喜欢院子里那些马缨花，不管我是怎样爱回忆它们，回忆的范围一扩大，同它们联系在一起的不是黄昏，就是夜雨，否则就是迷离凄苦的梦境。我好像是在那些可爱的马缨花上面从来没有见到哪怕是一点点阳光。

然而，今天摆在我眼前的这些马缨花，却仿佛总是在光天化日之下。即使是在黄昏时候，在深夜里，我看到它们，它们也仿佛是生气勃勃，同浴在阳光里一样。它们仿佛想同灯光竞赛，同明月争辉。同我回忆里那些马缨花比起来，一个是照相的底片，一个是洗好的照片；一个是影，一个是光。影中的马缨花也许是值得留恋的，但是光中的马缨花不是更可爱吗？

我从此就爱上了这光中的马缨花，而且我也爱藏在我心中的这一个光与影的对比。它能告诉我很多事情，带给我无穷无尽的力量，送给我无限的温暖与幸福；它也能促使我前进。我愿意马缨花永远在这光中含笑怒放。

夹竹桃

一九六二年十月

夹竹桃不是名贵的花，也不是最美丽的花。但是，对我说来，它却是最值得留恋最值得回忆的花。

不知道由于什么缘故，也不知道从什么时候起，在我故乡的那个城市里，几乎家家都种上几盆夹竹桃，而且都摆在大门内影壁墙下，正对着大门口。客人一走进大门，扑鼻的是一阵幽香，入目的是绿蜡似的叶子和红霞或白雪似的花朵，立刻就感觉到仿佛走进自己的家门口，大有宾至如归之感了。

我们家的大门内也有两盆，一盆红色的，一盆白色的。我小的时候，天天都要从这下面走出走进。红色的花朵让我想到火，白色的花朵让我想到雪。火与雪是不相容的；但是，这两盆花却融洽地开在一起，宛如火上有雪，或雪上有火。我顾而乐之，小小的心灵里觉得十分奇妙，十分有趣。

只有一墙之隔，转过影壁，就是院子。我们家里一向是喜欢花的，虽然没有什么非常名贵的花，但是常见的花却是应有尽有。每年春天，迎春花首先开出黄色的小花，报告春的消息。以后接着来的是桃花、杏花、海棠、榆叶梅、丁香等等，院子里开得花团锦簇。到了夏天，更是满院葳蕤。凤仙花、石竹花、鸡冠花、五色梅、江西腊等等，五彩缤纷，美不胜收。夜来香的香气熏透了整个的夏夜的庭院，是我什么时候也不会忘记的。一到秋天，玉簪花带来凄清的寒意，菊花报告花事的结束。总之，一年三季，花开花落，没有间歇；情景虽美，变化亦多。

然而，在一墙之隔的大门内，夹竹桃却在那里静悄悄地一声不响，一朵花败了，又开出一朵；一嘟噜花黄了，又长出一嘟噜；在和煦的春风里，在盛夏的暴雨里，在深秋的清冷里，看不出什么特别茂盛的时候，也看不出什么特别衰败的时候，无日不迎风弄姿，从春天一直到秋天，从迎春花一直到玉簪花和菊花，无不奉陪。这一点韧性，同院子里那些花比起来，不是形成一个强烈的对照吗？

但是夹竹桃的妙处还不止于此。我特别喜欢月光下的夹竹桃。你站在它下面，花朵是一团模糊；但是香气却毫不含糊，浓浓烈烈地从花枝上袭了下来。它把影子投到墙上，叶影参差，花影迷离，可以引起我许多幻想。我幻想它是地图，它居然就是地图了。这一堆影子是亚洲，那一堆影子是非洲，中间空白的地方是大海。碰巧有几只小虫子爬过，这就是远渡重洋的海轮。我幻想它是水中的荇藻，我眼前就真的展现出一个小池塘。夜蛾飞过映在墙上的影子就是游鱼。我幻想它是一幅墨竹，我就真看到一幅画。微风乍起，叶影吹动，这一幅画竟变成活画了。

有这样的韧性，能这样引起我的幻想，我爱上了夹竹桃。

好多好多年，我就在这样的夹竹桃下面走出走进。最初我的个儿矮，必须仰头才能看到花朵。后来，我逐渐长高了，夹竹桃在我眼中也就逐渐矮了起来。等到我眼睛平视就可以看到花的时候，我离开了家。

我离开了家，过了许多年，走过许多地方。我曾在不同的地方看到过夹竹桃，但是都没有留下深刻的印象。

两年前，我访问了缅甸。在仰光开过几天会以后，缅甸的许多朋友们热情地陪我们到缅甸北部古都蒲甘去游览。这地方以佛塔著名，有"万塔之城"的称号。据说，当年确有万塔。到了今天，数目虽然没有那样多了，但是，纵目四望，嶙嶙峋峋，群塔簇天，一个个从地里涌出，宛如阳朔群山，又像是云南的石林，用"雨后春笋"这一句老话，差堪比拟。虽然花草树木都还是绿的，但是时令究竟是冬天了，一片萧瑟荒寒气象。

然而就在这地方，在我们住的大楼前，我却意外地发现了老朋友夹竹桃。一株株都跟一层楼差不多高，以至我最初竟没有认出它们来。花色比国内的要多，除了红色的和白色的以外，记得还有黄色的。叶子比我以前看到的更绿得像绿蜡，花朵开在高高的枝头，更像片片的红霞、团团的白雪、朵朵的黄云。苍郁繁茂，浓翠逼人，同荒寒的古城形成了强烈的对比。

我每天就在这样的夹竹桃下走出走进。晚上同缅甸朋友们在楼上凭栏闲眺，畅谈各种各样的问题，谈蒲甘的历史，谈中缅文化的交流，谈中缅两国人民的胞波的友谊。在这时候，远处的古塔渐渐隐入暮霭中，近处的几个古塔上却给电灯照得通明，望之如灵山幻境。我伸手到栏外，就可以抓到夹竹桃的顶枝。花香也一阵一阵地从下面飘上楼来，仿佛把中缅友谊熏得更加芬芳。

就这样，在对于夹竹桃的婉美动人的回忆里，又涂上了一层绚烂夺目的中缅人民友谊的色彩。我从此更爱夹竹桃。

师生之间

一九六三年四月

　　我前后在北京住了二十多年，前一段是当学生，后一段是当老师。一直当到现在，而且看样子还要当下去。因此，如果有人问我，抚今追昔，在北京什么事情使我感触最深，我首先想到的就是师生之间的关系。

　　师生之间的关系是古老的关系了。在过去，曾把老师归入五伦；又把老师与天、地、君、亲并列，师道尊严可谓至矣尽矣。至于实际情况究竟怎样，余生也晚，没有亲身赶上，不敢乱说。

　　等到我上小学的时候，学校已经改成了新式的学校，不是从《百家姓》、《三字经》念起，而是念人、手、足、刀、尺了。表面上，学生对老师还是很尊敬的。见了面，老远就鞠躬如也，像避猫鼠似的躲在一旁。从来也不给老师提什么意见，那在当时是不可能想象的。老师对学生是严厉的，"教不严，师之惰"，不严还能算是老师吗？结果是学生经常受到体罚，用手拧耳朵，用戒尺打手心，是最常用的方式。学生当然也有受不了的时候。于是，连十二三岁的中小学生也只好铤而走险，起来"革命"了。

　　我在中小学的时候，曾"革命"两次。一次是对一个图画教员。这人脾气暴烈，伸手就打人。结果我们全班团结一致，把教桌倒翻过来，向他示威。

他知难而退，自己辞职不干了。这是一次成功的"革命"。另一次是对一个珠算教员。这人嗜打成性。他有一个规定，打算盘打错一个数打一戒尺。有时候，我们稍不小心就会错上成百的数，那后果就不堪设想了。我们决定全班罢课。可是，因为出了"叛徒"，有几个人留在班上上课。我们失败了，每个人的手心被打得肿了好几天。

到了大学，情况也并没有改变。因为究竟是大学生了，再不被打手心，可是老师的威风依然炙手可热。有一位教授专门给学生不及格。每到考试，他先定下一个不及格的指标，不管学生成绩怎样，指标一定要完成。他因此就名扬全校，成了"名教授"了。另一位教授正相反。他考试时预先声明，十题中答五题就及格，多答一题加十分。实际上他根本不看卷子，学生一交卷，他马上打分。无不及格，皆大欢喜。如果有人在他面前多站一会儿，他立刻就问："你嫌少吗？"于是大笔一挥，再加十分。

至于教学态度，好像当时根本就没有这样的概念。教学大纲和教案，更是闻所未闻。教授上堂，可以信口开河。谈天气，可以；骂人，可以；讲掌故，可以；扯闲话，可以。总之，他愿意怎样就怎样，天上天下，唯我独尊，谁也管不着。有的老师竟能在课堂上睡着。有的上课一年，不和同学说一句话。有的在八个大学兼课，必须制定一个轮流请假表，才能解决上课冲突的矛盾。当然并不是每一个教授都是这样，勤勤恳恳诲人不倦的也有。但是这种例子是很少的。

老师这样对待学生，学生当然也这样对待老师。师生不是互相利用，就是互相敌对。老师教书为了吃饭，或者升官发财。学生念书为了文凭。师生关系，说穿了就是这样。

终于来了1949年。这是北京师生关系史上划时代的一年，是值得大书特书的一年。

从这一年起，老师在变，学生在变，师生关系也在变。十四年来，我不知道经历过多少令人赞叹感动的事情。我不知道有多少夜因欢喜而失眠。当我听到我平常很景仰的一位老先生在七十高龄光荣地参加中国共产党的时候，我曾喜极不寐。当我听到从前我的一位十分固执倔强的老师受到表扬的时候，我曾喜极不寐。至于我身边的同事和同学，他们踏踏实实地向着新的方向迈进，日新月异；他们身上的旧东西愈来愈少，新东西愈来愈多。我每次出国，住上一两个月，回来后就觉得自己落后了。才知道，我们祖国，我们的老师和学生，是用着多么快速的步伐前进。

现在，老师上课都是根据详细的大纲和教案，这都是事前讨论好的，决不能信口开河。老师们关心同学的学习，有时候还到同学宿舍里去辅导或者了解情况，备课一直到深夜。每当夜深人静我走过校园的时候，就看到这里那里有不少灯光通明的窗子。我知道，老师们正在查阅文献，翻看字典。要想送给同学一杯水，自己先准备下一桶。老师们谁都不愿提着空桶走上课堂。

而学生呢？他们绝大多数都能老师指到哪里，他们做到哪里。他们刻苦学习，认真钻研。我曾在一个黑板报上看到一个学生填的词，其中有两句："松涛声低，读书声高。"描写学生高声朗读外文的情景，是很生动的，也是能反映实际情况的。今天，老师教书不是为了吃饭，更不是为了升官发财。学生念书，也不是为了文凭。师生有一个共同的伟大的目标。他们既是师生，又是同志。这是几千年的历史上从来没有、也不可能有的现象。

如果有人对同学们谈到我前面写的情况，他们一定会认为是神话，或是笑话，他们决不会相信的。说实话，连我自己回想起那些事情来，都有恍如隔世之感，何况他们从来没有经历过呢？然而，这都是事实，而且还不能算是历史上的事实，它们离开今天并不远。抚今追昔，我想到师生之间的关系的变化而感慨万端，不是很自然吗？

想到这些，也是有好处的。它能使我们更爱新中国，更爱新北京，更爱今天。

我要用无限的热情歌颂新北京的老师，我要用无限的热情歌颂新北京的学生。

那提心吊胆的一年

一九六三年七月

这已经是过去的事情了。现在旧事重提，好像是捡起一面古镜。用这一面古镜照一照今天，才更能显出今天的光彩焕发。

二十多年以前，我在大学里学习了四年西方语言文学以后，带着满脑袋的荷马、但丁、莎士比亚和歌德，回到故乡母校高级中学去当国文教员。

当我走进学校大门的时候，我的心情是复杂的。可以说是一则以喜，一则以惧。喜的是我终于抓到了一个饭碗，这简直是绝处逢生；惧的是我比较熟悉的那一套东西现在用不上了，现在要往脑袋里装屈原、李白和杜甫。

从一开始接洽这个工作，我脑子里就有一个问号：在那找饭碗如登天的时代里，为什么竟有一个饭碗自动地送上门来？我预感到这里面隐藏着什么危险的东西。但是，没有饭碗，就吃不成饭，我抱着铤而走险的心情想试一试再说。到了学校，才逐渐从别人的谈话中了解到，原来是校长想把本校的毕业生组织起来，好在对敌斗争中为他助一臂之力。我是第一届甲班的毕业生，又捞到了一张一个著名的大学的毕业证书，因此被他看中，邀我来教书。英文教员满了额，就只好让我教国文。

就教国文吧。我反正是瘸子掉在井里，捞起来也是坐。只要有人敢请我，我就敢教。

但是，问题却没有这样简单。我要教三个年级的三个班，备课要顾三头，而且都是古典文学作品。我小时候虽然念过一些《诗经》、《楚辞》，但是时间隔了这样久，早已忘得差不多了。现在要教人，自己就要先弄懂。可是，真正弄懂又不是一件轻而易举的事情。现在教国文的同事都是我从前的教员，我本来应该而且可以向他们请教的。但是，根据我的观察，现在我们之间的关系变了：不再是师生，而是饭碗的争夺者。在他们眼中，我几乎是一个眼中钉。即使我问他们，他们也不会告诉我的。我只好一个人单干。我日夜抱着一部《辞源》，加紧备课。有的典故查不到，就成天半夜地绕室彷徨。窗外校园极美，正盛开着木槿花。在暗夜中，阵阵幽香破窗而入。整个宇宙都静了下来，只有我一人还不能宁静。我仿佛为人所遗弃，很想到什么地方去哭上一场。

我的老师们也并不是全不关心他们的老学生。我第一次上课以前，他们告诉我，先要把学生的名字都看上一遍，学生名字里常常出现一些十分生僻的字，有的话就查一查《康熙字典》。如果第一堂就念不出学生的名字，在学生心目中这个教员就毫无威信，不容易当下去，影响到饭碗。如果临时发现了不认识的字，就不要点这个名。点完后只需问上一声："还有没点到名的吗？"那一个学生一定会举手站起来。然后再问一声："你叫什么名字呀？"他自己一报名，你也就认识了那一个字。如此等等，威信就可以保得十足。

这虽是小小的一招，我却是由衷感激。我教的三个班果然有几个学生的名字连《辞源》上都查不到。如果没有这一招，我的威信恐怕一开始就破了产，连一年教员也当不成了。

可是课堂上也并不总是平静无事。我的学生有的比我还大，从小就在家里念私塾，旧书念得很不少。有一个学生曾对我说："老师，我比你大五岁哩。"说罢嘿嘿一笑，我觉得里面有威胁，有嘲笑。比我大五岁，又有什么办法呢？我这老师反正还要当下去。

当时好像有一种风气：教员一定要无所不知。学生以此要求教员，教员也以此自居。在课堂上，教员决不能承认自己讲错了，决不能有什么问题答不出。否则就将为学生所讥笑。但是像我当时那样刚从外语系毕业的大娃娃教国文怎能完全讲对呢？怎能完全回答同学们提出来的问题呢？有时候，只好"王顾左右而言他"；被逼得紧了，就硬着头皮，乱说一通。学生究竟相信不相信，我不清楚。反正他们也不是傻子，老师究竟多轻多重，他们心中有数。我自己十分痛苦。下班回到寝室，思前想后，坐立不安。孤苦寂寥之感又突然袭来，我又仿佛为人们所遗弃，想到什么地方去哭上一场。

别的教员怎样呢？他们也许都有自己的烦恼，家家有一本难念的经。但是有几个人却是整天满面春风，十分愉快。我有时候也从别人嘴里听到一些风言风语，说某某人陪校长太太打麻将了，某某人给校长送礼了，某某人请校长夫妇吃饭了。

我立刻想到自己的饭碗，也想学习他们一下。但是却来了问题：买礼物，准备酒席，都不是极困难的事情。可是，怎样送给人家呢？怎样请人家呢？如果只说："这是礼物，我要送给你。"或者："我要请你吃饭。"虽然也难免心跳脸红，但我自问还干得了。可是，这显然是不行的，事情并没有这样简单。一定还要一些花样。这就是我力所不能及的事情了。我在自己屋里，再三考虑，甚至自我表演，暗诵台词。最后，我只有承认，我在这方面缺少天才，只好作罢。我仿佛看到自己手里的饭碗已经有点飘动，我真想到什么地方去哭上一场。

就这样，半年过去了。到了放寒假的时候，一位河南籍的物理教员，因为靠山教育厅的一位科长垮了台，就要被解聘。校长已经托人暗示给他，他虽然没有出路，也只有忍痛辞职。我们校长听了，故意装得大为震惊，三番两次到这位教员屋里去挽留，甚至声泪俱下，最后还表示要与他共进退。我最初只是一位旁观者，站在旁边看校长的表演艺术，欣赏他的表演天才。但是，看来看去，我自己竟糊涂起来，我给校长的真挚态度所感动了。我也自动地变成演员，帮着校长挽留他。那位教员阅历究竟比我深，他不为所动，还是卷了铺盖。因为他知道，连他的继任人选都已经安排好了。

我又长了一番见识，暗暗地责备自己糊涂。同时，我也不寒而栗，将来会不会有一天校长也要同我"共进退"呢？

也就在这时候，校长大概逐渐发现，在我这个人身上，他失了眼力，看错了人。我到了学校以后，虽然也在别人的帮助（毋宁说是牵引）下，把高中毕业同学组织起来，并且被选为什么主席。但是，从那以后，就一点活动也没有。我确实不知道，应该活动一些什么。虽然我绞尽脑汁，办法就是想不出。这样当然就与校长原意相违了。他表面上待我还是客客气气，只是有一次在有意和无意之间他对我说道："你很安静。"什么叫做"安静"呢？别人恐怕很难体会这两个字的意思，我却是能体会的。我回到寝室，又绕室彷徨。"安静"两个字给我以大威胁。我的饭碗好像就与这两个字有关。我又仿佛为人所遗弃，想到什么地方去哭上一场。

春天早过，夏天又来，这正是中学教员最紧张的时候。在教员休息室里，经常听到一些窃窃私语："拿到了没有？"不用说拿到什么，大家都了解，这指的是下学期的聘书。有的神色自若，微笑不答。这都是有办法的人，与校长关系密切，或者属于校长的基本队伍。只要校长在，他们决不会丢掉饭碗。有的就神色仓皇，举止失措。这样的人没有靠山，饭碗掌握在别人手里，命定是一年一度紧张。我把自己归入这一类。我的神色如何，自己看不见，但是心情自己是知道的。校长给我下的断语"安静"，我觉得，就已经决定了我的命运。但我还侥幸有万一的幻想，因此在仓皇中还有一点镇静。

但是，这镇静是不可靠的。我心里的滋味实际上同一年前大学将要毕业时差不多。我见了人，不禁也窃窃私语："拿到了没有？"我不喜欢那些神态自若的人。我只愿意接近那些神色仓皇的人，只有对这一些人我才有同病相怜之感。

这时候，校园更加美丽了。木槿花虽还开放，但已经长满了绿油油的大叶子。玫瑰花开得一丛一丛的，池塘里的水浮莲已经开出黄色的花朵。"小园香径独徘徊"，是颇有诗意的。可惜我什么诗意都没有。我耳边只有一个声音："拿到了没有？"我觉得，大地茫茫，就是没有我的容身之处。我又想到什么地方去哭上一场。

这事情已经过去了二十多年。但是，每一回忆起那提心吊胆的情况，就历历如在眼前，我真是永世难忘。现在把它写了出来，算是送给今年毕业同学的一件礼物，送给他们一面镜子。在这里面，可以照见过去与现在，可以照出自己应该走的道路。

访绍兴鲁迅故居

一转入那个地上铺着石板的小胡同，我立刻就认出了那一个从一幅木刻上久已熟悉了的门口。当年鲁迅的母亲就是在这里送她的儿子到南京去求学的。

我怀着虔敬的心情走进了这一个简陋的大门。我随时在提醒自己：我现在踏上的不是一个平常的地方。一个伟大的人物、一个文化战线上的坚强的战士就诞生在这里，而且在这里度过了他的童年。

对于这样一个人物，我从中学时代起就怀着无限的爱戴与向往。我读了他所有的作品，有的还不止一遍。有一些篇章我甚至能够背诵得出。因此，对于他这个故居我是十分熟悉的。今天虽然是第一次来到这里，我却感到我是来到一个旧游之地了。

房子已经十分古老，而且结构也十分复杂，不像北京的四合院那样，让人一目了然。但是我仍觉得这房子是十分可爱的。我们穿过阴暗的走廊，走过一间间的屋子。我们看到了鲁迅祖母给他讲故事的地方，看到长妈妈在上面睡成一个"大"字的大床，看到鲁迅抄写《南方草木状》用的桌子，也看到鲁迅小时候的天堂——百草园。这都是一些普普通通的东西和地方，一点也看不出有什么神奇之处。但是，我却觉得这都是极其不平常的东西和地方。这里的每一块砖、每一寸土、桌子的每一个角、椅子的每一条腿，鲁迅都踏过、摸过、碰过。我总想多看这些东西一眼，在这些地方多流连一会儿。

鲁迅早已离开这个世界了。他生前，恐怕也很久没有到这一所房子里来过了。但是，我总觉得，他的身影就在我们身旁。我仿佛看到他在百草园里拔草捉虫，看到他同他的小朋友闰土在那里谈话游戏，看到他在父亲严厉监督之下念书写字，看到他做这做那。

这个身影当然是一个小孩子的身影。但是，就是当鲁迅还是一个小孩子的时候，他那坚毅刚强的性格已经有所表露。在他幼年读书的地方三味书屋里，我们看到了他用小刀刻在桌子上的那一个"早"字。故事是大家都熟悉的：有一天，他不知道是由于什么原因，上学迟到了，受到了老师的责问。他于是就刻了这一个字，表示以后一定要来早。以后他就果然再没有迟到过。

这是一件小事。然而，由小见大，它不是很值得我们深思自省吗？

这坚毅刚强的性格伴随了鲁迅一生。"他没有丝毫的奴颜和媚骨"。他一生顽强战斗，追求真理。"横眉冷对千夫指，俯首甘为孺子牛"。他对人民是一个态度，对敌人是完全不同的另一个态度。谁读了这样两句诗，不深深地受到感动呢？现在我在这一间阴暗书房里看到这一个小小的"早"字，我立刻想到他那战斗的一生。在我心目中，他仿佛成了一块铁，一块钢，一块金刚石。刀砍不断，石砸不破，火烧不熔，水浸不透。他的身影突然大了起来，凛然立于宇宙之间，给人带来无限的鼓舞与力量。

同刻着"早"字的那一张书桌仅有一壁之隔，就是鲁迅文章里提到的那一个小院子。他在这里读书的时候，常常偷跑到这里来寻蝉蜕，捉苍蝇。院子确实不大，大概只有两丈多长、一丈多宽，墙角上长着一株腊梅，据说还是当年鲁迅在这里读书时的那一棵。按年岁计算起来，它的年龄应该有一百八十岁了。可是样子却还是年轻得很。梗干茁壮坚挺，叶子是碧绿碧绿的。浑身上下，无限生机；看样子，它还要在这里站上一千年。在我眼中，这一株腊梅也仿佛成了鲁迅那坚毅刚强的、威武不能屈、富贵不能淫的性格的象征。我从地上拾起了一片叶子，小心地夹在我的笔记本里。

把树叶夹在笔记本里，回头看到一直陪我们参观的闰土的孙子在对着我笑。我不了解他这笑是什么意思。也许是笑我那样看重那一片小小的叶子，也许是笑我热得满脸出汗。不管怎样，我也对他笑了一笑。我看他那壮健的体格，看他那浑身的力量，不由得心里就愉快起来，想同他谈一谈。我问他的生活情况和工作情况，他说都很好，都很满意。我这些问题其实都是多余的。从他那满脸的笑容、全身的气度来看，他生活得十分满意，工作得十分称心，不是很清清楚楚的吗？

我因此又想到他的祖父闰土。当他隔了许多年又同鲁迅见面的时候，他不敢再承认小时候的友谊，对着鲁迅喊了一声"老爷"。这使鲁迅打了一个寒噤。他给生活的担子压得十分痛苦，但却又说不出。这又使鲁迅吃了一惊。可是他的儿子水生和鲁迅的侄儿宏儿却非常要好。鲁迅于是大为感慨：他不愿意孩子们再像他那样辛苦辗转而生活，也不愿意他们像闰土那样辛苦麻木而生活，也不愿意他们像别人那样辛苦恣睢而生活。他们应该有新的生活。

这样的生活鲁迅没有能够亲眼看到。但是，今天这新的生活却确确实实地成为现实了。他那老朋友闰土的孙子过的就是这样的新生活，是他们所未经生活过的。按年龄计算起来，鲁迅大概没有见到过闰土的这个孙子。但这是不重要的，重要的是，鲁迅一生为天下的"孺子"而奋斗，今天他的愿望实现了。这真是天地间一大快事。如果鲁迅能够亲眼看到的话，他会多么感到欣慰啊！

我从闰土的孙子想到闰土，从现在想到过去。今昔一比，恍若隔世。我眼前看到的虽然只是闰土的孙子的笑容，但是，在我的心里，却仿佛看到了普天下千千万万孩子们的笑容，看到了全国人民的笑容。幸福的感觉油然流遍了我的全身。我就带着这样的感觉离开了那一个我以前已经熟悉，今天又亲眼看到的门口。

科纳克里的红豆

一九六四年七月

　　我一来到科纳克里，立刻就爱上了这个风景如画的城市。谁又能不爱这样一个城市呢？它简直就是大西洋岸边的明珠，黑非洲土地上的花园。烟波浩渺的大洋从三面把它环抱起来。白天，潋滟的波光引人遐想；夜里，涛声震撼着全城的每一个角落，如万壑松声，如万马奔腾。全城到处都长满了芒果树，浓黑的树影遮蔽着每一条大街和小巷。开着大朵红花的高大的不知名的树木间杂在芒果树中间，鲜红浓绿，相映成趣。在这些树木中间，这里或那里，又耸出一棵棵参天的棕榈，尖顶直刺天空。这就更增加了热带风光的感觉。

　　不久，我就发现，这个城市所以可爱，还不仅由于它那美丽的风光。我没有研究过非洲历史，到黑非洲来还是第一次。但是，自从我对世界有一点知识的那天起，我就知道，非洲是白色老爷的天下。他们仗着船坚炮利，硬闯了进来。他们走到什么地方，什么地方就布满刀光火影，一片焦土，一片血泊。黑人同粮食、水果、象牙、黄金一起，被他们运走，不知道有多少万人从此流落他乡，几辈子流血流汗，做牛做马。然而白色老爷们还不满足，他们绘影图形，在普天下人民面前，把非洲人描绘成手执毒箭身刺花纹半裸体的野人。非洲人民辗转呻吟在水深火热中，几十年，几百年，多么漫长黑暗的夜啊！

然而，天终于亮了。人间换了，天地变了。非洲人民挣断了自己脖子上的枷锁，伸直了腰，再也不必在白色老爷面前低首下心了。我来到科纳克里，看到的是一派意气风发欣欣向荣的气象。我在大街上遇到各种各样的人，有穿着工作服的工人，有牵着牛的农民，有挎着书包上学的小学生，还有在街旁树下乘凉的老人，在芒果树荫里游戏的儿童，以及身穿宽袍大袖坐在摩托车上飞驰的小伙子。看他们的眼神，都闪耀着希望的光芒，幸福的光芒。他们一个个精神抖擞。看样子，不管眼前是崎岖的小路，还是阳光大道，他们都要走上去。即使没有路，他们也要用自己的双脚踏出一条路来。

　　我也曾在那些高大坚固的堡垒里遇到这些人，他们昂首横目控诉当年帝国主义分子所犯下的滔天罪行。他们现在不再是奴隶，而是顶天立地的人，凛然不可侵犯。这种凛然不可侵犯的气概最充分地表现在五一节的游行上。那一天，我们曾被邀请观礼。塞古·杜尔总统，所有的政治局委员和部长都亲自出席。我们坐在芒果树下搭起来的木头台子上，游行者也就踏着这些芒果树的浓荫在我们眼前川流不息地走过去，一走走了三个多小时。估计科纳克里全城的人有一多半都到这里来了。他们有的步行，有的坐在车上，表演着自己的行业：工人在织布、砌砖，农民在耕地、播种，渔民在撒网捕鱼，学生在写字、念书，商人在割肉、称菜，电话员不停地接线，会计员不住地算账。使我们在短暂的时间能够看到几内亚人民生活的各个方面。男女小孩脖子上系着红色、黄色或绿色的领巾，这是国旗的颜色，小孩子系上这样的领巾，就仿佛是把祖国扛在自己肩上。他们载歌载舞，像一朵朵鲜花，给游行队伍带来了生气，给人们带来了希望。于是广场上、大街上，洋溢起一片欢悦之声，透过芒果树浓密的叶子，直上云霄。

　　走在队伍最后面的是武装部队。有步兵，也有炮兵，他们携带着各种各样的武器。我觉得，这时大地仿佛在他们脚下震动，海水仿佛停止了呼啸。于是那一片欢悦之声，又罩上了一层严肃威武，透过芒果树浓密的叶子，直上云霄。

　　中国人民同北非和东非的人民从邈远的古代起就有来往，这在历史上是有记载的。但是，几内亚远在西非，前有水天渺茫的大西洋，后有平沙无垠的撒哈拉，在旧时代，中国人是无法到这里来的。即使到了现代，在十年八年以前，在科纳克里，恐怕也很少看到中国人。但是，我们现在来到这里，却仿佛来到了老朋友的家，没有一点陌生的感觉。我们走在街上，小孩子用中国话高喊："你好！"卖报的小贩伸出拇指，大声说："北京，毛泽东！""北京，周恩来！"连马路上值班的交通警见到汽车里坐的是中国人，也连忙举手致敬。有的女孩子见了我们，有点腼腆，低头一笑，赶快转过身去，嘴里低声说着："中国人。"我们走到什么地方，什么地方就有和蔼的微笑，温暖的双手。深情厚谊就像环抱科纳克里的大西洋一样包围着我们，使我们感动。

正在这个时候，我忽然听说，在科纳克里可以找到红豆。中国人对于红豆向来有一种特殊的感情。我们的古人给它起了一个异常美妙动人的名字："相思子"。只是这一个名字就能勾引起人们无限的情思。谁读了王维的"红豆生南国，春来发几枝。愿君多采撷，此物最相思"那一首著名的小诗，脑海里会不浮起一些美丽的联想呢？

一个星期日的傍晚，我们到科纳克里植物园里去捡红豆。在红豆树下，枯黄的叶子中，干瘪的豆荚上，一星星火焰似的鲜红，像撒上了朱砂，像踏碎了珊瑚，闪闪射出诱人的光芒。

正当我们全神贯注地捡着红豆的时候，蓦地听到有人搓着拇指和中指在我们耳旁发出了清脆的响声。我们抬头一看：一位穿着黑色西服、身材魁梧的几内亚朋友微笑着站在我们眼前。这个人好面熟，好像在哪里见过。我们脑海里像打了一个闪似的，立刻恍然大悟：他就是塞古·杜尔总统。原来他一个人开着一部车子出来闲逛。来到植物园，看到有中国朋友在这里，立刻走下车来，同我们每个人握手问好。他说了几句简单的话，就又开着车走了。

这难道不算是一场奇遇吗？在这样一个时候，在这样一个地方，竟遇见了中国人民的朋友塞古·杜尔总统。我觉得，手里的红豆仿佛立刻增加了分量，增添了鲜艳。

晚上回到旅馆，又把捡来的红豆拿出来欣赏。在灯光下，一粒粒都像红宝石似的闪闪烁烁。它们似乎更红，更可爱，闪出来的光芒更亮了。一刹那间，科纳克里的风物之美，这里人民的心地之美，仿佛都集中到这一颗颗小小的红豆上面来。它仿佛就是几内亚人民对中国人民的深情厚谊的结晶。连大西洋的涛声、芒果树的浓影，也仿佛都放映到这些小东西上面来。

我愿意把这些红豆带回国去，分赠给朋友们。一颗红豆，就是几内亚人民的一片心。让每一位中国朋友都能分享到几内亚人民对中国人民的情谊，让这种情谊的花朵开遍全中国，而且永远开下去。我自己还想把这些红豆当作永久的纪念。什么时候我怀念几内亚，什么时候我就拿出来看一看。我相信，只要我一看到这红豆，它立刻就会把我带回到科纳克里来。

巴马科之夜
一九六五年七月

巴马科之夜是平静的，平静得像是一潭止水，令人想不到身处闹市之中。高大的芒果树，局促在大树下的棕榈树，还有其他的开红花、开黄花的不知名的树，好像是都松了一口气，伸开了肥大的或者细小的叶子，尽情地享受夜风的清凉。他们也毫不吝惜地散发着浓郁的香气，这香气仿佛充满了黑暗的夜空。中午将近摄氏五十度的炎热似乎还给它们留有余悸，趁这个好时候赶快松散一下吧，这样就能积聚更多的精力，明天再同炎阳搏斗。

马里的中午也确实够呛。炎阳像是一个大火轮，高悬中天，把炎热洒下大地，洒在一切山之巅，一切树之丛，一切屋顶上，一切街道上，整个大地仿佛变成了一个大火炉。在这时候，首当其冲的就是这些树木。它们站得最高，热流首先浇在它们头上。但是，它们挺直腰板，精神抖擞，连那些娇弱的花朵也都显出坚毅刚强的样子。就这样，这些树和花联合起来，把炎炎的阳光挡在上面，下面布上了片片的浓荫，供人们享受。

巴马科的人民显出了同树和花一样的风格，他们也在那里同炎阳搏斗。

不管天气多么热，活动从不停止。商店都不关门，卖各种杂货的小摊仍然摆在芒果树荫中。街上还是人来人往，熙熙攘攘。穿着宽袍大袖的人们照样骑在机器脚踏车上，来回飞驰，热风把他们的衣服吹得鼓了起来，像是灌满了风的布帆。到处洋溢着一片生机、一团活力。

我是第一次来到马里，我不知道以前的情况怎样；但是，我总觉得，这是一种新精神，一种鼓舞人心振奋斗志的新精神，只有觉醒的、战斗的、先进的人民才能有这种精神。我曾在一个炎热的下午参加了在体育场举行的非洲青年大会。在那里我不但看到了马里的青年，而且还看到从刚果和葡属几内亚战斗的前线来的青年。他们身着戎装，从他们身上仿佛还能嗅到浓烈的炮火气息。当他们振臂高呼控诉殖民主义的滔天罪行的时候，全场激起了暴风雨般的呼声和掌声。非洲的天空仿佛在他们头上颤抖，非洲的大地仿佛在他们脚下震动。刚才进场的时候，我实在感觉到热不可耐。我幻想有一件皮袍披在身上会多好呀，这样至少可以挡住外面的热气。但是，一看到这热烈的场面，我立刻振奋起来，我也欢呼鼓掌，同这些战士热烈地握手。这时候，我陡然感到遍体生凉，一点也不热了。

当然，真正的凉意只有夜间才有。巴马科之夜毕竟还是可爱的。在一天炎热之后，夜终于来了。巴马科之夜是平静的，平静得像是一潭止水，令人想不到身处闹市之中。炎阳已经隐退，头顶上没有了威胁。虽然气温仍在四十二度左右，但是同白天比起来，从尼日尔河上吹来的微风就颇带一些凉意了。动物和植物皆大欢喜。长街旁，短墙下，家家户户都出来乘凉。有的人点上了火炉，在那里煮晚饭。小摊子上点上了煤气灯，在灯火中，黑大的人影晃来晃去。看来人们的兴致都不坏，但是却寂静无哗，只有火炉中飘出来的轻烟袅袅地没入夜空。

这也是我们的好时候，我们参加中国大使馆举行的招待会。在会上，我们遇到了许多白天参观访问时已经见过面的马里朋友。虽然认识了不过才一天，但已经大有旧友重逢之感了。我们也遇到了许多在马里工作的中国专家。看样子，他们都是单纯朴素的人，谦虚和气的人，但是他们做出来的事情却是十分不平凡。过去，马里是不长茶叶和甘蔗的。殖民主义者曾大吵大嚷，说是要帮助马里人民种茶树，种甘蔗。但是一种种了十几年，钱花了无数，人力费了无数，却不见一棵茶树、一根甘蔗长成。最后的结论是：马里是不适于种茶树和甘蔗的。现在，中国专家来了。他们不声不响，住在马里乡下，同农民一起劳动，一起生活，终于在那样同中国完全不同的气候条件下，让中国的甘蔗和茶树在马里生了根。他们自己也仿佛在马里生了根，马里人民把他们叫做"马里人"。他们赢得了从总统一直到一个普通人民上上下下异口同声的赞誉。乡村里的孩子们看到他们老远就用中国话高喊："你好！"每年，当第一批芒果和香蕉熟了的时候，马里农民首先想到的就是他们，把果品先送来让他们尝鲜。现在，细长的甘蔗、矮矮的茶树，已经同高大的芒果树长在一起，浓翠相连，浑然一体，它们将永远成为中马两国人民永恒友谊的象征。难道说这不是一个奇迹吗？我觉得，创造这个奇迹的那些单纯朴素、谦虚和气的人们身上有什么东西闪耀着炫目的光芒，吸引住了我。同他们在一起，我感到骄傲，感到幸福。

我们也在夜里参加马里朋友为我们举办的招待会。有时候是在露天舞场里，看马里艺术家表演精彩的舞蹈。有时候是在一起吃晚饭。在这时候，访问过中国的马里朋友往往挤到我们身边来，娓娓不倦地对着我们，又像是对着自己，谈论他们在中国的见闻。他们绘形绘色地描述天安门和人民大会堂的庄严瑰丽，描述颐和园的绮丽风光。他们也谈到上海的摩天高楼，南京路上的车水马龙。也总忘不掉谈到杭州：西湖像是一面从天上掉下来的镶着翡翠边缘的明镜。无论谈到哪里，中国人民对他们的友情总是主要的话题。国家领导人、工厂里的工人、人民公社里的农民，连幼儿园的小孩子都对他们怀着真挚的感情，使他们永世难忘。他们谈着谈着，悠然神往，仿佛眼前不是在马里，而是在中国；眼前看到的仿佛不是芒果树，而是天安门、人民大会堂、颐和园、南京路和西湖。我听着听着，也悠然神往。我仿佛回到了祖国，眼前是祖国那如此多娇的江山。等到我一伸手捉到从栏杆外面探进来的芒果树枝的时候，我才恍如梦醒，知道自己是身在马里。我内心里深深感激着马里的朋友们，他们带我回了一趟祖国。

有一天，也就是在这样的一个夜里，我们几个人坐在中国大使馆的一个小院子里闲谈。周围是一些不知名的树。因为不知名，我们也就没有去注意。但是，刚一坐下，就有一股幽香沁入鼻中。我们异口同声地说道："是桂花！"我们到处搜寻，结果在一株枝条细长的树上找到了像桂花似的细小花朵，香气就是从那里面流出来的。不管树是不是桂花树，花香却确实像桂花香。我的心一动，立刻有一股乡思涌上心头。本来是平静的心，竟有点乱起来了。

乡思很难说是好东西，还是坏东西；是使人愉快的，还是使人痛苦的。但是，在这样一个亲切友好、斗志昂扬的国家里，有什么乡思，在这样一个夜里，有什么乡思，似乎是不应该的。中国古语说："四海之内，皆兄弟也。"在马里人的心目中，中国人就是兄弟。同马里人民待在一起，像中国专家那样，同他们一起生活，一起劳动，难道还不是人生最大的幸福吗？在马里闻到桂花香，难道不是同在中国一样令人高兴吗？我陡然觉得，我爱上了这个地方。如果有需要也有可能的话，我愿意长住下去，把自己那微薄的力量贡献给这个国家。

巴马科之夜是平静的，平静得像是一潭止水，但是它包含的东西却是丰富的。我应该感谢巴马科之夜，它给了我许多新的启示，它使我看到了许多新东西，它把我带到了一个新的境界。奇妙的巴马科之夜啊！

野火

一九六六年二月

天寒风急，风沙击面，镐下如雨，地坚如石。北梁子上正展开一场挖坑田的大战。这地方是一个山岗，四面都没有屏障。从八达岭上扫下来的狂风以惊人的力量和速度扑向这里，把人们吹得像水上的浮萍。而挖坑的活也十分艰苦。地面上松松的一层浮土，几镐刨下去，就露出了胶泥。这玩意儿是软硬不吃，一镐刨上仿佛是块硬橡皮，只显出一点浅浅的镐痕，却掉不下多少来。刨不了几下，人们的手就给震出了血，有的人连虎口都给震裂了。

往年在这数九寒天，人们早已停了地里的活，待在家里的热炕头上，搓搓棒子，干些轻活，等着过春节吃饺子。最多也不过是到山上去打上几次柴，准备过春节的时候烧。这当然也不是什么重活。真没有想到，今年在这样的时候，在这样的天气中，来到这样一个地方，干这样扎手的活。

可是，那过去的老皇历一点也没有影响他们的情绪，他们个个精神抖擞，干劲冲天。在飞沙走石中，他们沉着、勇猛，身上的热气顶住了寒气，手下的镐声压住了风声。一团热烈紧张的气氛直冲九霄。

蓦地，不知是谁喊了一声：

"野火！"

是的，是野火。在远处的山麓上腾起一股浓烟，被大风吹得摇摇晃晃。最初并不大，但很快就扩散开来，有的地方还隐隐约约地露出了火苗。在烟火特别浓厚的地方，影影绰绰地看到有人在努力扑打。但是风助火势，火仗风威，被烧的地面越来越大。没有着火的地方是一片枯黄色，着过了火则是一片黑色。仿佛有人在那里铺开一张黑色的地毯，地毯边上镶着金边。只见金边迅速地扩大，转眼半个山麓就给这地毯铺满了。

这当然引起人们的注意。人们边刨地，边瞭望，指指点点，交换着意见。一个人说：

"这火下了山岗了。"

过了一会儿，又有人说：

"这火爬上另一个山岗了。"

再隔一会儿，又有人说：

"这火快到山沟了。"

他们以为沟会把火挡住，所以谁也没有动，仍然是边刨地，边瞭望，指指点点，交换着意见。

忽然，不知谁喊了一声："火已经过了山沟！"大家立刻一愣。原来过了沟就是一片苹果园。野火烧山草，这是比较常见的事。但是，让野火烧掉人民的财富，却是不允许的。大家几乎是在同一秒钟内，丢下手中的铁镐，扛起铁锹，向着野火，飞奔而去。

地势是忽高忽低崎岖不平的，还不知道有多少山沟，多少沙滩。地边上沟边上又长满了葛针，浑身是刺，在那里等候着人们。衣服碰上，会被撕破；手碰上，会被扎伤。可是这一群扛铁锹的人，却不管这一切，他们像是空中的飞将，跨涧越沟，来到了着火的地方。

这时候的风至少有七八级，这个山麓又正在风口上。狂风以雷霆万钧之力从山口里蹿出来，从山岗上呼啸而过。疾风卷烈火，烈火焚枯草，一片黄色的草地转眼就变成了一片黑。你看到草尖上一点火、草茎上一点火、草根上一点火，一刹那就聚拢起来，形成一团火。你看到脚下一点火、身边一点火，一刹那就跑出去老远，像海滩上退潮那样，刚才在脚底下，冷不防就退了回去，要追也追不上。看样子，野火一定想把山岗烧遍，把苹果树烧光。可是人们并没有被它吓住，一定不让它过沟。有人用铁锹扑打，有人用衣服扑打，有人甚至用自己的手脚扑打，衣服烧着了，鞋子烧破了，手烧伤了，脸烧黑了。但是，野火再快，也不如人的腿快；风再硬，也不如人的心硬。大片的野火终于被扑灭了，只是无可奈何地冒着轻烟。

大家擦了擦脸上的黑灰，披上了烧破的衣服，扛起铁锹，谈笑风生地走回北梁子。没有一个人想到自己所受的损失：工分减少了，衣服撕破了，身体受伤了。他们也没有感到，这是什么了不起的事情。他们似乎认为，这是很自然的，很平常的，像每天吃饭睡觉那样平常。

这时候，风更大了，天更冷了，飞沙更多了。但是，在雨点般的铁锹的飞落下，胶泥却似乎变得软了起来，几锹就刨出一个坑来。成排成排的坑迅速地出现在田地上，好像有意要显示农民的英雄气概。同我共同劳动的这些农民，我应该说是非常熟悉的。我知道他们的姓名、爱好，也曾在他们家里吃过饭。平常日子我并没有感觉到他们身上有什么特异之处。可是今天，他们的形象在我眼内高大了起来。我想到毛主席的一句诗："遍地英雄下夕烟"。我眼前站着这样一群老实朴素的农民，不正是"遍地英雄"吗？

六
辑

发现只有人是会笑的，是科学家。发现人也是能失掉笑的，是曾经沧海的人。两者都是伟大的发现。曾经沧海的人发现了这个真理，决不会垂头丧气，而是加倍地精神抖擞。

天雨曼陀罗
——记加尔各答
一九七八年五月

　　到了加尔各答，我们的访问已经接近尾声。我们已经访问了十一个印度城市，会见过成千上万的印度各阶层的人士。我自己认为，对印度人民的心情已经摸透了，决不会一见到热烈的欢迎场面就感到意外，感到吃惊了。

　　然而，到了加尔各答，一下飞机，我就又感到意外、感到吃惊起来了。

　　我们下飞机的时候，已经过了黄昏。在淡淡的昏暗中，对面的人都有点看不清楚。但是，我们还能隐约认出我们的老朋友巴苏大夫，还有印中友协孟加拉邦的负责人黛维夫人等。在看不到脸上笑容的情况下，他们的双手好像更温暖了。一次匆忙的握手，好像就说出了千言万语。在他们背后，站着黑压压的一大群欢迎我们的印度朋友，他们都热情地同我们握手。照例戴过一通花环之后，我们每个人脖子上、手里都压满了鲜花，就这样走出了机场。

　　因为欢迎的人实在太多了，在机场前面的广场上，也就是说，在平面上，同欢迎的群众见面已不可能。在这里只好创造发明一下了：我们采用了立体的形式，登上了高楼，在三楼的阳台上，同站在楼下广场上的群众见面。只见楼下红旗招展，万头攒动，宛如波涛汹涌的大海。口号声此起彼伏，惊天动地，这就是大海的涛声。在訇隐汹磕的涛声中隐约听到"印中友谊万岁"的喊声。我们站在楼上拼命摇晃手中的花束,楼下的群众就用更高昂的口号声来响应。楼上楼下,热成一片,这热气好像冲破了黑暗的夜空。

第二天一大早,旅馆楼下的大厅里就挤满了人:招待我们的人,拜访我们的人,为了某种原因想看一看我们的人。其中有白发苍苍的大学教授,有活泼伶俐、满脸稚气的青年学生,有学习中国针灸的男女青年赤脚医生,有柯棣华纪念委员会和印中友好协会的工作人员,也有西孟加拉邦政府派来招待我们的官员。他们都热情、和蔼、亲切、有礼,青年人更是充满了求知欲。他们想了解新中国的政治、经济、文化、教育;他们想了解我们学习印度语言,其中包括梵文和巴利文的情况;他们想了解我们翻译印度文学作品的数量。他们甚至想了解我们对待中外文学遗产的做法。总之,有关中国的事情,他们简直什么都想知道。大概是因为他们知道我是在大学工作的,所以我往往就成了被包围的对象。只要我一走进大厅,立刻就有人围上来,像查百科全书似的问这问那。我看到他们那眼神,深邃像大海,炽热像烈火,灵动像流水,欢悦像阳春,我简直无法抑制住内心的激动了。

在旅馆以外,也有类似的情况。有一天下午,我参加了一个同印度知识界会面的招待会。出席的都是教授、作家、新闻记者等文化人。我被他们团团围住。许多著名的学者把自己的著作送给我们,书里面签上自己的名字。接着就是一连串的问题。我当然也不放过向他们学习的机会。我向他们了解大学的情况,文学界的情况,我也向他们提出了一连串的问题。我们就像分别多年的老友重逢一般相对欢笑着,互相询问着,专心一志,完全忘记了周围发生的事情,忘记了时间和空间。我有时候偶尔一抬头,依稀瞥见台上正有人唱着歌,好像中印两国的朋友都有;隐约听到悠扬的歌声,像是初夏高空云中的雷鸣声。再一转眼,就看到湖中小岛上参天古树的枝头落满了乌鸦,动也不动,像是开在树枝上的黑色的大花朵。

我们曾参观过加尔各答郊区的一个针灸中心。这里的居民一半是农民,一半是工人。同在其他地方一样,我们在这里也受到极其热烈的欢迎。附近工厂里的工人高举红旗,喊着口号,拦路迎接我们。农村的小学生穿上制服,手执乐器,吹奏出愉快的曲调,慢步走在我们前面,走过两旁长满了椰子树的乡间小路，走向针灸中心。农民站在道旁，热情地向我们招手。到了针灸中心，我们参加了村民欢迎大会。加尔各答四季皆夏，此时正当中午，炎阳直晒到我们头上。有七八个身穿盛装的女孩子，手执印度式的扇子，站在我们身后，为我们驱暑。我们实在过意不去，请她们休息。但是她们执意不肯，微笑着说："你们是最尊敬的客人，我们必须尽待客之礼。"尽管我们心里总感到有点不安，但是这样的感情，我们只有接受下来了。

更使我高兴的是，我们在加尔各答看到了真正的农民舞蹈。这一专场舞蹈是西孟加拉邦政府特别为我们安排的，新闻和广播部长亲自陪我们观看演出。在演出的过程中，他告诉我们演员都是农民，是刚从田地里叫来的。说实话，我真有点半信半疑。因为，在舞台上，他们都穿着戏装，戴着面具，我们看到的是珠光宝气，金碧辉煌。而且他们的艺术水平都很高超。难道这些人真正是农民业余演员吗？我真有点难以置信了。但是，演出结束后，他们一卸装，在舞台上排成一队，向我们鼓掌表示欢迎，果然都是面色红黑，粗手粗脚，是地地道道的劳动农民。我心里一阵热乎乎的，望着他们那淳朴憨厚的面孔，久久不想离去。

我们在加尔各答接触的人空前地多，接触面空前地广，给我们留下的印象也同印度其他城市不同。在其他城市，我们最多只能停留一两天；我们虽然也都留有突出的印象，但总是比较单纯的。但是，到了加尔各答，万汇杂陈，眼花缭乱，留给我们的印象之繁复、之深刻，是其他城市无法比拟的。我们在这里既有历史的回忆，又有现实的感受。加尔各答之行好像是我们这一次访问的高潮，好像是一个自然形成的总结。光是我们每天从工人、农民、知识分子手中接过来的花环和花束，就多到无法计算的程度。每一个花环，每一束花，都带着一份印度人民的情谊。每一次我们从外面回来，紫红色的玫瑰花瓣，洁白的茉莉花瓣，黄色的、蓝色的什么花瓣，总是散乱地落满旅馆下面大厅里的地毯，人们走在上面，真仿佛是"步步生莲花"一般。芬芳的暗香飘拂在广阔的大厅中。印度古书上常有天上花雨的说法，"天雨曼陀罗"的境界，我没有经历过。但眼前不就像那样一种境界吗？这花雨把这一座大厅变成了一座花厅、一座香厅。这当然会给清扫工作带来不少的麻烦，我们都感到有点歉意。

但是，旅馆的工作人员看来却是高兴的，他们总是笑嘻嘻地看着这一切。就这样，不管加尔各答给我们的印象是多么繁复，多么多样化，但总有一条线贯穿其中，这就是印度人民的友谊。

而这种友谊在平常不容易表现的地方也表现了出来。我们在加尔各答参观了有名的植物园，这是我前两次访问印度时没有来过的。园子里古木参天，浓荫匝地，真像我们中国旧小说中常说的，这里有"四时不谢之花，八节长春之草"。给我印象最深的是一株大榕树，据说这是世界上最大的一株榕树。一棵母株派生出来了一千五百棵子树，结果一棵树就形成了一片林子，现在简直连哪棵是母株也无法辨认了。这一片"树林"的周围都用栏杆拦了起来。但是，栏杆可以拦住人，却无法拦住树。已经有几个地方，大榕树的子树，越过了栏杆，越过了马路，在老远的地方又扎了根，长成了大树。陪同我们参观的一位印度朋友很风趣地说道："这棵大榕树就像是印中友谊，是任何栏杆也拦不住的。"多么淳朴又深刻的话啊！

友谊是任何栏杆也拦不住的。如果疾病也算是一个栏杆的话，我就有一个生动的例子。我在加尔各答遇到了一个长着大胡子、满面病容的青年学生。他最初并没能引起我的注意，但是，他好像分身有术，我们所到之处几乎都能碰到他。刚在一处见了面，一转眼在另一处又见面了。我们在旅馆中见到了他；我们在加尔各答城内见到了他；我们在农村针灸中心见到了他；我们又在植物园里见到了他。他就像是我们的影子一样，紧紧地跟随着我们。我不由自主地想到了印度古代史诗《罗摩衍那》中的神猴哈奴曼，想到了中国长篇小说《西游记》中的孙悟空。难道我自己现在竟进入了那个神话世界中去了吗？然而我眼前看到的决不是什么神话世界，而是活生生的现实。那个满面病容的、长着大胡子的印度青年正站在我们眼前，站在欢迎人群的前面，领着大家喊口号。一堆人高喊："印中友谊——"另外一堆人接声喊："万岁！万岁！"在这两堆人中间，他都是带头人。但是，有一天，我注意到他在呼喊间歇时，忽然拿出了喷雾器，对着自己嘴里直喷。我也知道，他是患着哮喘。我连忙问他喘的情况，他腼腆地笑了一笑，说道："没什么。"第二天看到他没带喷雾器，我很高兴，问他："今天是不是好一点？”他爽朗地笑了起来，连声说：“好多了！好多了！”接着又起劲地喊起“印中友谊万岁”来。他那低沉的声音似乎压倒了其他所有人的声音。他那苍白的脸上流下了汗珠，我深深地为这情景所感动。我无法知道，在这样一个满面病容的印度青年的心里蕴藏着多少对中国人民的深情厚谊。一直到现在，一直到我写这篇短文的时候，我还恍惚能看到他的面容，听到他的喊声。亲爱的朋友！可惜我由于疏忽，连你的名字也没有来得及问。但是，名字又有什么意义呢？我想把白居易的诗句改动一下：“同是心心相印人，相逢何必问姓名！”年轻的朋友，你是整个印度人民的象征，就让你永远做这样一个无名的象征吧！

琼楼玉宇，高处不胜寒

一九七八年

阿格拉是有名的地方，有名就有在泰姬陵。世界舆论说，泰姬陵是不朽的，它是世界上多少多少奇之一。而印度朋友则说：“谁要是来到印度而不去看泰姬陵，那么就等于没有来。”

我前两次访问印度，都到泰姬陵来过，而且两次都在这里过了夜。我曾在朦胧的月色中来探望过泰姬陵，整个陵寝在月光下幻成了一个白色的奇迹。我也曾在朝暾的微光中来探望过泰姬陵，白色大理石的墙壁上成千上万块的红绿宝石闪出万点金光，幻成了一个五光十色的奇迹。总之，我两次都是名副其实地来到了印度。这一次我也决心再来；否则，我的三访印度，在印度朋友心目中就成了两访印度了。

同前两次一样，这一次也是乘汽车来的。车子下午从德里出发，一直到黄昏时分，才到了阿格拉。泰姬陵的白色的圆顶已经混入暮色苍茫之中，我们也就在苍茫的暮色中找到了我们的旅馆。从外面看上去，这旅馆砖墙剥落，宛如年久失修的莫卧儿王朝的废宫。但是里面却是灯光明亮，金碧辉煌，完全是另一番景象。房间都用与莫卧儿王朝有关的一些名字标出，使人一进去，就仿佛到了莫卧儿王朝；使人一睡下，就能够做起莫卧儿的梦来。

我真的做了一夜莫卧儿的梦。第二天一大早，我们就赶到泰姬陵门外。门还没有开。院子里，大树下，弥漫着一团雾气，掺杂着淡淡的花香。夜里下过雨，现在还没有晴开。我心里稍有懊恼之意：泰姬陵的真面目这一次恐怕看不到了。

但是，突然间，雨过天晴云破处，流出来了一缕金色的阳光，照在泰姬陵的圆顶上，只照亮一小块，其余的地方都暗淡无光，独有这一小块却亮得耀眼。我们的眼睛立刻明亮起来：难道这不就是泰姬陵的真面目吗？

我们走了进去，从映着泰姬陵倒影的小水池旁走向泰姬陵，登上了一层楼高的平台，绕着泰姬陵走了一周，到处瞭望了一番。平台的四个角上，各有一座高塔，尖尖地刺入灰暗的天空。四个尖尖的东西，衬托着中间泰姬陵的圆顶那个圆圆的东西，两相对比，给人一种奇特的美。我想不出一个适当的名词来表达这种美，就叫它几何的美吧。后面下临阎牟那河，河里水流平缓，有一个不知什么东西漂在水里面，一群秃鹫和乌鸦趴在上面啄食碎肉。秃鹫们吃饱了就飞上栏杆，成排地蹲在那里休息，傲然四顾，旁若无人。

我们就带着这些斑驳陆离的印象，回头来看泰姬陵本身。我怎样来描述这个白色的奇迹呢？我脑筋里所储存的一切词汇都毫无用处。我从小念的所有的描绘雄伟的陵墓的诗文，也都毫无用处。"碧瓦初寒外，金茎一气旁。山河扶绣户，日月近雕梁。"多么雄伟的诗句呀！然而，到了这里却丝毫也用不上。这里既无绣户，也无雕梁。这陵墓是用一块块白色大理石堆砌起来的。但是，无论从远处看，还是从近处看，却丝毫也看不出堆砌的痕迹，它浑然一体，好像是一块完整的大理石。多少年来，我看过无数的泰姬陵的照片和绘画；但是却没有看到有任何一幅真正的照出、画出泰姬陵的气势来的。只有你到了泰姬陵跟前，站在白色大理石铺的地上，眼里看到的是纯白的大理石，脚下踩的是纯白的大理石；陵墓是纯白的大理石，栏杆是纯白的大理石，四个高塔也是纯白的大理石。你被裹在一片纯白的光辉中，翘首仰望，纯白的大理石墙壁有几十米高，仿佛上达苍穹。在这时候，你会有什么样的感觉，我不知道。反正我自己仿佛给这个白色的奇迹压住了，给这纯白的光辉网牢了，我想到了苏东坡的词："琼楼玉宇，高处不胜寒。"我自己仿佛已经离开了人间，置身于琼楼玉宇之中。有人主张，世界上只有阴柔之美与阳刚之美。把两者融合起来成为浑然一体的那种美，只应天上有。我眼前看到的就是这种天上的美。我完全沉浸在这种美的享受中，忘记了时间的推移。等到我从这琼楼玉宇中回转来时，已经是我们应该离开的时候了。

从泰姬陵到红堡是一条必由之路，我们也不例外。到了红堡，限于时间我们只匆匆地走了一转。莫卧儿王朝的这一座故宫，完全是用红砂岩筑成的。如果说泰姬陵是白色的奇迹的话，那么这里就是红色的奇迹。但是，我到了这里，最关心的却是一块小小的水晶。据说，下令修建泰姬陵的沙扎汗，晚年被儿子囚了起来。他本来还准备在阎牟那河这一边同河对岸泰姬陵遥遥相对的地方，修建一座完全用黑色大理石砌成的陵墓，如果建成的话，那将是一个不折不扣的黑色的奇迹。然而在这黑色的奇迹出现以前，他就失去了自由，成为自己儿子的阶下囚。他天天坐在红堡的一个走廊上，背对着泰姬陵，凝神潜思，忍忧含悲，目不转睛地注视着镶嵌在一个柱子上的那一块水晶，里面反映出整个泰姬陵的影像。月月如此，天天如此，这位孤独的老皇帝就这样度过了他的残生。

这个故事很有些浪漫气息。几百年来，也打动了千千万万好心人的心弦，滴下了无数的同情之泪。但是，我却是无泪可滴。我上一次来的时候，印度朋友曾告诉过我，就在这走廊下面那一片空地上，莫卧儿皇帝把囚犯弄了来，然后放出老虎，让老虎把人活活地吃掉。他们坐在走廊上怡然欣赏这一幕奇景。这样的人，即使被儿子囚了起来，我难道还能为他流下什么同情之泪吗？这样的人，即使对死去的爱姬有那么一点情意，这种情意还值得几文钱呢？我正在胡思乱想的时候，红堡城墙下长着肥大的绿叶子的树丛中，虎皮鹦鹉又吱吱喳喳叫了起来。这种鸟在中国是会被当作珍禽装在精致的笼子里来养育的。但是在阿格拉，却多得像麻雀。有那么一个皇帝，再加上这些吱吱喳喳的虎皮鹦鹉，我的游兴已经索然了。那些充满了浪漫气氛的故事对于我已经毫无吸引力了。

我走下了天堂，回到了现实。人间和现实是充满了矛盾的，但是它们又确实是美的。就是在阿格拉也并非例外。二十七年前，当我第一次到阿格拉来的时候，我在旅馆中遇到的一件小事，却使我忆念难忘。现在，当我离开了泰姬陵走下天堂的时候，我不由得又回忆起来。

我们在旅馆里看一个贫苦的印度艺人让小黄鸟表演识字的本领。又看另一个艺人让眼镜蛇与獴决斗。两个小动物都拼上命互相搏斗，大战了几十回合，还不分胜负。正在看得入神的时候，我瞥见一个印度青年在外面探头探脑。他的衣着不像一个学生，而像一个学徒工。我没有多加注意，仍然继续观战。又过了不知多少时候，我又一抬头，看到那个青年仍然站在那里，我立刻走出去。那个青年猛跑了几步，紧紧地抓住了我的手，我感觉到他的手有点颤抖。他递给我一个极小的小盒，透过玻璃罩可以看到，里面铺的棉花上有一粒大米。我真有点吃惊了，这一粒大米有什么意义呢？青年打开小盒，把大米送到我眼底下，大米上写着"印中友谊万岁"几个字，只能用放大镜才能看得清楚。他告诉我，他是一个学徒工，最热爱新中国，但却从来没有机会接触一个中国人。听说我们来了，他便带了大米来看我们。从早晨等到现在，中午早已过了，但是几次被人撵走。现在终于见到中国朋友了，他是多么兴奋啊！我接过了小盒，深深地被这个淳朴的青年感动了。我握住了他的手，心里面思绪万千，半天没有说出话来。我一直目送这个青年的背影消失在大街上熙熙攘攘的人群中，才转回身来。

泰姬陵是美的，是不朽的。然而，人们心里的真挚感情不是比泰姬陵更美、更不朽吗？上面说的这件小事，到现在，已经过了二十七年，在人的一生中，二十七年是一段漫长的时间，可是，不管我什么时候想起这件小事，那个学徒工的影像就栩栩如生地浮现在我的眼前。现在他大概都有四五十岁了吧。中间沧海桑田，世间多变。但是我却不相信，他会忘掉我，会忘掉中国，正如我不会忘掉他一样。据我看，这才是真正的美，真正的不朽。是美的、不朽的泰姬陵无法比拟的美，无法比拟的不朽。

春归燕园

一九七九年一月

　　凌晨，在熹微的晨光中，我走到大图书馆前草坪附近去散步。我看到许多男女大孩子，有的耳朵上戴着耳机，手里拿着收音机和一本什么书；有的只在手里拿着一本书，都是凝神潜虑，目不斜视，嘴里喃喃地朗诵什么外语。初升的太阳在长满黄叶的银杏树顶上抹上了一缕淡红。我们这些早晨八九点钟的太阳，面对着那一轮真正的太阳，我只感觉到满眼金光，却分不清这金光究竟是从哪里来的了。

　　黄昏时分，在夕阳的残照中，我又走到大图书馆前草坪附近去散步。我看到的仍然是那一些男女大孩子。他们仍然戴着耳机，手里拿着收音机和书，嘴里喃喃地跟着念。夕阳的余晖从另外一个方向在银杏树顶上的黄叶上抹上了一缕淡红。此时，我们这些早晨八九点钟的太阳，同西山的落日比起来，反而显得光芒万丈。

　　眼前的情景对我是多么熟悉然而又是多么陌生啊！

　　十多年以前，我曾在这风景如画的燕园里看到过类似的情景。当时我曾满怀激情地歌颂过春满燕园。虽然时序已经是春末夏初时节，但是在我的感觉中却仍然是三春盛时，繁花似锦。我曾幻想把这春天永远留在燕园内，"留得

六 辑 · 154

春光过四时"，让它成为一个永恒的春天。

然而我的幻想却落了空。跟着来的不是永恒的春天，而是三九严冬的天气。虽然大自然仍然岿然不动，星换斗移，每年一度，在冬天之后一定来一个春天，燕园仍然是一年一度百花争妍，万紫千红。然而对我们住在燕园里的人来说，却是"镇日寻春不见春"，宛如处在一片荒漠之中。不但没有什么永恒的春天，连刹那间春天的感觉也消逝得无影无踪了。当时我唯一的慰藉就是英国浪漫诗人雪莱的两句诗：

既然冬天到了，
春天还会远吗？

我坚决相信，春天还会来临的。

雪莱的话终于应验了，春天终于来临了。美丽的燕园又焕发出青春的光辉。我在这里终于又听到了琅琅的书声。而且在这琅琅的书声中我还听到了十多年前没有听到的东西，听到了一些崭新的东西。在这平凡的书声中我听到的难道不就是千军万马向四个现代化进军的脚步声吗？我听到的难道不就是向科学技术高峰艰苦而又乐观的攀登声吗？我听到的难道不就是那美好的理想的社会向前行进的开路声吗？我听到的难道不就是我们的青年一代内心深处的声音吗？不就是春天的声音吗？

眼前，就物候来说，不但已经不是春天，而且也已经不是夏天，眼前是西风劲吹、落叶辞树的深秋天气。"悲哉秋之为气也"，眼前是古代诗人高呼"悲哉"的时候。然而在这春之声大合唱中，在我们燕园里大图书馆前的草坪上，在黄叶丛中，在红树枝下，我看到的却是阳春艳景，姹紫嫣红。这些男女大孩子一下子变成了巨大的花朵，一霎时开满了校园。连黄叶树顶上似乎也开出了碗口大的山茶花和木棉花。红红的一片，把碧空都映得通红。至于那些"霜叶红于二月花"的霜叶，真的变成了红艳的鲜花。整个的燕园变成了一座花山，一片花海。

春天又回到燕园来了啊！

而且这个春天还不限于燕园，也不限于北京，不限于中国。它伸向四海，通向五洲，弥漫全球，辉映大千。我站在这个小小的燕园里，仿佛能与全世界呼吸相通。我仿佛能够看到富士山的雪峰，听到恒河里的涛声，闻到牛津的花香，摸到纽约的摩天高楼。书声动大地，春色满寰中，这一个无所不在的春天把我们连到一起来了。它还将不是一个短暂的春天。它将存在于繁花绽开的枝头，它将存在于映日接天的荷花上，它将存在于辽阔的万里霜天，它将存在于千里冰封、万里雪飘的严冬。一年四季，季季皆春。它是比春天更加春天的春天。它的踪迹将印在湖光塔影里，印在每一个人的心中。它将是一个真正的永恒的春天。

爽朗的笑声
一九七九年一月

　　据说，只有人是会笑的。我活在这个大地上几十年中，曾经笑过无数次，也曾看到别人笑过无数次。我从来没有琢磨过人会不会笑的问题，就好像太阳从东方出来，人们天天必须吃饭这样一些极其自然的、明明白白的、尽人皆知的、用不着去探讨的现象一样，无须再动脑筋去关心了。

　　然而，人是能够失掉笑的。

　　就连人能够失掉笑这个事实我以前也没有探讨过，不是用不着去探讨，而是没有想到去探讨，没有发现有探讨的必要；因为我从来还没有遇到过失掉了笑的人，没有想到过会有失掉了笑的人，好像没有遇到过鬼或者阴司地狱，没有想到过有鬼或者有阴司地狱那样。

　　人又怎能失掉笑呢？

我认识一位参加革命几十年的老干部。虽然他资格老，然而从来不摆老资格，不摆架子。我一向对老干部怀着说不出的、极其深厚的、出自内心的感情与敬佩。他们好像是我的一面镜子，可以照见自己的不足，激励自己前进。因此，我就很愿意接近他，愿意对他谈谈自己的思想。当然并不限于这些。我们有时简直是海阔天空，上下古今，文学艺术，哲学宗教，无所不谈。他给我留下了非常深刻的印象，特别是在闲谈时他的笑声更使我永生难忘。这不是会心的微笑，而是出自肺腑的爽朗的笑声。这笑声悠扬而清脆，温和而热情；它好像有极大的感染力，一听到它，顿觉满室生春，连一桌一椅都仿佛充满了生气，一花一草都仿佛洋溢出活力。有时候我甚至觉得这笑声冲破了高楼大厦，冲出了窗户和门，到处飘流回荡，响彻了整个燕园。

　　想当初当我听到这笑声的时候，我并没有觉得它怎样难能可贵，怎样不可缺少，就同日光空气一样，抬眼就可以看到，张嘴就可以吸入。又像春天的和风，秋日的细雨，只要有春天，有秋天，自然而然地就可以得到。中国古诗说"司空见惯浑闲事"，我一下子变成了古时候的司空了。

　　然而好景不长，天空里突然堆起了乌云，跟着来的是一场暴风骤雨。这一场暴风骤雨真是来得迅猛异常。不但我们自己没有经受过，而且也没有听说别人曾经经受过。我们都仿佛当头挨了一棒，直打得天旋地转，昏头昏脑。有一个时期，我们都失去了行动的自由，在一个阴森可怕的恐怕要超过"白公馆"和"渣滓洞"的地方住了一些时候。以后虽然恢复了自由，然而每个人的脑袋上还都戴着一大堆莫须有的帽子，天天过着如临深渊如履薄冰的日子，谨小慎微，瞻前顾后，唯恐言行有什么"越轨"之处，随时提防意外飞来的横祸。我们的处境真比旧社会的童养媳还要困难。我们每个人脑海里都有成百个问号，成千个疑团；然而问天天不语，问地地不应。我们只有沉默寡言，成为不折不扣的行尸走肉了。

　　在这期间，我也曾几次遇到过他，都是在路上。我看到他从远处走了过来，垂目低头，步履蹒跚。以前我看惯了的他那种矫健的步伐，轻捷的行姿，已经消逝得无影无踪了。我有时候下意识地迎上前去，好像是要做点什么；但是快到跟前的时候，最多也不过彼此相顾一下，立刻又低下了头，别转开脸，我们已经到了彼此不敢讲话，不能讲话的地步了。至于在这样的时刻他是怎样想的，我说不清楚。我心里只觉得一阵凄凉，眼泪立刻夺眶而出了。

有一次，我在校医院门前遇到了他。这一回不是孤身一人，而是有一个年老的妇女扶着他。他的身体似乎更不行了，路好像都走不全，腿好像都迈不开，脚好像都抬不起，颤巍巍地好不容易地向前挪动，费了好大劲才挪进了医院的大门，看样子是患了病。我一时冲动，很想鼓足了勇气走上前去探问一声。然而我不敢。那暴风骤雨的情景猛孤丁地展现在我眼前，我那一点剩勇好像是微弱的熠火，经雨一打，立刻就熄灭了。我不敢保证，如果再有一次那样的暴风骤雨，是否我还能经受得住。我硬是压下了我那向前去探问的冲动，只是站在远处注视着他。我是多么关心他的身体啊！然而我无能为力，我只能站在一旁看。幸好他并没有注意到我，否则也会引起他内心的激动，这样的激动对他的身体肯定是没有好处的。我全神贯注地注视着他，看他走进了校医院的玻璃门，他的身影在里面直晃动，在挂号处停留了一会儿，又被搀扶到走廊里去，身影于是完全消逝，大概是到哪一个屋子门口去等候大夫呼唤了。

当时我虽然注视了他很久很久，但是在开头时并没有发现有什么特异的情况，对他的身体的关心占住了我整个的注意力。等到他的身影消逝以后，我猛然发现，他脸上一点笑容都没有，他成了一个不会笑的人，他已经把笑失掉，当然更不用说那爽朗的笑声了。我心里猛烈地一震，我自己的这一个平凡又伟大的发现使我吃惊。我从前只知道笑是人的本能，现在我又知道，人是连本能也会失掉的。我活了六十多年才发现了这样一个真理，然而这是一个多么残酷多么令人不寒而栗的真理啊！

我自己怎样呢？他在这里又在另外一种意义上成了我的一面镜子。拿这面镜子一照，我同他原来是一模一样，我脸上也是一点笑容都没有，我也成了一个不会笑的人，我也把笑失掉了。如果自己不拿这面镜子来照一照，这情况我是不会知道的。因为没有一个人会告诉我，没有一个人敢告诉我。像我这样的人，当时是没有几个人肯同我说话的。如果有大胆的人敢同我说上几句话，我反而感到不自然，感到受宠若惊。不时飞来的轻蔑的一瞥，意外遇到的大声的申斥，我倒安之若素，倒觉得很自然。我当时就像白天的猫头鹰，只要能避开人，我一定避开；只要有小路，我决不走大路；只要有房后的野径，我连小路也不走。只要有熟人迎面走来，我远远地就垂下了头。我只恨地上没有洞。如果有的话，我一定会钻了进去，最好一辈子也不出来。在这样的情况下，一个人能笑得起来吗？让他把笑保留住不失掉能办得到吗？我也只能同那一位老干部一样变成了一个不会笑的人了。

通过那几年的切身经历，我深深地感觉到，一个人如果失掉了笑，那就意味着，他同时也已经失掉了希望，失掉了生趣，失掉了一切。他活在世界上，在别人眼中，在他自己眼中，实际上成了一个多余的人，他只不过是行尸走肉，苟延残喘而已。什么清风，什么明月，什么春花，什么秋实，在别人眼中，当然都是非常可爱的；然而在他眼中，却什么快感也引不起来。他在这世界上如浮云，如幻影；世界对他也如浮云，如幻影。他自己就像一个幽灵，踽踽独行于遮天盖地的辽阔的寂寞中。他成了一个路人，一个"过客"，在默默地等候大限的来临。

真理毕竟要胜利，乌云决不会永在。经过了一番风雨，燕园里又出现了阳光，全中国也出现了阳光。记得是在一个座谈会上，我同这一位革命老前辈又见面了。他头发又白了很多，脸上皱纹也增添了不少，走路显得异常困难，说话声音很低。才几年的工夫，他好像老了二十年。我的心情很沉重，但是同时又很愉快。我发现他脸上又有了笑容，他又把笑找回来了。在谈到兴会淋漓的时候，他大笑起来，虽然声音较低，但毕竟是爽朗的笑声。这样的笑声我已经很久很久没有听到了。乍听之下，有如钧天妙乐，滋润着我的心灵，温暖着我的耳朵，怡悦着我的眼睛，激动着我的四肢。我觉得，这爽朗的笑声，就像骀荡的春风一样，又仿佛吹遍了整个燕园，响彻了整个燕园。我仿佛还听到它响彻了高山、密林、通都、大邑、工厂、农村、机关、学校，响彻了整个祖国大地，而且看样子还要永远响下去。

我现在不但在这位革命老前辈的脸上看到了已经失掉而又找回来的笑，而且在很多人的脸上都看到了笑容；老年人、中年人、青年人、妇女、儿童，无一例外。把笑失掉，是不容易的；把笑重新找回来，就更困难。我相信，一个在沧海中失掉了笑的人，决不能做任何的事情。我也相信，一个曾经沧海又把笑找回来的人，却能胜任任何的艰巨。一个很多人失掉了笑而只有一小撮人能笑的民族，决不能长久立于世界民族之林。只有能笑、会笑、敢笑，重新找回了笑的民族，才能创建宏伟的事业，才能在短期内实现四个现代化，才能阔步前进，建成社会主义，最终达到人类大同之域。

发现只有人是会笑的，是科学家。发现人也是能失掉笑的，是曾经沧海的人。两者都是伟大的发现。曾经沧海的人发现了这个真理，决不会垂头丧气，而是加倍地精神抖擞。我认识的那一位革命老前辈，在这里又成了我的一面镜子。我们都要感激那个沧海，它在另一方面教育了我们。我从小就喜欢读苏东坡的词句："人有悲欢离合，月有阴晴圆缺，此事古难全。但愿人长久，千里共婵娟。"我想改一下最后两句："但愿人长笑，千里共婵娟。"我愿意永远永远听到那爽朗的笑声。

游天池

一九七九年八月

有如一个什么神仙，从天堂上什么地方，把一个神仙的池塘摔了下来，落到地上，落到天山里面，就成了现在的天池。

民间流传的神话说，半山的小天池是王母娘娘的洗脚盆，山顶上的大天池是王母娘娘的浴池。如果真有一个王母娘娘的话，她的洗脚盆或者浴池大概也只能是这个样子。"西望瑶池降王母"，唐代大诗人杜甫已经这样期望过了。至于她究竟降下来了没有，我们不得而知。如今却只是王母已乘青鸾去，此地空余双天池。

今天我们就来到了这个天池。

早就听到新疆朋友们说，到新疆来而不去天池，那就等于没有来，我们决不甘心到了新疆而等于没有来。所以在百忙中冒着传说中天池的寒气从乌鲁木齐趱行两百多里路来到了这里。

天山像一团黑云，横亘天际。从很远的地方就可以望到山顶上白皑皑的雪峰，插入蔚蓝的天空。我在内地从来没有看到过真正的雪峰。来到这里，乍一看到，眼前仿佛一下子亮了起来，兴致也随之而腾涌。车子一开进大山，不时看到哈萨克牧民赶着羊群或马群，用老黄牛驮着蒙古包，从山上迤逦走下山来。耳朵里听到的是从万古雪峰上融化后流下来的雪水在路旁山溪中潺湲的声音。靠近我们的山峰顶上并没有雪，只是在山脊的背阴处长满茂密的松林，据说是原始森林。一棵棵古松都长得苍劲挺直，整整齐齐地排在那里。不长松林的地方，也都是绿草如茵，青翠如碧琉璃。在这些山峰的背后，就是万古雪峰，仿佛近在眼前，伸手就能够抓一把雪过来。然而，据说有一些雪峰还没有人爬上去过哩。

在一路泉声的伴奏下，车子盘旋而上。有时候路比较平坦，有时候则非常陡。往往是转过一个大弯以后，下视走过的山路，深深地落到脚下，令人目眩不敢久视。走到半山的时候，路旁出现了一个圆圆的颜色深绿的池塘，这就是所谓小天池。在这样高的地方，有这样深的池塘，不是从天上摔下来又是从什么地方来的呢？汽车再往上盘旋，最后来到一个山脊上。眼前豁然开朗，久仰大名的大天池就展现在眼前。烟波浩渺，水色深碧，据说是深不可测。在海拔两千米的地方，在众山环抱中，在一系列小山的下面，居然有这样一个湖泊。不见是不会相信的，见了仍然不能相信。这更加强了我的疑问：不是从天山摔下来又是从什么地方来的呢？在这里，幻想大有驰骋的余地，神话也大有销售的市场。天池对面的山坡上长满了挺拔的青松，青松上面是群峰簇列。在众峰之巅就露出了雪峰，在阳光下亮晶晶闪着白光，仿佛离我们更近了。我们此时心旷神怡，逸兴遄飞，面对神话般的雪峰，真像是羽化而登仙了。

在池边的乱石堆中，却另有一番景象。这里人来人往，摩肩接踵，吵吵嚷嚷，拥拥挤挤，一点也没有什么仙气。有很多工厂或者什么团体，从几百里路以外，用汽车运来了肥羊，就在池边乱石堆中屠宰，鲜血溅地，赤如桃花；而且就地剥皮剔肉，把滴着鲜血的羊皮晒在石头上。在石旁支上大锅，做起手抓饭来。碧水池畔，炊烟滚滚；白山脚下，人声喧哗。那些带着酒瓶和乐器的人，又吃又喝，载歌载舞，划拳之声，震响遐迩。卖天山雪莲的人，也挤在里面，大凑其热闹。连那些哈萨克人放牧的牛，没有人管束，也挤在人群中，尖着一双角，摇着尾巴，横冲直撞，旁若无人。我想，不但这些牛心中眼中没有什么雪峰天池，连那些人，心中眼中也同样没有什么雪峰天池。他们眼中看到的只是一碗手抓羊肉，一杯美酒。他们不过是把吃手抓羊肉的地方调换一下而已。我仿佛看到雪峰在那里蹙眉，天池在那里流泪……

　　至于我们自己，我们从远方来的人却是心中只有天池，眼中只有雪山。我恨不能把这白山绿水搬到关内，让广大的人民共饱眼福。这当然是不可能的。我只有瞪大了眼睛，看着天池和雪峰，我想用眼睛把它们搬走。我看着，看着，眼前的景色突然变幻。王母娘娘又回来了。她正驾着青鸾，飞翔在空中，仙酒蟠桃，翠盖云旗，随从如云，侍女如雨，飞过雪峰，飞过青松，就停留在天池上面。"于是屏翳收风，川后静波，冯夷鸣鼓，女娲清歌。腾文鱼以警乘，鸣玉鸾以偕逝。六龙俨其齐首，载云车之容裔。鲸鲵踊而夹毂，水禽翔而为卫。"此时云霞满天，彩虹如锦，幻成一幅五色缤纷的画图。

　　但是，幻象毕竟只是幻象。一转瞬间，一切都消逝无余。展现在眼前的仍然是碧波荡漾的天池，郁郁葱葱的青松，闪着白光的雪峰和熙攘往来的人群。这时候，日头已经有点偏西，雪峰的阴影似乎就要压了下来，是我们下山的时候了。我们又沿着盘山公路，驶下山去。走到小天池的时候，回望雪峰，在大天池只能看到两座峰顶，这里却看到了五座，白皑皑，亮晶晶刺入蔚蓝无际的晴空。

1979年8月3日写于乌鲁木齐野营地

1980年5月14日改毕于北京

登黄山记

一九七九年十二月

早就听人说过："五岳归来不看山，黄山归来不看岳。"又经常遇到去过黄山的人讲述那里的奇景，还看到画家画的黄山，摄影家摄的黄山，黄山在我的心中就占了一个地位。我也曾根据那些绘画和摄影，再掺上点传闻，给自己描绘了一幅黄山图，挂在我的心头。我带着这样一幅黄山图曾周游国内，颇看了一些名山大川。五岳之尊的泰山，我曾凌绝顶，观日出。在国外，我也颇游览了一些国家，徜徉于日内瓦的莱茫湖畔，攀登了雪线以上的阿尔卑斯山，尽管下面烈日炎炎，顶上却永远积雪皑皑。所有这一切都是永世难忘的。但是我心中的那一幅黄山图，尽管随着游览的深广而多少有所修正，但毕竟还是非常美的，非常迷人的。

今天我就带着我心中的那一幅黄山图，到真正的黄山来了。

汽车从泾县驶出，直奔黄山。一路上，汽车蜿蜒绕行于万山丛中。我的幻想也跟着蜿蜒起来。眼前是千山万岭，绵延不绝，但是山峰的形象从远处看上去都差不多。远处出现了一个耸入晴空的高峰，"那就是黄山了吧！"我心里想。但是一转眼，另一个更高的山峰呈现在我的眼前，我只好打消了刚才的想法。如此周而复始，不知循环了多少遍。还有一个问题一直萦回在我的脑际：在这千山万岭中，是谁首先发现黄山这一个天造地设的人间仙境呢？是否还有另一个更美的什么山没有被发现呢？我的幻想一下子又扯到徐霞客身上。今天我们乘坐汽车来到这里，还感到有些疲惫不堪。当年徐霞客是怎样来的呢？他只能自己背着行李，至多雇上一个农民替他背着，自己手执藤杖，风餐露宿，踽踽独行于崇山峻岭中，夜里靠松明引路，在虎狼的嗥叫声中，慢慢地爬上去。对比起来，我们今天确实是幸福多了。……

就这样，汽车一边飞快地行驶，我一边在飞快地幻想。我心里思潮腾涌，绵绵不断，就像那车窗外的绵延的万山一样。

汽车终于来到了黄山大门外。

一走进黄山大门，天都峰就像一团无限巨大的黑色云层，黑呼呼的像泰山压顶一般对着我的头顶压了下来，好像就要倒在我的头上。我一愣：这哪里是我心中的那个黄山呢？然而这毕竟是真实的黄山，我几十年蕴藏在心中的那一幅黄山图一下子烟消云散了。我心中怅然若有所失，但是我并不惋惜。应该消逝的让它消逝吧！我现在已经来到了真实的黄山。

从此以后，真实的黄山就像古代的画卷一样，一幅一幅地、慢慢地展现在我的眼前。

出宾馆右行，经疗养院右转进山，山势一下子就陡了起来。我曾经听别人说过，从什么地方到什么地方是多少多少华里。在导游书上，我也看到了这样的记载。我原以为几华里几华里都是在平面上的，因此我对黄山就有了一些不正确的理解。现在，接触了实际，才知道这基本上是按立体计算的。在这里走上一华里，同平地上不大一样，费的劲儿要大得多。就是向上走上一尺，也要费上一点力气。没有别的办法，只好喘气流汗了。我低头看着脚下的台阶，右手使劲地拄着竹杖，一步一步地向上爬行。我眼睛里看到的只是台阶，台阶，台阶。有时候，我心里还数着台阶的数目，爬呀，数呀，数呀，爬呀，以为已经很高了。但是抬眼一看，更高、更陡、更多的台阶还在前面哩。想当年登泰山的时候，那里还有一个"快活三里"。这里却连一个快活三步都没有，但是，既来之，则安之，爬就是一切。

我到黄山来，当然并不是专为来走路的。我还是要看一看的。但是，在黄山，想看也并不容易。有经验的人说："走路不看山，看山不走路。"这确实是至理名言。这有点像鱼与熊掌的关系，不可得而兼之。谁要想"兼之"，那就有失足坠下万丈深涧的危险。我只在爬到了一定的阶段时，才停下脚步，小心地抬头向身后和左右看上一看，但见峭壁千仞，高岭入云，幽篁参天，苍松夹道，鸟鸣相和，蝉声四起。而且每看一次，眼前的情景都不一样，扑朔迷离，变幻万端。就连同一个地方，从不同的角度去看，都能看出不同的形象。从慈光阁看朱砂峰，看到天都峰上的金鸡叫天门。但是登上龙蟠坡，再抬头一看，金鸡叫天门就变成了五老上天都。在什么地方才能看到黄山真面目呢？我想，在什么地方也是看不到的。我很想改一改苏东坡的诗："横看成岭侧成峰，远近高低各不同，不识黄山真面目，即使身在此山中。"

我有时候也有新的发现，我简直觉得其中闪现着"天才的火花"，解人难得，我只有自己拍手（这里没有案）叫绝。比如，我看远山上的竹石树木，最初只觉得一片蓊郁。但细看却又有明暗之别。有的浓绿，有的淡绿。经过我再三研究揣摩，我才发现，明的是竹，暗的是松，所谓"苍松翠竹"，大概指的就是这个意思吧。我又想改陆游的两句诗："山穷水复疑无路，松暗竹明又一山。"

一想到陆游，我又想到了徐霞客。我们且看看他登上慈光寺以后是怎样看黄山的：

> 由此而入，绝巇危崖，尽皆怪松悬结；高者不盈丈，低仅数寸，平顶短鬣，盘根虬干，愈短愈老，愈小愈奇。不意奇山中又有此奇品也。

他看到了奇山，又看到了奇松。他看到的山同我们今天看到的几乎完全一样，这毫无可怪之处。但是他看到的松，有多少是我们今天还能看到的呢？"愈短愈老，愈小愈奇"，难道在这几百年的漫长时间内，它们就一点也没有长吗？就是起徐霞客于地下，我这样的问题恐怕也无法回答了。

我就是这样一边爬，一边看，一边改着古人的诗、一边想到徐霞客，手、脚、眼、耳、心，无不在紧张地活动着，好不容易才爬到了天都峰脚下。这是一个关键的地方，向右一拐，走不多远，就可以登上台阶，向着天都峰爬上去。天都峰是黄山的主峰。不到天都非好汉，何况那天险鲫鱼背我已经久仰大名，现在站在天都峰下，一抬头就可以看到，上面有蚂蚁似的人影在晃动，真是有说不出的诱惑力啊！但是一看到那一条直上直下的登山盘道，像一根白而粗的线绳一样悬在那里，要爬上去，还真需要有一把子力气呢。我知道，倘若给我半天的时间，登上去也是没问题的。可惜现在早已经过了中午，到我们今天住宿的地方玉屏楼还有一段路要走。我再三斟酌，只好丢掉登天都峰的念头，这好汉看来当不成了。我一步三回头地向左一拐，拾级而上，一直爬到了一线天的门口。这时我们坐了下来，背对一线天口，脸朝前望，可以看到近在咫尺的蓬莱三岛。所谓蓬莱三岛只是三个石笋似的小山峰，上面长着几棵松树。下面是一片深不见底的山谷。据说，白云弥漫时，衬着下面的云海，它们确确实实像蓬莱三岛。但现在却是赤日当空，万里无云，我只能用想象力来弥补天公的不作美了。

一线天真正是名副其实。在两个峭壁中，只存一条缝隙，仅容人体，抬眼一看，只见高处露出一线光明，上面是蓝蓝的天。这一团光明就召唤着我们，奋勇前进。我们也就真的一个个精神抖擞，鼓足了余勇，爬了上去。低头从我们两条腿中间向后看去，还可以看到悬挂在天都峰上的那一条白练似的磴道。

过了一线天，再向右一拐就走上了玉屏楼，这里是从温泉到北海去的必由之路。一般人都是在这里过夜的。徐霞客时代，这里叫玉屏风，他在《游记》里写道："四顾奇峰错列，众壑纵横，真黄山绝胜处。"可见徐霞客对此处评价之高。原来这里有一座庙，叫做文殊院。古人曾说过："不到文殊院，没见黄山面。"这同徐霞客的意见是一致的。

这里有什么特点呢？这里是万山丛中一块比较平坦的地方，好像天造地设，就是一个理想的中途休息的地方。一转过山角，就能看到峭壁上长着一棵松树。提起此松，真是大大的有名。全中国人民和全世界人民大概都经常能看到它的形象。挂在人民大会堂里的那一幅叫做"迎客松"的照片，就是它。这棵松树的大名就叫做"迎客松"。许多来访的外国领导人，以及名人、学者会见中国领导人时，就在那个照片下面照相。你看它伸出双臂，其实是不知道多少臂，仿佛想同来游的人握手、拥抱，它那青翠的枝头仿佛能说出欢迎的语言，它仿佛就是黄山好客的象征，不，它实际上成了中国人民好客的象征。你若问它的高寿，那就很难说。它干并不粗，也不特别高，看样子它至多也不过几十年至百年，然而据人说，它挺立在这里已经有一千多年的历史了。这里山高风劲，夏有酷暑，冬有寒冰，然而它却至今巍然屹立，俊秀挺拔，苍翠欲滴，枝头笼烟，仿佛正当妙龄青春。我在这里祝它长寿！

至于玉屏楼本身，可看的东西并不多。只是因为此地处万山之中，抬眼四顾，前有大谷深壑，下临无地，上面有参天云峰，耸然并立。同前一段的地无三尺平的情况比较起来，当然显得空阔辽廓，快人心目。当白云弥漫时，云海苍茫，必然另有一番景色。可惜我们没有这个福气，只看到了一片干涸了的大海。在玉屏楼的右边，就是那一棵在名声上稍逊一筹的送客松。它也像迎客松一样，伸出了它那许多胳臂，好像向游客告别，祝他们身强体健，过一些时候再来黄山。我也祝它长寿！

我们就是在住宿一夜之后，怀着还要再回来的心情走过这一棵松树向黄山深处前进的。一走过送客松，山路就好像一反昨天上山时的规律，陡然下降，下降，下降，再下降，一直降到涧底。这一段路走起来非常舒服，似乎还要超过泰山的"快活三里"。我们虽低头走路，仍可以抬头望山。走过望客松，蒲团松，右边可以看到指路石，回头则见牛鼻峰上的犀牛望月。下到深涧涧底以后，一泓清泉，就在道旁，清澈见底，冷洌可饮。拿做文章来比，我们走这一段山路，好像是在作"承"的那一段，"起"得突兀，"承"得和缓，我们过了一段舒服的时光。

但是，再拿作文章来比"承"过以后，就来了"转"，这一"转"，可真不得了。到了涧底，抬眼一看，前面是八百级的莲花沟。这八百级仿佛是直上直下，令人看了真有点发怵。实际上，往上攀登的时候，比在下面仰望时更令人感到可怕。我们面前好像只有这一条窄窄的石阶，只能向上，不能回转，"马行在夹道内，难以回马"，不管流多少汗，喘多少气，到此也只有奋勇攀登，再没有回旋的余地了。

皇天不负有心人。爬上了八百石阶，一转就到了莲花峰脚下。这一座莲花峰也是黄山主峰之一。从它的脚下上山好像比从天都峰脚下攀登天都峰要容易得多，只需往右一转，爬上几个台阶就可以达到峰顶。然而，正唯其觉得容易，也就失掉了吸引力。同时，我们今天的目标是到北海，我于是只在莲花峰下少坐片刻。抬头看到不远的峰顶上游人多如过江之鲫，然后左转走上前去。要说到黄山的险境，仿佛现在才算是开始。身右峭壁凌空，左边却是悬崖无地。山路是整修过的，在最危险的地方加了石头栏杆或铁链。但栏外就是危险境地，好像泰山上的阴阳界一样。走在这样的地方，连昨天奉行的"看山不走路，走路不看山"的箴言都无法奉行，无已，只有一心一意埋头苦走而已。这里就是鼎鼎大名的万丈云梯，真可以说是名不虚传。但是，大自然最憎恨的是单调，它决不会让百步云梯成为千步云梯、万步云梯。过了百步云梯，又是一段比较平直的山路。此时我仿佛已经过了险关，大有闲情逸致，观赏山景。蓦抬头，在远处的山崖上，忽然看到"万绿丛中一点红"。此时正是盛夏，早过了春暖花开的时节。这一点红是哪里来的呢？我无法攀上悬崖去看，无从探索与研究。我只有沉入幻想中，幻想暮春四五月间，黄山漫山遍野开满了杜鹃花的情况。我眼前的黄山一下子变了样，"日出山花红似火"，红色的火焰仿佛燃遍了全山，直凌太空，形成了一幅红透宇宙的奇景。

就这样，一路幻想下去。平路走尽，又上山路，穿过鳌鱼洞，就到了天海。这一段路更平了，仿佛已经离开黄山，到了平地上。一路树木翁郁，翠竹夹道，两旁蝉声啼不住，轻身已到北海边。

北海真是个好地方。人们已经看过了天都峰和莲花峰，奇景险境，久已身履，大概总会觉得黄山胜境已经探过，到了北海已经成为尾声了。

然而实则不然。

我先讲一个口头传说。距北海不远有一个山峰，叫做始信峰。什么叫始信峰呢？这里熟于掌故的人说，就是"开始相信"，意思就是，到了这里才开始相信黄山之美。不管这个解释是否正确，是否就是原意，我确确实实是相信的。我到了北海以后，才知道，北海决不是黄山之游的尾声，而是高峰，是顶端。上文曾引过一句古语："不到文殊院，没见黄山面。"我想改一改："走不到北海，黄山没有来。"再拿写文章作比，如果过了玉屏楼算是"转"，那么，到了北海就算是"合"。一篇精巧的文章写到这里，才算是达到精妙的顶点，黄山乃山中之奇山，北海是众奇并备，万巧同臻。游黄山到此，真可以说是叹观止矣。

然而究竟"合"出一些什么东西来呢？

三言两语是说不完的。以北海为中心，三五华里的半径内，景色万千，名目繁多。大则崇山峻岭，小至一石一树，无不奇绝人寰。从宾馆右转，走不多远，在深山绝谷的边缘上，出现了散花精舍，前面不远就是梦笔生花、笔架峰、骆驼石，上升峰和老翁钓鱼，再往前走就是始信峰。登上始信峰顶，下临无地，隔着深涧远处可见仙女峰、石笋矼，石笋壁立千仞，真仿佛天上有一个顶天立地的金刚巨无霸从上面把石笋栽在那里，成为宇宙奇观。我们只是从远处看石笋矼的，徐霞客是亲身到过。他在《游记》里写道："趋石笋矼，至向年所登尖峰上，倚松而坐，瞰坞中峰石回攒，藻绘满眼，如觉匡庐、石门，或具一体，或缺一面，不若此之阆博富丽也。"

"阆博富丽"当然还不仅限于石笋矼。北海附近这一些名胜，无不"阆博富丽"、"藻绘满眼"。比如清凉台、曙光亭，都各有奇妙之处。出宾馆左折西行，可以到西海。沿路青松参天，翠竹匝地。有很多有名的奇景。走到尽头，同别的地方一样，眼前又是峭壁千仞，深涧万寻。从这里的排云亭上，可以看到丹霞峰、松林峰、石床峰，各各刺入青天，令人神往。据说这地方是看落照的好地方，可惜我们来的时候，不是黄昏，我们只有怅望西天，幻想一番日落西山、红霞满天的情景而已。

是不是北海就只"合"出了这样一些东西来呢？

也还不是的。黄山有所谓四大奇景：奇松、怪石、云海、温泉。温泉一进山就可以看到，上面已经说过，这里不再提了。其他三奇，除了云海以外，一进山也都陆续可以看到。从慈光阁开始，只要你注意，奇松、怪石，到处可见。简直是让你一步一吃惊，一步一感叹。到了北海算是达到了顶峰，所谓集大成者就是。

那么，人们也许要问，奇松奇在什么地方呢？这个问题问得好，我初次听说奇松时，心里也泛起过这个问题。我游遍了黄山，到了北海，要想答复这个问题，也还感到非常困难，简直可以说是回答不出。我常常想，世间一切松树无不是奇的，奇就奇在它同其他一切树都不一样。其他树木的枝子一般都是往上长的，但是松树的枝干却偏平行长着或者甚至往下长。其他树木从远处看上去都能给人一个轮廓，虽然茂密，但却杂乱；然而松树给人的轮廓却是挺拔、秀丽，如飞龙、如翔凤，秩序井然，线条分明。松柏是常常并称的。如果它们站在一起，人们从远处看，立刻就能够分清哪是松，哪是柏。总之一句话，我们脑中一切关于树的规律，松树无不违反。此之所谓奇也。

但是，黄山上的松树比其他地方更奇，是奇中之奇。你只要看一看黄山上有名字的名松，你就可以知道：蒲团松、连理松、扇子松、黑虎松、团结松、迎客松、送客松、飞虎松、双龙松、龙爪松、接引松，此外还不知道有多少松。连那些不知名的大松、小松、古松、新松，长在悬崖上的松，长在峭壁上的松，长在任何人都不能想象的地方的松，千姿百态，石破天惊，更是违反了一切树木生长的规律。别的地方的松树长上一千多年，恐怕早已老态龙钟了，在这里却偏偏俊秀如少女，枝干也并不很粗。在别的地方，松树只能生长在土中，在这里却偏偏生长在光溜溜的石头上。在别的地方，松树的根总是要埋在土里的，在这里却偏偏就把大根、小根、粗根、细根，一古脑地、毫不隐瞒地、赤裸裸地摆在石头上，让你看了以后，心里不禁替它担起忧来。黄山松奇就奇在这里。看松而看到黄山松，真可以说是达到顶峰了。

谈到怪石，也真是够怪的。那么这些石头怪又怪在何处呢？在别的名山胜地中，也有一些有名有姓的山峰，也有一些有名有姓的石头。但是在黄山，这种山峰和石头却多得出奇：虎头岩、郑公钓鱼台、莺谷石、碰头石、鲫鱼背、羊子过江、仙人飘海、仙桃石、蓬莱三岛、鹦哥石、飞鱼石、采莲船、孔雀戏莲花、象石、金龟望月、仙鼠跳天都、仙人下轿、仙人把洞门、姜太公钓鱼、犀牛望月、指路石、金龟探海、老僧入定、老僧观海、仙人绣花、鳌鱼吃螺蛳、容成朝轩辕、鳌鱼驮金鱼、仙人下棋、仙人背包、飞来钟、老翁钓鱼、梦笔生花、猪八戒吃西瓜、书箱峰、达摩面壁、仙人晒靴、老虎驮羊、天鹅孵蛋、关公挡曹、仙人铺路、太白醉酒、五老荡船、天狗望月、双猫捕鼠、苏武牧羊、老僧采药、仙人指路、喜鹊登梅、猴子捧桃，等等。名目确实够繁多的了。名目之所以这样繁多，决定因素就是因为这里石头长得怪。如果不怪的话，就决不会有这样多的名目。你以为这些五花八门的名目已经把黄山的怪石都数尽了吗？不，还差得很远。如果你有时间，静坐在黄山的某一个地方，面对眼前的奇峰怪石，让自己的幻想展翅驰骋，你还可以想出一大批新鲜动人的名目。比如我们几个人在西海排云亭附近面对深涧对面的山，我看出了一座"国际饭店"。这个名字一提出，你就越看越像，像得不能再像了，我们都为这个天才的发现而狂欢。假我以时日，我们可以巧立名目，为黄山创立一大批新鲜、别致，不但神似而且形似的名目，再为黄山增添光彩。

在怪石中最怪的，当然要数飞来石。顾名思义，人们认为这块大石头是从天外飞来的。我们从玉屏楼到北海的路上，快到北海的时候，已经从远处看到了它。它是在一座小山峰的顶上，孑然耸立在那里。上粗下细，同山峰接触的地方只是一个点，在山风中好像是摇摇欲坠，让人不禁替它捏一把汗，后来我们从北海到西海，在回去的路上爬了上去，一直爬到峰顶上，同黄山别的山头一样，小小的一个峰顶，下临万丈深涧。看到飞来石，我们都大吃一惊：原来同峰顶连接的地方有一条缝。这样一块巨石，上粗下细，又不固定在峰顶上，怎能巍然屹立在那里，而且还不知已经屹立了多少年呢？在这漫长的时间内，谁知道它已经经历了多少狂风暴雨、山崩地震呢？而它到今天仍然是岿然不动，简直违反了物理的定律。我们没有别的话可说，只能说它是奇中之奇了。

至于黄山的云海，更是我闻所未闻，见所未见。一座大山竟然有北海、西海、天海、前海、后海，这样许多海，初听时难道不真是让人不解吗？原来这些海都是云海。我从小读王维的诗："行到水穷处，坐看云起时。"觉得这个境界真是奇妙，心向往之久矣。可是活了六十多岁，也从来没能看到云起究竟是什么样子。一天，我们正在北海的一个山头上，猛回头，看到隔山的深涧忽然冒起白色的浓烟。我直觉地认为这是炊烟。但是继而一想，炊烟哪能有这样的势头呢？我才恍然：这就是云起。升起来的云彩，初时还成丝成缕，慢慢地转成一片一团，颜色由淡白转浓。最初群山的影子还隐约可见，转瞬就成了一片云海，所有的山影都被遮住，云气翻滚，宛若海涛。然而又一转瞬，被隐藏起来的山峰的影子又逐渐清晰，终于又由浓转淡，直到山峰露出了真面目，云气全消，依然青山滴翠，红日皓皓。所有这一切都发生在几分钟内。这算不算是云海呢？旁边有人说："还不能算是真正的云海。那要大雨之后。"我只好相信他的话。但是，"慰情聊胜无"，不是比没有看到这种近似云海的景象要好得多吗？

除了上面谈的四大奇景之外，我还有一点意外的收获，那就是我在黄山看了日出。日出并没有列入黄山四奇之内，但仍然可以说是一奇。北海的曙光亭，顾名思义，就是看日出的最好的地方。几十年前，当我还年轻的时候，我曾登泰山看日出，在薄暗中、鹄候在玉皇顶上，结果除了看到一团红红的云彩之外，什么也没有看到。我只有暗自背诵姚鼐的《登泰山记》，聊以自慰：

> 及既上，苍山负雪，明烛天南。望晚日照城郭，汶水、徂徕如画，而半山居雾若带然。戊申晦五鼓，与子颖坐日观亭待日出。时大风扬积雪击面。亭东自足下皆云漫。稍见云中白若樗蒱数十立者，山也。极天云一线异色，须臾成五彩，日上，正赤如丹，下有红光，动摇承之。或曰：此东海也。

这一次来到黄山北海，早晨天还没有亮，就有人跑着、吵着去看日出。我一骨碌爬起来，在凌晨的薄暗中摸索着爬上曙光亭，那里已经是黑压压的一团人。我挤在后面，同大家一样向着东方翘首仰望。天是晴的，但在东方的日出处，却有一线烟云。最初只显得比别处稍亮一点而已。须臾，彩云渐红，朝日露出了月牙似的一点；一转眼间，它就涌了出来，顶端是深紫色，中间一段深红，下端一大段深黄。然而立刻就霞光万道，白云为霞光所照，成了金色，宛如万朵金莲飘悬空中。

就这样，黄山的三奇，奇松、怪石、云海，还加上一个奇：日出，我在黄山，特别是在北海，都领略过了。再拿做文章来打个比方，起、承、转、合，这几大股都已做完，文章应该结束了。

然而不然，从我的感情和印象说起来，合还没有合完，文章也就不能结束。从我的激情来看，这仿佛刚才达到高潮，文章更不能就此结束了。我们原来并不想在北海住这样久，但是越住越想住，越住越不想走。三天之内，我们天天出去，天天有新的发现，大有流连忘返之意。我们最后怀着惜别的心情，离开了北海的时候，我的内心如潮涌，如云起，一步三回头。我们绕过黑虎松走上后山的道路，向着云谷寺的方向走去。一路之上，流水潺潺，山风习习，蝉声相送，鸟鸣应和，苍松翠竹，映带左右。我们又像走到山阴道上，应接不暇了。但是我们走到幽篁中，闻鸟声却不见鸟，我们笑着开玩笑说，这是留客鸟，它们也惋惜我们即将离去，大有依依不舍之意呢。

此时周围清幽阒静，好像宇宙间只有我们几个人似的。但是我的内心里却又像来黄山的路上那样如波涛汹涌，遐想联翩，我想到过去游览过国内外的名山大川。我一时想到泰山，一时又想到石林。这都是天下奇秀，有口皆碑。但是我觉得，同黄山比起来，泰山有其雄伟，而无其秀丽；石林有其幽峭，而无其雄健。黄山是大则气势磅礴，神笼宇宙，小则剔透玲珑，耐人寻味。如果拿美学名词来比附的话，我们就可以说，黄山既有阳刚之美，又有阴柔之美。可谓刚柔兼，二难并，求诸天下名山，可谓超超玄箸了。

我一下子又想到中国的山水画，远山一般都只用淡墨渲染，近山则用各种的皴法。对远山的那种处理，只要在有山的地方，看到过远山的人，都会同意的，都会知道，那实际上是把自然景物，再加上点画家个人的幻想与创造，搬到了纸上来的。这不同于自然主义，这是形似而又神似。但是对近山的那些不同的皴法，则生长在北方高山不多的地方的人，有时就不大容易理解，认为这不过是画家的传统手法，没有多大意思的。特别是对大涤子这样的画家，更不容易理解。今天我到了黄山，据说大涤子在这里住过，积年疑团，顿时冰释。我站在任何一个悬崖峭壁的下面，抬头仰望，注意凝视，观之既久，俨然是一幅大涤子的山水画出现在自己的眼前，我也俨然成了画中人了。但见这一幅画，笔墨恣纵，元气淋漓，皴法新颖，巨细无遗。倘若我们请天上匠作大神，来到人间，盖上一座万丈高的大厦，把这一幅大画挂在里面，不知会产生什么效果，恐怕观赏的人都会目瞪口呆、惊愕万状吧！此时，只在此时，我才真正理解中国古代山水画家，其中也包括像大涤子这样有天才、有独创性，能独辟蹊径，开一代风气的画家，都是在仔细观察自然山色，简练揣摩，融会贯通之后，然后才下笔的。他们决不是专门抄袭古人，拾古人牙慧的。

我一下子又想到，天下名山多矣，中外皆然。但是像黄山这样的名山，却真如凤毛麟角。为什么中国竟会有黄山这样的山呢？这个问题似乎非常幼稚，实际上却是发自我内心深处的一个问题。我并不觉得它有什么幼稚、可笑。古人会说，这是灵气所钟。什么又是灵气呢？灵气这东西摸不着，看不到，实在是玄妙得很。但是依我看，它又确实是存在着的。我们一到黄山，第一天晚上，坐在宾馆外深涧岸边，细听涧中水声，无意中捉到了一个萤火虫，发现它比别的地方的都大而肥壮。后来我们又发现这里的知了也比别的地方的大而肥壮，就连苍蝇也和别的地方不同，大得、壮得惊人，而在海拔近两千尺的天都峰顶，天风猎猎，人站在那里都摇摇欲坠，然而却能见到苍蝇，而且都有点气魄，飞驶迅速，呼啸而过。这实在使我吃惊不小。不用灵气所钟，又怎样解释呢？世界各国都有它们灵气所钟的地方，对于这些地方，只要我能走到、看到，我都喜爱、欣赏，一视同仁，决不会有任何偏心。但是，有黄山这样灵气所钟的地方，我作为一个中国人感到无比地骄傲与幸福。我因此热爱我们这一块土地，我更热爱我们这一个国家。我们也并不想把黄山秘而不宣，独自享受。"但愿人长久，千里共婵娟。"我也但愿世界永存，黄山永在，永远以它那无比美妙的山色，为我们提供无比美妙的怡悦。

我一下子又想到，古人说，人生要读万卷书，行万里路。又说太史公司马迁周览名山大川，故其文疏宕有奇气。还有人说，唐代大书法家张旭观公孙大娘舞剑器，因而书法大进。我现在游览了黄山，将来会产生什么样的影响呢？我一非文豪，二非书法家，这影响究竟要产生在什么地方呢？不管怎样，影响终归会有的，我且拭目以待。

我就是这样一边走，一边想，一边还欣赏四周奇丽景色，不知不觉地就回到了温泉。等到我从北海返回温泉的时候，我仿佛成了一个阿丽丝，我漫游了一个奇而又奇的奇境。过去一周的游踪，历历呈现在我心中。我的黄山梦于今实现了。但我并不满足于实现了梦境，而是梦得更加厉害起来。我仿佛还并没有到过真正的黄山，不，黄山对我来说，比原来还要陌生，还要奇妙，我直觉地感到，真正的黄山我还没有看到。我从北海归来，只看了黄山的皮毛。黄山的名胜真如五光十色，扑朔迷离，在那"万壑树参天，千山响杜鹃"中似乎还隐藏着什么秘密，有待于我，有待于其他人去发现，去欣赏，去惊叹。古时候有一首关于黄山的诗："踏遍峨嵋与九嶷，无兹殊胜幻迷离。任他五岳归来客，一见天都也叫奇"。

我还没有历游五岳，也还没有到过峨嵋与九嶷。我对黄山、对天都叫奇，完全是很自然的。我相信，即使我有朝一日真的遍游五岳，登峨眉，探九嶷，我再到黄山来，仍然会叫奇不绝的。

我来的时候，心里带来了一个假的黄山图，它一遇到真黄山就破碎消失了。我现在离开的时候，带走了一幅真正的黄山图，虽然我还不能相信，这一幅图就是黄山的真相，但是这幅黄山图将永远留在我的心中。经过了一段时间酝酿思忖，我现在写出了我心目中的黄山。但写的过程中，我时时怀疑我这一支拙笔会玷污了黄山。古人诗说："美人意态画不出，当时枉杀毛延寿。"我现在真觉得，"黄山意态写不出，枉费不眠数夜间"。《世说新语》任诞第三十三说："桓子野每闻清歌，辄唤：'奈何！'谢公闻之曰'子野可谓一往有深情。'"

这里指的是，桓子野每闻清歌，辄情动乎中。我现在面对着黄山，心中有一美妙的黄山，笔下的黄山却并不那么美妙，我也只能学一学桓子野，徒唤奈何。

游唐大招提寺

一九八〇年七月

多么凑巧的事情，又是多么可喜的事情！唐大和尚鉴真回国探亲，我们在北京刚见过面；他回到日本不久，我们又来探望参拜他了。

一走进唐大招提寺，我们仿佛回到了祖国。此地的一草一木，一梁一柱，无不让我们感到亲切可爱。连踏在脚下的砂粒，似乎也与别处不同。我们的心情又兴奋，又宁静；又肃穆，又虔诚。我们明确地意识到，这不是一个普普通通的地方，这是一个神圣的地方，这是中日两国人民悠久的传统友谊结晶的地方，决不能等闲视之。

我们现在看到的当然是历历在目的大殿、经堂、佛像、神龛。但是我的心却一下子回到了一千多年以前的历史上去，回到鉴真生活的时代中去。这样的经历我从前曾经有过一次，那是在印度瞻谒玄奘遗迹的时候。我当时曾看到玄奘的身影无所不在。今天，印度换成了日本，玄奘换成鉴真了。同玄奘一样，鉴真的面貌我们都是熟悉的。我现在在这一座古寺里到处看到的就是鉴真的慈祥肃穆的面容。我仿佛看到他慈眉善目，庞眉铺目，到处烧香礼佛。看到他盘腿坐在莲花座上，讲经说法，为天皇、皇太子、贵族、平民传法授戒。他在整个寺院里让人搀扶着来来往往地行走。我不但能看到他的身影，而且能听到他的声音，虽然我并说不出，他的声音究竟是个什么样子。我们今天满怀虔敬之心踏在这一座古寺的土地上。我们知道，这一座古寺的每一寸土地都留有鉴真的足迹。我们脚下踏着的就是鉴真当年留下的足迹。因此，我们的步履轻而又轻，谨慎而又谨慎。特别是当我们走过一座重门深锁的院落的时候，我们的步子更轻了，我们仿佛在临深履薄，戒慎恐惧。这院落"庭院深深深几许"，在望之如云端仙境的重楼上，鉴真的漆像就作为国宝保存在那里。这门是经常锁着的。我们不由得面向楼阁深处，合十致敬。

鉴真爱不爱日本人民呢？他当然是爱的。他怀着满腔炽热的感情爱日本，爱日本人民。他同中国人民一样，深深地体会到中日两国人民的亲密关系，决心为日本人民牺牲自己的一切，把他认为能济世度人的佛法传到日本去。为了日本人民的幸福，他毅然决然离开了自己的祖国。在当时想到日本去，简直难于上青天。今天讲一衣带水，形容两国邻近，非常轻松，非常惬意。然而海中波涛滚滚，龙蛇飞舞，用木头造的船横渡，其艰险决非今日所能想象。鉴真尝试过几次，都失败了，最后终于九死一生，到了日本。如果对日本人民不抱有最深沉的爱，能做到这一步吗？他到日本时，双目已完全失明，什么东西都看不见了。但是，我相信，他能够看到一切。他看到的日本、日本人民、日本的自然风光，决不比任何人少，而且会比任何人都更多，更深刻。他看到了别人看不到的东西，他看到了日本人民的心。他的心同日本人民的心共同跳动，"心有灵犀一点通"。他们心心相印。就凭着这一点，虽然他不懂日本语言——我猜想，他初到日本时是不懂当地的语言的——他却完全能同日本各阶层的人民交流思想，沟通感情。日本人民的喜怒哀乐就是他的喜怒哀乐。他同日本人民浑然一体。"海为龙世界，天是鸟家乡"，日本就成了他的海，成了他的天了。

鉴真会不会怀念祖国呢？当然会的。他同样也是怀着满腔炽热的感情爱着自己的伟大的祖国，否则他决不会在离开祖国一千多年以后，又不远千里不顾年老体衰仆仆风尘回国探亲。不但探望了扬州，而且还探望了他离开祖国时还不存在的首都北京。他是一位高僧，不会有什么尘世俗念。但是爱国之情是人们最基本的感情，高僧也不能例外。遥想他当年远离祖国，寄身异邦，每天在礼佛讲经之余，一灯荧然，焚香静坐，殿外的春花秋月、夏雨冬雪，难免逗起一腔怀乡之情。檐边铁马的叮咚不会让他想到扬州古寺中的铁马吗？日本古代大俳句家松尾芭蕉非常了解鉴真的心情。他有一首著名的俳句，前有小引："唐招提寺开山祖鉴真和尚来日时，于船中遇难七十余次。其间，因海风侵袭双目，终成盲圣。今日拜谒尊像，得诗一首。"诗云：

　　　　新叶滴翠，
　　　　摘来拂拭尊师泪。（林林译文）

　　像鉴真这样的高僧，断七情，绝六欲，眼中的泪珠从何而来呢？除了因怀念祖国而流泪之外，还能有什么原因呢？大诗人芭蕉不愧是真正的诗人，他能深切体会鉴真的心情，发而为诗，才写出这样感人的诗句，使我们今天的人，不管是中国人，还是日本人，读到它，还为之感动不已。

　　我们中国人，不管读没读过芭蕉的名句，好像都能体会鉴真爱国思乡的心情。因此，当他这次回国探亲时，不管走到什么地方，扬州也好，北京也好，他都受到热烈地欢迎。今天他看到的祖国同他当年的祖国相比，已经完完全全变了样子；但是，祖国的人民、祖国人民的心，特别是对他那一片赤诚之心，则是一点也没有变的。我想，鉴真是完全擦干了眼泪带着微笑回到他的第二祖国日本去的吧！即使在日本再待上几百年，甚至几千年，他内心里也感到欣慰吧！

　　中国人民对鉴真的敬爱还表现在另外一个方面。今天，凡是到日本来的中国人，只要有可能，没有不到唐大招提寺来参谒的。我们几个人现在就来到了这里。我走在这一座清净肃穆的大寺院里，花木扶疏，竹石掩映，到处干干净净，宛然一处人间仙境。但是我心中却是思潮腾涌，片刻不停，上下数千年，纵横数千里，遍照三世，神驰四极，对眼前的景物有时候视而不见。连自己走过的道路也有时候清楚，有时候不清楚。在不知不觉中，我们终于来到了鉴真的墓塔跟前。这一座墓塔并不特别高大巍峨，同中国常见的高僧墓塔样子和大小都差不多。这里就是鉴真永远安息的地方。我亲眼看到，日本人民男女老少成群结队，怀着极端虔敬的心情，到这里来参谒墓塔。走近墓塔的时候，他们面容严肃，脚步迈得轻轻的，唯恐惊扰了墓中的高僧。鉴真活着的时候，为日本人民的利益而牺牲了自己的一切。到了今天，他圆寂已经一千多年了，他仍然活在日本人民心中，他好像仍然生活在日本人民中间，天天受到他们的礼敬。鉴真死而有知，他一定感到莫大的欣慰吧！

墓塔的周围，茂树参天，绿竹挺秀，更显得特别清幽阒静。离开墓塔不远，有一片荷塘。此时正是夏天，塘里荷花盛开。这里的荷花很有点特色，花瓣全是白的，只有顶上有一抹鲜红，闪出红彤彤的光，宛如富士山雪峰顶上照上一片红霞。我在中国许多地方，世界上许多地方，都看到过荷花；在荷花的故乡印度也看到过荷花。白荷花、红荷花，甚至蓝荷花、黄荷花，都看到过。但是像鉴真墓旁这样的荷花却从来没有见过。难道是富士山之灵钟于荷花上面了吗？难道是鉴真的神灵飞附到这荷花瓣上来了吗？

不管我是多么依恋唐大招提寺，多么依恋鉴真的墓塔，多么依恋池塘里的荷花，我们的活动是有时间限制的。经过了两三个小时的漫游，我们终于必须离开了。我们怀着依依难舍的心情，一步三回首，慢慢地踱出了这一座举世闻名的古寺。登上汽车以后，仍然从车窗里回望那些巍峨的大殿楼阁，直至车子转弯，它的影子完全消失为止。这些影子在眼前消失了，然而却落入我的心灵深处，将永远留在那里。

敬爱的鉴真大和尚！我们暂时告别了。倘若有朝一日我还能来到日本，我一定再来参谒你。我会从祖国最神圣的地方，最神圣的一棵树上，采下一片最神圣的嫩叶，来拂拭你眼中的泪珠。

1980年7月23日于日本箱根写草稿

1985年1月29日于北京抄毕

富春江上

一九八一年十二月

记得在什么诗话上读到过两句诗：

> 到江吴地尽，
> 隔岸越山多。

诗话的作者认为是警句，我也认为是警句。但是当时我却只能欣赏诗句的意境，而没有丝毫感性认识。不意我今天竟亲身来到了钱塘江畔富春江上。极目一望，江水平阔，浩渺如海；隔岸青螺数点，微痕一抹，出没于烟雨迷蒙中。"隔岸越山多"的意境我终于亲临目睹了。

钱塘、富春都是具有诱惑力的名字。实际的情况比名字更有诱惑力。我们坐在一艘游艇上。江水青碧，水声淙淙。艇上偶见白鸥飞过，远处则是点点风帆。黑色的小燕子在起伏翻腾的碎波上贴水面飞行，似乎是在努力寻觅着什么。我虽努力探究，但也只见它们忙忙碌碌，匆匆促促，最终也探究不出，它们究竟在寻觅什么。岸上则是点点的越山，飞也似的向艇后奔。一点消逝了，又出现了新的一点，数十里连绵不断。难道诗句中的"多"字表现的就是这个意境吗？

眼中看到的虽然是当前的景色，但心中想到的却是历史的人物。谁到了这个吴越分界的地方不会立刻就想到古代的吴王夫差和越王勾践的冲突呢？当年他们钩心斗角互相角逐的情景，今天我们已经无从想象了。但是乱箭齐发、金鼓轰鸣的搏斗总归是有的。这种鏖兵的情况无论如何同这样的青山绿水也不能协调起来。人世变幻，今古皆然。在人类前进的征途上，这些都是不可避免的。但青山绿水却将永在。我们今天大可不必庸人自扰，为古人担忧，还是欣赏眼前的美景吧！

但是，我的幻想却不肯停止下来。我心头的幻想，一下子又变成了眼前的幻象。我的耳边响起了诗僧苏曼殊的两句诗：

春雨楼头尺八箫，

何时归看浙江潮？

这里不正是浙江钱塘潮的老家吗？我平生还没有看到浙江潮的福气。这两句诗我却是喜欢的，常常在无意中独自吟咏。今天来到钱塘江上，这两句诗仿佛是自己来到了我的耳边。耳边诗句一响，眼前潮水就涌了起来：

怒声汹汹势悠悠，

罗刹江边地欲浮。

漫道往来存大信，

也知反覆向平流。

狂抛巨浸疑无底，

猛过西陵似有头。

至竟朝昏谁主掌，

好骑赪鲤问阳侯。

但是，幻象毕竟只是幻象。一转瞬间，"怒声汹汹"的江涛就消逝得无影无踪，眼前江水平阔，浩渺如海，隔岸青螺数点，微痕一抹，出没于烟雨迷蒙中。

可是竟完全出我意料：在平阔的水面上，在点点青螺上，竟又出现了一个人的影子。它飘浮飞驶，"翩若惊鸿，宛如游龙"，时隐时现，若即若离，追逐着海鸥的翅膀，跟随着小燕子的身影，停留在风帆顶上，飘动在波光潋滟中。我真是又惊又喜。"胡为乎来哉？"难道因为这里是你的家乡才出来欢迎我吗？我想抓住它，这当然是不可能的。我想正眼仔细看它一看，这也是不可能的。但它又不肯离开我，我又不能不看它。这真使我又是兴奋，又是沮丧；又是希望它飞近一点，又是希望它离远一点。我在徒唤奈何中看到它飘浮飞动，定睛敛神，只看到青螺数点，微痕一抹，出没于烟雨迷蒙中。

我们就这样到了富阳，这是我们今天艇游的终点。我们舍舟登陆，爬上了有名的鹳山。山虽不高，但形势极好。山上层楼叠阁，曲径通幽，花木扶疏，窗明几净。我们登上了春江第一楼，凭窗远望，富春江景色尽收眼底。因为高，点点风帆显得更小了，而水上的小燕子则小得无影无踪。想它们必然是仍然忙忙碌碌地在那里飞着，可惜我们一点也看不着，只能在这里想象了。山顶上树木参天，森然苍蔚。最使我吃惊的是参天的玉兰花村。碗大的白花在绿叶丛中探出头来，同北地的玉兰花一比，大小悬殊，颇使我这个北方人有点目瞪口呆了。

在山边上一座石壁下是名闻天下的严子陵钓台。宋朝大诗人苏东坡写的四个大字：登云钓月，赫然镌刻在石壁上。此地距江面相当远，钓鱼无论如何是钓不着的。遥想两千多年前，一个披着蓑衣的老头子，手持几十丈长的钓竿，垂着几十丈长的钓丝，孤零一个人，蹲在这石壁下，等候鱼儿上钩，一动也不动，宛如一个木雕泥塑。这样一幅景象，无论如何也难免有滑稽之感。古人说：姑妄言之姑听之，过分认真，反会大煞风景。难道宋朝的苏东坡就真正相信吗？此地自然风光，天下独绝，有此一个传说，更会增加自然风光的妩媚，我们就姑妄听之吧！

两年前，我曾畅游黄山。那里景色之奇丽瑰伟，使我大为惊叹。窃念大化造物，天造地设，独垂青于中华大地。我觉得生为一个中国人，是十分幸福的，是非常值得骄傲的。今天我又来到了富春江上。这里景色明丽，秀色天成，同样是美，但却与黄山形成了鲜明的对照。如果允许我借用一个现成的说法的话，那么一个是阳刚之美，一个是阴柔之美。刚柔不同，其美则一，同样使我惊叹。我们祖国大地，江山如此多娇，我的幸福之感，骄傲之感，便油然而生。我眼前的富春江在我眼中更增加了明丽，更增加了妩媚，仿佛是一条天上的神江了。

在这里，我忽然想到唐代诗人孟浩然的一首著名的诗《宿桐庐江寄广陵旧游》：

> 山暝听猿愁，沧江急夜流。
> 风鸣两岸叶，月照一孤舟。
> 建德非吾土，维扬忆旧游。
> 还将两行泪，遥寄海西头。

孟浩然说"建德非吾土"，在当时的情况下，这种心情是容易理解的。他忆念广陵，便觉得建德非吾土。到了今天，我们当然不会再有这样的感觉了。我觉得桐庐不但是"吾土"，而且是"吾土"中的精华。同黄山一样，有这样的"吾土"就是幸福的根源。非吾土的感觉我是有过的，但那是在国外，比如说瑞士。那里的山水也是十分神奇动人的，我曾为之颠倒过，迷惑过。但一想到"山川信美非吾土"，我就不禁有落寞之感。今天在富春江上，我丝毫也不会有什么落寞之感。正相反，我是越看越爱看，越爱看便越觉得幸福，在这风物如画的江上，我大有手舞足蹈之意了。

我当然也还感到有点美中不足。我从小就背诵梁代大文学家吴均的一篇名作《与宋元思书》。这封信里描绘的正是富春江的风景：

> 风烟俱净，天山共色。从流飘荡，任意东西。自富阳至桐庐，
> 一百许里，奇山异水，天下独绝。

下面就是对这"奇山异水"的描绘，那却是非常动人的。然而他讲的是"自富阳至桐庐"，我今天刚刚到了富阳，便戛然而止。好像是一篇绝妙的文章，只读了一个开头。这难道不是天大的憾事吗？然而，这一件憾事也自有它的绝妙之处，妙在含蓄。我知道前面还有更奇丽的景色，偏偏今天就不让你看到。我望眼欲穿，向着桐庐的方向望去，根据吴均的描绘，再加上我自己的幻想，把那一百多里的奇山异水给自己描绘得如阆苑仙境，自己感到无比的快乐，我的心好像就在这些奇山异水上飞驰。等到我耳边听到有点嘈杂声，是同伴们准备回去的时候了。我抬眼四望，唯见青螺数点，微痕一抹，出没于烟雨迷蒙中。

七
辑

　　柏林是我这一次万里长途旅行的目的地，是我的留学热的最后归宿，是我旧生命的结束，是我新生命的开始。在我眼中，柏林是一个无比美妙的地方。

火车上观日出

一九八四年十月

在晨光熹微中，我走出了卧铺车厢，走到了列车的走廊上。猛一抬头，我的全身连我的内心立刻激烈地震动了一下：东方正有一抹胭脂似的像月牙一般的红彤彤的东西腾涌出来。这是即将升起的朝阳，我心里想。

我年逾古稀，平生看日出多矣。有的是我有意去寻求的，比如泰山观日。整整五十年前，当时我还是一个青年小伙子，正在济南一个中学里教书。在旧历八月中秋，我约了两个朋友，从济南乘火车到泰安。当天下午我们就上了山。我只有二十三岁，正是精力旺盛的时候，我大跨步走过斗姆宫、快活三里、五大夫松，一气登上了南天门，丝毫也没有感到什么吃力，什么惊险。此时正是暮色四垂，阴影布上群山的时候，四顾寂无一人，万古的沉寂压在我们身上。在一个鸡毛小店里住了一夜。第二天，摸黑起来，披上店里的棉被，登上玉皇顶。此时东天逐渐苍白，我瞪大了眼睛，连眨眼都不敢，盼望奇迹的出现。可是左等右等，我等待的奇迹太阳只是不露面。等到东天布满了一片红霞时，再仔细一看，朝阳已经像一个红色的血球，徘徊于片片的白云中，原来太阳早已经出来了。

从那以后，过了四十多年，到了八十年代初，我第一次登上了"归来不看岳"的黄山。在北海住了三天。我曾同小泓摸黑起床，赶到一座小山顶上，那里已经黑压压地挤满了人。我们好不容易挤了上去，在人堆里争取了一块容身之地，静下心来，翘首东望，恭候日出。冬天原来是灰蒙蒙一片，只是比西方、南方、北方稍微显得白了亮了一点。但是，一转瞬间，亮度逐渐增高，由淡白转成了淡红，再由淡红转成了浓红，一片霞光照亮东天。再一转瞬，一牙红痕突然涌出，红痕慢慢向上扩大，由一点到一线，由一线到一片，一轮又圆又红的球终于跳出来了。

就这样，我在泰山和黄山这两个在全中国甚至全世界都以能观日出而声名远扬的名山上，看到了日出。是我自己处心积虑一意追求而得来。

我现在是在火车上，既非泰山，也非黄山。我做梦也没有想到会同观赏日出联系起来，我一点寻求的意思也没有。然而，仿佛眼前出现了奇迹：摆在我眼前的是不折不扣的日出。我内心的震惊不是完全很自然的吗？

这样的日出，从来没有听人说观赏过，连听人谈到过都没有。它同以前处心积虑一意追求看到的不一样，完完全全地不一样。不管在泰山，还是在黄山，我都是静止不动的。太阳虽然动，也只是在一个地方动，她安详自在，慢条斯理，威严端重，不慌不忙。她在我眼中是崇高的化身，是威仪的重现。正像印度大诗人泰戈尔每天早晨对着朝阳沉思默祷那样，太阳在我眼中也是神圣不可侵犯的。

然而现在却是另一番景象。火车风驰电掣，顷刻数里，一刻也不停。而太阳也是一刻也不停，穷追不舍。她仿佛是率领着白云、朝霞、沧海、苍穹，仿佛率领着她那些如云的随从，追赶着火车，追赶着车上的我，过山，过水，过森林，过小村。有时候我甚至看到她鬓云凌乱，衣冠不整。原来的端庄威严，安详自在，一点影子都没有了。是她在处心积虑，一意追求，追求着火车上的我，一定要我观看她的出现。此时我的心情简直是用任何言语也形容不出来了。

太阳一方面穷追不舍，一方面自己在不停地变幻。最初我只看到在淡红色的云堆中慢慢地涌出了一点红色月牙似的东西。月牙逐渐扩大，扩大，扩大，最初的颜色像是朱砂，眼睛能够直视。但是，随着体积的逐渐扩大，朱砂逐渐变为金黄，光芒越来越亮，到了最后，辉光焜耀，谁要是再想看她，她的光芒就要刺他的眼睛了。等到太阳高高升起的时候，她在天空里俯视大地，俯视火车，俯视火车中的我，她又恢复了她那端庄威严，安详自在的神态，虽然是仍然跟着火车走，却再也没有那种仓促急忙的样子了。

这短短的车上观日出的经历，对我来说，简直像是一次神秘的天启。它让我暂时离开了尘世，离开了火车，甚至离开了我自己。我体会到变中有不变，不变中又有变；我体会到变化与速度的交互融合，交互影响。这种体会，我是无法说清楚的。等我回到车厢内的时候，人们还在熟睡未醒。我仿佛怀着独得之秘，静静地坐在那里，回想刚才的一切，余味犹甘。一团焜耀的光辉还留在我的心中。

1984年10月17日在烟台写初稿

1992年7月10日在北京写定稿

黎明前的北京

一九八五年二月

前后加起来，我在北京已经住了四十多年，算是一个老北京了。北京的名胜古迹，北京的妙处，我应该说是了解的；其他老北京当然也了解。但是有一点，我相信绝大多数的老北京并不了解，这就是黎明时分以前的北京。

多少年来，我养成了一个习惯：每天早晨四点在黎明以前起床工作。我不出去跑步或散步，而是一下床就干活儿。因此我对黎明前的北京的了解是在屋子里感觉到的。我从前在什么报上读过一篇文章，讲黎明时分天安门广场上的清洁工人。那情景必然是非常动人的，可惜我从未能见到，只是心向往之而已。

四十年前，我住在城里在明朝曾经是特务机关的东厂里面。几座深深的大院子，在最里面三个院子里只住着我一个人。朋友们都说这地方阴森可怕，晚上很少有人敢来找我，我则怡然自得。每当夏夜，我起床以后，立刻就闻到院子里那些高大的马缨花树散发出来的阵阵幽香，这些香气破窗而入，我于此时神清气爽，乐不可支，连手中那一支笨拙的笔也仿佛生了花。

几年以后，我搬到西郊来住，照例四点起床，坐在窗前工作。白天透过窗子能够看到北京展览馆那金光闪闪的高塔的尖顶，此时当然看不到了。但是，我知道，即使我看不见它，它仍然在那里挺然耸入天空，仿佛想带给人以希望，以上进的劲头。我仍然是乐不可支，心也仿佛飞上了高空。

过了十年，我又搬了家。这新居既没有马缨花，也看不到金色的塔顶。但是门前却有一片清碧的荷塘。刚搬来的几年，池塘里还有荷花。夏天早晨四点已经算是黎明时分，在薄暗中透过窗子可以看到接天莲叶，而荷花的香气也幽然袭来，我顾而乐之，大有超出马缨花和金色塔顶之上的意味了。

难道我欣赏黎明前的北京仅仅由于上述的原因吗？不是的。三十几年以来，我成了一个"开会迷"。说老实话，积三十年之经验，我真有点怕开会了。在白天，一整天说不定什么时候就会接到开会的通知。说一句过火的话，我简直是提心吊胆，心里不得安宁。即使不开会，这种惴惴不安的心情总摆脱不掉。只有在黎明以前，根据我的经验，没有哪里会来找你开会的。因此，我起床往桌子旁边一坐，仿佛有什么近似条件反射的东西立刻就起了作用，我心里安安静静，一下子进入角色，拿起笔来，"文思"（如果也算是文思的话）如泉水喷涌，记忆力也像刚磨过的刀子，锐不可当。当时，我真是乐不可支，如果给我机会的话，我简直想手舞足蹈了。

因此，我爱北京，特别爱黎明前的北京。

我的童年

一九八六年六月

回忆起自己的童年来，眼前没有红，没有绿，是一片灰黄。

七十多年前的中国，刚刚推翻了清代的统治，神州大地，一片混乱，一片黑暗。我最早的关于政治的回忆，就是"朝廷"二字。当时的乡下人管当皇帝叫坐朝廷，于是"朝廷"二字就成了皇帝的别名。我总以为朝廷这种东西似乎不是人，而是有极大权力的玩意儿。乡下人一提到它，好像都肃然起敬。我当然更是如此。总之，当时皇威犹在，旧习未除，是大清帝国的继续，毫无万象更新之象。

我就是在这新旧交替的时刻，于1911年8月6日，生于山东省清平县（现改临清市）的一个小村庄——官庄。当时全中国的经济形势是南方富而山东（也包括北方其他省份）穷。专就山东论，是东部富而西部穷。我们县在山东西部又是最穷的县，我们村在穷县中是最穷的村，而我们家在全村中又是最穷的家。

我们家据说并不是一向如此。在我诞生前似乎也曾有过比较好的日子。可是我降生时祖父、祖母都已去世。我父亲的亲兄弟共有三人，最小的一个（大排行是第十一，我们把他叫一叔）送给了别人，改了姓。我父亲同另外的一个弟弟（九叔）孤苦伶仃，相依为命。房无一间，地无一垄，两个无父无母的孤儿，活下去是什么滋味，活着是多么困难，概可想见。他们的堂伯父是一个举人，是方圆几十里最有学问的人物，做官做到一个什么县的教谕，也算是最大的官。他曾养育过我父亲和叔父，据说待他们很不错。可是家庭大，人多是非多。他们俩有几次饿得到枣林里去捡落到地上的干枣充饥，最后还是被迫弃家（其实已经没了家）出走，兄弟俩逃到济南去谋生。"文化大革命"中我自己"跳出来"反对那一位臭名昭著的"第一张马列主义大字报"的作者，惹得她大发雌威，两次派人到我老家官庄去调查，一心一意要把我"打成"地主。老家的人告诉那几个"革命"小将，说如果开诉苦大会，季羡林是官庄的第一名诉苦者，他连贫农都不够。

我父亲和叔父到了济南以后，人地生疏，拉过洋车，扛过大件，当过警察，卖过苦力。叔父最终站住了脚。于是兄弟俩一商量，让我父亲回老家，叔父一个人留在济南挣钱，寄钱回家，供我的父亲过日子。

我出生以后，家境仍然是异常艰苦。一年吃白面的次数有限，平常只能吃红高粱面饼子；没有钱买盐，把盐碱地上的土扫起来，在锅里煮水，腌咸菜；什么香油，根本见不到。一年到底，就吃这种咸菜。举人的太太，我管她叫奶奶，她很喜欢我。我三四岁的时候，每天一睁眼，抬脚就往村里跑（我们家在村外），跑到奶奶跟前，只见她把手一卷，卷到肥大的袖子里面，手再伸出来的时候，就会有半个白面馒头拿在手中，递给我。我吃起来，仿佛是龙胆凤髓一般，我不知道天下还有比白面馒头更好吃的东西。这白面馒头是她的两个儿子（每家有几十亩地）特别孝敬她的。她喜欢我这个孙子，每天总省下半个，留给我吃。在长达几年的时间内，这是我每天最高的享受，最大的愉快。

大概到了四五岁的时候，对门住的宁大婶和宁大姑，每年夏秋收割庄稼的时候，总带我走出去老远到别人割过的地里去拾麦子或者豆子、谷子。一天辛勤之余，可以捡到一小篮麦穗或者谷穗。晚上回家，把篮子递给母亲，看样子她是非常喜欢的。有一年夏天，大概我拾的麦子比较多，她把麦粒磨成面粉，贴了一锅死面饼子。我大概是吃出味道来了，吃完了饭以后，我又偷了一块吃，让母亲看到了，赶着我要打。我当时是赤条条浑身一丝不挂，我逃到房后，往水坑里一跳。母亲没有法子下来捉我，我就站在水中把剩下的白面饼子尽情地享受了。

现在写这些事情还有什么意义呢？这些芝麻绿豆般的小事是不折不扣的身边琐事，使我终生受用不尽。它有时候能激励我前进，有时候能鼓舞我振作。我一直到今天对日常生活要求不高，对吃喝从不计较，难道同我小时候的这一些经历没有关系吗？我看到一些独生子女的父母那样溺爱子女，也颇不以为然。儿童是祖国的花朵，花朵当然要爱护；但爱护要得法，否则无异是坑害子女。

不记得是从什么时候起我开始学着认字，大概也总在四岁到六岁之间。我的老师是马景恭先生。现在我无论如何也记不起有什么类似私塾之类的场所，也记不起有什么《百家姓》、《千字文》之类的书籍。我那一个家徒四壁的家就没有一本书，连带字的什么纸条子也没有见过。反正我总是认了几个字，否则哪里来的老师呢？马景恭先生的存在是不能怀疑的。

虽然没有私塾，但是小伙伴是有的。我记得最清楚的有两个：一个叫杨狗，我前几年回家，才知道他的大名，他现在还活着，一字不识；另一个叫哑巴小（意思是哑巴的儿子），我到现在也没有弄清楚他姓甚名谁。我们三个天天在一起玩，浮水、打枣、捉知了、摸虾，不见不散，一天也不间断。后来听说哑巴小当了山大王，练就了一身蹿房越脊的惊人本领，能用手指抓住大庙的椽子，浑身悬空，围绕大殿走一周。有一次被捉住，是十冬腊月，赤身露体，浇上凉水，被捆起来，倒挂一夜，仍然能活着。据说他从来不到官庄来作案，"兔子不吃窝边草"，这是绿林英雄的义气。后来终于被捉杀掉。我每次想到这样一个光着屁股游玩的小伙伴竟成为这样一个"英雄"，就颇有骄傲之意。

我在故乡只待了六年，我能回忆起来的事情还多得很，但是我不想再写下去了。已经到了同我那一个一片灰黄的故乡告别的时候了。

我六岁那一年，是在春节前夕，公历可能已经是1917年，我离开父母，离开故乡，是叔父把我接到济南去的。叔父此时大概日子已经可以了，他兄弟俩只有我一个男孩子，想把我培养成人，将来能光大门楣，只有到济南去一条路。这可以说是我一生中最关键的一个转折点，否则我今天仍然会在故乡种地（如果我能活着的话），这当然算是一件好事。但是好事也会有成为坏事的时候。"文化大革命"中间，我曾有几次想到：如果我叔父不把我从故乡接到济南的话，我总能过一个浑浑噩噩但却舒舒服服的日子，哪能被"革命家"打倒在地，身上踏上一千只脚还要永世不得翻身呢？呜呼，世事多变，人生易老，真叫做没有法子！

到了济南以后，过了一段难过的日子。一个六七岁的孩子离开母亲，他心里会是什么滋味，非有亲身经历者，实难体会。我曾有几次从梦里哭着醒来。尽管此时不但能吃上白面馒头，而且还能吃上肉，但是我宁愿再啃红高粱饼子就苦咸菜。这种愿望当然只是一个幻想。我毫无办法，久而久之，也就习以为常了。

叔父望子成龙，对我的教育十分关心。先安排我在一个私塾里学习。老师是一个白胡子老头，面色严峻，令人见而生畏。每天入学，先向孔子牌位行礼，然后才是"赵钱孙李"。大约就在同时，叔父又把我送到一师附小去念书。这个地方在旧城墙里面，街名叫升官街，看上去很堂皇，实际上"官"者"棺"也，整条街都是做棺材的。此时五四运动大概已经起来了。校长是一师校长兼任，他是山东得风气之先的人物，在一个小学生眼里，他是一个大人物，轻易见不到面。想不到在十几年以后，我大学毕业到济南高中去教书的时候，我们俩竟成了同事，他是历史教员。我执弟子礼甚恭，他则再三逊谢。我当时觉得，人生真是变幻莫测啊！

因为校长是维新人物，我们的国文教材就改用了白话。教科书里面有一段课文，叫做《阿拉伯的骆驼》。故事是大家熟知的。但当时对我却是陌生而又新鲜，我读起来感到非常有趣味，简直是爱不释手。然而这篇文章却惹了祸。有一天，叔父翻看我的课本，我只看到他蓦地勃然变色。"骆驼怎么能说人话呢？"他愤愤然了，"这个学校不能念下去了，要转学！"

于是我转了学。转学手续比现在要简单得多，只经过一次口试就行了。而且口试也非常简单，只出了几个字叫我们认。我记得字中间有一个"骡"字，我认出来了，于是定为高一。一个比我大两岁的亲戚没有认出来，于是定为初三。为了一个字，我占了一年的便宜。这也算是轶事吧。

这个学校靠近南圩子墙，校园很空阔，树木很多。花草茂密，景色算是秀丽的。在用木架子支撑起来的一座柴门上面，悬着一块木匾，上面刻着四个大字："循规蹈矩"。我当时并不懂这四个字的含义，只觉得笔画多得好玩而已。我就天天从这个木匾下出出进进，上学，游戏。当时立匾者的用心到了后来我才了解，无非是想让小学生规规矩矩做好孩子而已。但是用了四个古怪的字，小孩子谁也不懂，结果形同虚设，多此一举。

我"循规蹈矩"了没有呢？大概是没有。我们有一个珠算教员，眼睛长得凸了出来，我们给他起了一个绰号，叫做 shao qianr（济南话，意思是知了）。他对待学生特别蛮横。打算盘，错一个数，打一板子。打算盘错上十个八个数，甚至上百数，是很难避免的。我们都挨了不少的板子。不知是谁一嘀咕："我们架（小学生的行话，意思是赶走）他！"立刻得到大家的同意。我们这一群十岁左右的小孩子也要"造反"了。大家商定：他上课时，我们把教桌弄翻，然后一起离开教室，躲在假山背后。我们自己认为这个锦囊妙计实在非常高明，如果成功了，这位教员将无颜见人，非卷铺盖回家不可。然而我们班上出了"叛徒"，虽然只有几个人，他们想拍老师的马屁，没有离开教室。这一来，大大长了老师的气焰，他知道自己还有"群众"，于是威风大振，把我们这一群不知天高地厚的"叛逆者"狠狠地用大竹板打手心打了一阵，我们每个人的手都肿得像发面馒头。然而没有一个人掉泪。我以后每次想到这一件事，觉得很可以写进我的"优胜纪略"中去。"革命无罪，造反有理"，如果当时就有那一位伟大的"革命家"创造了这两句口号，那该有多么好呀！

谈到学习，我记得在三年之内，我曾考过两个甲等第三（只有三名甲等），两个乙等第一，总起来看，属于上等，但是并不拔尖。实际上，我当时并不用功，玩的时候多，念书的时候少。我们班上考甲等第一的叫李玉和，年年都是第一。他比我大五六岁，好像已经很成熟了，死记硬背，刻苦努力，天天皱着眉头，不见笑容，也不同我们打闹。我从来就是少无大志，一点也不想争那个状元。但是我对我这一位老学长并无敬意，还有点瞧不起的意思，觉得他是非我族类。

我虽然对正课不感兴趣，但是也有我非常感兴趣的东西，那就是看小说。我叔父是古板人，把小说叫做"闲书"，闲书是不许我看的。在家里的时候，我书桌下面有一个盛白面的大缸，上面盖着一个用高粱秆编成的"盖垫"

（济南话）。我坐在桌旁，桌上摆着《四书》，我看的却是《彭公案》、《济公传》、《西游记》、《三国演义》等等旧小说。《红楼梦》大概太深，我看不懂其中的奥妙，黛玉整天价哭哭啼啼，为我所不喜，因此看不下去。其余的书都是看得津津有味。冷不防叔父走了进来，我就连忙掀起盖垫，把闲书往里一丢，嘴巴里念起"子曰"、"诗云"来。

到了学校里，用不着防备什么，一放学，就是我的天下。我往往躲到假山背后，或者一个盖房子的工地上，拿出闲书，狼吞虎咽似的大看起来。常常是忘记了时间，忘记了吃饭，有时候到了大黑，才摸回家去。我对小说中的绿林好汉非常熟悉，他们的姓名背得滚瓜烂熟，连他们用的兵器也如数家珍，比教科书熟悉多了，自己当然也希望成为那样的英雄。有一回，一个小朋友告诉我，把右手五个指头往大米缸里猛戳，一而再，再而三，一直到几百次，上千次，练上一段时间以后，再换上沙粒，用手猛戳，最终可以练成铁沙掌，五指一戳，能够戳断树木。我颇想有一个铁沙掌，信以为真，猛练起来，结果把指头戳破了，鲜血直流。知道自己与铁沙掌无缘，遂停止不练。

学习英文，也是从这个小学开始的。当时对我来说，外语是一种非常神奇的东西。我认为，方块字是天经地义，不用方块字，只弯弯曲曲像蚯蚓爬过的痕迹一样，居然能发出音来，还能有意思，简直是不可思议。越是神秘的东西，便越有吸引力。英文对于我就有极大的吸引力。我万没有想到望之如海市蜃楼般的可望而不可即的东西竟然唾手可得了。我现在已经记不清楚，学习的机会是怎么来的。大概是有一位教员会一点英文，他答应晚上教一点，可能还要收点学费。总之，一个业余英文学习班很快就组成了，大概有十几个孩子。究竟学了多久，我已经记不清楚，时候好像不太长，学的东西也不太多，二十六个字母以后，学了一些单词。我当时有一个非常伤脑筋的问题：为什么"是"和"有"算是动词，它们一点也不动嘛？当时老师答不上来；到了中学，英文老师也答不上来。当年用"动词"来译英文的 verb 的人，大概不会想到他这个译名惹下的祸根吧。

每次回忆学习英文的情景时，我眼前总有一团零乱的花影，是绛紫色的芍药花。原来在校长办公室前的院子里有几个花畦，春天一到，芍药盛开，都是绛紫色的花朵。白天走过那里，紫花绿叶，极为分明。到了晚上，英文课结束后，再走过那个院子，紫花与绿叶化成一个颜色，朦朦胧胧的一堆一团，因为有白天的印象，所以还知道它们的颜色。但夜晚眼前却只能看到花影，鼻子似乎有点花香而已。这一幅情景伴随了我一生，只要是一想起学习英文，这一幅美妙无比的情景就浮现到眼前来，带给我无量的幸福与快乐。

然而时光像流水一般飞逝，转瞬三年已过，我小学该毕业了，我要告别这一个美丽的校园了。我十三岁那一年，考上了城里的正谊中学。我本来是想考鼎鼎大名的第一中学的。但是我左衡量，右衡量，总觉得自己这一块料分量不够，还是考与"烂育英"齐名的"破正谊"吧。我上面说到我幼无大志，这又是一个证明。正谊虽"破"，风景却美。背靠大明湖，万顷苇绿，十里荷香，不啻人间乐园。然而到了这里，我算是已经越过了童年，不管正谊的学习生活多么美妙，我也只好搁笔，且听下回分解了。

综观我的童年，从一片灰黄开始，到了正谊算是到达了一片浓绿的境界——我进步了。但这只是从表面上来看，从生活的内容上来看，依然是一片灰黄。即使到了济南，我的生活也难找出什么有声有色的东西。我从来没有什么玩具，自己把细铁条弄成一个圈，再弄个钩一推，就能跑起来，自己就非常高兴了。贫困、单调、死板、固执，是我当时生活的写照。接受外面信息，仅凭五官。什么电视机、收录机，连影都没有。我小时连电影也没有看过，其余概可想见了。

今天的儿童有福了。他们有多少花样翻新的玩具呀！他们有多少儿童乐园、儿童活动中心呀！他们饿了吃面包，渴了喝这可乐、那可乐，还有牛奶、冰激凌；电影看厌了，看电视；广播听厌了，听收录机。信息从天空、海外，越过高山大川，纷纷蜂拥而来，他们才真是"儿童不出门，便知天下事"。可是他们偏偏不知道旧社会。就拿我来说，如果不认真回忆，我对旧社会的情景也逐渐淡漠，有时竟淡如云烟了。

今天我把自己的童年尽可能真实地描绘出来，不管还多么不全面，不管怎样挂一漏万，也不管我的笔墨多么拙笨，就是上面写出来的那些，我们今天的儿童读了，不是也可以从中得到一点启发，从中悟出一些有用的东西来吗？

怀念西府海棠

一九八七年四月

暮春三月，风和日丽。我偶尔走过办公楼前面。在盘龙石阶的两旁，一边站着一棵翠柏，浑身碧绿，扑入眉宇，仿佛是从地心深处涌出来的两股青色的力量，喷薄腾越，顶端直刺蔚蓝色的晴空，其气势虽然比不上杜甫当年在孔明祠堂前看到的那一些古柏："苍皮溜雨四十围，黛色参天二千尺。"然而看到它，自己也似乎受到了感染，内心里溢满了力量。我顾而乐之，流连不忍离去。

然而，我的眼前蓦地一闪，就在这两棵翠柏站立的地方出现了两棵西府海棠，正开着满树繁花，已经绽开的花朵呈粉红色，没有绽开的骨朵呈鲜红色，粉红与鲜红，纷纭交划，宛如半天的粉红色彩云。成群的蜜蜂飞舞在花朵丛中，嗡嗡的叫声有如春天的催眠曲。我立刻被这色彩和声音吸引住，沉醉于其中了。眼前再一闪，翠柏与海棠同时站立在同一个地方，两者的影子重叠起来，翠绿与鲜红纷纭交错起来了。

这是怎么一回事呢？

我一时有点茫然、懵然；然而不需要半秒钟，我立刻就意识到，眼前的翠柏与海棠都是现实，翠柏是眼前的现实，海棠则是过去的现实，它确曾在这个地方站立过，而今这两个现实又重叠起来，可是过去的现实早已化为灰烬，随风飘零了。

　　事情就发生在十年浩劫期间。一时忽然传说：养花是修正主义，最低的罪名也是玩物丧志。于是"四人帮"一伙就在海内名园燕园大肆"斗私、批修"，先批人，后批花木，几十年上百年的老丁香花树砍伐殆尽，屡见于清代笔记中的几架古藤萝也被斩草除根，几座楼房外面墙上爬满了的"爬山虎"统统拔掉，办公楼前的两棵枝干繁茂绿叶葳蕤的西府海棠也在劫难逃。总之，一切美好的花木，也像某一些人一样，被打翻在地，身上踏上了一千只脚，永世不得翻身了。

　　这两棵西府海棠在老北京是颇有一点名气的。据说某一个文人的笔记中还专门讲到过它。熟悉北京掌故的人，比如邓拓同志等，生前每到春天都要来园中探望一番。我自己不敢说对北京掌故多么熟悉，但是，每当西府海棠开花时，也常常自命风雅，到树下流连徘徊，欣赏花色之美，听一听蜜蜂的鸣声，顿时觉得人间毕竟是非常可爱的，生活毕竟是非常美好的，胸中的干劲陡然腾涌起来，我的身体好像成了一个蓄电瓶，看到了西府海棠，便仿佛蓄满了电，能够在自己所从事的工作中精神抖擞地驰骋一气了。

　　中国古代的诗人中，喜爱海棠者颇不乏人。大家欣赏海棠之美，但颇以海棠无香为憾，在古代文人的笔记和诗话中，有很多地方谈到这个问题，可见文人墨客对海棠的关心。宋代著名的爱国大诗人陆游有几首《花时遍游诸家园》的诗，其中之一是讲海棠的：

> 为爱名花抵死狂，
> 只愁风日损红芳。
> 绿章夜奏通明殿，
> 乞借春阴护海棠。

　　陆游喜爱海棠达到了何等疯狂的地步啊！稍有理智的人都应当知道，海棠与人无争，与世无忤，绝不会伤害任何人的；它只能给人间增添美丽，给人们带来喜悦，能让人们热爱自然，热爱祖国。然而，就连这样天真无邪的海棠也难逃"四人帮"的毒手。燕园内的两棵西府海棠现在已经不知道消逝到什么地方去了，这也算是一种"含冤逝世"吧。代替它站在这里的是两棵翠柏。翠柏也是我所喜爱的，它也能给人们带来美感享受，我毫无贬低翠柏的意思。但是，以燕园之大，竟不能给海棠留一点立足之地，一定要铲除海棠，栽上翠柏，一定要争这方尺之地，翠柏而有知，自己挤占了海棠的地方，也会感到对不起海棠吧！

"四人帮"要篡党夺权，有一些事情容易理解；但是砍伐花木，铲除海棠，仿佛这些花木真能抓住他们那罪恶的黑手，令人百思不得其解。宋代苏洵在《辨奸论》中说："凡事之不近人情者，鲜不为大奸慝。"砍伐西府海棠之不近人情，一望而知。爱好美好的东西是人类的天性，任何人都有权利爱好美好的东西，花木当然也包括在里面。然而"四人帮"却偏要违反人性，必欲把一切美好的东西铲除净尽而后快。他们这一伙人是大奸慝，已经丝毫无可怀疑了。

事情已经过去了将近二十年，为什么西府海棠的影子今天又忽然展现在我的眼前呢？难道说是名花有灵，今天向我"显圣"来了么？难道说它是向我告状来了么？可惜我一非包文正，二非海青天，更没有如来佛起死回生的神通，我所有的能耐至多也只能一洒同情之泪，我还有什么话可说呢？

我从来不相信什么神话，但是现在我真想相信起来，我真希望有一个天国。可是我知道，须弥山已经为印度人所独占，他们把自己的天国乐园安放在那里。昆仑山又为中国人所垄断，王母娘娘就被安顿在那里。我现在只能希望在辽阔无垠的宇宙中间还能有那么一块干净的地方，能容得下一个阆苑乐土。那里有四时不谢之花、八节长春之草，大地上一切花草的魂魄都永恒地住在那里，随时、随地都是花团锦簇，五彩缤纷。我们燕园中被无端砍伐了的西府海棠的魂灵也遨游其间。我相信，它绝不会忘记了自己待了多年的美丽的燕园，每当三春繁花盛开之际，它一定会来到人间，驾临燕园，风前月下，凭吊一番。"环佩空归月下魂"，明妃之魂归来，还有环佩之声。西府海棠之魂归来时，能有什么迹象呢？我说不出，我只能时时来到办公楼前，在翠柏影中，等候倩魂。我是多么想为海棠招魂啊！结果恐怕只能是"上穷碧落下黄泉，两处茫茫皆不见"了。奈何，奈何！

在这风和日丽的三月，我站在这里，浮想联翩，怅望晴空，眼睛里流满了泪水。

1987年4月26日写于上海华东师范大学专家招待所。行装甫卸，倦意犹存。在京构思多日的这篇短文，忽然躁动于心中，于是悚然而起，援笔立就，如有天助，心中甚喜。

为胡适说几句话
一九八七年十一月

在中国近现代史上，胡适是一个起过重要作用但争议又非常多的人物。过去，在极"左"思想的支配下，我们曾一度把他完全抹杀，把他说得一文不值，反动透顶。十一届三中全会以后，我们看问题比较实事求是了。因此对胡适的评价也有了一些改变。但是，最近我在一份报刊上一篇文章中读到（胡适）"一生追随国民党和蒋介石"，好像他是一个铁杆国民党员、蒋介石的崇拜者。根据我的了解，好像事情不完全是这个样子，因此禁不住要说几句话。

胡适不赞成共产主义，这是一个事实，是谁也否认不掉的。但是，他是不是就是死心塌地地拥护国民党和蒋介石呢？这是一个值得探讨的问题。他从来就不是国民党员，他对国民党并非一味地顺从。他服膺的是美国的实验主义，他崇拜的是美国的所谓民主制度。只要不符合这两个尺度，他就挑点小毛病，闹点独立性。对国民党也不例外。最著名的例子是他在《新月》

上发表的文章：《知难行亦不易》，是针对孙中山先生的著名的学说"知难行易"的。我在这里不想讨论"知难行易"的哲学奥义，也不想涉及孙中山先生之所以提出这样主张的政治目的。我只想说，胡适敢于对国民党的"国父"的重要学说提出异议，是需要一点勇气的。蒋介石从来也没有听过"国父"的话，他打出孙中山先生的牌子，其目的只在于欺骗群众。但是，有谁胆敢碰这块牌子，那是断断不能容许的。于是，文章一出，国民党蒋介石的御用党棍一下子炸开了锅，认为胡适简直是大不敬，竟敢在太岁头上动土，一犬吠影，百犬吠声，这群走狗一拥而上。但是，胡适却一笑置之，这一场风波不久也就平息下去了。

另外一个例子是胡适等新月派的人物曾一度宣扬"好人政府"，他们大声疾呼，一时甚嚣尘上。这立刻又引起了一场喧闹。有人说，他们这种主张等于不说，难道还有什么人主张坏人政府吗？但是，我个人认为，在国民党统治下而提倡好人政府，其中隐含着国民党政府不是好人政府的意思。国民党之所以暴跳如雷，其原因就在这里。

这样的小例子还可以举出一些来，但是，这两个也就够了。它充分说明，胡适有时候会同国民党闹一点小别扭。个别"诛心"的君子义正词严地昭告天下说，胡适这样做是为了向国民党讨价还价。我没有研究过"特种"心理学，对此不敢赞一词，这里且不去说它。至于这种小别扭究竟能起什么作用，也不在我研究的范围之内，也不去说它了。我个人觉得，这起码表明胡适不是国民党蒋介石的忠顺奴才。

但是，解放以后，我们队伍中的一些人创造了一个新术语，叫做"小骂大帮忙"。胡适同国民党闹点小别扭就归入这个范畴。什么叫"小骂大帮忙"呢？理论家们说，胡适同国民党蒋介石闹点小别扭，对他们说点比较难听的话，这就叫做"小骂"。通过这样的"小骂"，给自己涂上一层保护色，这种保护色是有欺骗性的，是用来迷惑人民的。到了关键时刻，他又出来为国民党讲话。于是人民都相信了他的话，天下翕然从之，国民党就"万寿无疆"了。这样的"理论"未免低估了中国老百姓的觉悟水平。难道我们的老百姓真正这样糊涂、这样低能吗？国民党反动派最后垮台的历史，也从反面证明了这种说法是不正确的，是不符合实际情况的。把胡适说得似乎比国民党的中统、军统以及其他助纣为虐的忠实走狗还要危险，还要可恶，也是不符合实际情况的。

我最近常常想到，解放以后，我们中国的知识分子学习了辩证法，对于这一件事无论怎样评价也不会过高的。但是，正如西方一句俗语所说的那样：一切闪光的不都是金子。有人把辩证法弄成了诡辩术，老百姓称之为"变戏法"。辩证法稍一过头，就成了形而上学、唯心主义、教条主义，就成了真正的变戏法。一个最著名的例子就是，在封建时代赃官比清官要好。清官能延长封建统治的寿命，而赃官则能促其衰亡。周兴、来俊臣一变而为座上宾，包拯、海瑞则成了阶下囚。当年我自己也曾大声疾呼宣扬这种荒谬绝伦的谬论，以为这才是真正的辩证法，为了自己这种进步，这种"顿悟"，而心中沾沾自喜。一回想到这一点，我脸上就不禁发烧。我觉得，持"小骂大帮忙"论者的荒谬程度，与此不相上下。

上面讲的对胡适的看法，都比较抽象。我现在从回忆中举两个具体的例子。我于1946年回国后来北大工作，胡适是校长，我是系主任，在一起开会、见面讨论工作的机会是非常多的。我们俩都是国立北平图书馆的什么委员，又是北大文科研究所的导师，更增加了见面的机会。同时，印度尼赫鲁政府派来了一位访问教授师觉月博士和六七位印度留学生。胡适很关心这一批印度客人，经常要见见他们，到他们的住处去看望，还请他们吃饭。他把照顾印度朋友的任务交给了我。所有这一切都给了我更多的机会，来观察、了解胡适这样一个当时在学术界和政界都红得发紫的大人物。我写的一些文章也拿给他看，他总是连夜看完，提出评价。他这个人对任何人都是和蔼可亲的，没有一点盛气凌人的架子，这一点就是拿到今天来也是颇为难能可贵的。今天我们个别领导干部那种目中无人、天上天下唯我独尊的气势我们见到的还少吗？根据我几年的观察，胡适是一个极为矛盾的人物。要说他没有政治野心，那不是事实。但是，他又死死抓住学术研究不放。一谈到他有兴趣的学术问题，比如说《水经注》、《红楼梦》、神会和尚等等，他便眉飞色舞，忘掉了一切，颇有一些书呆子的味道。蒋介石是流氓出身，一生也没有脱掉流氓习气，他实际上是玩胡适于股掌之上。可惜胡适对于这一点似乎并不清醒。有一度传言，蒋介石要让胡适当总统。连我这个政治幼儿园的小学生也知道，这根本是不可能的，这是一场地地道道的骗局。可胡适似乎并不这样想，当时他在北平的时候不多，经常乘飞机来往于北平南京之间，仆仆风尘，极为劳累，他却似乎乐此不疲。我看他是一个异常聪明的糊涂人，这就是他留给我的总印象。

我现在谈两个小例子。首先谈胡适对学生的态度。我到北大以后，正是解放战争激烈地展开、国民党反动派垂死挣扎的时候。北大学生一向是在政治上得风气之先的，在反对国民党反动统治方面，也是如此。北大的民主广场号称北平城内的"解放区"。学生经常从这里列队出发，到大街上游行示威，反饥饿，反迫害，反内战。国民党反动派大肆镇压，逮捕学生。从"小骂大帮忙"的理论来看，现在应当是胡适挺身出来给国民党帮忙的时候了，是他协助国民党反动派压制学生的时候了。但是，据我所知道的，胡适并没有这样干，而是张罗着保释学生，好像有一次他还亲自找李宗仁，想利用李的势力让学生获得自由。有的情景是我亲眼目睹的，有的是听到的，恐怕与事实不会相距过远。

还有一件小事，是我亲身经历的。大约在1948年的秋天，人民解放军已经对北平形成了一个大包围圈，蒋介石集团的末日快要来临了。有一天我到校长办公室去见胡适，商谈什么问题。忽然走进来一个人——我现在忘记是谁了，告诉胡适说，解放区的广播电台昨天夜里有专门给胡适的一段广播，劝他不要跟着蒋介石集团逃跑，将来让他当北京大学校长兼北京图书馆馆长。我们在座的人听了这个消息，都非常感兴趣，都想看一看胡适怎样反应。只见他听了以后，既不激动，也不愉快，而是异常地平静，只微笑着说一句："他们要我吗？"短短的五个字道出了他的心声。看样子他已经胸有成竹，要跟国民党逃跑。但又不能说他对共产党有刻骨的仇恨。不然，他决不会如此镇定自若，他一定会暴跳如雷，大骂一通，来表示自己对国民党和蒋介石的忠诚。我这种推理是不是实事求是呢？我认为是的。

总之，我认为胡适是一位非常复杂的人物，他反对共产主义，但是拿他那一把美国尺子来衡量，他也不见得赞成国民党。在政治上，他有时候想下水，但又怕湿了衣裳。他一生就是在这种矛盾中度过的。他晚年决心回国定居，说明他还是热爱我们祖国大地的。因此，说他是美国帝国主义的走狗，说他"一生追随国民党和蒋介石",都不符合实际情况。

解放后,我们有过一段极"左"的历史,对胡适的批判不见得都正确。十一届三中全会以后,我们拨乱反正,知人论世,真正的辩证法多了,形而上学、教条主义、似是而非的伪辩证法少了。我觉得,这是了不起的成就,了不起的转变。在这种精神的鼓舞下,我为胡适说了上面这一些话,供同志们探讨时参考。

晨趣

一九八八年十月

一抬头,眼前一片金光:朝阳正跳跃在书架顶上玻璃盒内日本玩偶藤娘身上,一身和服,花团锦簇,手里拿着淡紫色的藤萝花,都熠熠发光,而且闪烁不定。

我开始工作的时候,窗外暗夜正在向前走动。不知怎样一来,暗夜已逝,旭日东升。这阳光是从哪里流进来的呢?窗外一棵高大的梧桐树,枝叶繁茂,仿佛张开了一张绿色的网。再远一点,在湖边上是成排的垂柳。所有这一些都不利于阳光的穿透。然而阳光确实流进来了,就流在藤娘身上……

然而,一转瞬间,阳光忽然又不见了,藤娘身上,一片阴影。窗外,在梧桐和垂柳的缝隙里,一块块蓝色的天空。成群的鸽子正盘旋飞翔在这样的天空里,黑影在蔚蓝上面划上了弧线。鸽影落在湖中,清晰可见,好像比天空里的更富有神韵,宛如镜花水月。

朝阳越升越高,透过浓密的枝叶,一直照到我的头上。我心中一动,阳光好像有了生命,它启迪着什么,它暗示着什么。我忽然想到印度大诗人泰戈尔,每天早上对着初升的太阳,静坐沉思,幻想与天地同体,与宇宙合一。我从来没达到这样的境界，我没有这一份福气。可是我也感到太阳的威力，心中思绪腾翻，仿佛也能洞察三界，透视万有了。

现在我正处在每天工作的第二阶段的开头上。紧张地工作了一个阶段以后，我现在想缓松一下，心里有了余裕，能够抬一抬头，向四周，特别是窗外观察一下。窗外风光如旧，但是四季不同：春花，秋月，夏雨，冬雪，情趣各异，动人则一。现在正是夏季，浓绿扑人眉宇，鸽影在天，湖光如镜。多少年来，当然都是这个样子。为什么过去我竟视而不见呢？今天，藤娘身上一点闪光，仿佛照透了我的心，让我抬起头来，以崭新的眼光来衡量一切，眼前的东西既熟悉，又陌生，我仿佛搬到了一个新的地方，把我好奇的童心一下子都引逗起来了。我注视着藤娘，我的心却飞越茫茫大海，飞到了日本，怀念起赠送给我藤娘的室伏千律子夫人和室伏佑厚先生一家来。真挚的友情温暖着我的心……

窗外太阳升得更高了。梧桐树椭圆的叶子和垂柳的尖长的叶子，交织在一起，椭圆与细长相映成趣。最上一层阳光照在上面，一片嫩黄；下一层则处在背阴处，一片黑绿。远处的塔影，屹立不动。天空里的鸽影仍然在划着或长或短、或远或近的弧线。再把眼光收回来，则看到里面窗台上摆着的几盆君子兰，深绿肥大的叶子，给我心中增添了绿色的力量。

多么可爱的清晨，多么宁静的清晨！

此时我怡然自得，其乐陶陶。我真觉得，人生毕竟是非常可爱的，大地毕竟是非常可爱的。我有点不知老之已至了。我这个从来不写诗的人心中似乎也有了一点诗意。

此身合是诗人未？
鸽影湖光入目明。

我好像真正成为一个诗人了。

忆念胡也频先生

一九九〇年二月

　　胡也频，这个在中国近代革命史上和文学史上宛如夏夜流星一闪即逝但又留下永恒光芒的人物，知道其名者很多很多，但在脑海中尚能保留其生动形象者，恐怕就很少很少了。

　　我有幸是其中的一个。

　　我初次见到胡先生是六十年前在山东济南省立高中的讲台上。我当时只有十八岁，是高中三年级的学生。他个子不高，人很清秀，完全是一副南方人的形象。此时日军刚刚退出了占领一年的济南，国民党的军队开了进来，教育有了改革。旧日的山东大学附设高中改为省立高中。校址由绿柳红荷交相辉映的北园搬到车水马龙的杆石桥来，环境大大地改变了，校内颇有一些新气象。专就国文这一门课程而谈，在一年前读的还是《诗经》、《书经》和《古文观止》一类的书籍，现在完全改为读白话文学作品。作文也由文言文改为白话文，教员则由前清的翰林、进士改为新文学家。对于我们这一批年轻的大孩子来说，顿有耳目为之一新的感觉，大家都兴高采烈了。

　　高中的新校址是清代的一个什么大衙门，崇楼峻阁，雕梁画栋，颇有一点威武富贵的气象。尤其令人难忘的是里面有一个大花园。园子的全盛时期早已成为往事，花坛不修，水池干涸，小路上长满了草。但是花木却依然青翠茂密，浓绿扑人眉宇。到了春天、夏天，仍然开满似锦的繁花，把这古园点缀得明丽耀目。枝头、丛中时有鸟鸣声，令人如入幽谷。老师们和学生们有时来园中漫步，各得其乐。

胡先生的居室就在园门口旁边，常见他走过花园到后面的课堂中去上课。他教书同以前的老师完全不同。他不但不讲《古文观止》，好像连新文学作品也不大讲。每次上课，他都在黑板上大书"什么是现代文艺？"几个大字，然后滔滔不绝地讲了起来，直讲得眉飞色舞，浓重的南方口音更加难懂了。下一次上课，黑板上仍然是七个大字："什么是观代文艺？"我们这一群年轻的大孩子听得简直像着了迷。我们按照他的介绍买了一些当时流行的马克思主义文艺理论书籍。那时候，"马克思主义"这个词儿是违禁的，人们只说"普罗文学"或"现代文学"，大家心照不宣，谁都了解。有几本书的作者我记得名叫弗里茨，以后再也没见到这个名字。这些书都是译文，非常难懂，据说是从日文转译的俄国书籍。恐怕日文译者就不太懂俄文原文，再转为汉文，只能像"天书"了。我们当然不能全懂，但是仍然怀着朝圣者的心情，硬着头皮读下去。生吞活剥，在所难免。然而"现代文艺"这个名词却时髦起来，传遍了高中的每一个角落，仿佛为这古老的建筑增添了新的光辉。

我们这一批年轻的中学生其实并不真懂什么"现代文艺"，更不全懂什么叫"革命"。胡先生在这方面没有什么解释。但是我们的热情却是高昂的，高昂得超过了需要。当时还是国民党的天下，学校大权当然掌握在他们手中。国民党最厌恶、最害怕的就是共产党，似乎有不共戴天之仇，必欲除之而后快。在这样的气氛下，胡先生竟敢明目张胆地宣传"现代文艺"，鼓动学生革命，真如太岁头上动土。国民党对他的仇恨是完全可以想象的。

胡先生却是处之泰然。我们阅世未深，对此完全是麻木的。胡先生是有社会经历的人，他应该知道其中的利害，可是他也毫不在乎。只见他那清瘦的小个子，在校内课堂上，在那座大花园中，迈着轻盈细碎的步子，上身有点向前倾斜，匆匆忙忙，仓仓促促，满面春风，忙得不亦乐乎。他照样在课堂上宣传他的"现代文艺"，侃侃而谈，视敌人如草芥，宛如走入没有敌人的敌阵中。

他不但在课堂上宣传，还在课外进行组织活动。他号召组织了一个现代文艺研究会，由几个学生积极分子带头参加，公然在学生宿舍的走廊上，摆上桌子，贴出布告，昭告全校，踊跃参加。当场报名、填表，一时热闹得像是过节一样。时隔六十年，一直到今天，当时的情景还历历如在眼前，当时的笑语声还在我耳畔回荡，留给我的印象之深，概可想见了。

有了这样一个组织，胡先生还没有满足，他准备出一个刊物，名称我现在忘记了。第一期的稿子中有我的一篇文章，名叫《现代文艺的使命》。内容现在完全忘记了，无非是革命，革命，革命之类。以我当时的水平之低，恐怕都是从"天书"中生吞活剥地抄来了一些词句，杂凑成篇而已，决不会是什么像样的文章。

正在这时候，当时蜚声文坛的革命女作家、胡先生的夫人丁玲女士到了济南省立高中，看样子是来探亲的。她是从上海来的。当时上海是全国最时髦的城市，领导全国的服饰的新潮流。丁玲的衣着非常讲究，大概代表了上海最新式的服装。相对而言，济南还是相当闭塞淳朴的。丁玲的出现，宛如飞来的一只金凤凰，在我们那些没有见过世面的青年学生眼中，她浑身闪光，辉耀四方。

记得丁玲那时候比较胖，又穿了非常高的高跟鞋，济南比不了上海，马路坑坑洼洼，高低不平。高中校内的道路，更是年久失修。穿平底鞋走上去都不太牢靠，何况是高跟鞋。看来丁玲就遇上了"行路难"的问题。胡先生个子比丁玲稍矮，夫人"步履维艰"，有时要扶着胡先生才能迈步。我们这些年轻的学生看了这情景，觉得非常有趣。我们就窃窃私议，说胡先生成了丁玲的手杖。我们其实不但毫无恶意，而且是充满了敬意的。我们心中真觉得胡先生是一个好丈夫，因此对他更增加了崇敬之感，对丁玲我们同样也是尊敬的。

不管胡先生怎样处之泰然，国民党却并没有睡觉。他们的统治机器当时运转得还是比较灵的。国民党对抗大清帝国和反动军阀有过丰富的斗争经验，老谋深算，手法颇多。相比之下，胡先生这个才不过二十多岁的真正的革命家，却没有多少斗争经验，专凭一股革命锐气，革命斗志超过革命经验，宛如初生的犊子不怕虎一样，头顶青天，脚踏大地，把活动都摆在光天化日之下。这确实值得尊敬。但是，勇则勇矣，面对强大的掌握大权的国民党，是注定要失败的。这一点，我始终不知道胡先生是否意识到了。这个谜将永远成为一个谜了。

　　事情果然急转直下，有一天，国文课堂上见到的不再是胡先生那瘦小的身影，而是一位完全陌生的老师。全班学生都为之愕然。小道消息说，胡先生被国民党通缉，连夜逃到上海去了。到了第二年，1931年，他就同柔石等四人在上海被国民党逮捕，秘密杀害，身中十几枪。当时他只有二十八岁。鲁迅先生当时住在上海，听到这消息以后，他怒发冲冠，拿起如椽巨笔，写了这样一段话："我们现在以十分的哀悼和铭记，纪念我们的战死者，也就是要牢记中国无产阶级革命文学的历史的第一页，是同志的鲜血所记录，永远在显示敌人的卑劣的凶暴和启示我们的不断的斗争。"（《二心集》）这一段话在当时真能掷地作金石声。

　　胡先生牺牲到现在已经六十年了。如果他能活到现在，也不过八十七八岁，在今天还不算是太老，正是"余霞尚满天"的年龄，还是大有可为的。而我呢，在这一段极其漫长的时间内，经历了极其曲折复杂的行程，天南海北，神州内外，高山大川，茫茫巨浸；走过阳关大道，也走过独木小桥，在"空前的十年"中，几乎走到穷途。到了今天，我已由一个不到二十岁的中学生变成了皤然一翁，心里面酸甜苦辣，五味俱全。但是胡先生的身影忽然又出现在眼前，我有点困惑。我真愿意看到这个身影，同时却又害怕看到这个身影，我真有点诚惶诚恐了。我又担心，等到我这一辈人同这个世界告别以后，脑海中还能保留胡先生身影者，大概也就要完全彻底地从地球上消逝了。对某一些人来说，那将是一个永远无法弥补的损失。在这里，我又有点欣慰：看样子，我还不会在短期中同地球"拜拜"。只要我在一天，胡先生的身影就能保留一天。愿这一颗流星的光芒尽可能长久地闪耀下去。

　　我从来没有想到，我能活到八十岁；如今竟然活到了八十岁，然而又一点也没有八十岁的感觉。岂非咄咄怪事！

　　我向无大志，包括自己活的年龄在内。我的父母都没有活过五十；因此，我自己的原定计划是活到五十。这样已经超过了父母，很不错了。不知怎么一来，宛如一场春梦，我活到了五十岁。那里正值所谓三年自然灾害，我流年不利，颇挨了一阵子饿。但是，我是"曾经沧海难为水"，在二次世界大战时，我正在德国，我经受了而今难以想象的饥饿的考验，以致失去了饱的感觉。我们那一点灾害，同德国比起来，真如小巫见大巫；我从而顺利地渡过了那一场灾难，而且我当时的精神面貌是我一生最好的时期，一点苦也没有感觉到，于不知不觉中冲破了我原定的年龄计划，渡过了五十岁大关。

　　五十一过，又仿佛一场春梦似的，一下子就到了古稀之年，不容我反思，不容我踟蹰。其间跨越了一个十年浩劫。我当然是在劫难逃，被送进牛棚。我现在不知道应当感谢哪一路神灵：佛祖、上帝、安拉；由于一个万分偶然的机缘，我没有走上绝路，活下来了。活下来了，我不但没有感到特别高兴，反而时有悔愧之感在咬我的心。活下来了，也许还是有点好处的。我一生写作翻译的高潮，恰恰出现在这个期间。原因并不神秘：我获得了余裕和时间。在浩劫期间，我被打得一佛出世，二佛升天。后来不打不骂了，我却变成了"不可接触者"。在很长时间内，我被分配挖大粪，看门房，守电话，发信件。没有以前的会议，没有以前的发言。没有人敢来找我，很少人有勇气同我谈上几句话。一两年内，没收到一封信。我服从任何人的调遣与指挥，只敢规规矩矩，不敢乱说乱动。然而我的脑筋还在，我的思想还在，我的感情还在，我的理智还在。我不甘心成为行尸走肉，我必须干点事情。二百多万字的印度大史诗《罗摩衍那》，就是在这时候译完的。"雪夜闭门写禁文"，自谓此乐不减羲皇上人。

又仿佛是一场缥缈的春梦，一下子就活到了今天，行年八十矣，是古人称之为耄耋之年了。倒退二三十年，我这个在寿命上胸无大志的人，偶尔也想到耄耋之年的情况：手拄拐杖，白须飘胸，步履维艰，老态龙钟。自谓这种事情与自己无关，所以想得不深也不多。哪里知道，自己今天就到了这个年龄了。今天是新年元旦，从夜里零时起，自己已是不折不扣的八十老翁了。然而这老景却真如古人诗中所说的"青霭入看无"，我看不到什么老景。看一看自己的身体，平平常常，同过去一样；看一看周围的环境，平平常常，同过去一样。金色的朝阳从窗子里流了进来，平平常常，同过去一样；楼前的白杨，确实粗了一点，但看上去也是平平常常，同过去一样。时令正是冬天叶子落尽了；但是我相信，它们正蜷缩在土里，做着春天的梦。水塘里的荷花只剩下残叶，"留得残荷听雨声"，现在雨没有了，上面只有白皑皑的残雪。我相信，荷花们也蜷缩在淤泥中，做着春天的梦。总之，我还是我，依然故我；周围的一切也依然是过去的一切……

我是不是也在做着春天的梦呢？我想，是的。我现在也处在严寒中，我也梦着春天的到来。我相信英国诗人雪莱的两句话："既然冬天已经到了，春天还会远吗？"我梦着楼前的白杨重新长出了浓密的绿叶，我梦着池塘里的荷花重新冒出了淡绿的大叶子，我梦着春天又回到了大地上。

可是我万万没有想到，"八十"这个数目字竟有这样大的威力，一种神秘的威力。"自己已经八十岁了！"我吃惊地暗自思忖。它逼迫着我向前看一看，又回头看一看。向前看，灰蒙蒙的一团，路不清楚，但也不是很长。确实没有什么好看的地方。不看也罢。

而回头看呢，则在灰蒙蒙的一团中，清晰地看到了一条路，路极长，是我一步一步地走过来的，这条路的顶端是在清平县的官庄。我看到了一片灰黄的土房，中间闪着苇塘里的水光，还有我大奶奶和母亲的面影。这条路延伸出来，我看到了泉城的大明湖。这条路又延伸出去，我看到了水木清华，接着又看到德国小城哥廷根斑斓的秋色，上面飘动着我那母亲似的女房东和祖父似的老教授的面影。路陡然又从万里之外折回到神州大地，我看到了红楼，看到了燕园的湖光塔影。令人泄气而且大煞风景的是，我竟又看到了牛棚的牢头禁子那一副牛头马面似的狰恶的面孔。再看下去，路就缩住了，一直缩到我的脚下。

在这一条十分漫长的路上，我走过阳关大道，也走过独木小桥。路旁有深山大泽，也有平坡宜人；有杏花春雨，也有塞北秋风；有山重水复，也有柳暗花明；有迷途知返，也有绝处逢生。路太长了，时间太长了，影子太多了，回忆太重了。我真正感觉到，我负担不了，也忍受不了，我想摆脱掉这一切，还我一个自由自在身。

回头看既然这样沉重，能不能向前看呢？我上面已经说到，向前看，路不是很长，没有什么好看的地方。我现在正像鲁迅的散文诗《过客》中的一个过客。他不知道是从什么地方走来的，终于走到了老翁和小女孩的土屋前面，讨了点水喝。老翁看他已经疲惫不堪，劝他休息一下。他说："从我还能记得的时候起，我就在这么走，要走到一个地方去，这地方就在前面。我单记得走了许多路，现在来到这里了。接着就要走向那边去……况且还有声音在前面催促我，叫唤我，使我息不下。"那边，西边是什么地方呢？老人说："前面，是坟。"小女孩说："不，不，不的，那里有许多野百合、野蔷薇，我常常去玩，去看他们的。"

我理解这个过客的心情，我自己也是一个过客，但是却从来没有什么声音催着我走，而是同世界上任何人一样，我是非走不行的，不用催促，也是非走不行的。走到什么地方去呢？走到西边的坟那里，这是一切人的归宿。我记得屠格涅夫的一首散文诗里，也讲了这个意思。我并不怕坟，只是在走了这么长的路以后，我真想停下来休息片刻。然而我不能，不管你愿意不愿意，反正是非走不行。聊以自慰的是，我同那个老翁还不一样，有的地方颇像那个小女孩，我既看到了坟，也看到野百合和野蔷薇。

我面前还有多少路呢？我说不出，也没有仔细想过。冯友兰先生说："何止于米？相期以茶。""米"是八十八岁，"茶"是一百零八岁。我没有这样的雄心壮志，我是"相期以米"。这算不算是立大志呢？我是没有大志的人，我觉得这已经算是大志了。

我从前对穷通寿夭也是颇有一些想法的。十年浩劫以后，我成了陶渊明的志同道合者。他的一首诗，我很欣赏：

纵浪大化中，不喜亦不惧。
应尽便须尽，无复独多虑。

我现在就是抱着这种精神，昂然走上前去。只要有可能，我一定做一些对别人有益的事，决不想成为行尸走肉。我知道，未来的路也不会比过去的更笔直、更平坦。但是我并不恐惧。我眼前还闪动着野百合和野蔷薇的影子。

初抵柏林

柏林是我这一次万里长途旅行的目的地，是我的留学热的最后归宿，是我旧生命的结束，是我新生命的开始。在我眼中，柏林是一个无比美妙的地方。经过长途劳顿，跋山涉水，我终于来到了。我心里的感觉是异常复杂的，既有兴奋，又有好奇；既有兴会淋漓，又有忐忑不安。从当时不算太发达的中国，一下子来到这里，置身于高耸的楼房之中，漫步于宽敞的长街之上，自己宛如大海中的一滴水。

清华老同学赵九章等，到车站去迎接我们，为我们办理了一切应办的手续，使我们避免了许多麻烦，在离开家乡万里之外，感到故园的温暖。然而也有不太愉快的地方。（我在上面提到的）敦福堂，在柏林车站上，表演了他最后的一次特技：丢东西。这次丢的东西更是至关重要，丢的是护照。虽然我们同行者都已十分清楚，丢的东西终究会找回来的；但是我们也一时有点担起心来。敦公本人则是双目发直，满脸流汗，翻兜倒衣，搜索枯肠，在车站上的大混乱中，更增添了混乱。等我们办完手续，走出车站，敦公汗已流完，伸手就从裤兜中把那个在国外至关重要的护照掏了出来。他自己莞尔一笑，我们则是啼笑皆非。

老同学把我们先带到康德大街彼得公寓，把行李安顿好，又带我们到中国饭店去吃饭。当时柏林的中国饭馆不是很多，据说只有三家。饭菜还可以，只是价钱太贵。除了大饭店以外，还有一家可以包饭的小馆子。男主人是中国北方人，女主人则是意大利人。两个人的德国话都非常蹩脚。只是服务极为热情周到，能蒸又白又大的中国馒头，菜也炒得很好，价钱又不太贵。所以中国留学生都趋之若鹜，生意非常好。我们初到的几个人却饶有兴趣地探讨另一个问题：店主夫妇两人怎样交流思想呢？都不懂彼此的语言。难道他们都是我上面提到的那一位国民党政府驻意大利大使的信徒，只使用"这个"一个词儿，就能涵盖宇宙、包罗天地吗？

这样的事确实与我们无关，不去管它也罢。我们的当务之急是找到一间房子。德国人是非常务实而又简朴的人民。他们不管是干什么的，一般说来，房子都十分宽敞，有卧室、起居室、客厅、厨房、厕所，有的还有一间客房。在这些房间之外，如果还有余房，则往往出租给外地的或外国的大学生，连待遇优厚的大学教授也不例外。出租的方式非常奇特，不是出租空房间，而是出租房间里的一切东西，桌椅沙发不在话下，连床上的被褥也包括在里面，租赁者不需要带任何行李，面巾、浴巾等等，都不需要。房间里的所有的服务工作，铺床叠被，给地板扫除打蜡，都由女主人包办。房客的皮鞋，睡觉前脱下来，放在房门外面，第二天一起床，女主人已经把鞋擦得闪光锃亮了。这些工作，教授夫人都要亲自下手，她们丝毫也没有什么下贱的感觉。德国人之爱清洁，闻名天下。女主人每天一个上午都在忙忙叨叨，擦这擦那，自己屋子里面不必说了，连外面的楼道，都天天打蜡；楼外的人行道，不但打扫，而且打上肥皂来洗刷。室内室外，楼内楼外，任何地方，都是洁无纤尘。

清华老同学汪殿华和他的德国夫人，在夏洛滕堡区的魏玛大街，为我们找到了一间房子，房东名叫罗斯瑙（Rosenau），看长相是一个犹太人。一提到找房子，人们往往会想到老舍早期的几部长篇小说中讲到中国人在英国伦敦找房子的情况。那是非常困难的。如果出租招贴上没有明说可以租给中国人，你就别去问，否则一定会碰钉子。在德国则没有这种情况。在柏林，你可以租到任何房子，只有少数过去中国学生住过的房子是例外。在这里你会受到白眼，遭到闭门羹。个中原因，一想便知，用不着我来啰嗦了。

说到犹太人，我必须讲一讲当时犹太人在德国的处境，顺便讲一讲法西斯统治的情况。法西斯头子希特勒于1933年上台。我是1935年到德国的，我一直看到他恶贯满盈，自杀身亡，几乎与他的政权相始终。对德国法西斯政权，我是目击者，是有点发言权的。我初到的时候，柏林的纳粹味还不算太浓；当然已经有了一点。希特勒的相片到处悬挂，卐字旗也随处可见。人们见面时，不像以前那样说一声"早安！""日安！""晚安！"等等，分手时也不说"再见！"而是右手一举，喊一声"希特勒万岁！"便能表示一切。我们中国学生，不管在什么地方，到饭馆去吃饭，进商店去买东西，总是一仍旧贯，说我们的"早安！"等等，出门时说"再见！"，有的德国人，看我们是外国人，也用旧方式向我们表示敬意。但是，大多数人仍然喊他们的"万岁！"我们各行其是，互不干扰，并没有遇到什么不如意的事情。根据法西斯圣经：希特勒《我的奋斗》，犹太人和中国人都被列入劣等民族，是人类文化的破坏者，而金黄头发的"北方人"，则被法西斯认为是优秀民族，是人类文化的创造者。可惜的是，据个别人偷偷地告诉我，希特勒自己那一副尊容，他那满头的黑红相间的头发，一点也不"北方"，成为极大的讽刺。不管怎样，中国人在法西斯眼中，反正是劣等民族，同犹太人成为难兄难弟。

在这里，需要讲一点欧洲历史。欧洲许多国家仇视犹太人，由来久矣。有莎士比亚的名剧《威尼斯商人》可以为证。在中世纪，欧洲一些国家就发生过大规模屠杀犹太人的惨剧。在这方面，希特勒只是继承过去的衣钵，他并没有什么发明创造。如果有的话，那就是，他对犹太人进行了"科学的"定性分析。在他那一架政治化学天平上，他能够确定犹太人的"犹太性"，计有百分之百的犹太人，也就是，祖父母和父母双方都是犹太人；二分之一犹太人，就是，父母双方一方为犹太人；四分之一犹太人，就是祖父母或外祖父母一方为犹太人，其余都是德国人；八分之一等等依此类推。这就是纳粹"民族政策"的理论根据。百分之百的犹太人必须迫害，决不手软；二分之一的稍逊。至于四分之一的则是处在政策的临界线上，可以暂时不动，八分之一以下则可以纳入人民内部，不以敌我矛盾论处了。我初到柏林的时候，此项政策大概刚进行了第一阶段，迫害还只限于全犹太人和一部分二分之一者，后来就愈演愈烈了。我的房东可能属于二分之一者，所以能暂时平安。希特勒们这一架特制的天平，能准确到什么程度，我是门外人，不敢多说。但是，德国人素以科学技术蜚声天下，天平想必是可靠的了。

至于德国普通老百姓怎样看待这迫害犹太人的事件，我初来乍到，不敢乱说。德国人总的来说是很可爱的，很淳朴老实的，他们毫无油滑之气，有时候看起来甚至有些笨手笨脚，呆头呆脑。比如说，你到商店里去买东西，店员有时候要找钱。你买了75分尼的东西，付了一马克。若在中国，店员过去用算盘，今天用计算器，或者干脆口中念念有词：三五一十五，三六一十八，一口气说出了应该找的钱数：25分尼。德国店员什么也不用，他先说75分尼，把五分尼摆在桌子上，说一声：80分尼；然后再摆一个10分尼，说一声：90分尼；最后再摆一个10分尼，说一声：一马克，于是完了，皆大欢喜。

我还遇到过一件小事，更能说明德国人的老实忠厚。根据我的日记，这件事情发生在9月17日。我的表坏了，走到大街上一个钟表店去修理，约定第二天去拿。可是我初到柏林，在高楼大厦的莽丛中，在车水马龙的喧闹中，我仿佛变成了初进大观园的刘姥姥，晕头转向，分不出东西南北。第二天，我出去取表的时候，影影绰绰，隐隐约约，记得是这个表店，迈步走了进去。那个店员老头，胖胖的身子，戴一副老花镜，同昨天见的那一个一模一样。我拿出了发票，递给他，他就到玻璃橱里去找我的表，没有。老头有点急了，额头上冒出了汗珠，从眼镜上面射出了目光，看着我，说："你明天再来一趟吧！"我回到家，心里直念叨这一件事。第二天又去了，表当然找不到。老头更急了，额头上冒出了更多的汗珠，手都有点发抖了。在玻璃橱里翻腾了半天，忽然灵光一闪，好像上帝祐护，他仔细看了看发票，说："这不是我的发票！"我于是也恍然大悟，是我找错了门。这一件小事我曾写过一篇散文：《表的喜剧》，收在我的散文集里。

这样的洋相，我还出过不少次。我只说一次。德国人每天只吃一顿热餐，这就是中午。晚饭则只吃面包和香肠、干奶酪等等，佐之以热茶。有一天，我到肉食店里去买了点香肠，准备回家去吃晚饭。晚上，我兴致勃勃地泡了一壶红茶，准备美美地吃上一顿。但是，一咬香肠，觉得不是味，原来里面的火腿肉全是生的。我大为气愤，忿忿不平："德国人竟这样戏弄外国人，简直太不像话了，真正岂有此理！"连在梦中，也觉得难咽下这一口气去。第二天一大早，我就到那个肉食店里去，摆出架势，要大兴问罪之师。一位女店员，听了我的申诉，看了看我手中拿的香肠，起初有点大惑不解，继而大笑起来。她告诉我说："在德国，火腿都是生吃的，有时连肉也生吃，而且只有最好最新鲜的肉，才能生吃。"我还有什么话好说呢？自己是一个地道的阿木林（上海话，傻瓜的意思）。

我到德国来，不是专门来吃香肠的，我是来念书的。要想念好书，必须先学好德语。我在清华学德语，虽然四年得了八个优，其实是张不开嘴的。来到柏林，必须补习德语口语，不再成为哑巴。远东协会的林德（Linde）和罗哈尔（Rochall）博士热心协助，带我到柏林大学的外国学院去，见到校长，他让我念了几句德文，认为满意，就让我参加柏林大学外国留学生德语班的最高班。从此我就成了柏林大学的学生，天天去上课。教授名叫赫姆（Höhm），我从来没有遇到这样好的外语教员。他发音之清晰，讲解之透彻，简直达到了神妙的程度。在9月20日的日记里，我写道："教授名 Höhm，真讲得太好了，好到不能说。我这是第一次听德文讲书，然而没有一句不能懂，并不是我的听的能力大，只是他说得太清楚了。"可见我当时的感受。我上课时，总和乔冠华在一起。我们每天乘城内火车到大学去上课，乐此不疲。

说到乔冠华，我要讲一讲我同他的关系，以及同其他中国留学生中我的熟人的关系，也谈一谈一般中国学生的情况。我同乔是清华同学，他是哲学系，比我高两级。在校时，他经常腋下夹一册又厚又大的德文版黑格尔全集，昂首阔步，旁若无人，徜徉于清华园中。因为不是一个行道，我们虽认识，但并不熟。同被录取为交换研究生，才熟了起来。到了柏林以后，更是天天在一起，几乎形影不离。我们共同上课、吃饭、访友、游玩婉湖（Wansee）和动物园。我们都是书呆子，念念不忘逛旧书铺，颇买了几本好书。他颇有些才气，有一些古典文学的修养。我们很谈得来。有时候闲谈到深夜，有几次就睡在他那里。我们同敦福堂已经几乎断绝了往来，我们同他总有点格格不入。我们同一般的中国留学生也不往来，同这些人更是格格不入，毫无共同的语言。

当时在柏林的中国留学生，人数是相当多的。原因并不复杂。我前面谈到"镀金"问题，到德国来镀的金是24K金，在中国社会上声誉卓著，是抢手货。所以有条件的中国青年趋之若鹜。这样的机会，大官儿们和大财主们，是决不会放过的，他们纷纷把子女派来，反正老子有的是民脂民膏，不愁供不起纨绔子弟们挥霍浪费。蒋介石、宋子文、孔祥熙、冯玉祥、戴传贤、居正，以及许许多多的国民党的大官，无不有子女或亲属在德国，而且几乎都聚集在柏林。因为这里有吃，有喝，有玩，有乐，既不用上学听课，也用不着说德国话。有一部分留德学生，只需要四句简单的德语，就能够供几年之用。早晨起来，见到房东，说一声"早安！"就甩手离家，到一个中国饭馆里，洗脸，吃早点，然后打上几圈麻将，就到了吃午饭的时候。午饭后，相约出游。晚饭时回到饭馆。深夜回家，见到房东，说一声"晚安"，一天就过去了。再学上一句"谢谢！"加上一句"再见！"语言之功毕矣。我不能说这种人很多，但确实是有，这是事实，无法否认。

我同乔冠华曾到中国饭馆去吃过几次饭。一进门，高声说话的声音，吸溜呼噜喝汤的声音，吃饭呱唧嘴的声音，碗筷碰盘子的声音，汇成了一个大合奏，其势如暴风骤雨，迎面扑来。我仿佛又回到了中国。欧洲人吃饭，都是异常安静的，有时甚至正襟危坐，喝汤决不许出声，吃饭呱唧嘴更是大忌。我不说，这就是天经地义；但是总能给人以文明的印象，未可厚非。我们的留学生把祖国的这一份国粹，带到了万里之外，无论如何，也让人觉得不舒服。再看一看一些国民党的"衙内"们那种狂傲自大、唯我独尊的神态。听一听他们谈话的内容：吃、喝、玩、乐，甚至玩女人、嫖娼妓等等。像我这样的乡下人实在有点受不了。他们眼眶里根本没有像我同乔冠华这样的穷学生。然而我们眼眶里又何尝有这一批卑鄙龌龊的纨绔子弟呢？我们从此再没有进这里中国饭馆的门。

但是，这些"留学生"的故事，却接二连三地向我们耳朵里涌，什么稀奇古怪的事情都有。很多留学生同德国人发生了纠葛，有的要法律解决。既然打官司，就需要律师。德国律师很容易找，但花费太大。于是有识之士应运而生。有一位老留学生，在柏林待的颇有年头了，对柏林的大街小巷，五行八作，都了如指掌，因此绰号叫"柏林土地"，真名反隐而不扬。此公急公好义，据说学的是法律，他公开扬言，要用自己的专业知识，替中国留学生打官司，分文不取，连车马费都自己掏腰包。我好像是没有见到这一位英雄。对他我心里颇有矛盾，一方面钦佩他的义举，一方面又觉得十分奇怪。这个人难道说头脑是正常的吗？

柏林的中国留学生界，情况就是这个样子。10月17日的日记里，我写道："在没有出国以前，我虽然也知道留学生的泄气，然而终究对他们存着敬畏的观念，觉得他们终究有神圣的地方，尤其是德国留学生。然而现在自己也成了留学生了。在柏林看到不知道有多少中国学生，每人手里提着照相机，一脸满不在乎的神气。谈话，不是怎样去跳舞，就是国内某某人做了科长了，某某做了司长了。不客气地说，我简直还没有看到一个像样的'人'。到今天我才真知道了留学生的真面目！"这都是原话，我一个字也没有改。从中可见我当时的真实感情。我曾动念头，写一本《新留西外史》。如果这一本书真能写成的话，我相信，它一定会是一部杰作，洛阳纸贵，不卜可知。可惜我在柏林待的时间太短，只有一个多月，致使这一部杰作没能写出来，真要为中国文坛惋惜。

我到德国来念书，柏林只是一个临时站，我还要到别的地方去的。但是，到哪里去呢？德国学术交换处的魏娜（Wiehner），最初打算把我派到东普鲁士的哥尼斯堡（Knigsberg）大学去。德国最伟大的古典哲学家康德就在这里担任教授。这当然是一个十分令人神往的地方。但是这地方离柏林较远，比较偏僻，我人地生疏，表示不愿意去。最后，几经磋商，改派我到哥廷根（Göttingen）大学去，我同意了。我因此就想到，人的一生实在非常复杂，因果交互影响。我的老师吴宓先生有两句诗："世事纷纭果造因，错疑微似便成真。"这的确是很有见地的话，是参透了人生真谛才能道出的。如果我当年到了哥尼斯堡，那么我的人生道路就会同今天的截然不同。我不但认识不了西克

（Sieg）教授和瓦尔德施米特（Waldschmidt）教授，就连梵文和巴利文也不会去学。这样一个季羡林今天会是什么样子呢？那只有天晓得了。

决定到哥廷根去，这算是大局已定，我心头的一块石头落了地。我到处打听哥廷根的情况，幸遇老学长乐森先生。他正在哥廷根大学读书，现在来柏林办事。他对我详细谈了哥廷根大学的情况。我心中的疑团尽释，大有耳聪目明之感。又在柏林待了一段时间，最后在大学开学前终于离开了柏林。我万万没有想到，此番一去就是七年，没有再回来过。我不喜欢柏林，也不喜欢这里那些成群结队的中国留学生。

哥廷根

我于1935年10月31日，从柏林到了哥廷根。原来只打算住两年，焉知一住就是十年整，住的时间之长，在我的一生中，仅次于济南和北京，成为我的第二故乡。

哥廷根是一个小城，人口只有十万，而流转迁移的大学生有时会到二三万人，是一个典型的大学城。大学已有几百年的历史，德国学术史和文学史上许多显赫的名字，都与这所大学有关。以他们的名字命名的街道，到处都是。让你一进城，就感到洋溢全城的文化气和学术气，仿佛是一个学术乐园，文化净土。

哥廷根素以风景秀丽闻名全德。东面山林密布，一年四季，绿草如茵。即使冬天下了雪，绿草埋在白雪下，依然翠绿如春。此地，冬天不冷，夏天不热，从来没遇到过大风。既无扇子，也无蚊帐，苍蝇、蚊子成了稀有动物。跳蚤、臭虫更是闻所未闻。街道洁净得邪性，你躺在马路上打滚，决不会沾上任何一点尘土。家家的老太婆用肥皂刷洗人行道，已成为家常便饭。在城区中心，房子都是中世纪的建筑，至少四五层。人们置身其中，仿佛回到了中世纪去。古代的城墙仍然保留着，上面长满了参天的橡树。我在清华念书时，喜欢谈德国短命抒情诗人荷尔德林（Hölderlin）的诗歌，他似乎非常喜欢橡树，诗中经常提到它。可是我始终不知道，橡树是什么样子。

今天于无意中遇之，喜不自胜。此后，我常常到古城墙上来散步，在橡树的浓荫里，四面寂无人声，我一个人静坐沉思，成为哥廷根十年生活中最有诗意的一件事，至今忆念难忘。

我初到哥廷根时，人地生疏。老学长乐森先生到车站去接我，并且给我安排好了住房。房东姓欧朴尔（Oppel），老夫妇俩，只有一个儿子。儿子大了，到外城去上大学，就把他住的房间租给我。男房东是市政府的一个工程师，一个典型的德国人，老实得连话都不大肯说。女房东大约有五十来岁，是一个典型的德国家庭妇女，受过中等教育，能欣赏德国文学，喜欢德国古典音乐，趣味偏于保守，一提到爵士乐，就满脸鄙夷的神气，冷笑不止。她有德国妇女的一切优点：善良、正直，能体贴人，有同情心。但也有一些小小的不足之处，比如，她有一个最好的朋友，一个寡妇，两个人经常来往。有一回，她这位女友看到她新买的一顶帽子，喜欢得不得了，想照样买上一顶，她就大为不满，对我讲了她对这位女友的许多不满意的话。原来西方妇女——在某些方面，男人也一样——绝对不允许别人戴同样的帽子，穿同样的衣服。这一点我们中国人无论如何也是难以理解的。从这里可以看出，我这位女房东小市民习气颇浓。然而，瑕不掩瑜，她是我生平遇到的最好的妇女之一，善良得像慈母一般。

我就是在这样一个只有一对老夫妇的德国家庭里住了下来，同两位老人晨昏相聚，成为这个家庭的一员，一住就是十年，没有搬过一次家。我在这里先交代这个家庭的一般情况，细节以后还要谈到。

我初到哥廷根时的心情怎样呢？为了真实起见，我抄一段我到哥廷根后第二天的日记：

　　终于又来到哥廷根了。这以后，在不安定的漂泊生活里会有一段比较长一点的安定的生活。我平常是喜欢做梦的，而且我还自己把梦涂上种种的彩色。最初我做到德国来的梦，德国是我的天堂，是我的理想国。我幻想德国有金黄色的阳光，有Wahrheit(真)，有

Schönheit(美)。我终于把梦捉住了，我到了德国。然而得到的是失望和空虚。我的一切希望都泡影似的幻化了去。然而，立刻又有新的梦浮起来。我梦想，我在哥廷根，在这比较长一点的安定的生活里，我能读一点书，读点古代有过光荣而这光荣将永远不会消灭的文字。现在又终于到了哥廷根了。我不知道我能不能捉住这梦。

其实又有谁能知道呢？

(1935.11.1)

从这一段日记里可以看出，我当时眼前仍然是一片迷茫，还没有找到自己要走的道路。

两年生活

清华大学与德国学术交换处订的合同，规定学习期限为两年。我原来也只打算在德国住两年。在这期间，我的身份是学生。在德国十年中，这两年的学生生活可以算是一个阶段。

在这两年内，一般说来，生活是比较平静的，没有大风大浪，没有剧烈的震动。希特勒刚上台不几年，德国崇拜他如疯如狂。我认识一个女孩子，年轻貌美。有一次同她偶尔谈到希特勒，她脱口而出："如果我能同希特勒生一个孩子，是我莫大的光荣！"我真是大吃一惊，做梦也没有想到。我没有见过希特勒本人，只是常常从广播中听到他那疯狗的狂吠声。在德国人中，反对他的微乎其微。他手下那著名的两支队伍：SA（Sturm Abteilung，冲锋队）和SS（Schutz Staffel，党卫军），在街上随时可见。前者穿黄制服，我们称之为"黄狗"；后者着黑制服，我们称之为"黑狗"。这黄黑二狗从来没有跟我们中国学生找过麻烦。进商店，会见朋友，你喊你的"希特勒万岁！"我喊我的"早安"、"日安"、"晚安"，各行其是，互不侵犯，井水不犯河水，倒也能和平共处。我们同一般德国人从来不谈政治。

实际上，在当时，无论是在中国，还是在德国，都是处在大风暴的前夕。两年以后，情况就大大地改变了。

这一点我是有所察觉的，不过是无能为力，只好能过一天平静的日子，就过一天，苟全性命于乱世而已。

从表面上来看，市场还很繁荣，食品供应也极充足，限量制度还没有实行，只要有钱，什么都可以买到。我每天早晨在家里吃早点：小面包、牛奶、黄油、干奶酪，佐之以一壶红茶。然后到梵文研究所去，或上课，或学习。中午在外面饭馆里吃。吃完，仍然回到研究所，从来不懂什么睡午觉。下午也是或上课，或学习。晚上六点回家，房东老太太把他们中午吃的热饭菜留一份给我晚上吃。因此我就不必像德国人那样，晚饭只吃面包香肠喝茶了。

就这样，日子过得有条有理，满惬意的。

一到星期日，当时住在哥廷根的几个中国留学生：龙丕炎、田德望、王子昌、黄席棠、卢寿等就不约而同地到城外山下一片叫做"席勒草坪"绿草地去会面。这片草地终年绿草如茵，周围古木参天，东面靠山，山上也是树木繁茂，大森林长宽各几十里。山中颇有一些名胜，比如俾斯麦塔，高踞山巅，登临一望，全城尽收眼底。此外还有几处咖啡馆和饭店。我们在席勒草坪会面以后，有时也到山中去游逛，午饭就在山中吃。见到中国人，能说中国话，真觉得其乐无穷。往往是在闲谈笑话中忘记了时间的流逝。等到注意到时间时，已是暝色四合，月出于东山之上了。

至于学习，我仍然是全力以赴。我虽然原定只能留两年，但我仍然作参加博士考试的准备。根据德国的规定，考博士必须读三个系：一个主系，两个副系。我的主系是梵文、巴利文等所谓印度学（Indologie），这是大局已定。关键是在两个副系上，然而这件事又是颇伤脑筋的。当年我在国内患"留学热"而留学一事还渺茫如蓬莱三山的时候，我已经立下大誓：决不写有关中国的博士论文。鲁迅先生说过，有的中国留学生在国外用老子与庄子谋得了博士头衔，令洋人大吃一惊；然而回国后讲的却是康德、黑格尔。我鄙薄这种博士，决不步他们的后尘。现在到了德国，无论主系和副系决不同中国学沾边。我听说，有一个学自然科学的留学生，想投机取巧，选了汉学作副系。在口试的时候，汉学教授问的第一个问题是：中国的杜甫与英国的莎士比亚，谁先谁后？中国文学史长达几千年，同屈原等比起来，杜甫是偏后的。而在英国则莎士比亚已算较古的文学家。这位留学生大概就受这种印象的影响，开口便说："杜甫在后。"汉学教授说："你落第了！下面的问题不需要再提了。"

谈到口试，我想在这里补充两个小例子，以见德国口试的情况，以及教授的权威。十九世纪末，德国医学泰斗微耳和（Virchow）有一次口试学生，他把一盘子猪肝摆在桌子上，问学生道："这是什么？"学生瞠目结舌，半天说不出话来。他哪里会想到教授会拿猪肝来呢。结果是口试落第。微耳和对他说："一个医学工作者一定要实事求是，眼前看到什么，就说是什么。连这点本领和勇气都没有，怎能当医生呢？"又一次，也是这位微耳和口试，他指了指自己的衣服，问："这是什么颜色？"学生端详了一会，郑重答道："枢密顾问（德国成就卓著的教授的一种荣誉称号）先生！您的衣服曾经是褐色的。"微耳和大笑，立刻说："你及格了！"因为他不大注意穿着，一身衣服穿了十几年，原来的褐色变成黑色了。这两个例子虽小，但是意义却极大。它告诉我们，德国教授是怎样处心积虑地培养学生实事求是不受任何外来影响干扰的观察问题的能力。

回头来谈我的副系问题。我坚决不选汉学，这已是定不可移的了。那么选什么呢？我考虑过英国语言学和德国语言学。后来，又考虑过阿拉伯文。我还真下工夫学了一年阿拉伯文。后来，又觉得不妥，决定放弃。最后选定了英国语言学与斯拉夫语言学。但斯拉夫语言学，不能只学一门俄文。

我又加学了南斯拉夫文。从此天下大定。

斯拉夫语研究所也在高斯韦伯楼里面。从那以后，我每天到研究所来，学习一整天。主要精力当然是用到学习梵文和巴利文上。梵文班原先只有我一个学生。大概从第三学期开始，来了两个德国学生：一个是历史系学生，一个是一位乡村牧师。前者在我来哥廷根以前已经跟西克教授学习过几个学期。等到我第二学年开始时，他来参加，没有另外开班，就在一个班上。我最初对他真是肃然起敬，他是老学生了。然而，过了不久，我就发现，他学习颇为吃力。尽管他在中学时学过希腊文和拉丁文，又懂英文和法文，但是对付这个语法规则烦琐到匪夷所思的程度的梵文，他却束手无策。在课堂上，只要老师一问，他就眼睛发直、口发呆，嗫嗫嚅嚅，说不出话来。一直到第二次世界大战爆发，他被征从军，他始终没能征服梵文，用我的话来说，就是，他没有跳过龙门。

我自己学习梵文，也并非一帆风顺。这一种在现在世界上已知的语言中语法最复杂的古代语言，形态变化之丰富，同汉语截然相反。我当然会感到困难。但是，既然已经下定决心要学习，就必然要把它征服。在这两年内，我曾多次暗表决心：一定要跳过这个龙门。

我的老师们

在深切怀念我的两个不在眼前的母亲的同时，在我眼前那一些德国老师们，就越发显得亲切可爱了。

在德国老师中同我关系最密切的当然是我的 Doktor-Vater（博士父亲）瓦尔德施米特教授。我同他初次会面的情景，我在上面已经讲了一点。他给我的第一个印象是，他非常年轻。他的年龄确实不算太大，同我见面时，大概还不到四十岁吧。他穿一身厚厚的西装，面孔是孩子似的面孔。我个人认为，他待人还是彬彬有礼的。德国教授多半都有点教授架子，这是他们的社会地位和经济地位所决定的，是不以人的意志为转移的。后来听说，在我以后的他的学生们都认为他很严厉。据说有一位女士把自己的博士论文递给他，他翻看了一会儿，一下子把论文摔到地下，忿怒地说道："Das ist aber alles Mist!（这全是垃圾，全是胡说八道！）"这位小姐从此耿耿于怀，最终离开了哥廷根。

我跟他学了十年，应该说，他从来没有对我发过脾气。他教学很有耐心，梵文语法抠得很细。不这样是不行的，一个字多一个字母或少一个字母，意义方面往往差别很大。我以后自己教学生，也学他的榜样，死抠语法。他的教学法是典型的德国式的。记得是德国十九世纪的伟大东方语言学家埃瓦尔德（Ewald）说过一句话："教语言比如教游泳，把学生带到游泳池旁，把他往水里一推，不是学会游泳，就是淹死，后者的可能是微乎其微的。"

瓦尔德施米特采用的就是这种教学法。第一二两堂，念一念字母。从第三堂起，就读练习，语法要自己去钻。我最初非常不习惯，准备一堂课，往往要用一天的时间。但是，一个学期四十多堂课，就读完了德国梵文学家施腾茨勒（Stenzler）的教科书，学习了全部异常复杂的梵文文法，还念了大量的从梵文原典中选出来的练习。这个方法是十分成功的。

瓦尔德施米特教授的家庭，最初应该说是十分美满的。夫妇两人，一个上中学的十几岁的儿子。有一段时间，我帮助他翻译汉文佛典，常常到他家去，同他全家一同吃晚饭，然后工作到深夜。餐桌上没有什么人多讲话，安安静静。有一次他笑着对儿子说道："家里来了一个中国客人，你明天大概要在学校里吹嘘一番吧？"看来他家里的气氛是严肃有余，活泼不足。他夫人也是一个不大爱说话的人。

后来，大战一爆发，他自己被征从军，是一个什么军官。不久，他儿子也应征入伍。过了不太久，从1941年冬天起，东部战线胶着不进，相持不下，但战斗是异常激烈的。他们的儿子在北欧一个国家阵亡了。我现在已经忘记了，夫妇俩听到这个噩耗时反应如何。按理说，一个独生子幼年战死，他们的伤心可以想见。但是瓦尔德施米特教授是一个十分刚强的人，他在我面前从未表现出伤心的样子，他们夫妇也从未同我谈到此事。然而活泼不足的家庭气氛，从此更增添了寂寞冷清的成分，这是完全可以想象的了。

在瓦尔德施米特被征从军后的第一个冬天，他预订的大剧院的冬季演出票，没有退掉。他自己不能观看演出，于是就派我陪伴他夫人观看，每周一次。我吃过晚饭，就去接师母，陪她到剧院。演出有歌剧，有音乐会，有钢琴独奏，有小提琴独奏等等，演员都是外地或国外来的，都是赫赫有名的人物。剧场里灯火辉煌，灿如白昼；男士们服装笔挺，女士们珠光宝气，一片升平祥和气象。我不记得在演出时遇到空袭，因此不知道敌机飞临上空时场内的情况。但是散场后一走出大门，外面是完完全全的另一个世界，顶天立地的黑暗，由于灯火管制，不见一缕光线。我要在这任何东西都看不到的黑暗中，送师母摸索着走很长的路到山下她的家中。一个人在深夜回家时，万籁俱寂，走在宁静的长街上，只听到自己脚步的声音，跫然而喜。但此时正是乡愁最浓时。

我想到的第二位老师是西克（Sieg）教授。

他的家世，我并不清楚。到他家里，只见到老伴一人，是一个又瘦又小的慈祥的老人。子女或什么亲眷，从来没有见过。看来是一个非常孤寂清冷的家庭，尽管老夫妇情好极笃，相依为命。我见到他时，他已经早越过了古稀之年。他是我平生所遇到的中外各国的老师中对我最爱护、感情最深、期望最大的老师。一直到今天，只要一想到他，我的心立即剧烈地跳动，老泪立刻就流满全脸。他对我传授知识的情况，上面已经讲了一点，下面还要讲到。在这里我只讲我们师徒二人相互间感情深厚的一些情况。为了存真起见，我仍然把我当时的一些日记，一字不改地抄在下面：

1940年10月13日

昨天买了一张 Prof. Sieg 的相片，放在桌子上，对着自己。这位老先生我真不知道应该怎样感激他。他简直有父亲或者祖父一般的慈祥。我一看到他的相片，心里就生出无穷的勇气，觉得自己对梵文应该拼命研究下去，不然简直对不住他。

1941年2月1日

5点半出来，到 Prof. Sieg 家里去。他要替我交涉增薪，院长已答应。这真是意外的事。我真不知道应该怎样感谢这位老人家，他对我好得真是无微不至，我永远不会忘记！

原来他发现我生活太清苦，亲自找文学院长，要求增加我的薪水。其实我的薪水是足够用的，只因我枵腹买书，所以就显得清苦了。

1941年，我一度想设法离开德国回国。我在10月29日的日记里写道：

11点半，Prof. Sieg 去上课。下了课后，我同他谈到我要离开德国，他立刻兴奋起来，脸也红了，说话也有点震颤了。他说，他预备将来替我找一个固定的位置，好让我继续在德国住下去，万没想到我居然想走。他劝我无论如何不要走，他要替我设法同 Rektor（大学校长）说，让我得到津贴，好出去休养一下。他简直要流泪的样子。我本来心里还有点迟疑，现在又动摇起来了。一离开德国，谁知道哪一年再能回来，能不能回来？这位像自己父亲一般替自己操心的老人十九是不能再见了。我本来容易动感情。现在更制不住自己，很想哭上一场。

像这样的情况，日记里还有一些，我不再抄录了。仅仅这三则，我觉得，已经完全能显示出我们之间的关系了。还有一些情况，我在下面谈吐火罗文的学习时再谈，这里暂且打住。

我想到的第三位老师是斯拉夫语言学教授布劳恩（Braun）。他父亲生前在莱比锡大学担任斯拉夫语言学教授，他可以说是家学渊源，能流利地说许多斯拉夫语。我见他时，他年纪还轻，还不是讲座教授。由于年龄关系，他也被征从军。但根本没有上过前线，只是担任翻译，是最高级的翻译。苏联一些高级将领被德军俘虏，希特勒等法西斯头子要亲自审讯，想从中挖取超级秘密。担任翻译的就是布劳恩教授，其任务之重要可想而知。他每逢休假回家的时候，总高兴同我闲聊他当翻译时的一些花絮，很多是德军和苏军内部最高领导层的真实情况。他几次对我说，苏军的大炮特别厉害，德国难望其项背。这是德国方面从来没有透露过的极端机密，给我留下了深刻的印象。

他的家庭十分和美。他有一位年轻的夫人，两个男孩子，大的叫安德烈亚斯，约有五六岁，小的叫斯蒂芬，只有二三岁。斯蒂芬对我特别友好，我一到他家，他就从远处飞跑过来，扑到我的怀里。他母亲教导我说："此时你应该抱住孩子，身体转上两三圈，小孩子最喜欢这玩意！"教授夫人很和气，好像有点愣头愣脑，说话直爽，但有时候没有谱儿。

布劳恩教授的家离我住的地方很近，走二三分钟就能走到。因此，我常到他家里去玩。他有一幅中国古代的刺绣，上面绣着五个大字：时有溪山兴。他要我翻译出来。从此他对汉文产生了兴趣，自己买了一本汉德字典，念唐诗。他把每一个字都查出来，居然也能讲出一些意思。我给他改正，并讲一些语法常识。对汉语的语法结构，他觉得既极怪而又极有理，同他所熟悉的印欧语系语言迥乎不同。他认为，汉语没有形态变化，也可能是优点，它能给读者以极大的联想自由，不像印欧语言那样被形态变化死死地捆住。

他是一个多才多艺的人，擅长油画。有一天，他忽然建议要给我画像。我自然应允了，于是有比较长的一段时间，我天天到他家里去，端端正正地坐在那里，当模特儿。画完了以后，他问我的意见。我对画不是内行，但是觉得画得很像我，因此就很满意了。在科学研究方面，他也表现了他的才艺。他的文章和专著都不算太多，他也不搞德国学派的拿手好戏：语言考据之学。用中国的术语来说，他擅长义理。他有一本讲十九世纪沙俄文学的书，就是专从义理方面着眼，把列夫·托尔斯泰和陀斯妥耶夫斯基列为两座高峰，而展开论述，极有独特的见解，思想深刻，观察细致，是一部不可多得的著作。可惜似乎没有引起多少注意。我都觉得有寂寞冷落之感。

总之，布劳恩教授在哥廷根大学是颇为不得志的。正教授没有份儿，哥廷根科学院院士更不沾边儿。有一度，他告诉我，斯特拉斯堡大学有一个正教授缺了人，他想去，而且把我也带了去。后来不知为什么，没有实现。一直到四十多年以后我重新访问西德时，我去看他，他才告诉我，他在哥廷根大学终于得到了一个正教授的讲座，他认为可以满意了。然而他已经老了，无复年轻时的潇洒英俊。我一进门他第一句话说是："你晚来了一点，她已经在月前去世了！"我知道他指的是谁，我感到非常悲痛。安德烈亚斯和斯蒂芬都长大了，不在身边。老人看来也是冷清寂寞的。在西方社会中，失掉了实用价值的老人，大多如此。我欲无言了。去年听德国来人说，他已经去世。我谨以心香一瓣，祝愿他永远安息！

我想到的第四位德国老师是冯·格林（Dr. Von Crimm）博士。据说他是来自俄国的德国人，俄文等于是他的母语。在大学里，他是俄文讲师。大概是因为他从来没有发表过什么学术论文，所以连副教授的头衔都没有。在德国，不管你外语有多么到家，只要没有学术著作，就不能成为教授。工龄长了，工资可能会很高，名位却不能改变。这一点同中国是很不一样的。中国教授贬值，教授膨胀，由来久矣。这也算是中国的"特色"吧。反正冯·格林始终只是讲师。他教我俄文时已经白发苍苍，心里总好像是有一肚子气，终日郁郁寡欢。他只有一个老伴，他们就住在高斯韦伯楼的三楼上。屋子极为简陋。老太太好像终年有病，不大下楼，但心眼极好，听说我患了神经衰弱症，夜里盗汗，特意送给我一个鸡蛋，补养身体。要知道，当时一个鸡蛋抵得上一个元宝，在饿急了的时候，鸡蛋能吃，而元宝则不能。这一番情意，让我异常感激。冯·格林博士还亲自找到大学医院的内科主任沃尔夫（Wolf）教授，请他给我检查。我到了医院，沃尔夫教授仔仔细细地检查过以后，告诉我，这只是神经衰弱，与肺病毫不相干。这一下子就排除了我的一块心病，如获重生。这更增加了我对这两位孤苦伶仃的老人的感激。离开德国以后，没有能再见到他们，想他们早已离开人世了，却永远活在我的心中。

我回想起来的老师当然不限于以上四位，比如阿拉伯文教授冯·素顿（Von Soden），英文教授勒德（Roeder）和怀尔德（Wilde），哲学教授海泽（Heyse），艺术史教授菲茨图姆（Vitzhum）侯爵，德文教授麦伊（May），伊朗语教授欣茨（Hinz）等等，我都听过课或有过来往，他们待我亲切和蔼，我都永远不会忘记。我在这里就不一一叙述了。

迈耶（Meyer）一家

迈耶一家同我住在一条街上，相距不远。我现在已经记不清楚，我是怎样认识他们的。可能是由于田德望住在那里，我去看田，从而就认识了。田走后，又有中国留学生住在那里，三来两往，就成了熟人。

他们家有老夫妇俩和两个如花似玉的女儿。老头同我的男房东欧朴尔先生非常相像，两个人原来都是大胖子，后来饿瘦了。脾气简直是一模一样，老实巴交，不会说话，也很少说话。在人多的时候，呆坐在旁边，一言不发，脸上却总是挂着慈厚的微笑。这样的人，一看就知道，他决不会撒谎、骗人。他也是一个小职员，天天忙着上班、干活。后来退休了，整天待在家里，不大出来活动。家庭中执掌大权的是他的太太。她同我的女房东年龄差不多，但是言谈举动，两人却不大一样。迈耶太太似乎更活泼，更能说会道，更善于应对进退，更擅长交际。据我所知，她待中国学生也是非常友好的。住在她家里的中国学生同她关系都处得非常好。她也是一个典型的德国妇女，家庭中一切杂活她都包了下来。她给中国学生做的事情，同我的女房东一模一样。我每次到她家去，总看到她忙忙碌碌，里里外外，连轴转。但她总是喜笑颜开，我从来没有看到她愁眉苦脸过。她们家是一个非常愉快美满的家庭。

我同她们家来往比较多，还有另外一个原因。在我写作博士论文的那几年中，我用德文写成稿子，在送给教授看之前，必须用打字机打成清稿；而我自己既没有打字机，也不会打字。因为屡次反复修改，打字量是非常大的。适逢迈耶家的大小姐伊姆加德（Irmgard）能打字，又自己有打字机，而且她还愿意帮我打。于是，有很长的一段时间，我几乎天天晚上到她家去。因为原稿改得太乱，而且论文内容稀奇古怪，对伊姆加德来说，简直像天书一般。因此，她打字时，我必须坐在旁边，以备咨询。这样往往工作到深夜，我才摸黑回家。

我考试完结以后，打论文的任务完全结束了。但是，在我仍然留在德国的四五年间，我自己又写了几篇论文，所以一直到我于1945年离开德国时，还经常到伊姆加德家里去打字。她家里有什么喜庆日子，招待客人吃点心，吃茶，我必被邀请参加。特别是在她生日的那一天，我一定去祝贺。她母亲安排座位时，总让我坐在她旁边。此时，留在哥廷根的中国学生越来越少。以前星期日总在席勒草坪会面的几个好友都已走了。我一个人形单影只，寂寞之感，时来袭人。我也乐得到迈耶家去享受一点友情之乐，在战争喧闹声中，寻得一点清静。这在当时是非常难能可贵的。至今记忆犹新，恍如昨日。

在这样的情况下，我离开迈耶一家，离开伊姆加德，心里是什么滋味，完全可以想象。1945年9月24日，我在日记里写道：

> 吃过晚饭，七点半到 Meyer 家去，同 Irmgard 打字。她劝我不要离开德国。她今天晚上特别活泼可爱。我真有点舍不得离开她。但又有什么办法？像我这样一个人不配爱她这样一个美丽的女孩子。

同年10月2日，在我离开哥廷根的前四天，我在日记里写道：

> 回到家来，吃过午饭，校阅稿子。三点到 Meyer 家，把稿子打完。Irmgard 只是依依不舍，令我不知怎样好。

日记是当时的真实记录，不是我今天的回想，是代表我当时的感情，不是今天的感情。我就是怀着这样的感情离开迈耶一家，离开伊姆加德的。到了瑞士，我同她通过几次信，回国以后，就断了音问。说我不想她，那不是真话。1983年，我回到哥廷根时，曾打听过她，当然是杳如黄鹤。如果她还留在人间的话，恐怕也将近古稀之年了。而今我已垂垂老矣。世界上还能想到她的人恐怕不会太多。等到我不能想到她的时候，世界上能想到她的人，恐怕就没有了。

八
辑

81–90岁作品

　　我孤独，是因为我感到，自己已届耄耋之年，在茫茫大地上，
我一个人踽踽独行，前不见古人，后不见来者。

老猫

一九九二年二月

老猫虎子蜷曲在玻璃窗外窗台上一个角落里，缩着脖子，眯着眼睛，浑身一片寂寞、凄清、孤独、无助的神情。

外面正下着小雨，雨丝一缕一缕地向下飘落，像是珍珠帘子。时令虽已是初秋，但是隔着雨帘，还能看到紧靠窗子的小土山上丛草依然碧绿，毫无要变黄的样子。在万绿丛中赫然露出一朵鲜艳的红花。古诗"万绿丛中一点红"，大概就是这般光景吧。这一朵小花如火似燃，照亮了浑茫的雨天。

我从小就喜爱小动物。同小动物在一起，别有一番滋味。它们天真无邪，率性而行；有吃抢吃，有喝抢喝；不会说谎，不会推诿；受到惩罚，忍痛挨打；一转眼间，照偷不误。同它们在一起，我心里感到怡然，坦然，安然，欣然；不像同人在一起那样，应对进退、谨小慎微，斟酌词句、保持距离，感到异常地别扭。

十四年前，我养的第一只猫，就是这个虎子。刚到我家来的时候，比老鼠大不了多少。蜷曲在窄狭的室内窗台上，活动的空间好像富富有余。它并没有什么特点，仅只是一只最平常的狸猫，身上有虎皮斑纹，颜色不黑不黄，并不美观。但是异于常猫的地方也有，它有两只炯炯有神的眼睛，两眼一睁，还

81-90岁作品·235

真虎虎有虎气，因此起名叫虎子。它脾气也确实暴烈如虎。它从来不怕任何人。谁要想打它，不管是用鸡毛掸子，还是用竹竿，它从不回避，而是向前进攻，声色俱厉。得罪过它的人，它永世不忘。我的外孙打过一次，从此结仇。只要他到我家来，隔着玻璃窗子，一见人影，它就做好准备，向前进攻，爪牙并举，吼声震耳。他没有办法，在家中走动，都要手持竹竿，以防万一，否则寸步难行。有一次，一位老同志来看我，他显然是非常喜欢猫的。一见虎子，嘴里连声说着："我身上有猫味，猫不会咬我的。"他伸手想去抚摩它，可万万没有想到，我们虎子不懂什么猫味，回头就是一口。这位老同志大惊失色。总之，到了后来，虎子无人不咬，只有我们家三个主人除外，它的"咬声"颇能耸人听闻了。

但是，要说这就是虎子的全面，那也是不正确的。除了暴烈咬人以外，它还有另外一面，这就是温柔敦厚的一面。我举一个小例子。虎子来我们家以后的第三年，我又要了一只小猫。这是一只混种的波斯猫，浑身雪白，毛很长，但在额头上有一小片黑黄相间的花纹。我们家人管这只猫叫洋猫，起名咪咪；虎子则被尊为土猫。这只猫的脾气同虎子完全相反：胆小、怕人，从来没有咬过人。只有在外面跑的时候，才露出一点儿野性。它只要有机会溜出大门，但见它长毛尾巴一摆，像一溜烟似的立即窜入小山的树丛中，半天不回家。这两只猫并没有血缘关系。但是，不知道是由于什么原因，一进门，虎子就把咪咪看作是自己的亲生女儿。它自己本来没有什么奶，却坚决要给咪咪喂奶，把咪咪搂在怀里，让它咂自己的干奶头，它眯着眼睛，仿佛在享着天福。我在吃饭的时候，有时丢点儿鸡骨头、鱼刺，这等于猫们的燕窝、鱼翅。但是，虎子却只蹲在旁边，瞅着咪咪一只猫吃，从来不同它争食。有时还"咪噢"上两声，好像是在说："吃吧，孩子！安安静静地吃吧！"有时候，不管是春夏还是秋冬，虎子会从西边的小山上逮一些小动物，麻雀、蚱蜢、蝉、蛐蛐之类，用嘴叼着，蹲在家门口，嘴里发出一种怪声。这是猫语，屋里的咪咪，不管是睡还是醒，耸耳一听，立即跑到门后，馋涎欲滴，等着吃母亲带来的佳肴，大快朵颐。我们家人看到这样母子亲爱的情景，都由衷地感动，一致把虎子称作"义猫"。有一年，小咪咪生了两个小猫。大概是初做母亲，没有经验，正如我们圣人所说的那样："未有学养子而后嫁者也。"人们能很快学会，而猫们则不行。咪咪丢下小猫不管，虎子却大忙特忙起来，觉不睡，饭不吃，日日夜夜把小猫搂在怀里。但小猫是要吃奶的，而奶正是虎子所缺的。于是小猫暴躁不安，虎子眉头一皱，计上心来，叼起小猫，到处追着咪咪，要它给小猫喂奶。还真像一个姥姥样子，但是小咪咪并不领情，依旧不给小猫喂奶。有几天的时间，虎子不吃不喝，瞪着两只闪闪发光的眼睛，嘴里叼着小猫，从这屋赶到那屋，一转眼又赶了回来。小猫大概真是受不了啦，便辞别了这个世界。

我看了这一出猫家庭里的悲剧又是喜剧，实在是爱莫能助，惋惜了很久。

我同虎子和咪咪都有深厚的感情。每天晚上，它们俩抢着到我床上去睡觉。在冬天，我在棉被上面特别铺上了一块布，供它们躺卧。我有时候半夜里醒来，神志一清醒，觉得有什么东西重重地压在我身上，一股暖气仿佛透过了两层棉被，扑到我的双腿上。我知道，小猫睡得正香，即使我的双腿由于僵卧时间过久，又酸又痛，但我总是强忍着，决不动一动双腿，免得惊了小猫的轻梦。它此时也许正梦着捉住了一只耗子。只要我的腿一动，它这耗子就吃不成了，岂非大煞风景吗？

这样过了几年，小咪咪大概有八九岁了。虎子比它大三岁，十一二岁的光景，依然威风凛凛，脾气暴烈如故，见人就咬，大有死不改悔的神气。而小咪咪则出我意料地露出了下世的光景，常常到处小便，桌子上、椅子上、沙发上，无处不便。如果到医院里去检查的话，大夫在列举的病情中一定会有一条的：小便失禁。最让我心烦的是，它偏偏看上了我桌子上的稿纸。我正写着什么文章，然而它却根本不管这一套，跳上去，屁股往下一蹲，一泡猫尿流在上面，还闪着微弱的光。说我不急，那不是真的。我心里真急，但是，我谨遵我的一条戒律：决不打小猫一掌，在任何情况之下，也不打它。此时，我赶快把稿纸拿起来，抖掉了上面的猫尿，等它自己干。心里又好气，又好笑，真是哭笑不得。家人对我的嘲笑，我置若罔闻，"全等秋风过耳边"。

我不信任何宗教，也不皈依任何神灵。但是，此时我却有点儿想迷信一下。我期望会有奇迹出现，让咪咪的病情好转。可世界上是没有什么奇迹的，咪咪的病一天一天地严重起来。它不想回家，喜欢在房外荷塘边上石头缝里待着，或者藏在小山的树木丛里。它再也不在夜里睡在我的被子上了。每当我半夜里醒来，觉得棉被上轻飘飘的，我惘然若有所失，甚至有点儿悲伤了。我每天凌晨起来，第一件事情就是拿着手电到房外塘边山上去找咪咪。它浑身雪白，是很容易找到的。在薄暗中，我眼前白白地一闪，我就知道是咪咪。见了我，"咪噢"一声，起身向我走来。我把它抱回家，给它东西吃，它似乎根本没有口味。我看了直想流泪。有一次，我拖着疲惫的身子，走几里路，到海淀的肉店里去买猪肝和牛肉。拿回来，喂给咪咪，它一闻，似乎有点儿想吃的样子；但肉一沾唇，它立即又把头缩回去，闭上眼睛，不闻不问了。

有一天傍晚，我看咪咪神情很不妙，我预感要发生什么事情。我唤它，它不肯进屋。我把它抱到篱笆以内，窗台下面。我端来两只碗，一只盛吃的，一只盛水。我拍了拍它的脑袋，它偎依着我，"咪噢"叫了两声，便闭上了眼睛。我放心进屋睡觉。第二天凌晨，我一睁眼，三步并作一步，手里拿着手电，到外面去看。哎呀不好！两碗全在，猫影顿杳。我心里非常难过，说不出是什么滋味。我手持手电找遍了塘边，山上，树后，草丛，深沟，石缝。有时候，眼前白光一闪。"是咪咪！"我狂喜。走近一看，是一张白纸。我嗒然若丧，心头仿佛被挖掉了点儿什么。"屋前屋后搜之遍，几处茫茫皆不见。"从此我就失掉了咪咪，它从我的生命中消逝了，永远永远地消逝了。我简直像是失掉了一个好友，一个亲人。至今回想起来，我内心里还颤抖不止。

在我心情最沉重的时候，有一些通达世事的好心人告诉我，猫们有一种特殊的本领，能知道自己什么时候寿终。到了此时此刻，它们决不待在主人家里，让主人看到死猫，感到心烦，或感到悲伤。它们总是逃了出去，到一个最僻静、最难找的角落里，地沟里，山洞里，树丛里，等候最后时刻的到来。因此，养猫的人大都在家里看不见死猫的尸体。只要自己的猫老了，病了，出去几天不回来，他们就知道，它已经离开了人世，不让举行遗体告别的仪式，永远永远不再回来了。

我听了以后，憬然若有所悟。我不是哲学家，也不是宗教家，但却读过不少哲学家和宗教家谈论生死大事的文章。这些文章多半有非常精辟的见解，闪耀着智慧的光芒，我也想努力从中学习一些有关生死的真理。结果却是毫无所得。那些文章中，除了说教以外，几乎没有什么有用的东西。大半都是老生常谈，不能解决什么实际问题，没能给我留下深刻的印象。现在看来，倒是猫们临终时的所作所为，即使仅仅是出于本能吧，却给了我很大的启发。人们难道就不应该向猫们学习这一点经验吗？有生必有死，这是自然规律，谁都逃不过。中国历史上的赫赫有名的人物，秦皇、汉武，还有唐宗，想方设法，千方百计，想求得长生不老。到头来仍然是竹篮子打水一场空，只落得黄土一抔，"西风残照汉家陵阙"。我辈平民百姓又何必煞费苦心呢？一个人早死几个小时，或者晚死几个小时，甚至几天，实在是无所谓的小事，决影响不了地球的转动，社会的前进。再退一步想，现在有些思想开明的人士，不想长生不老，不想在大地上再留黄土一抔，甚至开明到不要遗体告别，不要开追悼会。但是仍会给后人留下一些麻烦：登报，发讣告，还要打电话四处通知，总得忙上一阵。何不学一学猫们呢？它们这样处理生死大事，干得何等干净利索呀！一点痕迹也不留，走了，走了，永远地走了，让这花花世界的人们不见猫尸，用不着落泪，照旧做着花花世界的梦。

我忽然联想到我多次看过的敦煌壁画上的西方净土变。所谓"净土"，指的就是我们常说的天堂、乐园，是许多宗教信徒烧香念佛，查经祷告，甚至实行苦行，折磨自己，梦寐以求想到达的地方。据说在那里可以享受天福，得到人世间万万得不到的快乐。我看了壁画上画的房子、街道、树木、花草，以及大人、小孩，林林总总，觉得十分热闹。可我觉得没有什么出奇之处。只有一件事给我留下了永不磨灭的印象，那就是，那里的人们都是笑口常开，没有一个人愁眉苦脸，他们的日子大概过得都很惬意。不像在我们人间有这样许多不如意的事情，有时候办点儿事，还要找后门，钻空子。在他们的商店里——净土里面还实行市场经济吗？他们还用得着商店吗？——售货员大概都很和气，不给人白眼，不训斥"上帝"，不扎堆闲侃，不给人钉子碰。这样的天堂乐园，我也真是心向往之的。但是给我印象最深，使我最为吃惊或者羡慕的还是他们对待要死的人的态度。那里的人，大概同人世间的猫们差不多，能预先知道自己寿终的时刻。到了此时，要死的老嬷嬷或者老头，健步如飞地走在前面，身后簇拥着自己的子子孙孙、至亲好友，个个喜笑颜开，全无悲戚的神态，仿佛是去参加什么喜事一般，一直把老人送进坟墓。后事如何，壁画不是电影，是不能动的。然而画到这个程序，以后的事尽在不言中。如果一定要画上填土封坟，反而似乎是多此一举了。我觉得，净土中的人们给我们人类争了光。他们这一手比猫们又漂亮多了。知道必死，而又兴高采烈，多么豁达！多么聪明！猫们能做得到吗？这证明，净土里的人们真正参透了人生奥秘，真正参透了自然规律。人为万物之灵，他们为我们人类在同猫们对比之下真真增了光！真不愧是净土！

上面我胡思乱想得太远了，还是回到我们人世间来吧。我坦白承认，我对人生的奥秘参透得还不够，我对自然规律参透得也还不够。我仍然十分怀念我的咪咪。我心里仿佛有一个空白，非填起来不行。我一定要找一只同咪咪一模一样的白色波斯猫。后来果然朋友又送来了一只，浑身长毛，洁白如雪，两只眼睛全是绿的，亮晶晶像两块绿宝石。为了纪念死去的咪咪，我仍然为它命名"咪咪"，见了它，就像见到老咪咪一样。过了大约又有一年的光景，友人又送了我一只据说是纯种的波斯猫，两只眼睛颜色不同，一黄一蓝。在太阳光下，黄的特别黄，蓝的特别蓝，像两颗黄蓝宝石，闪闪发光，竞妍争艳。这只猫特别调皮，简直是胆大无边，然而也因此就更特别可爱。这一下子又忙坏了虎子，它认为这两只小猫都是自己的亲生女儿，硬逼着它们吮吸自己那干瘪的奶头。只要它走出去，不知在什么地方弄到了小鸟、蚱蜢之类，就带回家来，给两只小猫吃。好久没有听到的"咪噢"唤小猫的声音，现在又听到了。我心里漾起了一丝丝甜意。这大大地减轻了我对老咪咪的怀念。

可是岁月不饶人，也不会饶猫的。这一只"土猫"虎子已经活到十四岁。据通达世情的人们说，猫的十四岁，就等于人的八九十岁。这样一来，我自己不是成了虎子的同龄"人"了吗？这个虎子却也真怪。有时候，颇现出一些老相。两只炯炯有神的眼睛里忽然被一层薄膜蒙了起来；嘴里流出了哈喇子，胡子上都沾得亮晶晶的；不大想往屋里来，日日夜夜扒在阳台上蜂窝煤堆上，不吃，不喝。我有了老咪咪的经验，知道它快不行了。我也跑到海淀，去买来牛肉和猪肝，想让它不要饿着肚子离开这个世界。我随时准备着：第二天早晨一睁眼，虎子不见了。结果虎子并没有这样干。我天天凌晨第一件事就是来看虎子，隔着窗子，依然黑糊糊的一团，卧在那里。我心里感到安慰。有时候，它也起来走动了。我在本文开头时写的就是去年深秋一个下雨天我隔窗看到的虎子的情况。

到了今天，半年又过去了。虎子不但没有走，而且顽健胜昔，仍然是天天出去。有时候在晚上，窗外的布帘子的一角蓦地被掀了起来，一个丑角似的三花脸一闪。我便知道，这是虎子回来了，连忙开门，放它进来。大概同某一些老年人一样——不是所有的老年人——到了暮年就改恶向善，虎子的脾气大大地改变了。几乎再也不咬人了。我早晨摸黑起床，写作看书累了，常常到门外湖边山下去走一走。此时，我冷不防脚下忽然踢着了一团软乎乎的东西，这是虎子。它在夜里不知道在什么地方待了一夜，现在看到了我，一下子蹿了出来，用身子蹭我的腿，在我身前和身后转悠。它跟着我，亦步亦趋，我走到哪里，它就跟到哪里，寸步不离。我有时故意爬上小山，以为它不会跟来了，然而一回头，虎子正跟在身后。猫是从来不跟人散步的，只有狗才这样干。有时候碰到过路的人，他们见了这情景，都大为吃惊。"你看猫跟着主人散步哩！"他们说，露出满脸惊奇的神色。最近一个时期，虎子似乎更精力旺盛了，它返老还童了。有时候竟带一个它重孙辈的小公猫到我们家阳台上来。"今夜我们相识。"虎子用不着介绍就相识了。看样子，虎子一去不复返的日子遥遥无期了。我成了拥有三只猫的家庭的主人。

我养了十几年猫，前后共有四只。猫们向人们学习什么，我不通猫语，无法询问。我作为一个人却确实向猫学习了一些有用的东西。上面讲过的对处理死亡的办法，就是一个例子。我自己毕竟年纪已经很大了，常常想到死的问题。鲁迅五十多岁就想到了，我真是瞠乎后矣。人生必有死，这是无法抗御的。而且我还认为，死也是好事情。如果世界上的人都不死，连我们的轩辕老祖和孔老夫子今天依然峨冠博带，坐着奔驰车，到天安门去遛弯儿，你想人类世界会成一个什么样子！人是百代的过客，总是要走过去的，这决不会影响地球的转动和人类社会的进步。每一代人都只是一场没有终点的长途接力赛的一环。前不见古人，后不见来者，是宇宙常规。人老了要死，像在净土里那样，应该算是一件喜事。老人跑完了自己的一棒，把棒交给后人，自己要休息了，这是正常的。不管快慢，他们总算跑完了一棒，总算对人类的进步做出了贡献，总算尽上了自己的天职。年老了要退休，这是身体精神状况所决定的，不是哪个人能改变的。老人们会不会感到寂寞呢？我认为，会的。但是我却觉得，这寂寞是顺乎自然的，从伦理的高度来看，甚至是应该的。我始终主张，老年人应该为青年人活着，而不是相反。青年人有接力棒在手，世界是他们的，未来是他们的，希望是他们的。吾辈老年人的天职是尽上自己仅存的精力，帮助他们前进，必要时要躺在地上，让他们踏着自己的躯体前进，前进。如果由于害怕寂寞而学习《红楼梦》里的贾母，让一家人都围着自己转，这不但是办不到的，而且从人类前途利益来看是犯罪的行为。我说这些话，也许有人怀疑，我是不是碰到了什么不如意的事，才说出这样令某些人骇怪的话来。不，不，决不。我现在身体顽健，家庭和睦，在社会上广有朋友，每天照样读书、写作、会客、开会不辍。我没有不如意的事情，也没有感到寂寞。不过自己毕竟已逾耄耋之年，面前的路有限了，不免有时候胡思乱想。而且，我同猫们相处久了，觉得它们有些东西确实值得我们学习，我们这些万物之灵应该屈尊一下，学习学习。即使只学到猫们处理死亡大事这一手，我们社会上会减少多少麻烦呀！

"那么，你是不是准备学习呢？"我仿佛听到有人这样质问了。是的，我心里是想学习的。不过也还有些困难。我没有猫的本能，我不知道自己的大限何时来到。而且我还有点儿担心。如果我真正学习了猫，有一天忽然偷偷地溜出了家门，到一个旮旯里、树丛里、山洞里、河沟里，一头钻进去，藏了起来，这样一来，我们人类社会可不像猫社会那样平静，有些人必然认为这是特大新闻，指手画脚，喊喊喳喳。如果是在旧社会里或者在今天的香港等地的话，这必将成为头版头条的爆炸性新闻，不亚于当年的杨乃武和小白菜。我的亲属和朋友也必将派人出去寻找，派的人也许比寻找彭加木的人还要多。这是多么可怕的事呀！因此我就迟疑起来。至于最后究竟何去何从？我正在考虑、推敲、研究。

缘 起

"牛棚"这个词儿,大家一听就知道是什么意思。但是,它是否就是法定名称,却谁也说不清楚。我们现在一切讲"法治"。讲"法治",必先正名。但是"牛棚"的名怎么正呢?牛棚的创建本身就是同法"对着干的"。现在想用法来正名,岂不是南辕而北辙吗?

在北大,牛棚这个词儿并不流行。我们这里的"官方"叫做"劳改大院",有时通俗化称之为"黑帮大院",含义完全是一样的。但是后者更生动,更具体,因而在老百姓嘴里就流行了起来。顾名思义,"黑帮"不是"白帮"。他们是专在暗中干"坏事"的,是同"革命司令部"唱反调的。这一帮家伙被关押的地方就叫做"黑帮大院"。

"童子何知,躬逢胜饯!"我三生有幸,也住进了大院,——从语言学上来讲,这里的"住"字应该作被动式——而且一住就是八九个月。要说里面很舒服,那不是事实。但是,像"十年浩劫"这样的现象,在人类历史上绝对是空前的——我但愿它也绝后——,"人生不满百",我居然躬与其盛,这真是千载难逢的机会，我不得不感谢苍天，特别对我垂青、加佑，以至于感激涕零了。不然的话，想找这样的机会，真比骆驼穿过针眼还要难。我不但赶上这个时机，而且能住进大院。试想，现在还会有人为我建院，派人日夜守护，使我得到绝对的安全吗？

我也算是一个研究佛教的人。我既研究佛教的历史，也搞点佛教的义理。但是最使我感兴趣的却不是这些堂而皇之的佛教理论，而是不登大雅之堂的一些迷信玩意儿，特别是对地狱的描绘。这在正经的佛典中可以找到，在老百姓的口头传说中更是说得活灵活现。这是中印两国老百姓集中了他们从官儿们那里受到的折磨与酷刑，经过提炼，"去粗取精，去伪存真"然后形成的，是人类幻想不可多得的杰作。谁听了地狱的故事不感到毛骨悚然、毛发直竖呢？

我曾有志于研究比较地狱学久矣。积几十载寒暑探讨的经验，深知西方地狱实在有点太简单、太幼稚、太单调、太没有水平。不信你去读一读但丁的《神曲》，那里有对地狱的描绘。但丁的诗句如黄钟大吕；但是诗句所描绘的地狱，却实在不敢恭维，一点想象力都没有，过于简单，过于表面。读了只能让人觉得好笑。回观印度的地狱则真正是博大精深。再加上中国人的扩大与渲染，地狱简直如七宝楼台，令人目眩神驰。读过中国《玉历至宝钞》一类描写地狱的书籍的人，看到里面的刀山火海，油锅大锯，再配上一个牛头，一个马面，角色齐全，道具无缺，谁能不五体投地地钦佩呢？东方文明超过西方文明，东方人民的智慧超过西方人民的智慧，于斯可见。

我非常佩服老百姓的幻想力，非常欣赏他们对地狱的描绘。我原以为这些幻想力和这些描绘已经是至矣尽矣，蔑以复加矣。然而，我在牛棚里待过以后，才恍然大悟，"革命小将"在东胜神州大地上，在光天化日之下建造起来的牛棚，以及对牛棚的管理措施，还有在牛棚里制造的恐怖气氛，同佛教的地狱比较起来，远远超过印度的原版。西方的地狱更是瞠乎后矣，有如小巫见大巫了。

我怀疑，造牛棚的小将中有跟我学习佛教的学生；我怀疑，他们不但学习了佛教史和佛教教义，也学习了地狱学。而且理论联系实际，他们在建造北大的黑帮大院时，由远及近，由里及表，加以应用。一时成为全国各大学学习的样板。他们真正是青出于蓝而胜于蓝。仅此一点，就足以证明，我在北大四十年的教学活动，没有白费力量。我虽然自己被请入瓮中，但衷心欣慰，不能自已了。

犹有进者，这一群革命小将还充分发挥了创新能力。在这个牛棚里确实没有刀山、油锅、牛头、马面等等。可是，在没有这样的必需的道具下而能制造出远远超过佛教地狱的恐怖气氛，谁还能吝惜自己的赞赏呢？在旧地狱里，牛头、马面不过根据阎罗王的命令把罪犯用钢叉叉入油锅，叉上刀山而已。这最多只能折磨犯人的肉体，决没有"触及灵魂"的措施，决没有"斗私批修"、"狠斗活思想"等等的办法。我们北大的革命（？）小将，却在他们的"老佛爷"的领导下在大院中开展了背语录的活动。这是崭新的创造，从来也没有听说牛头、马面会让犯人背诵什么佛典，什么"揭谛，揭谛，波罗揭谛"，背错一个字，立即一记耳光。在每天晚上的训话，也是旧地狱中决不会有的。每当夜幕降临，犯人们列队候训。恶狠狠的训斥声，清脆的耳光声，互相应答，融入夜空。院外小土山上，在薄暗中，人影晃动。我低头斜眼一瞥，知道是"自由人"在欣赏院内这难得的景观，宛如英国白金汉宫前面广场上欣赏御林军换岗的盛况。此时我的心情实在不足为外人道也。

简短截说，牛棚中有很多新的创造发明。里面的生活既丰富多彩，又阴森刺骨。我们住在里面的人，日日夜夜，分分秒秒，都让神经紧张到最高限度，让五官的本能发挥到最高限度，处处有荆棘坑坎，时时有横祸飞来。这种生活，对我来说，是绝对空前的。对门外人来说，是无法想象的。当时在全国进入牛棚的人虽然没有确切统计，但一定是成千累万。可是同全国人口一比，仍然相形见绌，只不过是小数一端而已。换句话说，能进入牛棚并不容易，是一个非常难得的机会。人们不是常常号召作家在创作之前要深入生活吗？但是有哪一个作家心甘情愿地到黑帮大院里来呢？成为黑帮一员，也并不容易，需要具备的条件还是非常苛刻的。

我是有幸进入牛棚的少数人之一，几乎把老命搭上才取得了一些难得的经验。我认为，这些经验实在应该写出来的，我自己虽非作家，却也有一些舞笔弄墨的经验。自己要写，非不可能。但是，我实在不愿意再回忆那一段生活，一回忆一直到今天我还是不寒而栗，不去回忆也罢。我有一个渺渺茫茫的希望，希望有哪一位蹲过牛棚的作家，提起如椽大笔，把自己不堪回首的经历，淋漓尽致地写了出来，一定会开阔全国全世界读者的眼界，为人民立一大功。

可是我盼星星，盼月亮，盼着冬天出太阳，一直盼到今天，虽然读到了个别人写的文章或书，总还觉得很不过瘾，我想要看到的东西始终没有出现。蹲过牛棚，有这种经验而又能提笔写的人无虑百千。为什么竟都沉默不语呢？这样下去，等这一批人一个个遵照自然规律离开这个世界的时候，那些极可宝贵的，转瞬即逝的经验，也将会随之而消泯得无影无踪。对人类全体来说，这是一个莫大的损失。对有这种经验而没有写出来的人来说，这是犯了一个极大的错误。最可怕的是，我逐渐发现，"十年浩劫"过去还不到二十年，人们已经快要把它完全遗忘了。我同今天的青年，甚至某一些中年人谈起这一场灾难来，他们往往瞪大了眼睛，满脸疑云，表示出不理解的样子。从他们的眼神中可以看出来，他们的脑袋里装满了疑问号。他们怀疑，我是在讲"天方夜谭"，我是故意夸大其词。他们怀疑，我别有用心。他们不好意思当面驳斥我，但是他们的眼神却流露出："天下哪里可能有这样的事情呢？"我感到非常悲哀、孤独与恐惧。

我感到悲哀，是因为我九死一生经历了这一场巨变，到头来竟然得不到一点了解，得不到一点同情。我并不要别人会全面理解，整体同情。事实上，我对他们讲的只不过是零零碎碎、片片段段。有一些细节我甚至对家人、好友都没有讲过，至今还闷在我的心中。然而，我主观认为，就是那些片段就足以唤起别人的同情了。结果却是适得其反，于是我悲哀。

我孤独，是因为我感到，自己已届耄耋之年，在茫茫大地上，我一个人踽踽独行，前不见古人，后不见来者。年老的像三秋的树叶，逐渐飘零。年轻的对我来说像日本人所说的"新人类"那样互不理解。难道我就怀着这些秘密离开这个世界吗？于是我孤独。

我恐惧，是因为我怕这些千载难得的经验一旦泯灭，以千万人遭受难言的苦难为代价而换来的经验教训，就难以发挥它的"社会效益"了。想再获得这样的教训恐怕是难之又难了。于是我恐惧。

在悲哀、孤独、恐惧之余，我还有一个牢固的信念。如果把这一场灾难的经过如实地写了出来，它将成为我们这个伟大民族的一面镜子。常在这一面镜子里照一照，会有无限的好处的。它会告诉我们，什么事情应当干，什么事情又不应当干，决没有任何坏处。

就这样，在反反复复考虑之后，我下定决心，自己来写。我在这里先郑重声明：我决不说半句谎言，决不添油加醋。我的经历是什么样子，我就写成什么样子。增之一分则太多，减之一分则太少。不管别人说什么，我都坦然处之，"只等秋风过耳边"。谎言取宠是一个品质问题，非我所能为，亦非我所愿为。我对自己的记忆力还是有信心的。经过了所谓"文化大革命"炼狱的洗礼，"曾经沧海难为水"，我现在什么都不怕。如果有人读了我写的东西感到不舒服，感到好像是揭了自己的疮疤；如果有人想对号入座，那我在这里先说上一声：悉听尊便。尽管我不一定能写出什么好文章，但是这文章是用血和泪换来的，我写的不是小说。这一点想必能得到读者的谅解与同情。

以上算是缘起。

牛棚生活

我们亲手把牛棚建成了，我们被"请君入瓮"了。

牛棚里面也是有生活的。有一些文学家不是宣传过"到处有生活"吗？

但是，现在要来谈牛棚生活，却还非常不容易，"一部十七史，不知从何处说起"。我考虑了好久，忽然灵机一动，我想学一学过去很长时间内在中国史学界最受欢迎，几乎被认为是金科玉律的"以论带史"的办法，先讲一点理论。但是我这一套理论，一无经可引，二无典可据，完全是我自己通过亲身体验，亲眼观察，又经过深思熟虑，从众多的事实中抽绎出来的。难登大雅之堂，是可以肯定的。但我自己则深信不疑。现在我不敢自秘，公之于众，这难免厚黑之诮，老王卖瓜之讽，也在所不顾了。

我的理论是什么呢？一言以蔽之，可名之为"折磨论"。我觉得，"革命小将"在"文化大革命"中自始至终所搞的一切活动，不管他们表面上怎样表白，忠于什么什么人呀，维护什么什么路线呀，这些都是鬼话。要提纲挈领的话，纲只有一条，那就是：折磨人。这一条纲贯彻始终，无所不在，无时不在，左右一切。至于这一条纲的心理基础、思想基础，我在上面几个地方都有所涉及，这里不再谈了。从"打倒"抄家开始，一直到劳改，花样繁多，令人目迷五色，但是其精华所在则是折磨人。在这方面，他们也有一个进化的过程。最初对于折磨人，虽有志于斯，但经验很少，办法不多。主要是从中国过去的小说杂书中学到了一点。我在本书开头时讲到的《玉历至宝钞》，就是一个例子。此时折磨人的方式比较简单、原始、生硬、粗糙，并不精美、完整。比如打耳光，用脚踹之类，大概在原始社会就已有了，他们不学自通。但是，这一批年轻勤奋好学，接受力强，他们广采博取，互相学习，互相促进。正如在战争中武器改良迅速，在"文化大革命"中，折磨人的方式也是时新日异，无时不在改进、丰富中。往往是一个学校发明了什么折磨人的办法，比电光还快，立即流布全国，比如北大挂木牌的办法，就应该申请专利。结果是，全国的"革命造反派"共同努力，各尽所能，又集中了群众的智慧，由粗至精，由表及里，由近及远，由寡及众，折磨人的办法就成了体系，光被寰宇了。如果有机会下一次再使用时，那就方便多了。

我的"论"大体如此。

这个"论""带"出了什么样的"史"呢？

这个"史"头绪繁多。上面其实已经讲了一些。现在结合北大的"牛棚"再来分别谈上一谈。据我看，北大黑帮大院的创建就是理论联系实践的结果。

下面分门别类来谈。

（一）正名

孔子曰："必也正名乎。名不正则言不顺。"我们这一群被抄家被"打倒"的罪犯应该怎样命名呢？这是"革命"的首要任务。我们曾被命名为"黑帮"；但是，这是老百姓的说法，其名不雅驯。我们曾被叫做"王八蛋"；但是，此名较之"黑帮"，更是"斯下矣"。我们曾被命名为"反革命分子"；这确实是一个"法律语言"，不知为什么，也没有被普遍采用。此外还有几个名，也都没有流行起来。看来这个正名的问题，一直没有妥善地解决。现在黑帮大院已经建成了，算是正规化了，正名便成了当务之急。我们初搬进大院来的时候，每一间屋的墙上都贴着一则告示，名曰"劳改人员守则"。里面详细规定了我们必须遵守的规矩，具体而又严厉。样子是出自一个很有水平的秀才之手。当时还没有人敢提倡法治。我们的"革命"小将真正是得风气之光，居然订立出来了类似法律的条款，真不能不让我们这些被这种条款管制的人肃然起敬了。

但是，俗话说："智者千虑，必有一失"。我们这些小智者也有了"一失"，失就失在正名问题上。《劳改人员守则》贴出来大概只有一两天就不见了，换成了《劳改罪犯守则》。把"人员"改为"罪犯"，只更换了两个字，然而却是点铁成金。"罪犯"二字何等明确，又何等义正词严！让我们这些人一看到"罪犯"二字，就能明确自己的法律地位，明确自己已被打倒，等待我们的只是身上被踏上一千只脚，永世不得翻身了。我们这一群从来也不敢造反的秀才们，从此以后，就戴着罪犯的帽子，小心翼翼，日日夜夜，都如临深渊，如履薄冰，把我们全身，特别是脑袋里的细胞，都万分紧张地调动到最高水平，这样来实行劳改。

我有四句歪诗：

大院建成，
乾坤底定。
言顺名正，
天下太平。

（二）我们的住处

关于我们的住处，我在上面已经有所涉及。现在再简略地谈一谈。

"罪犯们"被分配到三排平房中去住。

这些平房，建筑十分潦草，大概当时是临时性的建筑，其规模比临时搭起的棚子略胜一筹。学校教室紧张的时候,这里曾用作临时教室。现在全国大学都停课闹革命已经快两年了。北大连富丽堂皇的大教室都投闲置散,何况这简陋的小屋?所以里面尘土累积,蛛网密集,而且低矮潮湿,霉气扑鼻。此地有老鼠、壁虎,大概也有蝎子。地上爬着多足之虫,还有土鳖,以及其他许许多多的小动物,总之,低矮潮湿之处所有的动物,这里应有尽有。实际上是无法住人的。但是我们此时已经被剥夺了"人"籍,我们是"罪犯",让我们在任何地方住,都是天恩高厚。我们还敢有什么奢望!

最初几天,我们就在湿砖地上铺上席子,晚上睡在上面,席子下面薄薄一层草实在挡不住湿气。白天苍蝇成群,夜里蚊子成堆。每个人都被咬得遍体鳞伤,奇痒难忍。后来,运来了木头,席子可以铺在木头上了。夜里每间房子里还发给几个蘸着敌敌畏的布条,悬挂在屋内,据说可以防蚊。对于这一些"人道"措施,我们几乎要感激涕零了。

这时候,比起太平庄来,劳动"罪犯"的队伍大大地扩大了,至少扩大了一倍。其中原因我们不清楚,也不想清楚,这同我们有什么关系呢?我观察了一下,陆平等几个"钦犯",最初并没有关在这里,大概旁处还有"劳改小院"之类,这事我就更不清楚了。有一些新面孔,有的过去在某个批斗会上见过面,有一些则从没有见过面,大概是随着"阶级斗争"的深入发展,新"揪"出来的。事实上,从入院一直到大院解散,经常不断地有新"罪犯"参加进来。我们这个大家庭在不断扩大。

(三)日常生活

牛棚里有了《劳改罪犯守则》,就等于有了宪法。以后虽然也时常有所补充,但大都是口头的,没有形诸文字。这里没有"劳改罪犯"大会,用不着什么人通过。好在监改人员——我不知道这是不是官方的称呼?——出口成法,说什么都是真理。

在"宪法"和口头补充法律条文的约束下,我们的牛棚生活井然有序。早晨六点起床,早了晚了都不允许。一声铃响,穿衣出屋,第一件事情就是绕着院子跑步。监改人员站在院子正中，发号施令。在我的记忆中，他们很少手执长矛，大概是觉得此地安全了。跑步算不算体育锻炼呢？按常理说，是的。但是实际上我们这一群"劳改罪犯"，每天除了干体力活以外，谁也不允许看一点书，我们的体育锻炼已经够充分的了，何必再多此一举？再说我们"这一群王八蛋"已经被警告过，我们是铁案如山，谁也别想翻案。我们已经罪该万死，死有余辜，身体锻炼不锻炼完全是无所谓的。唯一的合理解释就是我发现的"折磨论"，早晨跑步也是折磨"罪犯"的一种办法。让我们在整天体力劳动之前，先把体力消耗净尽。

跑完步，到院子里的自来水龙头那里去洗脸漱口。洗漱完，排队到员二食堂去吃早饭。走在路上，一百多人的浩浩荡荡的队伍，个个垂头丧气，如丧考妣。根据口头法律，谁也不许抬头走路，谁也不敢抬头走路。有违反者，背上立刻就是一拳，或者踹上一脚。到了食堂，只许买窝头和咸菜，油饼一类的"奢侈品"，是绝对禁止买的。当时"劳动罪犯"的生活费是每月十六元五角，家属十二元五角。即使让我买，我能买得起吗？靠这一点钱，我们又怎样"生"，怎样"活"呢？餐厅里当然有桌有凳，但那是为"人"准备的，我们无份。我们只能在楼外树底下，台阶上，或蹲在地上"进膳"。中午和晚上的肉菜更与我们无关，只能吃点盐水拌黄瓜，清水煮青菜之类。整天剧烈的劳动，而肚子里却滴油没有。我们只能同窝头拼命，可是我们又哪里去弄粮票呢？这是我继在德国挨饿和所谓"三年困难时期"之后的第三次堕入饥饿地狱。但是，其间也有根本性的区别：前两次我只是饿肚子而已，这次却是在饿肚之外增加了劳动和随时会有的皮肉之苦。回思前两次的挨饿宛如天堂乐园可望而不可即了。

早饭以后，回到牛棚，等候分配劳动任务。此时我们都成了牛马，全校的工人没有哪个再干活了，他们都变成了监工和牢头禁子。他们有了活，不管是多脏多累，一律到劳改大院来，要求分配"劳改罪犯"。这就好比是农村生产队队长分配牛马一样。分配完了以后，工人们就成了甩手大掌柜的，在旁边颐指气使。解放后的北大工人阶级，此时真是踌躇满志了。

还有一件最最重要的事情，无论如何也是不能忘记的。在出发劳动之前，我们必须到树干上悬挂的黑板下，抄录今天要背诵的"最高指示"。这指示往往相当长，每一个"罪犯"，今天不管是干什么活，到哪里去干活，都必须背得滚瓜烂熟。任何监改人员，不管在什么场合，都可能让你背诵。倘若背错一个字，轻则一个耳光，重则更严厉的惩罚。现在，如果我们被叫到办公室去，先喊一声："报告！"然后垂首肃立。监改人员提一段语录的第一句，你必须接下去把整段背完。倘若背错一个字，则惩罚如上。有一位地球物理老教授，由于年纪实在太老了，而且脑袋里除了数学公式之外，似乎什么东西也挤不进去。连据说有无限威力的"最高指示"也不例外。我经常看到他被打得鼻青脸肿，双眼下鼓起两个肿泡。我颇有兔死狐悲之感。

背语录有什么用处呢？也许有人认为，我们这些"罪犯"都是花岗岩的脑袋瓜，用平常的办法来改造，几乎是不可能的。"革命家"于是就借用了耶稣教查经的办法，据说神力无穷。但是，我很惭愧，我实在没有感觉出来。我有自己的解释，这解释仍然是我发明创造的"折磨论"。我一直到今天还认为，这是唯一合理的解释。监改人员自己也不相信，"最高指示"会有这样的威力，他们自己也并背不熟几条语录。连向"罪犯"提头时，也往往出现错误。有时候他提了一个头，我接着背下去，由于神经紧张，也曾背错过一两个字，但监改人员并没有发现。我此时还没有愚蠢到"自首"的地步，蒙混过了关。我如真愚蠢到起来"自首"，那么监改人员面子不是受到损害了吗？那后果就不堪设想了。

从此，我们就边干活，边背语录。身体和精神都紧张到要爆炸的程度。

至于我参加的劳动工种，那还是非常多的。劳动时间最长的有几个地方。根据我现在的回忆，首先是北材料厂。这里面的工人都属于新北大公社一派，都是拥护"老佛爷"的。在"劳改罪犯"中，也还是有派别区分的。同是"罪犯"，而待遇有时候会有不同。我在这里，有两重身份，一是"劳改罪犯"，二是原井冈山成员。因此颇受到一些"特殊待遇"，被训斥的机会多了一点。我们在这里干的活，先是搬运耐火砖，从厂内一个地方搬到小池旁边，码了起来。一定要码整整齐齐，否则会塌落下来。耐火砖非常重，砸到人身上，会把人砸死的。我们"罪犯们"都知道这一点，干起活来都万分小心谨慎。耐火砖搬完，又被分配来拔掉旧柱子和旧木板上的钉子。干这活，允许坐在木墩子上，而且活也不累，我们简直是享受天福了。厂内的活干完了后，又来到厂外堆建房用的沙堆旁边，去搬运沙子，从一堆运到另一堆上。在北材料厂我大概干了几个星期。我在这里还要补充说明几句，在这里干活的只是"罪犯"的一小部分。其余的人都各有安排，情况我不清楚，我只好略而不谈了。

　　我从北材料厂又被调到学生宿舍区去运煤。现在是夏天，大汽车把煤从什么地方运到学校，卸在地上，就算完成任务。我们的任务是把散堆在地上的煤，用筐抬着，堆成煤山，以减少占地的面积。这个活并不轻松，一是累，二是脏。两个老人抬一筐重达百斤以上的煤块或煤末，有时还要爬上煤山，是非常困难的。大风一起，我们满脸满身全是煤灰。在平常时候，这种地方我们连走进都不会的。然而此时情况变了。我们已能安之若素。什么卫生不卫生，更不在话下了。同我长时间抬一个筐的是解放前在燕京大学冒着生命的危险参加地下工作的穆斯林老同志，趁着监督劳动的工人不在眼前的时候，低声对我说："我们的命运看来已经定了。我们将来的出路，不外是到什么边远地区劳改终生了。"这种想法是有些代表性的。我自己何尝不是这样想呢？

　　以后，我的工种有过多次变化。我曾随大队人马到今天勺园大楼的原址稻田的地方去搬过石头，挖过稻田。有一次同西语系的一位老教授被分配跟着一个工人，到学生宿舍三十五楼东墙外面去修理地下水管。这次工人师傅亲自下了手，我们两个老头只能算是"助教"，帮助他抬抬洋灰包，递递铁锹。这位工人虽然也绷着脸，一言不发。但是对我们一句训斥的话都没有说过。我心里实在是铭感五内。十年浩劫以后，我在校园里还常见到他骑车而过，我总是用感激的眼光注视着他的背影渐渐消逝。

　　此外，我还被分配到一些地方去干活，比如修房子，拔草之类，这里不一一叙述了。

　　既然叫做"劳改"，劳动当然就是我们主要的生活内容。不管是在劳动中，还是在其他活动中，总难避开同监改人员打交道。见了他们，同在任何地方一样，我们从不许抬头，这已经是金科玉律。往往我们不知道，站在面前谈话的是什么人。但是对方则一张口就用上一句"国骂"，这同美国人见面时说"hello!"一样，不过我们只许对面的人说而已。监改人员用的词汇很丰富，除了说"妈的"以外，还说"你这混蛋！""你这王八蛋！"等等，词彩丰富多了。如果哪个监改人员不用"国骂"开端，我反而觉得非常反常，非常不舒服了。

（四）晚间训话

我先郑重声明一句：这是劳改监改人员最伟大的最富有天才的发明创造。

在我上面谈"劳改罪犯"的日常生活时，曾谈过监改人员在管理"劳动罪犯"时的许多发明创造。这些监改人员，除了个别职员和一些工人以外，有一多半是学生。这些学生平常学习成绩怎样，我说不清楚。但在管理劳改大院时的表现，我作为一个老师，却不能不给他们打很高的分数。过去我们的教学颇多脱离实际的地方。这主要由教学制度负责，我们当教员的也不能辞其咎。在劳改大院里，他们是完全联系实际的，他们表现出来的才能是多方面的：组织的才能，管理的才能，训话的才能，说歪理诡辩的才能，株连罗织的才能，等等，简直说也说不完。再加上他们表现出来的果断和勇气，说打人伸手就打，抬脚就踢，丝毫也不游移迟疑，我辈老师实在是望尘莫及。

但是，他们发明创造的天才表现得最最突出的地方，却是晚间训话。

什么叫"晚间训话"呢？每天晚上，吃过晚饭，照例要全体"罪犯"集合，地点在两排平房之间的小院子里。每天总有一个监改人员站在队列前面训话，这个人好像是上边来的，不是我们在大院里常碰到的那些人，他大概是学校公社的头子之一。这个训话者常换人，个中详情我说不清楚。训话的内容，每天不同。因为它的目的不在讲大道理，而大道理是没有多少的，讲大道理必然每天重复。他们的训话是属于"折磨学"的，是这一门学问的实践。训话者每天主要做法是抓小辫子，而小辫子我们满头都是，如果真正没有，他们还可以栽在你头上嘛。小辫的来源大体上有两个：一个是白天劳动时一些芝麻绿豆大的小事，一个是我们每天的书面思想汇报中一些所谓"问题"。我们劳动都是非常兢兢业业的，并不是由于我们"觉悟"高，而是由于害怕拳打脚踢。但是，欲加之罪，何患无词，说不定哪一个"棚友"今天要倒霉，让监改人员看中了。到了晚间训话时，就给你来算账。至于写书面的思想汇报，那更是每天的重要工作。不管我们怎样苦思苦想，细心推敲，在中国这个文字之国，这个刀笔师爷之国，挑点小毛病是易如反掌的。中国历史上这类著名的例子多如牛毛。清朝雍正皇帝就杀过一个大臣，原因是他把"朝乾夕惕"，为了使文章别开生面，写成了"夕惕朝乾"。这两者其实是一样的，都是"颂圣"之句。然而"龙颜大怒"，结果丢掉了脑袋。我们监改人员的智商要比封建皇帝高多了。他们反正每天必须从某个"罪犯"的书面汇报中挑点小毛病。不管是谁，只要被他们选中，晚间训话时就倒了大霉。

晚间训话的程序大体上是这样的："罪犯"们先列队肃立，因为院子不大，排成四行，监改人员先点名。这种事情我一生经历多了，没有留下什么深刻的记忆。只有一件极小极小的小事，却给我留下了毕生难忘的回忆，就是我将来见了阎王爷，也不会忘记的。有一位西语系的归国华侨教授，年龄早过了花甲，而且有重病在身，躺在床上起不来。不知道是用什么东西把他也弄到黑帮大院里来。他行将就木，根本不能劳动，连吃饭都起不来，就让他躺在床上"改造"。他住的房子门外就是晚间训话"罪犯"们排队的地方。每次点名，他都能听到自己的名字。此时就从屋中木板上传出来一声："到！"声音微弱、颤抖、苍老、凄凉。我每次都想哭上一场。这声音震动了我的灵魂！

其他"罪犯"站在这一间房子的门外，个个心里打鼓。说不定训话者高声点到了谁的名字，还没有等他自己出队，就有两个年轻力壮的监改人员，走上前去，用批斗会上常用的方式，倒剪双臂，拳头按在脖子上，押出队列，上面是耳光，下面是脚踢。清脆的耳光声响彻夜空。更厉害的措施是打倒在地，身上踏上一两只脚——一千只脚是踏不上的，这只不过是修辞学的夸大而已，用不着推敲，这也属于我所发现的"折磨论"之列的。

这样的景观大概只有在十年浩劫中才能看到。我们不是非常爱"中国之最"吗？有一些"最"是颇有争议的；但是，我相信，这里决无任何争议。因此，劳改大院的晚间训话的英名不胫而走，不久就吸引了大量的观众，成为北大最著名的最有看头的景观，简直可以同英国的白金汉宫前每天御林军换岗的仪式媲美了。每天，到了这个时候，站在队列之中，我一方面心里紧张到万分，生怕自己的名字被点到；另一方面在低头中偶一斜眼，便能看到席棚外小土堆上，影影绰绰地，隐隐约约地，在暗淡的电灯光下，在小树和灌木的丛中，站满了人。数目当然是数不清的，反正是里三层外三层的人不在少数。这都是赶来欣赏这极为难得又极富刺激性的景观的。这恐怕要比英国戴着极高的黑帽子，骑在高头大马上的御林军的换岗难得得多。这仪式在英国已经持续了几百年，而在中国首都的最高学府中只持续了几个月。这未免太煞风景了，否则将会给我们旅游业带来极大的经济效益。

还有一点十分值得惋惜的是，我们晚间训话的棚外欣赏者们，没有耐性站到深夜。如果他们有这个耐性的话，他们一定能够看到比晚间训话更为阴森森的景象。这个景象连我们这个大院里的居民都不一定每个人都能看到。偶尔有一夜，我出来小解，我在黑暗中看到院子里一些树下都有一个人影，笔直地站在那里，抬起两只胳臂，向前作拥抱状。实际上拥抱的只是空气，什么东西都没有。我不知道，我们这几个棚友已经站在那拥抱空虚有多久了。对此我没有感性认识，我只觉得，这玩意儿大概同喷气式差不多。让我站的话，站上一刻钟恐怕都难以撑住。棚友们却不知道已经站了多久了，更不知道将站到何时。我们棚里的居民都知道，在这时候，什么话也别说，什么声也别出。我连忙回到屋里，在梦里还看到一些拥抱空虚的人。

（五）离奇的规定

在黑帮大院里面，除了有《劳改罪犯守则》这一部宪法以外，还有一些不成文法或者口头的法规。这我在上面已经说过几句，现在再选出两个典型的例证来说上一说。

这两个例证：一是走路不许抬头，二是坐着不许跷二郎腿。

我虽不是研究法律的学者，但是在许多国家呆过，也翻过一些法律条文；可是无论在什么地方也没有看到或者听到一个人走路不许抬头的规定。除了生理上的歪脖子以外，头总是要抬起来的。

但是，在北京大学的劳改大院里，牢头禁子们却规定"罪犯"走路不许抬头。我不知道，他们是怎样想出这个极为离奇的规定来的。难道说他们读到过什么祖传的秘典？或者他们得到了像《水浒》中说的那种石碣文？抑或是他们天才的火花闪耀的结果？这些问题我研究不出来。反正走路不许抬头，这就是法律，我们必须遵守。

除了在个人的牢房里以外，在任何地方，不管是在院内，还是在院外，抬头是禁止的。特别在同牢头禁子谈话的时候，绝对不允许抬头看他一眼的。如果哪一个"罪犯"敢于这样干，那后果真是不堪设想。轻则一个耳光，重则拳打脚踢，甚至被打翻在地。因此，我站在牢头禁子面前，眼光总是落在地上，或者他的脚上，再往上就会有危险。他们穿的鞋，我观察得一清二楚，面孔则是模糊一团。在干活时，比如说抬煤筐，抬头是可以的。因为此时再不允许抬头，活就没法干了。有一次，我们排队去吃饭，不知道由于什么原因，我稍稍抬了一下头，时间最多十分之一秒。然而押送我们到食堂的监改人员立即作狮子吼："季羡林！你老实点！"我本能地期望着脸上挨一耳光，或者脚上挨一脚。幸而都没有，我从此以后再也不敢不"老实"了。

至于跷二郎腿，那几乎是人人都有的一个习惯。因为这种姿势确实能够解除疲乏。但是在劳改大院里却是被严厉禁止的。记得在什么书上看到有关袁世凯的记载，说他一生从来不跷二郎腿，坐的时候总是双腿并拢，威仪俨然。这也许是由于他是军人，才能一生保持这样坐的姿势。我们这一群"劳改罪犯"都是平常的人，不是洪宪皇帝，怎么能做得到呢？

还有一件不大不小的事情，我想在这里提一提。我在上面已经说到过，我们"罪犯"们已经丢掉了笑的本领。笑本来是人的本能，怎么竟能丢掉了呢？这个"丢掉"，不是来自"劳改宪法"，也不是出自劳改监督人员的金口玉言，而是完全"自觉自愿"。试问，在打骂随时威胁着自己的时候，谁还能笑得起来呢？劳改大院里也不是没有一点笑声的，有的话，就是来自牢头禁子的口中的。在寂静如古墓般的大院中，偶尔有一点笑声，清脆如音乐，使大院顿时有了生气。然而，这笑声会在我们心中引起什么感觉呢？别人我不知道，在我耳中心中，这笑声就如鸱枭在夜深人静时的狞笑，听了我浑身发抖。

（六）设置特务

这一群年轻的牢头禁子们，无师自通，或者学习外国的"盖世太保"或克格勃，以及国民党的"中统"或"军统"，也学会了利用特务，来巩固自己的统治。他们当然决不会径名之为"特务"，而称之为"汇报人"。每一间牢房里都由牢头禁子们任命一个"汇报人"。这个"汇报人"是根据什么条件被选中的？他们是怎样从牢头禁子那里接受任务？对我们这些非"汇报人"的"罪犯"来说，都是极大的秘密。据我的观察，"汇报人"是有一些特权的。比如每星期日都能够回家，而且在家里待的时间也长一点。我顺便在这里补充几句，"罪犯"们中有的根本不允许回家，有的隔一段比较长的时间可以回家，有的每个星期日都能够回家，这叫做"区别对待"。决定的权力当然都在牢头禁子手中。"汇报人"既然享受特权，"士为知己者用"。他们必思有以报效，这就是勤于"汇报"。鸡毛蒜皮，都要"汇报"，越勤越好。有的"汇报人"还能看风使舵。哪一个"罪犯""失宠"于牢头禁子，他就连忙落井下石，以期得到更大的好处。我还观察到，有一天，某一间屋子里的"汇报人"在一个牢头禁子面前，低头弯腰，"汇报"了一通，同房的某一个"罪犯"立刻被叫了出去，拖到一间专供打人用的房间里去了。其结果我无法亲眼看到，但是完全可以想象了。

（七）应付外调

所谓"外调"，是一个专用名词，意思就是从外地外单位向劳改大院的某一个"罪犯"调查本地本单位某一个人——他们那里是不是也叫"罪犯"？这个称呼也许是北大的专利——的"罪行"。当时外调人员满天飞。哪一个单位也不惜工本，派人到全国各地，直至天涯海角，深入穷乡僻壤，调查搜罗本单位有问题人员的罪证，以便罗织罪名，把他打倒在地，让他永世不得翻身。拿我自己来讲，我斗胆开罪了那一位"老佛爷"，她的亲信们就把我看做"眼中钉"，大卖力气，四出调查我的"罪行"。后来我回老家，同村的儿童时的朋友告诉我说，北大派去的人一定要把我打成地主。他把他们（大概是两个人）狠狠地教训了一顿，说："如果讲苦大仇深要诉苦的话，季羡林应是第一名！"第一次夹着尾巴跑了。听口气，好像还去过第二次。我上面已经说到，在抄家时，他们专把我的通信簿抄走，好按照上面的地址去"外调"。北大如此，别的单位也不会两样。于是天下滔滔者皆外调人员矣。

我被关进"劳改大院"以后，经常要应付外调人员。这些人也是三六九等，很不相同。有的只留下被调查人的姓名，我写完后，交给监改人员转走。有的要当面面谈，但态度也还温文尔雅，并不吹胡子瞪眼。不过也有非常野蛮粗鲁的。有一天，山东大学派来了两个外调人员，一定要面谈。于是我就被带进审讯室，接受我家乡来人的审讯了。他们调查的是我同山大一位北京籍的国文系教授的关系。我由此知道，我这位朋友也遭了难。如果我此时不是黑帮的话，对他也许能有一点帮助。但我是自身难保，对他是爱莫能助了。我这个新北大公社的"罪犯"，忽然摇身一变，成了山东大学的"罪犯"。这两位仁兄拍桌子瞪眼，甚至动手扯头发，打人，用脚踹我。满口山东腔，"如此乡音真逆耳"，我想到吴宓先生的诗句。我耳听粗蛮重浊而又有点油滑的济南腔，眼观残忍蛮横的面部表情，我真恶心到了极点。山东济南的"国骂"同北京略有不同，是用三个字："我日妈！"这两个汉子满嘴使用着山东"国骂"，迫我交代，不但交代我同那位教授的"黑"关系，而且还要交代我自己的"罪行"。来势之迅猛，让我这久经疆场的老"罪犯"也不知所措，浑身上下流满了汗。一直审讯了两个钟头，看来还是兴犹未尽。早已过了吃午饭的时间，连北大的监改人员都看不下去了，觉得他们实在有点过分，干脆出面干涉。这两位山东老乡才勉强收兵，悻悻然走掉了。我在被折磨得筋疲力尽之余，想到的还不是我自己，而是我的那位朋友："碰到这样蛮横粗野没有一点人味的家伙，你的日子真够呛呀！"

（八）连续批斗

被囚禁在牛棚里，每天在监改人员或每天到这里要人的工人押解下到什么地方去劳动，我一下子就想到农村中合作化或人民公社时期生产队长每天向农民分配耕牛的情景。我们现在同牛的差别不大。牛只是任人牵走，不会说话，不会思想；而我们也是任人牵走，会说话而一声不敢吭而已。

但是劳动并不是我们现在唯一的生活内容，换句话说，并不是唯一的"改造"手段。我们不总是说"劳动改造"吗？我一直到现在，虽然经过了多年的极为难得的实践，我却仍然认为，这种"劳动改造"只能改造"犯人"的身体，而不能改造思想，改造灵魂。它只能让"犯人"身上起包，让平滑的皮肤上流血、长疤，却不能让"犯人"灵魂中不怒气冲冲。劳动不行怎么办呢？济之以批斗。在劳动改造以前，是批斗单轨制。劳动改造以后，则与批斗并行，成了双轨制。批斗我在上面已经谈到，它也只能用更猛烈，更残酷的手段把"犯人"的身体来改造，与劳改伯仲之间而已。

但是劳改与批斗两者之间还是有区别的。如果让我辈"罪犯"选择的话，我们都宁愿选取前者。可惜我们选择的权利一点都没有。因此，我们虽然身居劳改大院，仍然必须随时做好两手准备。即使我们已经被分配好跟着工人到什么地方去干活了，心里也并不踏实。说不定什么时候，也说不定哪一个单位，由于某一个原因——其中并不排除消遣取乐的原因——，要批斗我们"罪犯"中的某一个人了。戴红袖章的公社红卫兵立即奉命来"黑帮大院"中押人，照例是雄赳赳气昂昂地，找到大院的"办公厅"，由负责人批准批斗。过了或长或短的时间，被批斗者回来了。无人不是垂头丧气，头发像乱草一般，间或也有人被打得鼻青脸肿。

至于有多少人这样被押出去批斗，我没有法子统计。反正每天都有。我自己在大院中，从某种意义上来讲，是"要犯"。我作为一个原井冈山的勤务员，反对了那一位"老佛爷"，这就罪在不赦。从大院中被押出去批斗的机会也就特别多。我每天早饭之后，都在提心吊胆，怕被留下，不让出去劳动。我此时简直是如坐针毡，度秒如年，在牢房里，坐立不安。想到"棚友"们此时正在某处干活，自由自在，简直如天上人，等待着自己的却是一场说不定什么样的风暴。押解我的红卫兵一走进大院，监改人员就把我叫到对着劳改大院门口的一座苇席搭成的屏风似的东西前面——屏风上有许多字，我现在记不清是什么了——，低头弯腰，听候训示："季羡林！好好地去接受批斗！"好像临行时父母嘱咐孩子：“乖乖的不要淘气！”在这期间，我被押去批斗的地方很多，详细情形我不讲了。每次反正都是“行礼如仪”。先是震天的“打倒”的口号，接着是胡说八道，胡诌八扯的所谓批斗发言。紧张的时候，也挨上两个耳光。最后又在“打倒”声中一声断喝：“把季羡林押下去！”完了，礼仪结束了。我回到大院，等于回到自己家里，大概也是垂头丧气，头发像乱草一般。

（九）一九六八年六月十八日大批斗

我在上面谈到过北京大学“文化大革命”的历史。一九六六年六月十八日，第一次斗“鬼”。因为我当时还不是“鬼”，没有资格上斗鬼台，只是躺在家中，听到遥远处闹声喧天而已。一九六七年六月十八日，此时这个日期已经被规定为“纪念日”，又大规模地斗了一次“鬼”。因为我仍然没能争取到“鬼”的资格，幸免于难。

到了一九六八年六月十八日，我已经被打成了“鬼”，并已在黑帮大院中住了一个多月。今年我有资格了，可以被当“鬼”来斗了。但是，这也是一个沉重的灾难，是好久没有过了的。一大早，本院的牢头禁子们就忙碌上了。也不知道是根据什么原则来进行“优化组合”，并不是每一个“棚友”都能得到这个一年一度极为难得的机会。在列队出发的时候，我发现只有少数人参加。东语系的“代表”只有两人：我和那一位老教授。押解我们的人，不是本院的监改人员，而是东语系派来的一位管电化教育的姓张的老工作人员。由此也许可以推断，这次斗“鬼”的出席人员是由各系所单位确定的。这一位姓张的老同事，见了我们，不但不像其他同等地位人员那样，先“妈的！”“混蛋”骂上一通，而且甚至和颜悦色。我简直有点毛骨悚然，非常不习惯。我们这一伙“罪犯”，至少是我，早已觉得自己不是人了。一旦被人当人来看待，反而觉得“反常”。这位姓张的老同事使我终生难忘。

但是，那些“斗鬼者”却完全不是这个样子。这些人是谁，我不知道。我不敢抬头，不但路旁的人我看不清，也不敢看，连走什么道路也看不清。只是影影绰绰地被押出黑帮大院，看到眼前的路是走过临湖轩和俄文楼，沿斜坡走上去的。当时现在的大图书馆还根本没有，只有一条路通向燕南园和哲学楼。我们大概就是顺着这一条林荫马路，被押解到哲学楼一带地方。不知道在什么地方，也不清楚是用什么方式，批斗了一番之后，就押解回"府"。我没有记得坐很久的喷气式，也不记得有人针对我作什么批斗发言。我的印象是，混乱一团。我只听到人声鼎沸，间以"打倒"之声。也许是各个系所单位分头批斗的。我自己好像梦中的游魂，稀里糊涂地低头弯腰，向前走去，"前不见古人，后不见来者"，我只感觉到，不但前后有人，而且左右也有人，好像连上下都有人，弥天盖地，到处都是人。我能够看到的却只有鞋和裤子。在"打道回府"的路上，我感觉到周围的人似乎更多了，人声也更嘈杂了，砖头瓦块打到身上的更多了。我现在已经麻木，拳头打在身上，也没有多少感觉。回到黑帮大院以后，脱下衬衣，才发现自己背上画上了一个大王八，衣襟被捆了起来，绑上了一根带叶的柳条。根据我的考证，这大概就算是狗尾巴吧。平常像阎罗王殿一样的黑帮大院，现在却显得异常宁静、清爽，简直有点可爱了。

痛定思痛，我回忆了一下今天大批斗的过程。为什么会这样热闹而又隆重呢？小小的批斗，天天都有，到处都有。根据心理学的原理，越是看惯的东西，就越不能引起兴趣。那些小批斗已经是"司空见惯浑无事"了。今天的大批斗却是一年才一次的大典，所以就轰动燕园了。

（十）棚中花絮

这里的所谓"花絮"，同平常报纸上所见到的大异其趣。因为我一时想不出更恰当的名称，所以姑先借用一下。我的"花絮"指的是同棚难友们的一些比较特殊的遭遇，以及一些琐琐碎碎的事情，都是留给我印象比较深的。虽是小事，却小中见大，颇能从中窥探出牛棚生活的一些特点。又由于大家都能了解的原因，我把人名一律隐去。知情者一看就知道是谁，用不着学者们再写作《〈牛棚杂忆〉索引》这样的书。

1.图书馆学系一教授

这位教授做过北京图书馆的馆长，是国内外知名的图书馆学家和敦煌学家。我们早就相识，也算是老朋友了。这样的人在十年浩劫中难以幸免，是意中事。我不清楚加在他头上的是些什么莫须有的罪名。他被批斗的情况，我也不清楚。不知道是怎样一来，我们竟在牛棚中相会了。反正我们现在早已都变成了哑巴，谁也不同谁说话。幸而我还没有变成瞎子，我还能用眼睛观察。

在牛棚里，我辈"罪犯"每天都要写思想汇报。有一天，在著名的晚间训话时，完全出我意料，这位老教授被叫出队外，一记清脆响亮的耳光声在他脸上响起，接着就是拳打脚踢，一直把他打倒在地，跪在那里。原来是他竟用粗糙的手纸来写思想汇报，递到牢头禁子手中。在当时那种阴森森的环境中，我一点开心的事情都没有，这样一件事却真大大地让我开心了一通。我不知道，这位教授是出于一时糊涂，手边没有别的纸，只有使用手纸呢？还是他吃了豹子心老虎胆，有意嘲弄这一帮趾高气扬，天上天下，唯我独尊的牢头禁子？如果是后者的话，他简直是视这一班手操生杀大权的丑类如草芥，可以载入在旧社会流行的笔记中去了。我替他捏一把汗，又暗暗地佩服。他是牛棚中的英雄，为我们这一批阶下囚出了一口气。

2.法律系一教授

这位教授是一个老革命干部，在抗日战争以前就参加了革命。他的生平我不清楚。他初调到北大来时，曾专门找我，请我翻译印度古代著名的法典《摩奴法论》。从那时起，我们就算是认识了。以后在校内外开会，经常会面。他为人随和、善良，具有一个老干部应有的优秀品质。我们很谈得来。谁又能料得到，在十年浩劫中，我们竟有了"同棚之谊"。

在黑帮大院里，除非非常必要时，黑帮们之间是从来不互相说话的。在院子里遇到熟人，也是各走各的路，各低各的头，连眼皮都不抬一抬。我同这位教授之间的情况，也并不例外。

有一天，是一个礼拜天，下午被牢头禁子批准回家的"罪犯"，各个按照批准回棚的时间先后回来了。我正在牢房里坐着，忽然看到这一位老教授，在一个牢头禁子的押解下，手中举着一个写着他自己名字的牌子，走遍所有的一间间的牢房，一进门就高声说："我叫某某某，今天回来超过了批准的时间，奉命检讨，请罪！"别的人怎么样，我不知道。我却是毛骨悚然，站在那里，不知所措。

3. 东语系一个女教员

她是东语系教蒙古语的教员。为人耿直，里表如一，不会虚伪。"文化大革命"一起，不知道是什么人告密，说她是国民党三青团的骨干分子。这完全是捕风捉影的无稽之谈，根本缺乏可靠的材料，也根本没有旁证。大概是因为她对北大那一位女野心家不够尊敬，莫须有的"罪名"浸浸乎大有变成"罪行"之势。当我同东语系那一位老教授被勒令劳动的时候，最初只有我们两个人，在学校东门外的一个颇为偏僻的地方，拣地上的砖头石块，有一个工人看管着我们。有一天，忽然这一位女教员也去了。我有点困惑不解。我问她，是不是系革委会命令她去的？她回答说：不是。"既然不是，你为什么自己来呢？""人家说我有罪，我就有了有罪的感觉。因此自动自愿地来参加劳动改造了。"她这种逻辑真是匪夷所思。"其愚不可及也。"这是我心中的一闪念。我对于这种类似耶稣教所谓"原罪"的想法，觉得十分奇怪，十分不理解。由此完全可以看出她这个人的为人。但是，在我当时的处境中，自己是专政的对象，"只准规规矩矩，不准乱说乱动。"我敢说什么呢？

如此过了一些时候，等我们被押解到太平庄去劳动的时候，"罪犯"队伍里没有她。这是理所当然的。焉知祸不单行，古有明训。等我们从太平庄回来自建牛棚自己进驻以后，最初也没有看到她。这也是理所当然的，我自己心里想。但是，忽然有一天，已经是傍晚时分，从黑帮大院门外连推带搡地推进一个新的"棚友"来，我低头斜眼一看：正是那一位女教员。我这一惊可真不小。我原以为她已经平安过了关，用不着再自投罗网，"鱼目混珠"了。现在，"胡为乎来哉！"她怎么到这阎王殿来了呢？这次看样子决不是自动自愿的，而是被押解了来的。尽管我心里胡思乱想，然而却一言不发，视而不见。

有一个牢头禁子问她：

"你叫什么名字？"

"××华。"

"哪一个'华'呀？"

"中华民国的'华'。"

这一下子可了不得了！一个"反革命罪犯"竟敢在威严神圣的、代表"聂"记北大革委会权威的劳改大院中，在光天化日众目睽睽下为"中华民国"张目，是可忍，孰不可忍！简直是胆大包天，狂妄至极！非严惩不可！立即给戴上了"现行反革命分子"的帽子，拳足交加，打倒在地。不知道是哪一个有天才的牢头禁子，忽然异想天开，把她带到一棵树下。这棵树长得有点奇特：有一枝从主干上长出来的枝干，是歪着长的。她被命令站在这个枝干下面，最初头顶碰到树干。牢头禁子下令：

"向前一步走！"

她遵令向前走了一步。此时她的头必须向后仰。又下了一个口令：

"向前一步走！"

此时树干越来越低，不但头必须向后仰，连身子也必须仰了。但是，又来了一个口令：

"向前一步走！"

此时树干已极低。她没有练过马戏，腰仰着弯不下去。这时口令停了。她就仰着身子，向后弯着站在那里。这个姿势她连一分钟也保持不了。在浑身大汗淋漓之余，软瘫在地上。结果如何，用不着我讲了。我觉得，牢头禁子把折磨人的手段提高到一个新的水平。然而，这一位女教员却是苦矣。

一夜折磨的情况，我不清楚。第二天早晨起来，我看到她面部浮肿，两只眼睛下面全是青的。

4. 生物系党总支书记

我在北大搞了几十年的行政工作，校内会很多。因此，我早就认识这一位总支书记。我们可以算是老朋友了。

"文化大革命"一开始，他在劫难逃，是天然的"走资派"。所以在第一阵批"走资派"的大风暴中，他就被揪了出来。第一个"六·一八斗鬼"，他必然是参加者之一。在这一方面，他算是老前辈了。

不知道是什么缘故，拥护那位"老佛爷"的"造反派"，生物系特别多。在黑帮大院的牢头禁子中，生物系学生也因而占绝对优势。我可是万没有想到，劳改大院建成后，许多"走资派"在被激烈地冲击过一阵之后，没有再同我们这一批多数是"资产阶级反动学术权威"的"牛鬼蛇神"一起被关进来。这一位生物系总支书记却出现在我们中间。

大概是因为牢头禁子中生物系学生多，他就"沾"了光，受到一些"特殊待遇"。详情我不清楚，不敢乱说。我只看到一个例子，就足以让人毛发直竖了。

有一天，中午，时间大概是七八月，正是北京最炎热，太阳光照得最——用一句山东土话——"毒"的时候，我走过黑帮大院的大院子，在太阳照射的地方，站着一个人：是那位总支书记。双眼圆睁，看着天空里像火团般的太阳。旁边树荫中悠然地坐着一个生物系学生的牢头禁子。我实在莫明其妙。后来听说，这是牢头禁子对这位总支书记惩罚：两眼睁着，看准太阳，不许眨眼。否则就是拳打脚踢。我听了打了一个寒战：古今中外，从奴隶社会一直到资本主义社会，试问哪一个时代，哪一个国家有这样的惩罚？谁要是想实践一下，管保你半秒钟也撑不下来。这样难道不会把人的眼睛活生生地弄瞎吗？

此外，我还听说，没有亲眼看到，也是生物系教员中的两位牛鬼蛇神，不知怎样开罪了自己的学生。作为牢头禁子的学生命令这两位老师，站在大院子中间，两个人头顶住头，身子却尽管往后退；换句话说，他们之所以能够站着，就全靠双方彼此头顶头的力量。

类似的小例子，还有一些，不再细谈了。总之，折磨人的"艺术"在突飞猛进地提高。可惜到现在我还没有看到这方面的专著。如果年久失传，实在是太可惜了。

5. 附小一位女教员

这个女教员是哪个单位的，我说不清楚了。我原来并不认识她。她是由于什么原因被关进牛棚的，我也并不清楚。

根据我在牛棚里几个月的观察，牢头禁子们在打人或折磨人方面，似乎有所分工。各有各的专业，还似乎有点有条不紊，泾渭分明。专门打这位女教员的人就是固定不变的。

有一天早上，我看到这位女教员胳臂上缠着绷带，用一条白布挂在脖子上。隐隐约约地听说，她在前几天一个夜里，在刑讯室受过毒打，以致把胳臂打断。但仍然受命参加劳动。详细情况，当时我就不清楚，后来更不清楚。当时，黑帮们的原则是，事不关己，高高挂起。我就一直挂到现在。

6.西语系的一个"老右派"学生

这个学生姓周，我不认识他，平常也没有听说过。到了黑帮大院，他突然出现在我的眼前。

既然叫"右派"，而且还"老"，可见这件事有比较长久的历史渊源了。在中国，划右派最集中的时期是一九五七年。难道这一位姓周的学生也是那时候被划为右派的吗？到了进入牛棚时，他已经戴了将近十年的右派帽子了。这个期间他是怎样活下来的，我完全不清楚。等我见到他的时候，他满面蜡黄，还有点浮肿，头发已经脱落了不少，像是一个年老的病人。据说他原是一个聪明机灵的学生。此时却已经显得像半个傻子，行动不很正常了。我们只能说，这一切都是在身体上和精神上受到十分严重的折磨的结果。这无疑是一个人生悲剧。我自己虽然身处危难，性命操在别人手中，随时小心谨慎，怕被不吃素的长矛给吃掉；然而看到这一位"老右派"，我不禁有泪偷弹，对这一位半疯半傻的人怀有无量的同情！

可是在那一批毫无心肝的牢头禁子眼中，这位傻子却是一个可以随意打骂，任意污辱，十分开心的玩物。这样两只腿的动物到哪里去找呀！按照他们的分工原则，一个很年轻的看上去很聪明伶俐的工人，是分工折磨这个傻子的。我从没有见过这个年轻工人打过别的"罪犯"，独独对于这个傻子，他随时都能手打脚踢。排队到食堂去吃饭的路上，他嘴里吆喝着又打又骂的也是这个傻子。每到晚上，刑讯室里传出来的打人的声音以及被打者叫唤的声音，也与这个傻子有关。我写回忆录，有一个戒条，就是：决不去骂人。我在这里，只能作一个例外，我要骂这个年轻的工人以及他的同伙："万恶的畜类！猪狗不如的东西！"

有一天，我在这个傻子的背上看到一个用白色画着的大王八。他好像是根本没有家，没有人管他。他身上穿的衣服，满是油污，至少进院来就没洗过，鹑衣百结。但是这一只白色的大王八却显得异常耀眼，从远处就能看得清清楚楚。别人见了，有笑的权利的"自由民"会哈哈大笑，我辈失掉笑的权利的"罪犯"，则只有兔死狐悲，眼泪往肚子里流。

7. 物理系的一个教员

这个教员是北大心理系一位老教授的儿子，好像还是独生子。不知道是由于什么原因，他的一条腿短一截，走起路来像个瘸子。

我从前并不认识他。初进牛棚时，甚至在太平庄时，都没有见到过他。我们在牛棚里已经被"改造"了一段时间。有一天，是中午过后不久——我在这里补充几句，牛棚里是根本没有什么午休的。东语系那位老教授，就因为午饭后坐着打了一个盹儿，被牢头禁子发现，叫到院子里在太阳下晒了一个钟头，好像也是眼睛对着太阳——，我在牢房里忽然听牛棚门口有打人的声音，是棍棒或者用胶皮裹起来的自行车链条同皮肉接触的声音。这种事情在黑帮大院里是司空见惯的事，一天能有许多起。我们的神经都已经麻木了，引不起什么感觉。但是，这一次声音特别高，时间也特别长。我那麻木的神经动了一下，透过玻璃窗向棚口看了看。我看到这一位残伤的教员，已经被打倒在地，有几个"英雄"还用手里拿着的兵器，继续抽打。他身上是不是已经踏上了一千只脚，我看不清楚，我只看到这一位腿脚本来就不灵便的人，躺在地上的泥土中，脸上还好像流着血。

他为什么这样晚才到牛棚里来？他是由于什么原因才来的？他是不是才被"揪"出来的？这些事情我都不清楚，一直到今天也不清楚。我虽然也像胡适之博士那样有点考据癖，但是我不想在这里施展本领了。

从此以后，我们每次排队到食堂去吃饭时，整齐的队伍里就多了走起路来很不协调的腐腿的"棚友"。

关于牛棚中个别人的"花絮"，如果认真写起来的话，还可以延长几倍。我现在没有再写的兴致，我也不忍再写下去了。举一隅可以三隅反，希望读者自己慢慢地去体会吧。

（十一）特别雅座

我自己已经堕入地狱。但是，由于根器浅，我很久很久都不知道，地狱中还是有不同层次的。佛教不是就有十八层地狱吗？

这话要从头讲起，需要说得长一点。生物系有一个学生，大名叫张国祥。牛棚初建时，我好像还没有看到他。他是后来才来的。至于他为什么到这里来，又是怎样来的，那是聂记北大革委会的事情，我辈"罪犯"实无权过问，也不敢过问。他到了大院以后，立即表现出鹤立鸡群之势。看样子，他不是一个大头子，只是一般的小卒子之类。但管的事特别多，手伸得特别长。我经常看到他骑着自行车——这自行车是从"罪犯"家中收缴来的。"罪犯"们所有的财务都归这一批牢头禁子掌握，他们愿意到"罪犯"家中去拿什么，就拿什么。连"罪犯"的性命自己也没有所有权了——，在大院子里兜圈子，以资消遣。这在那一所阴森恐怖寂静无声的"牛棚"中，是非常突出的惹人注目的举动。

有几天晚上，在晚间训话之后，甚至在十点钟规定的"犯人"就寝之后，院子里大榆树下面，灯光依然很辉煌，这一位张老爷，坐在一把椅子上，抬起右腿，把脚放到椅子上，用手在脚指头缝里抠个不停。他面前垂首站着一个"罪犯"。他问着什么问题，间或对"罪犯"大声训斥，怒骂。这种训斥和怒骂，我已经看惯了。但是他这坐的姿势，我觉得极为新鲜，在我脑海里留下的影像，永世难忘。更让我难忘的是，有一天晚上，他眼前垂头站立的竟是原北大校长兼党委书记，"一二·九"运动的领导人之一，当过铁道部副部长的陆平。他是那位"老佛爷"贴大字报点名攻击的主要人物。黑帮大院初建时，他是首要"钦犯",囚禁在另外什么地方,还不是"棚友"。不知道什么时候,他竟也乔迁到棚中来了。张国祥问陆平什么问题,问了多久,后果如何,我一概不知。只是觉得这件事儿很蹊跷而已。

可是我哪里会想到,过了不几天,这个厄运竟飞临到我头上来了。有一天晚上,已经响过熄灯睡觉的铃,我忽然听到从民主楼后面拐角的地方高喊:"季羡林!"那时我们的神经每时每刻都处在最高"战备状态"中。我听了以后,连忙用上四条腿的力量,超常发挥的速度,跑到前面大院子里,看到张国祥用上面描绘的那种姿态,坐在那里,右手抠着脚丫子,开口问道:

"你怎么同特务机关有联系呀?"

"我没有联系。"

"你怎么说江青同志给新北大公社扎吗啡针呀?"

"那只是一个形象的说法。"

"你有几个老婆呀?"

我大为吃惊,敬谨回禀:

"我没有几个老婆。"

这样一问一答,"交谈"了几句。他说:

"我今天晚上对你很仁慈!"

是的,我承认他说的是实话。我一没有被拳打脚踢,二没有被"国骂"痛击。这难道不就是极大的"仁慈"吗?我真应该感谢"皇恩浩荡"了。

我可是万万没有想到,他最后这一句话里面含着极危险的"杀机"。"我今天晚上对你很仁慈。"明天晚上怎样呢?

第二天晚上,也是在熄灯铃响了以后,我正准备睡觉,忽然像晴空霹雳一般,听到了一声:"季羡林!"我用比昨晚还要快的速度,走出牢房的门,看到这位张先生不是在大院子里,而是在两排平房的拐角处,怒气冲冲地站在那里:

"喊你为什么不出来?你耳朵聋了吗?"

我知道事情有点不妙。还没有等我再想下去,我脸上、头上蓦地一热,一阵用胶皮裹着的自行车链条作武器打下来的暴风骤雨,铺天盖地地落到我的身上,不是下半身,而是最关要害的头部。我脑袋里嗡嗡地响,眼前直冒金星。但是，我不敢躲闪，笔直地站在那里。最初还有痛的感觉，后来逐渐麻木起来，只觉得头顶上，眼睛上，鼻子上，嘴上，耳朵上，一阵阵火辣辣的滋味，不是痛，而是比痛更难忍受的感觉。我好像要失掉知觉，我好像要倒在地上。但是，我本能地坚持下来。眼前鞭影乱闪，叱骂声——如果有的话——也根本听不到了。我处在一片迷茫、浑沌之中。我不知道，他究竟打了多久。据后来住在拐角上那间牢房里的"棚友"告诉我，打的时间相当长。他们都觉得十分可怕，大有谈虎色变的样子。我自己则几乎变成了一块木头，一块石头，成为没有知觉的东西，反而没有感到像旁观者感到的那样可怕。不知到了什么时候，我隐隐约约地仿佛是在梦中，听到了一声："滚蛋！"我的知觉恢复了一点，知道这位凶神恶煞又对我"仁慈"了。我连忙夹着尾巴逃回了牢房。

但是，知觉一恢复，浑身上下立即痛了起来。我的首要任务是"查体"，这一次"查体"全是"外科"，我先查一查自己的五官四肢还是否完整。眼睛被打肿了，但是试着睁一睁：两眼都还能睁开。足证眼睛是完整的。脸上，鼻子里，嘴里，耳朵上都流着血。但是张了张嘴，里面的牙没有被打掉。至于其他地方流血，不至于性命交关，只好忍住疼痛了。

试想，这一夜我还能睡得着吗？我躺在木板上，辗转反侧，浑身难受。流血的地方黏糊糊的，只好让它流。痛的地方，也只好让它去痛。我没有镜子，没法照一照我的"尊容"。过去我的难友，比如地球物理系那一位老教授，东语系那一位女教员等等，被折磨了一夜之后，脸上浮肿，眼圈发青。我看了以后，心里有点颤抖。今天我的脸上就不止浮肿、发青了。我反正自己看不到，由它去吧。

第二天早晨，照样派活，照样要背语录。我现在干的是在北材料厂外面马路两旁筛沙子的活。我身上是什么滋味？我心里是什么滋味？我一概说不清楚，我完全迷糊了，迷糊到连自杀的念头都没有了。

正如俗话所说的：祸不单行。我这一个灾难插曲还没有结束。这一天中午，还是那一位张先生走进牢房，命令我搬家。我这"家"没有什么东西，把铺盖一卷，立即搬到我在门外受刑的那一间屋子里。白天没有什么感觉，到了夜里，我才恍然大悟：这里是"特别雅座"，是囚禁重囚的地方。整夜不许关灯，屋里的囚犯轮流值班看守，不许睡觉。"看守"什么呢？我不清楚。是怕犯人逃跑吗？这是根本不可能的。知识分子犯人是最胆小的，不会逃跑。看来是怕犯人寻短见，比如上吊之类。现在我才知道，受过重刑之后，我在黑帮大院里的地位提高了，我升级了，升入一个更高的层次。"钦犯"陆平就住在这间屋里。打一个比方说，我在佛教地狱里进入了阿鼻地狱，相当人间的死囚牢吧。

但是，问题还没有完。仍然是那一位张先生，命令我同中文系一位姓王的教授，每天推着水车，到茶炉上去打三次开水，供全体囚犯饮用。我不知道为什么这一位王教授会同我并列。据我所知，他并没有参加"井冈山"，也并没有犯过什么弥天大罪，为什么竟受到这样的惩罚呢？打开水这个活并不轻，每天三次，其他的活照干，语录照背。别人吃饭，我看着。天下大雨，我淋着。就是天上下刀，我也必须把开水打来，真是苦不堪言。但是，那一位姓王的教授却能苦中寻乐：偷偷地在茶炉那里泡上一杯茶，抽上一烟斗烟。好像是乐在其中矣。

（十二）特别班

这一批牢头禁子们，是很懂政策的。把我们这"劳改罪犯"集中到一起，实行了半年多的劳动改造。念经、说教与耳光棍棒并举。他们大概认为，我们已经达到了一定的水平，现在是采取分化瓦解的时候了。

"特别班"于是乎出。牢头禁子们不知道是根据什么标准，从"劳改罪犯"中挑选出来了一些，进这个班。

这个班的班址设在外文楼内。但是，前门不能走，后门不能开，于是就利用一扇窗子当作通道，窗内外各摆上了一条长木板，可以借以登窗入楼，然后走入一间小教室。这间教室内是什么样子？有什么摆设？我不清楚。在我眼中，虽然近在咫尺，却如蓬山万里了。

我是非常羡慕这个班的。我觉得，对我们"劳改罪犯"来说，眼前的苦日子，挨打，受骂，忍饥，忍渴，咬一咬牙，就能够过去了。但是，瞻望将来，却不能无动于衷。什么时候是我们的出头之日呢？我眼前好像是一片白茫茫的大海，却没有舟楫，也看不到前面有任何岛屿。我盼望着出现点什么。这种望穿秋水的日子真是度日如年啊！现在出现了特别班，我认为，这正是渡过大海的轻舟。

特别班的学员有一些让人羡煞的特权。他们有权利佩戴领袖像章，他们有权利早请示，晚汇报，等等。在牛棚里，党员是剥夺了交党费的权利的。特别班学员是否有了权利？我不知道。我每次听到从特别班的教室里传出来歌颂领袖的歌声或者语录歌的歌声时，那种悠扬的歌声真使我神往。看到了学员们一些——是否被批准的，我不清楚——奇特的特权，我也是羡慕得要命。比如他们敢在牢房里跷二郎腿，我就不敢。他们走路头抬得似乎高一点了，我也不敢。我真是多么想也能够踏着那一块长木板走到外文楼里面去呀！

后来，不知是由于什么原因，一直到"黑帮大院"解散，特别班的学员也没能真正变成龙跳过了龙门。

（十三）东语系一个印尼语的教员

这一位教员原是从解放前南京东方语专业转来的学印尼语的学生，毕业后留校任教。人非常聪明，读书十分勤奋，写出来的学术论文极有水平，是一个不可多得的人才。他留学印尼时，家里经济比较困难，我也曾尽了点绵薄之力。因此我们关系很好。他对我毕恭毕敬。

然而人是会变的。"文化大革命"北大一分派，他加入了掌权的新北大公社。人各有志，这也未可厚非。但是，对我这一个"异教徒"，他却表现出超常的敌意。我被"揪"出来以后，几次在外文楼的审讯，他都参加了，而且吹胡子瞪眼，拍桌子砸板凳，胜过其他一些参加者。看样子是唯恐表现不出自己对"老佛爷"的忠诚来。难道是因为自己曾反苏反共现在故作积极状以洗刷自己吗？我曾多次有过这样的想法。否则，一般的世态炎凉落井下石的解释，还是不够的。

然而政治斗争是不讲情面的。

有一天早晨我走出"黑帮大院"，钦赐低头，正好看到写在马路上的大

字标语:

打倒反革命分子某某某!

我大吃一惊。就在不久前,在一次审讯我的小会上,他还是"超积极分子",革命正气溢满眉宇。怎么一下子变成了"反革命分子"了呢?原来有人揭了他的老底。他在夜间就采用了资本主义的自杀方式,"自绝于人民"了。

对于此事,我一不幸灾,二不乐祸。我只是觉得人生实在太复杂,太可怕而已。

(十四)自暴自弃

在牛棚里已经待了一段时间。自己脑筋越来越糊涂,心情越来越麻木。这个地方,不是地狱,胜似地狱;自己不是饿鬼,胜似饿鬼。如果还有感觉的话,我的自我感觉是:非人非鬼,亦人亦鬼。别人看自己是这样,自己看自己也是这样。不伦不类地而又亦伦亦类地套用一个现成的哲学名词:自己已经"异化"了。

过去被认为是人的时候,我自己当然以人待己。我这个人从来不敢狂妄,我是颇有自知之明的。如果按照小孩子的办法把人分为好人和坏人的话,我毫不迟疑地把自己归入"好人"一类。就拿金钱问题来说吧。我一不吝啬,二不拜金。在这方面,我颇有一些"优胜纪略"。十几岁在济南时,有一天到药店去打药。伙计算错了账,多找给我了一块大洋。当时在小孩子眼中,一块大洋是一个巨大的财富,但是我立即退还给他,惹得伙计的脸一下子红了起来。这种心理我以后才懂得。一九四六年,我从海外回到祖国。卖了一只金表,寄钱给家里。把剩下的"法币"换成黄金。伙计也算错了账,多给了一两黄金。在当时一两黄金也算是一笔不小的财富,但是我也立即退还给他。在大人物名下,这些都是不足挂齿的小事。然而对一个像我这样平凡的人,也不能说一点意义都没有的。

到了现在,自己一下子变成了鬼。最初还极不舒服,颇想有所反抗。但是久而久之,自己已习以为常。人鬼界限,好坏界限,善恶界限,美丑界限,自己逐渐模糊起来。用一句最恰当的成语，就是"破罐子破摔"。自己已经没有了前途，既然不想自杀，是人是鬼，由它去吧。别人说短论长，也由它去吧。

而且自己也确有实际困难。聂记革委会赐给我和家里两位老太太的"生活费"，我靠它既不能"生"，也不能"活"。就是天天吃窝头就咸菜，也还是不够用的。天天劳动强度大，肚子里又没有油水，总是饥肠辘辘，想找点吃的。我曾几次跟在牢头禁子身后，想讨一点盛酱豆腐罐子里的汤，蘸窝头吃。有一段时间，我被分配到学生宿舍区二十八楼、二十九楼一带去劳动，任务是打扫两派武斗时破坏的房屋，捡地上的砖石。我记得在二十八楼南头的一间大房子里，堆满了杂物，乱七八糟，破破烂烂，什么都有。我忽然发现，在一个破旧的蒸馒头用的笼屉上有几块已经发了霉的干馒头。我简直是如获至宝，拿来装在口袋里，在僻静地方，背着监改的工人，一个人偷偷地吃。什么卫生不卫生，什么有没有细菌，对一个"鬼"来说，这些都是毫无意义的了。

我也学会了说谎。离开大院，出来劳动，肚子饿得不行的时候，就对带队的工人说，自己要到医院里去瞧病。得到允许，就专拣没有人走的小路，像老鼠似的回到家里，吃上两个夹芝麻酱的馒头，狼吞虎咽之后，再去干活，就算瞧了病。这行动有极大的危险性，倘若在路上邂逅监改人员或汇报人员，那结果将是什么，用不着我说了。

有一次我在路上捡到了几张钞票，都是一毛两毛的。我大喜过望，赶快揣在口袋里。以后我便利用只许低头走路的有利条件，看到那些昂首走路的"自由民"决不会看到的东西，曾捡到过一些钢镚儿。这又是意外的收获。我发现了一条重要的规律：在"黑帮大院"的厕所里，掉在地上的钢镚儿最多。从此别人不愿意进的厕所，反而成了我喜爱的地方了。

上面说的这一些极其猥琐的事情，如果我不说，决不会有人想到。如果我自己不亲身经历，我也决不会想到。但是，这些都是事实，应该说是极其丑恶的事实。当时我已经完全失掉了羞恶之心，并没有感到有什么不对。现在回想起来，真是不寒而栗。我从前对一个人堕落的心理过程发生过兴趣，潜意识里似乎有点认为这是天生的。现在拿我自己来现身说法，那种想法是不正确的。

然而谁来负这个责任呢？

（十五）"折磨论"的小结

牛棚生活，千头万绪。我在上面仅仅择其荦荦大者，简略地叙述了一下。我根据"以论带史"的原则，先提出了一个理论：折磨论。最初恐怕有很多怀疑者。现在看了我从非常不同的方面对"黑帮大院"情况的叙述，我想再不会有人怀疑我的理论的正确性了。

"革命小将"们的折磨想达到什么目的呢？他们决不会暴露自己心里的肮脏东西，别人也不便代为答复。冠冕堂皇的说法是"劳动改造"。我在上面已经说过，这种打着劳动的旗号折磨人的办法，只是改造人的身体，而决不会改造人的灵魂。如果还能达到什么目的的话，我的自暴自弃就是一个最好的例证。折磨的结果只能使人堕落，而不能使人升高。

这就是我对"折磨论"的小结。

园花寂寞红

一九九二年八月

楼前右边，前临池塘，背靠土山，有几间十分古老的平房，是清代保卫八大园的侍卫之类的人住的地方。整整四十年以来，一直住着一对老夫妇：女的是德国人，北大教员；男的是中国人，钢铁学院教授。我在德国时，已经认识了他们，算起来到今天已经将近六十年了，我们算是老朋友了。三十年前，我们的楼建成，我是第一个搬进来住的。从那以后，老朋友又成了邻居。有些往来，是必然的。逢年过节，互相拜访，感情是融洽的。我每天到办公室去，总会看到这个个子不高的老人，蹲在门前临湖的小花园里，不是除草栽花，就是浇水施肥，再就是砍几竿门前屋后的竹子，扎成篱笆。嘴里叼着半只雪茄，笑眯眯的。忙忙碌碌，似乎乐在其中。

他种花很有一些特点。除了一些常见的花以外，他喜欢种外国种的唐菖蒲，还有颜色不同的名贵的月季。最难得的是一种特大的牵牛，比平常的牵牛要大一倍，宛如小碗口一般。每年春天开花时，颇引起行人的注目。据说，此花来头不小。在北京，只有梅兰芳家里有，齐白石晚年以画牵牛花闻名全世，临摹的就是梅府上的牵牛花。

我是颇喜欢一点花的。但是我既少空闲，又无水平。买几盆名贵的花，总养不了多久，就呜呼哀哉。因此，为了满足自己的美感享受，我只能像北京人说的那样看"蹭"花。现在有这样神奇的牵牛花，绚丽夺目的月季和唐菖蒲，就摆在眼前，我焉得不"蹭"呢？每到下班或者开会回来，看到老友在侍弄花，我总要停下脚步，聊上几句，看一看花。花美，地方也美，湖光如镜，杨柳依依，说不尽的旖旎风光，人在其中，顿觉尘世烦恼，一扫而光，仿佛遗世而独立了。

但是，世事往往有出人意料者。两个月前，我忽然听说，老友在夜里患了急病，不到几个小时，就离开了人间。我简直不敢相信，然而这又确是事实。我年届耄耋，阅历多矣，自谓已能做到"悲欢离合总无情"了。事实上并不是这样。我有情，有多得超过了需要的情，老友之死，我焉能无动于衷呢？"当时只道是寻常"这一句浅显而实深刻的词，又萦绕在我心中。

几天来，我每次走过那个小花园，眼前总仿佛看到老友的身影，嘴里叼着半根雪茄，笑眯眯的，蹲在那里，侍弄花草。这当然只是幻象。老友走了，永远永远地走了。我抬头看到那大朵的牵牛花和多姿多彩的月季花，她们失去了自己的主人。朵朵都低眉敛目，一脸寂寞相，好像"溅泪"的样子。她们似乎认出了我，知道我是自己主人的老友，知道我是自己的认真入迷的欣赏者，知道我是自己的知己。她们在微风中摇曳，仿佛向我点头，向我倾诉心中郁积的寂寞。

现在才只是夏末秋初。即使是寂寞吧，牵牛和月季仍然能够开花的。一旦秋风劲吹，落叶满山，牵牛和月季还能开下去吗？再过一些时候，冬天还会降临人间的。到了那时候，牵牛们和月季们只能被压在白皑皑的积雪下面的土里，做着春天的梦，连感到寂寞的机会都不会有了。

明年，春天总会重返大地的。春天总还是春天，她能让万物复苏，让万物再充满了活力。但是，这小花园的月季和牵牛花怎样呢？月季大概还能靠自己的力量长出芽来，也许还能开出几朵小花。然而护花的主人已不在人间。谁为她们施肥浇水呢？等待她们的不仅仅是寂寞，而是枯萎和死亡。至于牵牛花，没有主人播种，恐怕连幼芽也长不出来。她们将永远被埋在地中了。

我一想到这里，就不禁悲从中来。眼前包围着月季和牵牛花的寂寞，也包围住了我。我不想再看到春天，我不想看到春天来时行将枯萎的月季，我不想看到连幼芽都冒不出来的牵牛。我虔心默祷上苍，不要再让春天降临人间了。如果非降临不行的话，也希望把我楼前池边的这一个小花园放过去，让这一块小小的地方永远保留夏末秋初的景象，就像现在这样。

幽径悲剧

一九九二年九月

出家门，向右转，只有二三十步，就走进一条曲径。有二三十年之久，我天天走过这一条路，到办公室去。因为天天见面，也就成了司空见惯，对它有点漠然了。

然而，这一条幽径却是大大有名的。记得在五十年代，我在故宫的一个城楼上，参观过一个有关《红楼梦》的展览。我看到由几幅山水画组成的组画，画的就是这一条路。足证这一条路是同这一部伟大的作品有某一些联系的。至于是什么联系，我已经记忆不清。留在我记忆中的只是一点印象：这一条平平常常的路是有来头的，不能等闲视之。

这一条路在燕园中是极为幽静的地方。学生们称之为"后湖"，他们是很少到这里来的。我上面说它平平常常，这话有点语病，它其实是颇为不平常的。一面傍湖，一面靠山，蜿蜒曲折，实有曲径通幽之趣。山上苍松翠柏，杂树成林。无论春夏秋冬，总有翠色在目。不知名的小花，从春天开起，过一阵换一个颜色，一直开到秋末。到了夏天，山上一团浓绿，人们仿佛是在一片绿雾中穿行。林中小鸟，枝头鸣蝉，仿佛互相应答。秋天，枫叶变红，与苍松翠柏，相映成趣，凄清中又饱含浓烈。几乎让人不辨四时了。

小径另一面是荷塘，引人注目主要是在夏天。此时绿叶接天，红荷映目。仿佛从地下深处爆发出一股无比强烈的生命力，向上，向上，向上，欲与天公试比高，真能使懦者立怯者强，给人以无穷的感染力。

不管是在山上，还是在湖中，一到冬天，当然都有白雪覆盖。在湖中，昔日潋滟的绿波为坚冰所取代。但是在山上，虽然落叶树都把叶子落掉，可是松柏反而更加精神抖擞，绿色更加浓烈，意思是想把其他树木之所失，自己一手弥补过来，非要显示出绿色的威力不行。再加上还有翠竹助威，人们置身其间，绝不会感到冬天的萧索了。

这一条神奇的幽径，情况大抵如此。

在所有的这些神奇的东西中，给我印象最深，让我最留恋难忘的是一株古藤萝。藤萝是一种受人喜爱的植物，清代笔记中有不少关于北京藤萝的记述。在古庙中，在名园中，往往都有几棵寿达数百年的藤萝，许多神话故事也往往涉及藤萝。北大现住的燕园，是清代名园，有几棵古老的藤萝，自是意中事。我们最初从城里搬来的时候，还能看到几棵据说是明代传下来的藤萝。每到春天，紫色的花朵开得满棚满架，引得游人和蜜蜂猬集其间，成为春天一景。

但是，根据我个人的评价，在众多的藤萝中，最有特色的还是幽径的这一棵。它既无棚，也无架，而是让自己的枝条攀附在邻近的几棵大树的干和枝上，盘曲而上，大有直上青云之概。因此，从下面看，除了一段苍黑古劲像苍龙般的粗干外，根本看不出是一株藤萝。每到春天，我走在树下，眼前无藤萝，心中也无藤萝。然而一股幽香蓦地闯入鼻官，嗡嗡的蜜蜂声也袭入耳内，抬头一看，在一团团的绿叶中——根本分不清哪是藤萝叶，哪是其他树的叶子——隐约看到一朵朵紫红色的花，颇有万绿丛中一点红的意味。直到此时，我才清晰地意识到这一棵古藤的存在，顾而乐之了。

经过了史无前例的十年浩劫，不但人遭劫，花木也不能幸免。藤萝们和其他一些古丁香树等等，被异化为"修正主义"，遭到了无情的诛伐。六院前的和红二三楼之间的那两棵著名的古藤，被坚决、彻底、干净、全部地消灭掉。是否也被踏上一千只脚，没有调查研究，不敢瞎说；永世不得翻身，则是铁一般的事实了。

茫茫燕园中，只剩下了幽径的这一棵藤萝了。它成了燕园中藤萝界的鲁殿灵光。每到春天，我在悲愤、惆怅之余，唯一的一点安慰就是幽径中这一棵古藤。每次走在它下面，闻到淡淡的幽香，听到嗡嗡的蜂声，顿觉这个世界还是值得留恋的，人生还不全是荆棘丛。其中情味，只有我一个人知道，不足为外人道也。

然而，我快乐得太早了。人生毕竟还是一个荆棘丛，决不是到处都盛开着玫瑰花。今年春天，我走过长着这棵古藤的地方，我的眼前一闪，吓了一大跳：古藤那一段原来凌空的虬干，忽然成了吊死鬼，下面被人砍断，只留上段悬在空中，在风中摇曳。再抬头向上看，藤萝初绽出来的一些淡紫的成串的花朵，还在绿叶丛中微笑。它们还没有来得及知道，自己赖以生存的树干已经被砍断了，脱离了地面，再没有水分供它们生存了。它们仿佛成了失掉了母亲的孤儿，不久就会微笑不下去，连痛哭也没有地方了。

我是一个没有出息的人。我的感情太多，总是供过于求，经常为一些小动物、小花草惹起万斛闲愁。真正的伟人们是绝不会这样的。反过来说，如果他们像我这样的话，也绝不能成为伟人。我还有点自知之明，我注定是一个渺小的人，也甘于如此，我甘于为一些小猫小狗小花小草流泪叹气。这一棵古藤的灭亡在我心灵中引起的痛苦，别人是无法理解的。

从此以后，我最爱的这一条幽径，我真有点怕走了。我不敢再看那一段悬在空中的古藤枯干，它真像吊死鬼一般，让我毛骨悚然。非走不行的时候，我就紧闭双眼，疾趋而过。心里数着数：一，二，三，四，一直数到十，我估摸已经走到了小桥的桥头上，吊死鬼不会看到了，我才睁开眼走向前去。此时，我简直是悲哀至极，哪里还有什么闲情逸致来欣赏幽径的情趣呢？

但是，这也不行。眼睛虽闭，但耳朵是关不住的。我隐隐约约听到古藤的哭泣声，细如蚊蝇，却依稀可辨。它在控诉无端被人杀害。它在这里已经待了二三百年，同它所依附的大树一向和睦相处。它虽阅尽人间沧桑，却从无害人之意。每到春天，就以自己的花朵为人间增添美丽。焉知一旦毁于愚氓之手。它感到万分委屈，又投诉无门。它的灵魂死守在这里。每到月白风清之夜，它会走出来"显圣"的。在大白天，只能偷偷地哭泣。山头的群树、池中的荷花是对它深表同情的，然而又受到自然的约束，寸步难行，只能无言相对。在茫茫人世中，人们争名于朝，争利于市，哪里有闲心来关怀一棵古藤的生死呢？于是，它只有哭泣，哭泣，哭泣……

世界上像我这样没有出息的人，大概是不多的。古藤的哭泣声恐怕只有我一个能听到。在浩茫无际的大千世界上，在林林总总的植物中，燕园的这一棵古藤，实在渺小得不能再渺小了。你倘若问一个燕园中人，绝不会有任何人注意到这一棵古藤的存在的，绝不会有任何人关心它的死亡的，绝不会有任何人为之伤心的。偏偏出了我这样一个人，偏偏让我住到这个地方，偏偏让我天天走这一条幽径，偏偏又发生了这样一个小小的悲剧；所有这一些偶然性都集中在一起，压到了我的身上。我自己的性格制造成的这一个十字架，只有我自己来背了。奈何，奈何！

但是，我愿意把这个十字架背下去，永远永远地背下去。

两个乞丐

　　时间已经过去了七十多年，但是两个乞丐的影像总还生动地储存在我的记忆里，时间越久，越显得明晰。我说不出理由。

　　我小的时候，家里贫无立锥之地，没有办法，六岁就离开家乡和父母，到济南去投靠叔父。记得我到了不久，就搬了家，新家是在南关佛山街。此时我正上小学。在上学的路上，有时候会在南关一带，圩子门内外，城门内外，碰到一个老乞丐，是个老头，头发胡子全雪样的白，蓬蓬松松，像是深秋的芦花。偏偏脸色有点发红。现在想来，这决不会是由于营养过度，体内积存的胆固醇表露到脸上来。他连肚子都填不饱，哪里会有什么佳肴美食可吃呢？这恐怕是一种什么病态。他双目失明，右手拿一根长竹竿，用来探路；左手拿一只破碗，当然是准备接受施舍的。他好像是无法找到施主的大门，没有法子，只有亮开嗓子，在长街上哀号。他那种动人心魄的哀号声，同嘈杂的市声搅混在一起，在车水马龙中，嘹亮清澈，好像上面的天空，下面的大地都在颤动。唤来的是几个小制钱和半块窝窝头。

　　像这样的乞丐，当年到处都有。最初并没有引起我的注意。可是久而久之，我对他注意了。我说不出理由。我忽然在内心里对他油然起了一点同情之感。我没有见到过祖父，我不知道祖父之爱是什么样子。别人的爱，我享受得也不多。母亲是十分爱我的，可惜我享受的时间太短太短了。我是一个孤寂的孩子。难道在我那幼稚孤寂的心灵里在这个老乞丐身上顿时看到祖父的影子了吗？我喜欢在路上碰到他，我喜欢听他的哀号声。到了后来，我竟自己忍住饥饿，把每天从家里拿到的买早点用的几个小制钱，统统递到他的手里，才心安理得，算是了了一天的心事，否则就好像缺了点什么。当我的小手碰到他那粗黑的像树皮一般的手时，我心里说不出是什么滋味：怜悯、喜爱、同情、好奇混搅在一起，最终得到的是极大的欣慰。虽然饿着肚子，也觉得其乐无穷了。他从我的手里接过那几个还带着我的体温的小制钱时，难道不会感到极大的欣慰，觉得人世间还有那么一点温暖吗？

这样大概过了没有几年，我忽然听不到他的哀叫声了。我觉得生活中缺了点什么。我放学以后，手里仍然捏着几个沾满了手汗的制钱，沿着他常走动的那几条街巷，瞪大了眼睛看，伸长了耳朵听。好几天下来，既不闻声，也不见人。长街上依然车水马龙，这老乞丐却哪里去了呢？我感到凄凉，感到孤寂。好几天心神不安。从此这个老乞丐就从我眼里消逝，永远永远地消逝了。

差不多在同时，或者稍后一点，我又遇到了另一个老乞丐，仅有一点不同之处：这是一个老太婆。她的头发还没有全白，但蓬乱如秋后的杂草。面色黧黑，满是皱纹，一点也没有老头那样的红润。她右手持一根短棍。因为她也是双目失明，棍子是用来探路的。不知为什么，她能找到施主的家门。我第一次见到她，就是在我家的二门外面。她从不在大街上叫喊，而是在门口高喊："爷爷！奶奶！可怜可怜我吧！"也许是因为，她到我们家来，从不会空手离开的，她对我们家产生了感情；所以，隔上一段时间，她总会来一次的。我们成了熟人。

据她自己说，她住在南圩子门外乱葬岗子上的一个破坟洞里。里面是否还有棺材，她没有说。反正她瞎着一双眼，即使有棺材，她也看不见。即使真有鬼，对她这个瞎子也是毫无办法的。多么狰狞恐怖的形象，她也是眼不见，心不怕。这是一种什么样的日子，我今天回想起来，都有点觉得毛骨悚然。

不知道为什么，她竟然还有闲情逸致来种扁豆。她不知从哪里弄了点扁豆种子，就栽在坟洞外面的空地上，不时浇点水。到了夏天，扁豆是不会关心主人是否是瞎子的，一到时候，它就开花结果。这个老乞丐把扁豆摘下来，装到一个破竹筐子里，拄上了拐棍，摸摸索索来到我家二门外面，照例地喊上几声。我连忙赶出来，看到扁豆，碧绿如翡翠，新鲜似带露，我一时吃惊得说不出话来。我当时还不到十岁，虽有感情，决不会有现在这样复杂、曲折。我不会想象，这个老婆子怎样在什么都看不到的情况下，刨土、下种、浇水、采摘。这真是一首绝妙好诗的题目。可是限于年龄，对这一些我都木然憒然。只觉得这件事颇有点不寻常而已。扁豆并不是什么名贵的东西，然而老乞丐心中有我们一家，从她手中接过来的扁豆便非常非常不寻常了。这一点我当时朦朦胧胧似乎感觉到了，这扁豆的滋味也随之大变。在我一生中，在那以前我从没有吃过那样好吃的扁豆，在那以后也从未有过。我于是真正喜欢上了这一个老年的乞丐。

然而好景不长，这样也没有过上几年。有一年夏天，正是扁豆开花结果的时候，我天天盼望在二门外面看到那个头发蓬乱鹑衣百结的老乞丐。然而却是天天失望，我又感到凄凉，感到孤寂，又是好几天心神不宁。从此这一个老太婆同上面说的那一个老头子一样，在我眼前消逝了，永远永远地消逝了。

到了今天，时间已经过去了七十多年。我的年龄恐怕早已超过了当年这两个乞丐的年龄。不知道是为什么我又突然想起了他俩，我说不出理由。不管我表面上多么冷，我内心里是充满了炽热的感情的。但是当时我涉世未久，或者还根本不算涉世，人间沧桑，世态炎凉，我一概不懂。我的感情是幼稚而淳朴的，没有后来那一些不切实际的非常浪漫的想法。两位老乞丐在绝对孤寂凄凉中离开人世的情景，我想都没有想过。在当年那种社会里，人的心都是非常硬的，几乎人人都有一副铁石心肠，否则你就无法活下去。老行幼效，我那时的心，不管有多少感情，大概比现在要硬多了。唯其因为我的心硬，我才能够活到今天的耄耋之年。事情不正是这样子吗？

我现在已经走到了快让别人回忆自己的时候了。这两个老乞丐在我回忆中保留的时间也不会太久了。今天即使还有像我当年那样心软情富的孩子，但是人间已经换过，再也不会有那样的乞丐供他们回忆了。在我以后，恐怕再也不会出现我这样的人了。我心甘情愿地成为有这样回忆的最后一个人。

二月兰

一九九三年六月

转眼，不知怎样一来，整个燕园竟成了二月兰的天下。

二月兰是一种常见的野花。花朵不大，紫白相间。花形和颜色都没有什么特异之处。如果只有一两棵，在百花丛中，绝不会引起任何人的注意。但是它却以多胜，每到春天，和风一吹拂，便绽开了小花；最初只有一朵，两朵，几朵。但是一转眼，在一夜间，就能变成百朵，千朵，万朵。大有凌驾百花之上的势头了。

我在燕园里已经住了四十多年。最初我并没有特别注意到这种小花。直到前年，也许正是二月兰开花的大年，我蓦地发现，从我住的楼旁小土山开始，走遍了全园，眼光所到之处，无不有二月兰在。宅旁，篱下，林中，山头，土坡，湖边，只要有空隙的地方，都是一团紫气，间以白雾，小花开得淋漓尽致，气势非凡，紫气直冲云霄，连宇宙都仿佛变成紫色的了。

我在迷离恍惚中，忽然发现二月兰爬上了树，有的已经爬上了树顶，有的正在努力攀登，连喘气的声音似乎都能听到。我这一惊可真不小：莫非二月兰真成了精了吗？再定睛一看，原来是二月兰丛中的一些藤萝，也正在开着花，花的颜色同二月兰一模一样，所差的就仅仅只缺少那一团白雾。我实在觉得我这个幻觉非常有趣。带着清醒的意识，我仔细观察起来：除了花形之外，颜色真是一般无二。反正我知道了这是两种植物，心里有了底，然而再一转眼，我仍然看到二月兰往枝头爬。这是真的呢，还是幻觉？——由它去吧。

自从意识到二月兰存在以后，一些同二月兰有联系的回忆立即涌上心头。原来很少想到的或根本没有想到的事情，现在想到了；原来认为十分平常的琐事，现在显得十分不平常了。我一下子清晰地意识到，原来这种十分平凡的野花竟在我的生命中占有这样重要的地位。我自己也有点吃惊了。

我回忆的丝缕是从楼旁的小土山开始的。这一座小土山，最初毫无惊人之处，只不过二三米高，上面长满了野草。当年歪风狂吹时，每次"打扫卫生"，全楼住的人都被召唤出来拔草，不是"绿化"，而是"黄化"。我每次都在心中暗恨这小山野草之多。后来不知由于什么原因，把山堆高了一两米。这样一来，山就颇有一点山势了。东头的苍松，西头的翠柏，都仿佛恢复了青春，一年四季，郁郁葱葱，中间一棵榆树，从树龄来看，只能算是松柏的曾孙，然而也枝干繁茂，高枝直刺入蔚蓝的晴空。

我不记得从什么时候起我注意到小山上的二月兰。这种野花开花大概也有大年小年之别的。碰到小年，只在小山前后稀疏地开上那么几片。遇到大年，则山前山后开成大片。二月兰仿佛发了狂。我们常讲什么什么花"怒放"，这个"怒"字用得真是无比地奇妙。二月兰一"怒"，仿佛从土地深处吸来一股原始力量，一定要把花开遍大千世界，紫气直冲云霄，连宇宙都仿佛变成紫色的了。

东坡的词说："人有悲欢离合，月有阴晴圆缺，此事古难全。"但是花们好像是没有什么悲欢离合。应该开时，它们就开；该消失时，它们就消失。它们是"纵浪大化中"，一切顺其自然，自己无所谓什么悲与喜。我的二月兰就是这个样子。

然而，人这个万物之灵却偏偏有了感情，有了感情就有了悲欢。这真是多此一举，然而没有法子。人自己多情，又把情移到花，"泪眼问花花不语"，花当然"不语"了。如果花真"语"起来，岂不吓坏了人！这些道理我十分明白。然而我仍然把自己的悲欢挂到了二月兰上。

当年老祖还活着的时候，每到春天二月兰开花的时候，她往往拿一把小铲，带一个黑书包，到成片的二月兰旁青草丛里去搜挖荠菜。只要看到她的身影在二月兰的紫雾里晃动，我就知道在午餐或晚餐的餐桌上必然弥漫着荠菜馄饨的清香。当婉如还活着的时候，她每次回家，只要二月兰正在开花，她离开时，她总穿过左手是二月兰的紫雾，右手是湖畔垂柳的绿烟，匆匆忙忙走去，把我的目光一直带到湖对岸的拐弯处。当小保姆杨莹还在我家时，她也同小山和二月兰结上了缘。我曾套宋词写过三句话："午静携侣寻野菜，黄昏抱猫向夕阳，当时只道是寻常。"我的小猫虎子和咪咪还在世的时候，我也往往在二月兰丛里看到她们：一黑一白，在紫色中格外显眼。

所有这些琐事都是寻常到不能再寻常了。然而，曾几何时，到了今天，老祖和婉如已经永远永远地离开了我们。小莹也回了山东老家。至于虎子和咪咪也各自遵循猫的规律，不知钻到了燕园中哪一个幽暗的角落里，等待死亡的到来。老祖和婉如的走，把我的心都带走了。虎子和咪咪我也忆念难忘。如今，天地虽宽，阳光虽照样普照，我却感到无边的寂寥与凄凉。回忆这些往事，如云如烟，原来是近在眼前，如今却如蓬莱灵山，可望而不可即了。

对于我这样的心情和我的一切遭遇，我的二月兰一点也无动于衷，照样自己开花。今年又是二月兰开花的大年。在校园里，眼光所到之处，无不有二月兰在。宅旁，篱下，林中，山头，土坡，湖边，只要有空隙的地方，都是一团紫气，间以白雾，小花开得淋漓尽致，气势非凡，紫气直冲霄汉，连宇宙都仿佛变成紫色的了。

这一切都告诉我，二月兰是不会变的，世事沧桑，于它如浮云。然而我却是在变的，月月变，年年变。我想以不变应万变，然而办不到。我想学习二月兰，然而办不到。不但如此，它还硬把我的记忆牵回到我一生最倒霉的时候。在十年浩劫中，我自己跳出来反对北大那一位"老佛爷"，被抄家，被打成了"反革命"。正是在二月兰开花的时候，我被管制劳动改造。有很长一段时间，我每天到一个地方去捡破砖碎瓦，还随时准备着被红卫兵押解到什么地方去"批斗"，坐喷气式，还要挨上一顿揍，打得鼻青脸肿。可是在砖瓦缝里二月兰依然开放，怡然自得，笑对春风，好像是在嘲笑我。

我当时日子实在非常难过。我知道正义是在自己手中，可是是非颠倒，人妖难分，我呼天天不应，叫地地不答，一腔义愤，满腹委屈，毫无人生之趣。在很长一段时间内，我成了"不可接触者"，几年没接到过一封信，很少有人敢同我打个招呼。我虽处人世，实为异类。

　　然而我一回到家里，老祖、德华她们，在每人每月只能得到恩赐十几元钱生活费的情况下，殚思竭虑，弄一点好吃的东西，希望能给我增加点营养；更重要的恐怕还是，希望能给我增添点生趣。婉如和延宗也尽可能地多回家来。我的小猫憨态可掬，偎依在我的身旁。她们不懂哲学，分不清两类不同性质的矛盾。人视我为异类，她们视我为好友，从来没有表态，要同我划清界限。所有这一些极其平常的琐事，都给我带来了无量的安慰。窗外尽管千里冰封，室内却是暖气融融。我觉得，在世态炎凉中，还有不炎凉者在。这一点暖气支撑着我，走过了人生最艰难的一段路，没有堕入深涧，一直到今天。

　　我感觉到悲，又感觉到欢。

　　到了今天，天运转动，否极泰来，不知怎么一来，我一下子成为"极可接触者"，到处听到的是美好的言辞，到处见到的是和悦的笑容。我从内心里感激我这些新老朋友，他们绝对是真诚的。他们鼓励了我，他们启发了我。然而，一回到家里，虽然德华还在，延宗还在，可我的老祖到哪里去了呢？我的婉如到哪里去了呢？还有我的虎子和咪咪一世到哪里去了呢？世界虽照样朗朗，阳光虽照样明媚，我却感觉异样的寂寞与凄凉。

　　我感觉到欢，不感觉到悲。

　　我年届耄耋，前面的路有限了。几年前，我写过一篇短文，叫《老猫》，意思很简明，我一生有个特点：不愿意麻烦人。了解我的人都承认。难道到了人生最后一段路上我就要改变这个特点吗？不，不，不想改变。我真想学一学老猫，到了大限来临时，钻到一个幽暗的角落里，一个人悄悄地离开人世。

　　这话又扯远了。我并不认为眼前就有制定行动计划的必要。我还有很多事情要做，而且我的健康情况也允许我去做。有一位青年朋友说我忘记了自己的年龄。这话极有道理。可我并没有全忘，有一个问题我还想弄弄清楚哩。按说我早已到了"悲欢离合总无情"的年龄，应该超脱一点了。然而在离开这个世界以前，我还有一件心事：我想弄清楚，什么叫"悲"？什么又叫"欢"？是我成为"不可接触者"时悲呢？还是成为"极可接触者"时欢？如果没有老祖和婉如的逝世，这问题本来是一清二白的，现在却是悲欢难以分辨了。我想得到答复。我走上了每天必登临几次的小山，我问苍松，苍松不语；我问翠柏，翠柏不答。我问三十多年来亲眼目睹我这些悲欢离合的二月兰，这也沉默不语，兀自万朵怒放，笑对春风，紫气直冲霄汉。

一九九三年七月

忘

记得曾在什么地方听过一个笑话：一个人善忘。一天，他到野外去出恭。任务完成后，却找不到自己的腰带了。出了一身汗，好歹找到了，大喜过望，说道："今天运气真不错，平白无故地捡了一条腰带！"一转身，不小心，脚踩到了自己刚才拉出来的屎堆上，于是勃然大怒："这是哪一条混账狗在这里拉了一泡屎？"

这本来是一个笑话，在我们现实生活中，未必会有的。但是，人一老，就容易忘事糊涂，却是经常见到的事。

我认识一位著名的画家，本来是并不糊涂的。但是，年过八旬以后，却慢慢地忘事糊涂起来。我们将近半个世纪以前就认识了，颇能谈得来，而且平常也还是有些接触的。然而，最近几年来，每次见面，他把我的尊姓大名完全忘了。从眼镜后面流出来的淳朴宽厚的目光，落到我的脸上，其中饱含着疑惑的神气。我连忙说："我是季羡林，是北京大学的。"他点头称是。但是，过了没有五分钟，他又问我："你是谁呀？"我敬谨回答如上。在每一次会面中，尽管时间不长，这样尴尬的局面总会出现几次。我心里想：老

81-90岁作品 · 289

友确是老了！

　　有一年，我们邂逅在香港。一位有名的企业家设盛筵，宴嘉宾。香港著名的人物参加者为数颇多，比如饶宗颐、邵逸夫、杨振宁等先生都在其中。宽敞典雅、雍容华贵的宴会厅里，一时珠光宝气，璀璨生辉，可谓极一时之盛。至于菜肴之精美，服务之周到，自然更不在话下了。我同这一位画家老友都是主宾，被安排在主人座旁。但是正当觥筹交错，逸兴遄飞之际，他忽然站了起来，转身要走，他大概认为宴会已经结束，到了拜拜的时候了。众人愕然，他夫人深知内情，赶快起身，把他拦住，又拉回到座位上，避免了一场尴尬的局面。

　　前几年，中国敦煌吐鲁番学会在富丽堂皇的北京图书馆的大报告厅里举行年会。我这位画家老友是敦煌学界的元老之一，获得了普遍的尊敬。按照中国现行的礼节，必须请他上主席台并且讲话。但是，这却带来了困难。像许多老年人一样，他脑袋里刹车的部件似乎老化失灵。一说话，往往像开汽车一样，刹不住车，说个不停，没完没了。会议是有时间限制的，听众的忍耐也决非无限。在这危难之际，我同他的夫人商议，由她写一个简短的发言稿，往他口袋里一塞，叮嘱他念完就算完事，不悖行礼如仪的常规。然而他一开口讲话，稿子之事早已忘入九霄云外。看样子是打算从盘古开天辟地讲。照这样下去，讲上几千年，也讲不到今天的会。到了听众都变成了化石的时候，他也许才讲到春秋战国！我心里急如热锅上的蚂蚁，忽然想到：按既定方针办。我请他的夫人上台，从他的口袋掏出了讲稿，耳语了几句。他恍然大悟，点头称是，把讲稿念完，回到原来的座位。于是一场惊险才化险为夷，皆大欢喜。

　　我比这位老友小六七岁。有人赞我耳聪目明，实际上是耳欠聪、目欠明。如人饮水，冷暖自知，其中滋味，实不足为外人道也。但是，我脑袋里的刹车部件，虽然老化，尚可使用。再加上我有点自知之明，我的新座右铭是：老年之人，刹车失灵，戒之在说。一向奉行不违，还没有碰到下不了台的窘境。在潜意识中颇有点沾沾自喜了。

　　然而我的记忆机构也逐渐出现了问题。虽然还没有达到画家老友那样

"神品"的水平，也已颇有可观。在这方面，我是独辟蹊径，创立了有季羡林特色的"忘"的学派。

我一向对自己的记忆力，特别是形象的记忆，是颇有一点自信的。四五十年前，甚至六七十年前的一个眼神，一个手势，至今记忆犹新，招之即来，显现在眼前、耳旁，如见其形，如闻其声，移到纸上，即成文章。可是，最近几年以来，古旧的记忆尚能保存。对眼前非常熟的人，见面时往往忘记了他的姓名。在第一瞥中，他的名字似乎就在嘴边、舌上。然而一转瞬间，不到十分之一秒，这个呼之欲出的姓名，就蓦地隐藏了起来，再也说不出了。说不出，也就算了，这无关宇宙大事，国家大事，甚至个人大事，完全可以置之不理的。而且脑袋里断了的保险丝，还会接上的。些许小事，何必介意？然而不行，它成了我的一块心病。我像着了魔似的，走路，看书，吃饭，睡觉，只要思路一转，立即想起此事。好像是，如果想不出来，自己就无法活下去，地球就停止了转动。我从字形上追忆，没有结果；我从发音上追忆，结果杳然。最怕半夜里醒来，本来睡得香香甜甜，如果没有干扰，保证一夜幸福。然而，像电光石火一闪，名字问题又浮现出来。古人常说的平旦之气，是非常美妙的，然而此时却美妙不起来了。我辗转反侧，瞪着眼一直瞪到天亮。其苦味实不足为外人道也。但是，不知道是哪一位神灵保佑，脑袋又像电光石火似的忽然一闪，他的姓名一下子出现了。古人形容快乐常说，"洞房花烛夜，金榜题名时"，差可同我此时的心情相比。

这样小小的悲喜剧，一出刚完，又会来第二出，有时候对于同一个人的姓名，竟会上演两出这样的戏。而且出现的频率还是越来越多。自己不得不承认，自己确实是老了。郑板桥说："难得糊涂。"对我来说，并不难得，我于无意中得之，岂不快哉！

然而忘事糊涂就一点好处都没有吗？

我认为，有的，而且很大。自己年纪越来越老，对于"忘"的评价却越来越高，高到了宗教信仰和哲学思辨的水平。苏东坡的词说："人有悲欢离合，月有阴晴圆缺，此事古难全。"他是把悲和欢、离和合并提。然而古人说：不如意事常八九。这是深有体会之言。悲总是多于欢，离总是多于合，几乎每个人都是这样。如果造物主——如果真有的话——不赋予人类以"忘"的本领——我宁愿称之为本能——那么，我们人类在这么多的悲和离的重压下，能够活下去吗？我常常暗自胡思乱想：造物主这玩意儿（用《水浒》的词儿，应该说是"这话儿"）真是非常有意思。他（她？它？）既严肃，又油滑；既慈悲，又残忍。老子说："天地不仁，以万物为刍狗。"这话真说到了点子上。人生下来，既能得到一点乐趣，又必须忍受大量的痛苦，后者所占的比重要多得多。如果不能"忘"，或者没有"忘"这个本能，那么痛苦就会时时刻刻都新鲜生动，时时刻刻像初产生时那样剧烈残酷地折磨着你。这是任何人都无法忍受下去的。然而，人能"忘"，渐渐地从剧烈到淡漠，再淡漠，再淡漠，终于只剩下一点残痕；有人，特别是诗人，甚至爱抚这一点残痕，写出了动人心魄的诗篇，这样的例子，文学史上还少吗？

因此，我必须给赋予我们人类"忘"的本能的造化小儿大唱赞歌。试问：世界上哪一个圣人、贤人、哲人、诗人、阔人、猛人、这人、那人，能有这样的本领呢？

我还必须给"忘"大唱赞歌。试问：如果人人一点都不忘，我们的世界会成什么样子呢？

遗憾的是，我现在尽管在"忘"的方面已经建立了有季羡林特色的学派，可是自谓在这方面仍是钝根。真要想达到我那位画家朋友的水平，仍须努力。如果想达到我在上面说的那个笑话中人的境界，仍是可望而不可即。但是，我并不气馁，我并没有失掉信心，有朝一日，我总会达到的。勉之哉！勉之哉！

赋得永久的悔

一九九四年三月

　　题目是韩小蕙小姐出的，所以名之曰"赋得"。但文章是我心甘情愿作的，所以不是八股。

　　我为什么心甘情愿作这样一篇文章呢？一言以蔽之，题目出得好，不但实获我心，而且先获我心：我早就想写这样一篇东西了。

　　我已经到了望九之年。在过去的七八十年中，从乡下到城里；从国内到国外；从小学、中学、大学到洋研究院；从"志于学"到超过"从心所欲不逾矩"，曲曲折折，坎坎坷坷。既走过阳关大道，也走过独木小桥；既经过"山重水复疑无路"，又看到"柳暗花明又一村"。喜悦与忧伤并驾，失望与希望齐飞，我的经历可谓多矣。要讲后悔之事，那是俯拾皆是。要选其中最深切、最真实、最难忘的悔，也就是永久的悔，那也是唾手可得，因为它片刻也没有离开过我的心。

　　我这永久的悔就是：不该离开故乡，离开母亲。

　　我出生在鲁西北一个极端贫困的村庄里。我们家是贫中之贫，真可以说是贫无立锥之地。十年浩劫中，我自己跳出来反对北大那一位倒行逆施但又炙手可热的"老佛爷"，被她视为眼中钉，必欲除之而后快。她手下的小喽啰们曾两次窜到我的故乡，处心积虑地把我"打"成地主，他们那种狗仗人势穷凶极恶的教师爷架子，并没有能吓倒我的乡亲。我小时候的一位伙伴指着他们的鼻子，大声说："如果让整个官庄来诉苦的话，季羡林家是第一家！"

这一句话并没有夸大，他说的是实情。我祖父母早亡，留下了我父亲等三个兄弟，孤苦伶仃，无依无靠。最小的一叔送了人。我父亲和九叔饿得没有办法，只好到别人家的枣林里去捡落到地上的干枣充饥。这当然不是长久之计。最后兄弟俩被逼背井离乡，盲流到济南去谋生。此时他俩也不过十几二十岁。在举目无亲的大城市里，必然是经过千辛万苦，九叔在济南落住了脚。于是我父亲就回到了故乡，说是农民，但又无田可耕。又必然是经过千辛万苦，九叔从济南有时寄点钱回家，父亲赖以生活。不知怎么一来，竟然寻（读若xin）上了媳妇，她就是我的母亲。母亲的娘家姓赵，门当户对，她家穷得同我们家差不多，否则也决不会结亲。她家里饭都吃不上，哪里有钱、有闲上学。所以我母亲一个字也不识，活了一辈子，连个名字都没有。她家是在另一个庄上，离我们庄五里路。这个五里路就是我母亲毕生所走的最长的距离。

北京大学那一位"老佛爷"要"打"成"地主"的人，也就是我，就出生在这样一个家庭里，就有这样一位母亲。

后来我听说，我们家确实也"阔"过一阵。大概在清末民初，九叔在东三省用口袋里剩下的最后五角钱，买了十分之一的湖北水灾奖券，中了奖。兄弟俩商量，要"富贵而归故乡"，回家扬一下眉，吐一下气。于是把钱运回家，九叔仍然留在城里，乡里的事由父亲一手张罗，他用荒唐离奇的价钱，买了砖瓦，盖了房子。又用荒唐离奇的价钱，置了一块带一口水井的田地。一时兴会淋漓，真正扬眉吐气了。可惜好景不长，我父亲又用荒唐离奇的方式，仿佛宋江一样，豁达大度，招待四方朋友。一转瞬间，盖成的瓦房又拆了卖砖、卖瓦。有水井的田地也改变了主人。全家又回归到原来的情况。我就是在这个时候，在这样的情况下降生到人间来的。

母亲当然亲身经历了这个巨大的变化。可惜，当我同母亲住在一起的时候，我只有几岁，告诉我，我也不懂。所以，我们家这一次陡然上升，又陡然下降，只像是昙花一现，我到现在也不完全明白。这个谜恐怕要成为永恒的谜了。

不管怎样，我们家又恢复到从前那种穷困的情况。后来听人说，我们家那时只有半亩多地。这半亩多地是怎么来的，我也不清楚。一家三口人就靠这半亩多地生活。城里的九叔当然还会给点接济，然而像中湖北水灾奖那样的事儿，一辈子有一次也不算少了。九叔没有多少钱接济他的哥哥了。

家里日子是怎样过的，我年龄太小，说不清楚。反正吃得极坏，这个我是懂得的。按照当时的标准，吃"白的"（指麦子面）最高，其次是吃小米面或棒子面饼子，最次是吃红高粱饼子，颜色是红的，像猪肝一样。"白的"与我们家无缘。"黄的"（小米面或棒子面饼子颜色都是黄的）与我们缘分也不大。终日为伍者只有"红的"。这"红的"又苦又涩，真是难以下咽。但不吃又害饿，我真有点谈"红"色变了。

但是，小孩子也有小孩子的办法。我祖父的堂兄是一个举人，他的夫人我喊她奶奶。他们这一支是有钱有地的。虽然举人死了，但家境依然很好。我这一位大奶奶仍然健在。她的亲孙子早亡，所以把全部的钟爱都倾注到我身上来。她是整个官庄能够吃"白的"的仅有的几个人中之一。她不但自己吃，而且每天都给我留出半个或者四分之一个白面馍馍来。我每天早晨一睁眼，立即跳下炕来向村里跑，我们家住在村外。我跑到大奶奶跟前，清脆甜美地喊上一声："奶奶！"她立即笑得合不上嘴，把手缩回到肥大的袖子，从口袋里掏出一小块馍馍，递给我，这是我一天最幸福的时刻。

此外，我也偶尔能够吃一点"白的"，这是我自己用劳动换来的。一到夏天麦收季节，我们家根本没有什么麦子可收。对门住的宁家大婶子和大姑——她们家也穷得够呛——就带我到本村或外村富人的地里去"拾麦子"。所谓"拾麦子"就是别家的长工割过麦子，总还会剩下那么一点点麦穗，这些都是不值得一捡的，我们这些穷人就来"拾"。因为剩下的决不会多，我们拾上半天，也不过拾半篮子，然而对我们来说，这已经是如获至宝了。一定是大婶和大姑对我特别照顾，以一个四五岁、五六岁的孩子，拾上一个夏天，也能拾上十斤八斤麦粒。这些都是母亲亲手搓出来的。为了对我加以奖励，麦季过后，母亲便把麦子磨成面，蒸成馍馍，或贴成白面饼子，让我解馋。我于是就大快朵颐了。

记得有一年，我拾麦子的成绩也许是有点"超常"。到了中秋节——农民嘴里叫"八月十五"——母亲不知从哪里弄了点月饼，给我掰了一块，我就蹲在一块石头旁边，大吃起来。在当时，对我来说，月饼可真是神奇的东西，龙肝凤髓也难以比得上的，我难得吃一次。我当时并没有注意，母亲是否也在吃。现在回想起来，她根本一口也没有吃。不但是月饼，连其他"白的"，母亲从来都没有尝过，都留给我吃了。她大概是毕生就与红色的高粱饼子为伍。到了歉年，连这个也吃不上，那就只有吃野菜了。

　　至于肉类，吃的回忆似乎是一片空白。我老娘家隔壁是一家卖煮牛肉的作坊。给农民劳苦耕耘了一辈子的老黄牛，到了老年，耕不动了，几个农民便以极其低的价钱买来，用极其野蛮的办法杀死，把肉煮烂，然后卖掉。老牛肉难煮，实在没有办法，农民就在肉锅里小便一通，这样肉就好烂了。农民心肠好，有了这种情况，就昭告四邻："今天的肉你们别买！"老娘家穷，虽然极其疼爱我这个外孙，也只能用土罐子，花几个制钱，装一罐子牛肉汤，聊胜于无。记得有一次，罐子里多了一块牛肚子，这就成了我的专利。我舍不得一气吃掉，就用生了锈的小铁刀，一块一块地割着吃，慢慢地吃。这一块牛肚真可以同月饼媲美了。

　　"白的"月饼和牛肚难得，"黄的"怎样呢？"黄的"也同样难得。但是，尽管我只有几岁，我却也想出了办法。到了春、夏、秋三个季节，庄外的草和庄稼都长起来了。我就到庄外去割草，或者到人家高粱地里去劈高粱叶。劈高粱叶，田主不但不禁止，而且还欢迎；因为叶子一劈，通风情况就能改进，高粱长得就能更好，粮食打得就能更多。草和高粱叶都是喂牛用的。我们家穷，从来没有养过牛。我二大爷家是有地的，经常养着两头大牛。我这草和高粱叶就是给它们准备的。每当我这个不到三块豆腐高的孩子背着一大捆草或高粱叶走进二大爷的大门，我心里有所恃而不恐，把草放在牛圈里，赖着不走，总能蹭上一顿"黄的"吃，不会被二大娘"卷"（我们那里的土话，意思是"骂"）出来。到了过年的时候，自己心里觉得，在过去的一年里，自己喂牛立了功，又有了勇气到二大爷家里赖着吃黄面糕。黄面糕是用黄米面加上枣蒸成的。颜色虽黄，却位列"白的"之上，因为一年只在过年时吃一次，物以稀为贵，于是黄面糕就贵了起来。

　　我上面讲的全是吃的东西。为什么一讲到母亲就讲起吃的东西来了呢？原因并不复杂。第一，我作为一个孩子容易关心吃的东西。第二，所有我在上面提到的好吃的东西，几乎都与母亲无缘。除了"黄的"以外，其余她都不沾边儿。我在她身边只待到六岁，以后两次奔丧回家，待的时间也很短。现在我回忆起来，连母亲的面影都是迷离模糊的，没有一个清晰的轮廓。特别有一点，让我难解而又易解：我无论如何也回忆不起母亲的笑容来，她好像是一辈子都没有笑过。家境贫困，儿子远离，她受尽了苦难，笑容从何而来呢？有一次我回家听对面的宁大婶子告诉我说："你娘经常说：'早知道送出去回不来，我无论如何也不会放他走的！'"简短的一句话里面含着多少辛酸、多少悲伤啊！母亲不知有多少日日夜夜，眼望远方，盼望自己的儿子回来啊！然而这个儿子却始终没有归去，一直到母亲离开这个世界。

　　对于这个情况，我最初懵懵懂懂，理解得并不深刻。到上了高中的时候，自己大了几岁，逐渐理解了。但是自己寄人篱下，经济不能独立，空有雄心壮志，怎奈无法实现，我暗暗地下定了决心，立下了誓愿：一旦大学毕业，自己找到工作，立即迎养母亲，然而没有等到我大学毕业，母亲就离开我走了，永远永远地走了。古人说："树欲静而风不止，子欲养而亲不待。"这话正应到我身上。我不忍想象母亲临终思念爱子的情况；一想到，我就会心肝俱裂，眼泪盈眶。当我从北平赶回济南，又从济南赶回清平奔丧的时候，看到了母亲的棺材，看到那简陋的屋子，我真想一头撞死在棺材上，随母亲于地下。我后悔，我真后悔，我千不该万不该离开了母亲。世界上无论什么名誉，什么地位，什么幸福，什么尊荣，都比不上待在母亲身边，即使她一个字也不识，即使整天吃"红的"。

　　这就是我的"永久的悔"。

我的妻子

一九九五年六月

我因为是季家的独根独苗,身上负有传宗接代的重大任务,所以十八岁就结了婚。父母之命,媒妁之言,自不在话下。德华长我四岁。对我们家来说,她真正做到了"毫不利己,专门利人",一辈子勤勤恳恳,有时候还要含辛茹苦。上有公婆,下有稚子幼女,丈夫十几年不在家。公公又极难侍候,家里又穷,经济朝不保夕。在这些年,她究竟受了多少苦,她只是偶尔对我流露一点,我实在说不清楚。

德华天资不是太高,只念过小学,大概能认千八百字。当我念小学的时候,我曾偷偷地看过许多旧小说,什么《西游记》、《封神演义》、《彭公案》、《施公案》、《济公传》、《七侠五义》、《小五义》等等都看过。当时这些书对我来说是"禁书",叔父称之为"闲书"。看"闲书"是大罪状,是绝对不允许的。但是,不但我,连叔父的女儿秋妹都偷偷地看过不少。她把小说中常见的词儿"飞檐走壁"念成了"飞腾走壁",一时传为笑柄。可是,德华一辈子也没有看过任何一部小说,别的书更谈不上了。她没有给我写过一封信,她根本拿不起笔来。到了晚年,连早年能认的千八百字也都大半还给了老师,剩下的不太多了。因此,她对我一辈子搞的这一套玩意儿根本不知道是什么东西，有什么意义。她似乎从来也没有想知道过。在这方面，我们俩毫无共同的语言。

在文化方面，她就是这个样子。然而，在道德方面，她却是超一流的。上对公婆，她真正尽上了孝道；下对子女，她真正做到了慈母应做的一切；中对丈夫，她绝对忠诚，绝对服从，绝对爱护。她是一个极为难得的孝顺媳妇，贤妻良母。她对待任何人都是忠厚诚恳，从来没有说过半句闲话。她不会撒谎，我敢保证，她一辈子没有说过半句谎话。如果中国将来要修"二十几史"，而其中又有什么"妇女列传"或"闺秀列传"的话，她应该榜上有名。

一九六二年，老祖同德华从济南搬到北京来，我过单身汉生活数十年，现在总算是有了一个家。这也是德华一生的黄金时期，也是我一生最幸福的时候。我们家里和睦相处，你尊我让，从来没有吵过嘴。有时候家人朋友团聚，食前方丈，杯盘满桌，烹饪往往由她们二人主厨。饭菜上桌，众人狼吞虎咽，她们俩却往往是坐在一旁，笑眯眯地看着我们吃，脸上流露出极为怡悦的表情。对这样的家庭，一切赞誉之词都是无用的，都会黯然失色的。

我活到了八十多，参透了人生真谛。人生无常，无法抗御。我在极端的快乐中，往往心头闪过一丝暗影：天下无不散的筵席。我们家这一出十分美满的戏，早晚会有煞戏的时候。果然，老祖先走了。去年德华又走了。她也已活到超过米寿，她可以瞑目了。

德华永远活在我的记忆里。

三个小女孩

一九九六年八月

我生平有一桩往事：一些孩子无缘无故地喜欢我，爱我；我也无缘无故地喜欢这些孩子，爱这些孩子。如果我以糖果饼饵相诱，引得小孩子喜欢我，那是司空见惯，平平常常，根本算不上什么"怪事"。但是，对我来说，情况却绝对不是这样。我同这些孩子都是邂逅相遇，都是第一次见面，我语不惊人，貌不压众，不过是普普通通，不修边幅，常常被人误认为是学校的老工人。这样一个人而能引起天真无邪、毫无功利目的、二三岁以至十一二岁的孩子的欢心，其中道理，我解释不通，我相信，也没有别人能解释通，包括赞天地之化育的哲学家们在内。

我说：这是一桩"怪事"，不是恰如其分吗？不说它是"怪事"，又能说它是什么呢？

大约在五十年代，当时老祖和德华还没有搬到北京来。我暑假回济南探亲。我的家在南关佛山街。我们家住西屋和北屋，南屋住的是一家姓田的木匠。他有一儿二女，小女儿名叫华子，我们把这个小名又进一步变为爱称："华华儿"。她大概只有两岁，路走不稳，走起来晃晃荡荡，两条小腿十分吃力，话也说不全。按辈分，她应该叫我"大爷"；但是华华还发不出两个字的音，她把"大爷"简化为"爷"。一见了我，就摇摇晃晃，跑了过来，满嘴"爷"、"爷"不停地喊着。走到我跟前，一下子抱住了我的腿，仿佛有无限的乐趣。她妈喊她，她置之不理，勉强抱走，她就哭着奋力挣脱。有时候，我在北屋睡午觉，只觉得周围鸦雀无声，阒静幽雅。"北堂夏睡足"，一枕黄粱，猛一睁眼：一个小东西站在我的身旁，大气不出。一见我醒来，立即"爷"、"爷"叫个不停，不知道她已经等了多久了。我此时真是万感集心，连忙抱起小东西，连声叫着"华华儿"。有一次我出门办事，回来走到大门口，华华妈正把她抱在怀里，她说，她想试一试华华，看她怎么办。然而奇迹出现了：华华一看到我，立即用惊人的力量，从妈妈怀里挣脱出来，举起小手，要我抱她。她妈妈说，她早就想到有这种可能，却没有想到华华挣脱的力量竟是这样惊人地大。大家都大笑不止，然而我却在笑中想流眼泪。有一年，老祖和德华来京小住，后来听同院的人说，在上着锁的西屋门前，天天有两个小动物在那里蹲守：一个是一只猫，一个是已经长到三四岁的华华。"可怜小儿女，不解忆长安。"华华大概还不知道什么北京，不知道什么别离。天天去蹲守，她那天真稚嫩的心灵里，不知是什么滋味，望眼欲穿而不见伊人。她的失望，她的寂寞，大概她自己也说不出，只能意会而不能言传了。

上面是华华的故事，下面再讲吴双的故事。

八十年代的某一年，我应邀赴上海外国语大学去访问。我的学生吴永年教授十分热情地招待我。学校领导陪我参观，永年带了他的妻子和女儿吴双来见我。吴双大概有六七岁光景，是一个秀美、文静、活泼、伶俐的小女孩。我们是第一次见面，最初她还有点腼腆，叫了一声"爷爷"以后，低下头，不敢看我。但是，我们在校园中走了没有多久，她悄悄地走过来，挽住我的右臂，扶我走路，一直偎依在我的身旁，她爸爸妈妈都有点吃惊，有点不理解。我当然更是吃惊，更是不理解。一直等到我们参观完了图书馆和许多大楼，吴双总是寸步不离地挽住我的右臂，一直到我们不得不离开学校，不得不同吴双和她爸爸妈妈分手为止，吴双眼睛中流露出依恋又颇有一点凄凉的眼神。从此，我们就结成了相差六七十岁的忘年交。她用幼稚却认真秀美的小字写信给我。我给永年写信，也总忘不了吴双。我始终不知道，我有什么地方值得这样一个聪明可爱的小女孩眷恋?

上面是吴双的故事,现在轮到未未了。未未是一个十二岁的小女孩,姓贾,爸爸是延边大学出版社的社长,学国文出身,刚强、正直、干练,是一个绝不会阿谀奉承的硬汉子。母亲王文宏,延边大学中文系副教授,性格与丈夫迥乎不同,多愁、善感、温柔、淳朴、感情充沛,用我的话来说,就是:感情超过了需要。她不相信天底下还有坏人,她是个才女,写诗,写小说,在延边地区颇有点名气,研究的专行是美学、文艺理论与禅学,是一个极有前途的女青年学者。十年前,我在北大通过刘烜教授的介绍,认识了她。去年秋季她又以访问学者的名义重返北大,算是投到了我的门下。一年以来,学习十分勤奋。我对美学和禅学,虽然也看过一些书,并且有些想法和看法,写成了文章,但实际上是"野狐谈禅",成不了正道的。蒙她不弃,从我受学,使得我经常觳觫不安,如芒刺在背。也许我那一些内行人绝不会说的石破天惊的奇谈怪论,对她有了点用处? 连这一点我也是没有自信的。

由于她母亲在北大学习,未未曾于寒假时来北大一次,她父亲也陪来了。第一次见面,我发现未未同别的年龄差不多的女孩不一样。面貌秀美,逗人喜爱,却有点苍白。个子不矮,却有点弱不禁风。不大说话,说话也是慢声细语。文宏说她是娇生惯养惯了,有点自我撒娇。但我看不像。总之,第一次见面,这个东北长白山下来的小女孩,对我成了个谜。我约了几位朋友,请她全家吃饭。吃饭的时候,她依然是少言寡语。但是,等到出门步行回北大的时候,却出现了出我意料的事情。我身居师座,兼又老迈,文宏便从左边扶住我的左臂搀扶着我。说老实话,我虽老态龙钟,却还不到非让人搀扶不行的地步。文宏这一番心意我却不能拒绝,索性倚老卖老,任她搀扶,倘若再递给我一个龙头拐杖,那就很有点旧戏台上佘太君或者国画大师齐白石的派头了。然而,正当我在心中暗暗觉得好笑的时候,未未却一步抢上前来,抓住了我的右臂来搀扶住我,并且示意她母亲放松抓我左臂的手,仿佛搀扶我是她的专利,不许别人插手。她这一举动,我确实没有想到。然而,事情既然发生——由它去吧!

过了不久,未未就回到了延吉。适逢今年是我八十五岁生日,文宏在北大虽已结业，却专门留下来为我祝寿。她把丈夫和女儿都请到北京来，同一些在我身边工作了多年的朋友，为我设寿宴。最后一天，出于玉洁的建议，我们一起共有十六人之多，来到了圆明园。圆明园我早就熟悉，六七十年前，当我还在清华大学读书的时候，晚饭后，常常同几个同学步行到圆明园来散步。此时圆明园已破落不堪，满园野草丛生，狐鼠出没，"西风残照，清家废宫"，我指的是西洋楼遗址。当年何等辉煌，而今只剩下几个汉白玉雕成的古希腊式的宫门，也都已残缺不全。"牧童打碎了龙碑帽"，虽然不见得真有牧童，然而情景之凄凉、寂寞，恐怕与当年的明故宫也差不多了。我们当时还都很年轻，不大容易发思古之幽情，不过爱其地方幽静，来散散步而已。

建国后，北大移来燕园，我住的楼房，仅与圆明园有一条马路之隔。登上楼旁小山，遥望圆明园之一角绿树蓊郁，时涉遐想。今天竟然身临其境，早已面目全非，让我连连吃惊，仿佛美国作家 Washington Irving 笔下的 Rip Van Winkei "山中方七日，世上几千年"，等他回到家乡的时候，连自己的曾孙都成了老爷爷，没有人认识他了。现在我已不认识圆明园了，圆明园当然也不会认识我。园内游人摩肩接踵，多如过江之鲫。而商人们又竞奇斗妍，各出奇招，想出了种种的门道，使得游人如痴如醉。我们当然也不会例外，痛痛快快地畅游了半天，福海泛舟，饭店盛宴。我的"西洋楼"却如蓬莱三山，不知隐藏在何方了？

第二天是文宏全家回延吉的日子。一大早，文宏就带了未未来向我辞行。我上面已经说到，文宏是感情极为充沛的人，虽是暂时别离，她恐怕也会受不了。小萧为此曾在事前建议过：临别时，谁也不许流眼泪。在许多人心目中，我是一个怪人，对人呆板冷漠，但是，真正了解我的人却给我送了一个绰号："铁皮暖瓶"，外面冰冷而内心极热。我自己觉得，这个比喻道出了一部分真理，但是，我现在已届望九之年，我走过阳关大道，也走过独木小桥，天使和撒旦都对我垂青过。一生磨炼，已把我磨成了一个"世故老人"，于必要时，我能够运用一个世故老人的禅定之力，把自己的感情控制住。年轻人，道行不高的人，恐怕难以做到这一点的。

现在，未未和她妈妈就坐在我的眼前。我口中念念有词，调动我的定力来拴住自己的感情，满面含笑，大讲苏东坡的词："人有悲欢离合，月有阴晴圆缺，此事古难全。"又引用俗语："千里凉棚，没有不散的筵席。"自谓"口若悬河泻水，滔滔不绝"。然而，言者谆谆，而听者藐藐。文宏大概为了遵守对小萧的诺言，泪珠只停留在眼眶中，间或也滴下两滴。而未未却不懂什么诺言，不会有什么定力，坐在床边上，一语不发，泪珠仿佛断了线似的流个不停。我那八十多年的定力有点动摇了，我心里有点发慌，连忙强打精神，含泪微笑，送她母女出门。一走上门前的路，未未好像再也忍不住了，一把抓住了我的胳臂，伏在我怀里，哭了起来。热泪透过了我的衬衣，透过了我的皮肤，热意一直滴到我的心头。我忍住眼泪，捧起未未的脸，说："好孩子！不要难过！我们还会见面的！"未未说："爷爷！我会给你写信的！"我此时的心情，连才尚未尽的江郎也是写不出来的，他那名垂千古的《别赋》中，就找不到对类似我现在的心情的描绘，何况我这样本来无才可尽的俗人呢？我挽着未未的胳臂，送她们母女过了楼西曲径通幽的小桥，又忽然临时顿悟：唐朝人送别有灞桥折柳的故事。我连忙走到湖边，从一棵垂柳上折下了一条柳枝，递到文宏手中。我一直看她母女俩折过小山，向我招手，直等到连消逝的背影也看不到的时候，才慢慢地走回家来。此时，我再不需要我那劳什子定力，索性让眼泪流个痛快。

三个女孩的故事就讲完了。

还不到两岁的华华为什么对我有这样深的感情，我百思不得其解。

五六岁第一次见面的吴双，为什么对我有这样深的感情，我千思不得其解。

十二岁下学期才上初中的未未，为什么对我有这样深的感情，我万思不得其解。

然而这都是事实，我没有半个字的虚构。我一生能遇到这样三个小女孩，就算是不虚此生了。

到今天，华华已经超过四十岁。按正常的生活秩序，她早应该"绿叶成荫"了，不知道她是否还记得我这"爷"？

吴双恐怕大学已经毕业了，因为我同她父亲始终有联系，她一定还会记得我这样一位"北京爷爷"的。

至于未未，我们离别才几天。我相信，她会遵守自己的诺言给我写信的。而且她父亲常来北京，她母亲也有可能再到北京学习、进修。我们这一次分别，仅仅不过是为下一次会面创造条件而已。

像奇迹一般，在八十多年内，我遇到了这样三个小女孩，是我平生一大乐事，一桩怪事，但是人们常说，普天之下，没有无缘无故的爱。可是我这"缘"何在？我这"故"又何在呢？佛家讲因缘，我们老百姓讲"缘分"。虽然我不信佛，从来也不迷信，但是我只能相信"缘分"了。在我走到那个长满了野百合花的地方之前，这三个同我有着说不出是怎样来的缘分的小姑娘，将永远留在我的记忆中，保留一点甜美，保留一点幸福，给我孤寂的晚年涂上点有活力的色彩。

清塘荷韵

一九九七年九月中秋节

楼前有清塘数亩。记得三十多年前初搬来时，池塘里好像是有荷花的，我的记忆里还残留着一些绿叶红花的碎影。后来时移事迁，岁月流逝，池塘里却变得"半亩方塘一鉴开，天光云影共徘徊"，再也不见什么荷花了。

我脑袋里保留的旧的思想意识颇多，每一次望到空荡荡的池塘，总觉得好像缺点什么。这不符合我的审美观念。有池塘就应当有点绿的东西，哪怕是芦苇呢，也比什么都没有强。最好的最理想的当然是荷花。中国旧的诗文中，描写荷花的简直是太多太多了。周敦颐的《爱莲说》读书人不知道的恐怕是绝无仅有的。他那一句有名的"香远益清"是脍炙人口的。几乎可以说，中国没有人不爱荷花的。可我们楼前池塘中独独缺少荷花。每次看到或想到，总觉得是一块心病。

有人从湖北来，带来了洪湖的几颗莲子，外壳呈黑色，极硬。据说，如果埋在淤泥中，能够千年不烂。因此，我用铁锤在莲子上砸开了一条缝，让莲芽能够破壳而出，不至永远埋在泥中。这都是一些主观的愿望，莲芽能不能够出，都是极大的未知数。反正我总算是尽了人事，把五六颗敲破的莲子投入池塘中，下面就是听天命了。

这样一来，我每天就多了一件工作：到池塘边上去看上几次。心里总是希望，忽然有一天，"小荷才露尖尖角"，有翠绿的莲叶长出水面。可是，事与愿违，投下去的第一年，一直到秋凉落叶，水面上也没有出现什么东西。经过了寂寞的冬天，到了第二年，春水盈塘，绿柳垂丝，一片旖旎的风光。可是，我翘盼的水面上却仍然没有露出什么荷叶。此时我已经完全灰了心，以为那几颗湖北带来的硬壳莲子，由于人力无法解释的原因，大概不会再有长出荷花的希望了。我的目光无法把荷叶从淤泥中吸出。

但是，到了第三年，却忽然出了奇迹。有一天，我忽然发现，在我投莲子的地方长出了几个圆圆的绿叶，虽然颜色极惹人喜爱，但是却细弱单薄，可怜兮兮地平卧在水面上，像水浮莲的叶子一样。而且最初只长出了五六个叶片。我总嫌这有点太少，总希望多长出几片来。于是，我盼星星，盼月亮，天天到池塘边上去观望。有校外的农民来捞水草，我总请求他们手下留情，不要碰断叶片。但是经过了漫漫的长夏，凄清的秋天又降临人间，池塘里浮动的仍然只是孤零零的那五六个叶片。对我来说，这又是一个虽微有希望但究竟仍令人灰心的一年。

真正的奇迹出现在第四年上。严冬一过，池塘里又溢满了春水。到了一般荷花长叶的时候，在去年漂浮着五六个叶片的地方，一夜之间，突然长出了一大片绿叶，而且看来荷花在严冬的冰下并没有停止行动，因为在离开原有五六个叶片的那块基地比较远的池塘中心，也长出了叶片。叶片扩张的速度，扩张的范围，都是惊人地快。几天之内，池塘内不小一部分，已经全为绿叶所覆盖。而且原来平卧在水面上的像是水浮莲一样的叶片，不知道是从哪里聚集来了力量，有一些竟然跃出了水面，长成了亭亭的荷叶。原来我心中还迟迟疑疑，怕池中长的是水浮莲，而不是真正的荷花。这样一来，我心中的疑云一扫而光：池塘中生长的真正是洪湖莲花的子孙了。我心中狂喜，这几年总算是没有白等。

天地萌生万物，对包括人在内的动植物等有生命的东西，总是赋予一种极其惊人的求生存的力量和极其惊人的扩展蔓延的力量，这种力量大到无法抗御。只要你肯费力来观摩一下，就必然会承认这一点。现在摆在我面前的就是我楼前池塘里的荷花。自从几个勇敢的叶片跃出水面以后，许多叶片接踵而至。一夜之间，就出来了几十枝，而且迅速地扩散、蔓延。不到十几天的工夫，荷叶已经蔓延得遮蔽了半个池塘。从我撒种的地方出发，向东西南北四面扩展。我无法知道，荷花是怎样在深水中淤泥里走动。反正从露出水面荷叶来看，每天至少要走半尺的距离，才能形成眼前这个局面。

光长荷叶，当然是不能满足的。荷花接踵而至，而且据了解荷花的行家说，我门前池塘里的荷花，同燕园其他池塘里的，都不一样。其他地方的荷花，颜色浅红；而我这里的荷花，不但红色浓，而且花瓣多，每一朵花能开出十六个复瓣，看上去当然就与众不同了。这些红艳耀目的荷花，高高地凌驾于莲叶之上，迎风弄姿，似乎在睥睨一切。幼时读旧诗："毕竟西湖六月中，风光不与四时同。接天莲叶无穷碧，映日荷花别样红。"爱其诗句之美，深恨没有能亲自到杭州西湖去欣赏一番。现在我门前池塘中呈现的就是那一派西湖景象。是我把西湖从杭州搬到燕园里来了，岂不大快人意也哉！前几年才搬到朗润园来的周一良先生赐名为"季荷"。我觉得很有趣，又非常感激。难道我这个人将以荷而传吗？

前年和去年，每当夏月塘荷盛开时，我每天至少有几次徘徊在塘边，坐在石头上，静静地吸吮荷花和荷叶的清香。"蝉噪林逾静，鸟鸣山更幽。"我确实觉得四周静得很。我在一片寂静中，默默地坐在那里，水面上看到的是荷花绿肥、红肥。倒影映入水中，风乍起，一片莲瓣堕入水中，它从上面向下落，水中的倒影却是从下边向上落，最后一接触到水面，二者合为一，像小船似的漂在那里。我曾在某一本诗话上读到两句诗："池花对影落，沙鸟带声飞。"作者深惜第二句对仗不工。这也难怪，像"池花对影落"这样的境界究竟有几个人能参悟透呢？

晚上，我们一家人也常常坐在塘边石头上纳凉。有一夜，天空中的月亮又明又亮，把一片银光洒在荷花上。我忽听扑通一声，是我的小白波斯猫毛毛扑入水中，它大概是认为水中有白玉盘，想扑上去抓住。它一入水，大概就觉得不对头，连忙矫捷地回到岸上，把月亮的倒影打得支离破碎，好久才恢复了原形。

今年夏天，天气异常闷热，而荷花则开得特欢。绿盖擎天，红花映日，把一个不算小的池塘塞得满而又满，几乎连水面都看不到了。一个喜爱荷花的邻居，天天兴致勃勃地数荷花的朵数。今天告诉我，有四五百朵；明天又告诉我，有六七百朵。但是，我虽然知道他为人细致，却不相信他真能数出确实的朵数。在荷叶底下，石头缝里，旮旮旯旯，不知还隐藏着多少菁葵儿，都是在岸边难以看到的。粗略估计，今年大概开了将近一千朵。真可以算是洋洋大观了。

连日来，天气突然变寒。好像是一下子从夏天转入秋天。池塘里的荷叶虽然仍然是绿油一片，但是看来变成残荷之日也不会太远了。再过一两个月，池水一结冰，连残荷也将消逝得无影无踪。那时荷花大概会在冰下冬眠，做着春天的梦。它们的梦一定能够圆的。"既然冬天到了，春天还会远吗？"

我为我的"季荷"祝福。

漫谈皇帝

一九九八年九月

在历史上，中国有很多朝代，每一个朝代都有一些皇帝。对于这些"天子"们，写史者和读史者都不能避开不写不读。其中有一些被称为"圣君"、"英主"，他们的文治武功彪炳史册。有一些则被称为"昏君"、"暴君"，他们的暴虐糜烂的行为则遗臭万年。这都是我们所熟悉的。

但是，对"皇帝"这玩意儿的本质，却没有人敢说出来。我颇认为这是一件憾事。我虽不敏，窃愿为之补苴罅漏。

首先必须标明我的"理论基础"。若干年前，我读过一本辛亥革命前后出版的书，叫做《厚黑学》。我颇同意他的意见。我只觉得"厚""黑"二字还不够，我加上了一个"大"字，总结起来就是"脸皮厚，心黑，胆子大"也。

现在就拿我这个"理论"来分析历代的皇帝们。我觉得，皇帝可分三类：开国之君、守业之君、亡国之君。

开国之君可以中国历史上仅有的两个马上皇帝为代表：一个是刘邦，一个是朱元璋。两人都是地痞、流氓出身。起义时，身边有一批同样是地痞、流氓的哥儿们。最初当然都是平起平坐。在战争过程中，逐渐有一个人凸现出来，成了头子，哥儿们当然就服从他的调遣、指挥。一旦起义胜利，这个头子就登上了宝座，被尊为皇帝。最初，在金銮殿上，流氓习气还不能全改掉，必须有叔孙通一类的"帮忙"或"帮闲"者（鲁迅语）出来订朝仪。原来的哥儿们现在经过"整风"，必须规规矩矩，三跪九叩，山呼万岁，不许乱说乱动。这个流氓头子屁股坐稳了以后，一定要用种种莫须有的借口，杀戮其他流氓，给子孙除掉障碍。再大兴文字狱，杀害一批知识分子，以达到同样的目的；然后才能安心"龙御宾天"，成为什么"祖"。

他们之所以能成功，靠的是什么呢？厚、黑、大也。

他们的子孙继承王位，往往也必须经过一场异常残酷激烈的宫廷斗争，才能坐稳宝座。这些人同他们的流氓先人不一样，往往是生长于高墙宫院之内，养于宫女宦竖之手，对外面的社会和老百姓的情况，有的根本不知道，或者知之甚少。因此才能产生陈叔宝"何不食肉糜？"的笑话。有些守成的皇帝简直接近白痴。统治人民，统治国家，则委诸一批"帮忙"或"帮闲"的大臣。到了后来，经过了或短或长的时间，这样的朝廷必然崩溃，此不易之理。中国历史上之改朝换代，其根本原因就在这里。

这些守成之主中，也有厚、黑、大的问题。争夺王位，往往就离不开这三个标准。

至于末代皇帝，承前辈祖先多少年来留下之积弊，不管他本人如何，整个朝廷统治机构已病入膏肓，即使想厚、想黑、想大，事实上已无回旋的余地，只有青衣小帽请降或吊死煤山了。

一部中国史应当作如是观。

论朋友

一九九九年十月

人类是社会动物，一个人在社会中不可能没有朋友。任何人的一生都是一场搏斗。在这一场搏斗中，如果没有朋友，则形单影只，鲜有不失败者。如果有了朋友，则众志成城，鲜有不胜利者。

因此，在人类几千年的历史上，任何国家、任何社会，没有不重视交友之道的，而中国尤甚。在宗法伦理色彩极强的中国社会中，朋友被尊为五伦之一，曰"朋友有信"。我又记得什么书中说："朋友，以义合者也。""信"、"义"含义大概有相通之处。后世多以"义"字来要求朋友关系，比如《三国演义》"桃园三结义"之类就是。

《说文》对"朋"字的解释是："凤飞，群鸟从以万数，故以为朋党字。""凤"和"朋"大概只有轻唇音重唇音之别。对友的解释是"同志为友"。意思非常清楚。中国古代，肯定也有"朋友"二字连用的，比如《孟子》。《论语》"有朋自远方来，不亦说乎！"却只用一个"朋"字。不知从什么时候起，"朋友"才经常连用起来。

在中国几千年的历史上，重视友谊的故事不可胜数。最著名的是管鲍之交，钟子期和伯牙的故事等等。刘、关、张三结义更是有口皆碑。一直到今天，我们还讲究"哥儿们义气"，发展到最高程度，就是"为朋友两肋插刀"。只要不是结党营私，我们是非常重视交朋友的。我们认为，中国古代把朋友归入五伦是有道理的。

我们现在看一看欧洲人对友谊的看法。欧洲典籍数量虽然远远比不上中国，但是，称之为汗牛充栋也是当之无愧的。我没有能力来旁征博引，只是根据我比较熟悉的一部书来引证一些材料，这就是法国著名的《蒙田随笔》。

《蒙田随笔》上卷，第二十八章，是一篇叫做《论友谊》的随笔。其中有几句话：

> 我们喜欢交友胜过其他一切，这可能是我们本性所使然。亚里士多德说，好的立法者对友谊比对公正更关心。

寥寥几句，充分说明西方对友谊之重视。蒙田接着说：

> 自古就有四种友谊：血缘的、社交的、待客的和男女情爱的。

这使我立即想到，中西对友谊含义的理解是不相同的。根据中国的标准，"血缘的"不属于友谊，而是属于亲情。"男女情爱的"也不属于友谊，而是属于爱情。对此，蒙田有长篇累牍的解释，我无法一一征引。我只举他对爱情的几句话：

> 爱情一旦进入友谊阶段，也就是说，进入意愿相投的阶段，它就会衰落和消逝。爱情是以身体的快感为目的的，一旦享有了，就不复存在。相反，友谊越被人向往，就越被人享用，友谊只是在获得以后才会升华、增长和发展，因为它是精神上的，心灵会随之净化。

这一段话，很值得我们仔细推敲、品味。

我和东坡词

　　几年前的一段亲身经历，至今回忆起来，历历如在目前；然而其中的一点隐秘，我却始终无法解释。

　　患了老年性白内障，要动手术。要说怕得不得了，还不至于；要说心里一点波动都没有，也不是事实。坐车到医院去的路上，同行的人高谈阔论，我心里有点忐忑不安，一点也不想参加，我静默不语，在半梦幻状态中，忽然在心中背诵起来了苏东坡的词：

　　　　明月几时有？把酒问青天。不知天上宫阙，今夕是何年。我欲乘风归去，又恐琼楼玉宇，高处不胜寒。起舞弄清影，何似在人间！
　　　　转朱阁，低绮户，照无眠。不应有恨，何事长向别时圆？人有悲欢离合，月有阴晴圆缺，此事古难全。但愿人长久，千里共婵娟。

　　默诵完了一遍，再从头默诵起，最终自己也不知道，究竟默诵了多少遍，汽车到了医院。

　　在这样的时候，在这样的地方，我为什么单单默诵东坡这一首词，我至

八　辑 · 312

今不解。难道它与我当时的处境有什么神秘的联系吗？

在医院里住了几天，进行了细致的体检，终于把我送进了手术室。主刀人是施玉英大夫，号称"北京第一刀"，技术精湛，万无一失，因此我一点顾虑都没有。但因我患有心脏病，为了保险起见，医院特请来一位心脏科专家，并运来极大的一台测量心脏的仪器，摆在手术台旁，以便随时监测我心跳的频率。于是，我就有了两位大夫，我舒舒服服地躺上了手术台。动手术的右眼虽然进行了麻醉，但我的脑筋是十分清楚的，耳朵也不含糊。手术开始后，我听到两位大夫曼声细语地交换着意见，间或还听到了仪器碰撞的声音。一切我都觉得很美妙。但是，我又在半梦幻的状态中，心里忽然又默诵起宋词来，仍然是苏东坡的，不是上面那一首，而是：

> 缥缈红妆照浅溪，薄云疏雨不成泥。送君何处古台西。
>
> 废沼夜来秋水满，茂陵深处晓莺啼。行人肠断草凄迷。

我仍然是循环往复地默诵，一遍又一遍，一直到走下手术台。

在这样的时候，在这样的地方，我为什么偏偏又默诵起词来，而且又是东坡的，其原因我至今不解。难道这又与我当时的处境有什么神秘的联系吗？

这样的问题，我无法解释。

但是，我觉得，如果真要想求得一个答复，也是有可能找得到的。

我不是诗词专家，只有爱好，不懂评论。可是读得多了，管窥蠡测，似乎也能有点个人的看法。现在不妨写了出来，供大家品评。

中国词家一向把词分为婉约与豪放两派，每一派中的诸作者也都各有特点，不完全是一个模样。在婉约派中，我最喜欢的是李后主、李易安和纳兰性德。在豪放派中，我最欣赏的是苏东坡。

原因何在呢？

我想提出一个真正的专家学者从来没有提过的肯定是野狐谈禅的说法。为了把问题说明白，我想先拉一位诗人来作陪，他就是李太白。我个人浅见认为，太白和东坡是中国几千年的文学史上两位最有天才的最伟大的作家。他们俩共同的特点是：为文如万斛泉涌，不择地而出，文不加点，倚马可待。每一首诗词，好像都是一气呵成，一气流转。他们写的时候，笔不停挥，欲住不能；我们读的时候，也是欲停不能，宛如高山滑雪，必须一气到底，中间决无停留的可能。这一种气或者气势，洋溢充沛在他们诗词之中，霈然不可抗御。批评家和美学家怎样解释这个现象，我不得而知，这现象是明明白白地存在着的，我则丝毫也不怀疑。

我在下面举太白的几首诗，以资对比：

> 长安一片月，万户捣衣声。
> 秋风吹不断，总是玉关情。
> 何日平胡虏，良人罢远征。

> 明月出天山，苍茫云海间。
> 长风几万里，吹度玉门关。

> 蜀僧抱绿绮，西下峨眉峰，
> 为我一挥手，如听万壑松。

你无论读上面哪一首诗，你能中途停下吗？真仿佛有一股力量，一股气势，在后面推动着你，非读下去不行，读东坡的词，亦复如是。这就是我独独推崇东坡和太白的原因。

这种想法，过去并没有明确地意识到过，它埋藏在我心中有年矣。白内障动手术是我平生一件大事，它触动了我的内心，于是，这种想法就下意识地涌出来，东坡词适逢其会自然流出了。

我的文艺理论水平低，只能说出，无法解释，尚望内行里手有以教我。

对陈寅恪先生的一点新认识

二〇〇〇年十月

　　我忝列寅恪先生门下，自谓颇读了一些先生的书，对先生的治学方法有一点了解，对先生的为人也有所了解，自己似乎真正能了解陈寅恪先生了。

　　但是实际情况并不是这样。

　　我以前注意到，先生是考据大师，其造诣之深绝不在乾嘉诸朴学大师之下。但是，有一点却是乾嘉大师所无法望其项背的。寅恪先生绝不像乾嘉大师那样似乎只是为考证而考证，他在考证中寓有极深刻的思想性，比如他研究历史十分重视民族关系、文化关系、对外文化交流的关系，以及家族和地域关系，等等。读了他的著作，绝不会仅仅得到一点精确的历史知识，而是会得到思想性和规律性极强的知识和认识，让你有豁然开朗之感。

　　在清华国学研究院四大导师中，寅恪先生在这一点上是很突出的。梁任公先生思想活泼，极富创新能力，但是驳杂多变，不成体系。王静安先生早期颇具一个哲学家、思想家的素质；但是，到了晚年，则一头钻入考据探讨中，不复有任何思想色彩。赵元任先生走的是另外一条路，不在我讨论范围之内。总之，我认为在清华四大导师中，寅恪先生是最具备一个思想家素质的人。至于先生是不是一个杰出的思想家，则是我从来没有想到过的一个问题。

最近读了李慎之先生的一篇文章，题目是《独立之精神，自由之思想》（《学术界》2000年第5期），极有创见，论证极能说服人。我恍然大悟，寅恪先生是中国二十世纪杰出的思想家之一，我深信不疑。这种近在眼前的事，我在几十年中竟没有悟到，愧一己之愚鲁，感慎之之启迪。在内疚之余，觉得自己对寅恪先生的认识，终于又近了一步，又不禁喜上眉梢了。

　　"独立之精神，自由之思想"这两个词儿是先生所撰的"清华大学王观堂先生纪念碑铭"中的话，是赞美王静安先生的。原来王静安先生自沉后，陈先生哀痛备至，又是写诗，又是写文章，来表达自己的哀思。静安先生自沉的原因，学者间意见颇不一致。依我个人的看法，原因并不复杂。他的遗言："五十之年，只欠一死；经此事变，义无再辱。"说得十分清楚。"事变"，指的是国民党军的北伐。王氏是一个大学者，一个大师，谁也不会有异辞。但是，心甘情愿地充当末代皇帝溥仪小朝廷上的"上书房行走"，又写诗赞美妖婆慈禧，实在不能不令人惋惜。他在政治上实在是非常落后，非常迟钝的。陈寅恪先生把他的死因不说成是殉清，而是殉中国文化，说他是具有"独立之精神，自由之思想"，又说"文化神州表一身"，颇有拔高之嫌。我认为，能当得起这两句话的只有陈先生本人。

　　我在这里想附带讲一个小问题。在王观堂先生挽词中有两句诗："回思寒夜话明昌，相对南冠泣数行。"王观堂先生流泪是很自然的。但是，寅恪先生三世爱国，结果却是祖父被慈禧赐死，父亲被慈禧斥逐，他对清代不会有什么好感的，可是他何以也"泣数行"呢？他这眼泪是从哪里流出来的呢？难道这就是他所说的"君为李煜亦期之以刘秀"吗？

　　几年前，我曾写过一篇文章《一个老知识分子的心声》，讲了一点我心里想讲的话。我认为，在过去几千年的历史上，中国优秀的知识分子有两个特点：一个是根深蒂固的爱国心，这是由历史环境所造成的，并不是说中国知识分子有爱国的基因；一个是硬骨头精神。中国历史上出了许多铮铮铁骨的知识分子，千载传颂。孟子说："富贵不能淫，贫贱不能移，威武不能屈，此之谓大丈夫。"我过去对所谓"硬骨头"就只能理解到这个水平。现在看来，是远远不够了。寅恪先生的"独立之精神，自由之思想"，是现代的、科学的说法，拿来用到我所说的"硬骨头"上，恰如其分。

将近一年前，我在广州中山大学召开的纪念陈寅恪先生的学术讨论会上作了一次发言，题目是"一个真正的中国人，一个真正的中国知识分子"，前一句是歌颂寅恪先生的爱国主义，后一句是赞美他的硬骨头精神，颇获得与会者的赞同。在发言中，我讲到，建国以后，绝大部分的，即使不是百分之百的知识分子，包括许多留学国外多年的高级知识分子在内，都是自觉自愿地进行所谓"思想改造"，认真严肃地参加造神运动。我的两位极可尊敬的老师，都是大名鼎鼎的学术大师，也参加到这个庞大的造神队伍中来。他们绝不会有任何私心杂念，完全是一片赤诚。要说一点原因都没有，那也是不对的。他们在旧社会待过，在国外待过，在半殖民地的社会中受到外人的歧视，心中充满了郁懑之气，一旦中国人民站起来了，哪能不感激涕零呢？我在政治方面是后知后觉，我也着了迷似的参加造神活动，甚至失掉了最起码的常识。人家说，一亩地能产五十万斤粮食，我也深信不疑，"人有多大胆，地有多大产" 嘛！我膜拜在自己造的神脚下，甚至幻想以自己的性命来表达忠诚。结果被神打倒在地，差一点丢掉了小命。然而，在南方的陈寅恪先生却依然爱国不辍，头脑清醒，依旧坚持"独立之精神，自由之思想"。我和我那两位老师是真诚的，其他广大的知识分子也是真诚的。可是这两个"真诚"之间不有天地悬殊的差异吗？何者为优？何者为劣？由聪明的读者自己去判断吧！我自己是感到羞愧的。中国历史上，大知识分子着了迷，干可笑的事情的先例，我现在还想不起来。

我主要论述的是寅恪先生的人生基本态度，也就是"独立之精神，自由之思想"。这似乎有点离了题，可是我认为，并没有离。一个学者的基本人生态度怎么能够同他的学术思想截然分开呢？以陈先生的人生基本态度为切入口来求索他的学术思想，必能有新的收获。但是，这个工作我不做了，请其他有志有识之士去完成吧。

知足知不足

二〇〇一年二月

曾见冰心老人为别人题座右铭："知足知不足，有为有不为。"言简意赅，寻味无穷。特写短文两篇，稍加诠释。先讲知足知不足。

中国有一句老话："知足常乐。"为大家所遵奉。什么叫"知足"呢？还是先查一下字典吧。《现代汉语词典》说："知足，满足于已经得到的（指生活、愿望等）。"如果每个人都能满足于已经得到的东西，则社会必能安定，天下必能太平，这个道理是显而易见的。可是社会上总会有一些人不安分守己，癞蛤蟆想吃天鹅肉。这样的人往往要栽大跟头的。对他们来说，"知足常乐"这句话就成了灵丹妙药。

但是，知足或者不知足也要分场合的。在旧社会，穷人吃草根树皮，阔人吃燕窝鱼翅。在这样的场合下，你劝穷人知足，能劝得动吗？正相反，应当鼓励他们不能知足，要起来斗争。这样的不知足是正当的，是有重大意义的，它能伸张社会正义，能推动人类社会前进。

除了场合以外，知足还有一个分（fèn）的问题。什么叫分？笼统言之，就是适当的限度。人们常说的"安分"、"非分"等等，指的就是限度。这个限度也是极难掌握的，是因人而异、因地而异的。勉强找一个标准的话，那就是"约定俗成"。我想，冰心老人之所以写这一句话，其意不过是劝人少存非分之想而已。

至于知不足，在汉文中虽然字面上相同，其含义则有差别。这里所谓"不足"，指的是"不足之处"，"不够完美的地方"。这句话同"自知之明"有联系。

自古以来，中国就有一句老话："人贵有自知之明。"这一句话暗示给我们，有自知之明并不容易，否则这一句话就用不着说了。事实上也确实如此。就拿现在来说，我所见到的人，大都自我感觉良好。专以学界而论，有的人并没有读几本书，却不知天高地厚，以天才自居，靠自己一点小聪明——这能算得上聪明吗？——狂傲恣睢，骂尽天下一切文人，大有用一管毛锥横扫六合之概，令明眼人感到既可笑、又可怜。这种人往往没有什么出息。因为，又有一句中国老话："学如逆水行舟，不进则退。"还有一句中国老话："学海无涯。"说的都是真理。但在这些人眼中，他们已经穷了学海之源，往前再没有路了，进步是没有必要的。他们除了自我欣赏之外，还能有什么出息呢？

古代希腊人也认为自知之明是可贵的，所以语重心长地说出了："要了解你自己！"中国同希腊相距万里，可竟说了几乎是一模一样的话，可见这些话是普遍的真理。中外几千年的思想史和科学史，也都证明了一个事实：只有知不足的人才能为人类文化做出贡献。

我
最
喜
爱
的
书

二〇〇一年三月

我在下面介绍的只限于中国文学作品，外国文学作品不在其中。我的专业书籍也不包括在里面，因为太冷僻。

（一）司马迁《史记》

《史记》这一部书，很多人都认为它既是一部伟大的史籍，又是一部伟大的文学作品。我个人同意这个看法。平常所称的《二十四史》中，尽管水平参差不齐，但是哪一部也不能望《史记》之项背。

《史记》之所以能达到这个水平，司马迁的天才当然是重要原因；但是他的遭遇起的作用似乎更大。他无端受了宫刑，以致郁闷激愤之情溢满胸中，发而为文，句句皆带悲愤。他在《报任少卿书》中已有充分的表露。

（二）《世说新语》

这不是一部史书，也不是某一个文学家和诗人的总集，而只是一部由许多颇短的小故事编纂而成的奇书。有些篇只有短短几句话，连小故事也算不上。每一篇几乎都有几句或一句隽语，表面简单淳朴，内容却深奥异常，令人回味无穷。六朝和稍前的一个时期内，社会动乱，出了许多看来脾气相当古怪的人物，外似放诞，内实怀忧。他们的举动与常人不同。此书记录了他们的言行，短短几句话，而栩栩如生，令人难忘。

（三）陶渊明的诗

有人称陶渊明为"田园诗人"。笼统言之，这个称号是恰当的。他的诗确实与田园有关。"采菊东篱下，悠然见南山"，这样的名句几乎是家喻户晓的。从思想内容上来看，陶渊明颇近道家，中心是纯任自然。从文体上来看，他的诗简易淳朴，毫无雕饰，与当时流行的镂金错彩的骈文迥异其趣。因此，在当时以及以后的一段时间内，对他的诗的评价并不高，在《诗品》中，仅列为中品。但是，时间越后，评价越高，最终成为中国伟大诗人之一。

（四）李白的诗

李白是中国文学史上最伟大的天才之一，这一点是谁都承认的。杜甫对他的诗给予了最高的评价："白也诗无敌，飘然思不群。清新庾开府，俊逸鲍参军。"李白的诗风飘逸豪放。根据我个人的感受，读他的诗，只要一开始，你就很难停住，必须读下去。原因我认为是，李白的诗一气流转，这一股"气"不可抗御，让你非把诗读完不行。这在别的诗人作品中，是很难遇到的现象。在唐代，以及以后的一千多年中，对李白的诗几乎只有赞誉，而无批评。

（五）杜甫的诗

杜甫也是一个伟大的诗人，千余年来，李杜并称。但是，两人的创作风格却迥乎不同：李是飘逸豪放，而杜则是沉郁顿挫。从使用的格律上，也可以看出两人的不同。七律在李白集中比较少见，而在杜甫集中则颇多。摆脱七律的束缚，李白是没有枷锁跳舞；杜甫善于使用七律，则是带着枷锁跳舞，两人的舞都达到了极高的水平。在文学批评史上，杜甫颇受到一些人的指摘，而对李白则绝无仅有。

（六）南唐后主李煜的词

后主词传留下来的仅有三十多首，可分为前后两期：前期仍在江南当小皇帝，后期则已降宋。后期词不多，但是篇篇都是杰作，纯用白描，不作雕饰，一个典故也不用，话几乎都是平常的白话，老妪能解；然而意境却哀婉凄凉，千百年来打动了千百万人的心。在词史上蔚然成一大家，受到了文艺批评家的赞赏。但是，对王国维在《人间词话》中赞美后主有佛祖的胸怀，我却至今尚不能解。

（七）苏轼的诗文词

中国古代赞誉文人有三绝之说，三绝者，诗、书、画三个方面皆能达到极高水平之谓也，苏轼至少可以说已达到了五绝：诗、书、画、文、词。因此，我们可以说，苏轼是中国文学史和艺术史上最全面的伟大天才。论诗，他为宋代一大家。论文，他是唐宋八大家之一，笔墨凝重，大气磅礴。论书，他是宋代苏、黄、米、蔡四大家之首。论词，他摆脱了婉约派的传统，创豪放派，与辛弃疾并称。

（八）纳兰性德的词

宋代以后，中国词的创作到了清代又掀起了一个新的高潮。名家辈出，风格不同，又都能各极其妙，实属难能可贵。在这群灿若明星的词家中，我独独喜爱纳兰性德。他是大学士明珠的儿子，生长于荣华富贵中，然而却胸怀愁思，流溢于楮墨之间。这一点我至今还难以得到满意的解释。从艺术性方面来看，他的词可以说是已经达到了完美的境界。

（九）吴敬梓的《儒林外史》

胡适之先生给予《儒林外史》极高的评价。诗人冯至也酷爱此书。我自己也是极为喜爱《儒林外史》的。

此书的思想内容是反科举制度，昭然可见，用不着细说，它的特点在艺术性上。吴敬梓惜墨如金，从不作冗长的描述。书中人物众多，各有特性，作者只讲一个小故事，或用短短几句话，活脱脱一个人就仿佛站在我们眼前，栩栩如生。这种特技极为罕见。

（十）曹雪芹的《红楼梦》

在古今中外众多的长篇小说中，《红楼梦》是一颗璀璨的明珠，是状元。中国其他长篇小说都没能成为"学"，而"红学"则是显学。内容描述的是一个大家族的衰微的过程。本书特异之处也在它的艺术性上。书中人物众多，男女老幼、主子奴才，五行八作，应有尽有。作者有时只用寥寥数语而人物就活灵活现，让读者永远难忘。读这样一部书，主要是欣赏它的高超的艺术手法。那些把它政治化的无稽之谈，都是不可取的。

九
辑

90岁以后作品

对你目前的九十五岁高龄有什么想法？我既不高兴，也不厌恶。

这本来是无意中得来的东西，应该让它发挥作用。

死的浮想

二〇〇二年

我心中并没有真正达到我自己认为的那样的平静，对生死还没有能真正置之度外。

就在住进病房的第四天夜里，我已经上了床躺下，在尚未入睡之前我偶尔用舌尖舔了舔上颚，蓦地舔到了两个小水泡。这本来是可能已经存在的东西，只是没有舔到过而已。今天一旦舔到，忽然联想起邹铭西大夫的话和李恒进大夫对我的要求，舌头仿佛被火球烫了一下，立即紧张起来。难道水泡已经长到咽喉里面来了吗？

我此时此刻迷迷糊糊，思维中理智的成分已经所余无几，剩下的是一些接近病态的本能的东西。一个很大的"死"字突然出现在眼前，在我头顶上飞舞盘旋。在燕园里，最近十几年来我常常看到某一个老教授的门口开来救护车，老教授登车的时候心中作何感想，我不知道，但是，在我心中，我想到的却是"风萧萧兮易水寒，壮士一去兮不复还！"事实上，复还的人确实少到几乎没有。我今天难道也将变成了荆轲吗？我还能不能再见到我离家时正在十里飘香绿盖擎天的季荷呢！我还能不能再看到那一个对我依依不舍的白色的波斯猫呢？

其实，我并不是怕死。我一向认为，我是一个几乎死过一次的人。十年浩劫中，我曾下定决心"自绝于人民"。我在上衣口袋里，在裤子口袋里装满了安眠药片和安眠药水，想采用先进的资本主义自杀方式，以表示自己的进步。在这千钧一发之际，押解我去接受批斗的牢头禁子猛烈地踢开了我的房门，从而阻止了我到阎王爷那里去报到的可能。批斗回来以后，虽然被打得鼻青脸肿，帽子丢掉了，鞋丢掉了一只，身上全是革命小将，也或许有中将和老将吐的痰。游街仪式完成后，被一脚从汽车上踹下来的时候，躺在十一月底的寒风中，半天爬不起来。然而，我"顿悟"了。批斗原来是这样子呀！是完全可以忍受的。我又下定决心，不再自寻短见，想活着看一看，"看你横行到几时。"

一个人临死前的心情，我完全有感性认识。我当时心情异常平静，平静到一直到今天我都难以理解的程度。老祖和德华谁也没有发现，我的神情有什么变化。我对自己这种表现感到十分满意，我自认已经参透了生死奥秘，渡过了生死大关，而沾沾自喜，认为自己已经修养得差不多了，已经大大地有异于常人了。

然而黄铜当不了真金，假的就是假的，到了今天，三十多年已经过去了，自己竟然被上颚上的两个微不足道的小水泡吓破了胆，使自己的真相完全暴露于光天化日之下，这完全出乎我的意料。我自己辩解说，那天晚上的行动只不过是一阵不正常的歇斯底里爆发。但是正常的东西往往富于不正常之中。我虽已经痴长九十二岁，对人生的参透还有极长的距离。今后仍须加紧努力。

　　有道是"天有不测风云，人有旦夕祸福"。阴差阳错，不知是哪一路神灵规定了2001～2002年是我的患病年。对301医院来说，我已经唱过一次二进宫，现在又三进宫了。

　　这一次进宫，同二进宫一样，是属于抢救性质的。但是，抢救的是什么病，学说则颇多。有人说是小中风。我虽然没有中过风，但我对此说并不相信。

　　要想把事情的原委说明白，话必须从2002年11月23日说起。在那一天之前，我一切正常。晚饭时吃了一大碗凉拌大白菜心。当时就觉得吃得过了量；但因为嘴馋，还是吃了下去。吃完看电视新闻时，突然感到浑身发冷，仿佛掉进了冰窟窿里一样，身体抖个不停，上下牙关互相撞击，铿锵有声。身边的人赶快把我抱到床上。在迷迷糊糊中，我听到校医院的保健大夫来了，另外还来了几位大夫，我就说不清楚究竟是谁了。

　　第二天，也就是11月24日，一整天躺在床上，水米不曾沾牙。25日，有好转，但仍然不能吃东西。26日，大有好转。新江送来俄罗斯学者 Litvinsky 李特文斯基的《东土耳其斯坦佛教史》，这无异于雪中送炭，我顺便翻阅了几页。27日，我的学生刘波特别从西藏请来了一位活佛，为我念咒祈福。对此，我除了感谢刘波的真挚的师生情谊之外，不敢赞一辞。刘波坐在我身边，再三说："你的身体没有问题！"他的话后来兑了现，否则我连这篇《三进宫》也写不成了。当天我的情况很好。但是，到了28日，情况突变。于是玉洁和杨锐，又同二进宫一样，硬是把我裹胁到了301医院。有了两次进宫的经历，我在这里已经成了熟人。一进门，二话没说，就进行抢救。我此时高烧三十九度四，对一个九十多岁的老人来说，这是相当高的高烧。我迷迷糊糊，只看到屋子里人很多，有人拿来冰枕，还有人拿来什么，我就感觉不到了。后来听说，是注射了一针值一千多元的药水，这大概起了作用，在短短的四五个小时之内，温度就到了三十六度多，基本上正常了。抢救于是胜利结束。

我被安排在南楼三楼15号病房中。主治大夫是张晓英、段留法、朱兵。护士长是邢云芹，责任组长是赵桂景，看护勇琴歌。在以后一个月多一点的时间内，同我打交道的基本上就是这些人。

住进来的目的，据说是为了观察。我想，观察我几天，如果没有重大问题，我就可以打道回府了。可是事实上却不是这样，进房间的第二天就开始输液，有人信口称之为吊瓶子。输液每天三次：上午一次，下午一次，晚上八点钟以后一次。在平常日子，我不久就要上床睡觉了，现在却开始输液，有时候一直输到十点。最初，我还以为晚上输液只是偶一为之。到了晚上还向护士小姐打听，输不输液。意思是盼望躲过一次。后来才知道，每晚必输，打听也白搭了，我就听之任之。

我现在几乎完全是被动的。没有哪一个大夫告诉我，我究竟患的是什么病。这决不是大夫的怠慢或者懒惰。经过短期的观察，我认为我的三位主治大夫，同大多数的301医院的大夫一样，在医德、医术、医风三个方面水平确是高的。但是，为什么对我实行的"政策"却好像是"病人可使由之，不可使知之"呢？是不是因为知了以后，不利于疾病的治疗？不管怎样，他们的善意我是绝对相信的。我现在唯一合理的做法就是老老实实接受大夫的治疗，不应该胡思乱想。

但是，这并不容易。有输液经验的人都知道，带着针头的那一只手是不能随便乱动的。一不小心，针头错了位，就可能出问题。试想，一只手，以同样的姿势，一动不动地摆在床边上，半小时，能忍受；一个小时，甚至也能忍受。但是，一超过一小时，就会觉得手酸臂痛，难以忍受了。再抬眼看上面架子上吊的装药水的瓶子，还有些药水没有滴完。此时自己心中的滋味真正是不足为外人道也。只有一次，瓶子吊上，针头扎上，我随即朦胧睡去，等我醒来时，瓶子里的药水刚好滴完，手没有酸，臂没有痛，而竟过了一天，十分满意。可惜这样的经验后来再没有过。我也只有听之任之了。

我自己也想出了一些排遣的办法，比如背诵过去背过的古代诗、词和古文。最初还起点作用，后来逐渐觉得乏味，就不再背诵了。

但是，我总得想些办法来排遣那些万般无奈的输液时间。药水放在上面吊的瓶子中，下面有一条长管把药水输入我的体内，长管中间有一个类似中转站的构件，一个小长方盒似的玻璃盒；在这里面，上面流下来的药水一滴一滴地滴入下面的管子内，再输流下来。在小方盒内，一滴药水就像是一颗珍珠，有时还闪出耀目的光芒。我无端想起了李义山的诗："沧海月明珠有泪"。其间不能说没有一点联系。

有一回，针头扎在右手上，只许规规矩矩，不许乱说乱动。正在十分无聊之际，耳边忽然隐约响起了京剧《空城计》诸葛亮在城门楼上那一段有名的唱腔。马连良、谭富英、高庆奎、杨宝森、奚啸伯等著名的须生，大概都唱过《空城计》。我对京剧有点欣赏水平，但并不高。几个大家之间当然会有区别的，我也略能辨识一二。但是，估计唱词是会相同的。此时在我耳边回荡的不是诸葛亮的全部唱词，而只是其中几句："先帝爷，下南阳，御驾三聘；算了了，汉家业，鼎足三分。"这与我当前的处境毫无联系。为什么单单是这几句唱词在我耳边回荡，我自己也说不清楚。既然事实是这样，我也只有这样写了。

又有一次，在输液时，耳边忽然回荡起俄罗斯《伏尔加船夫曲》的旋律，我已经几十年没有听这首我特别喜爱的歌曲了。胡为乎来哉！我却真是大喜过望，沉醉在我自己幻想的旋律中，久久不停。我又浮想联翩，上下五千年，纵横十万里，无边无际地幻想起来。我想到俄罗斯这个民族确实有点令人难解。它一半在欧洲，一半在亚洲，论文化渊源，应该属于欧洲体系。然而同欧洲又有所不同。它在历史上崭露头角，时间并不长。却是一出台就光彩夺目。彼德大帝就不像一个平常的人。在他以后的一二百年内，俄罗斯出了多少伟大的文学家、艺术家、科学家等等。像门捷列夫那样的化学家欧洲就几乎没有人能同他媲美的。谈到文学，专以长篇小说而论。我们都很熟悉的法国和英国那几部大名垂宇宙的长篇小说，一提到它们，大家大都赞不绝口。但是，倘若仔细推敲起来，它们却像花木店里陈列的盆景，精心修剪，玲珑剔透，颇能招人喜爱。如果再仔细观察思考，却难免 super ficial 之感。回头再看俄罗斯的几部长篇小说，托尔斯泰的《战争与和平》固无论矣。即以陀思妥耶夫斯基的几部长篇而论，一谈起来，读者就像钻进了原始大森林，枝柯蔽天，蔓藤周匝；没有一点人工的痕迹，却令人感到有一种巨大的原始活力腾涌其中，令人气短，又令人鼓舞。这与法英的长篇小说形成了鲜明的对比。音乐方面的俄罗斯和西方的差异更为显著。不管是民歌，还是音乐家的其他创作，歌声一起，就给人以沉郁顿挫之感。这一首《伏尔加船夫曲》可以作为代表。我幻想中的旋律给了我极大的愉快，使我暂时忘记了输液的麻烦。

我自己很清楚，吊瓶输液是治病必不可少的手段。但是，吊得一多，心里的怪话就蠢蠢欲动。最后掠寻李后主写了两句词：

春花秋月何时了？

吊瓶知多少。

这是谑而不虐，毫无恶意。我对三位老中青主治大夫十分尊敬，他们的话我都认真遵守，决不怠慢。

大家都知道，301医院是人民解放军的总医院，院长、政委、副院长统统由将军担任。院的规模极大，机构繁多，人员充实；内外科别，应有尽有。设备之先进、之周全，国内罕有其匹。这样一个庞大的医德、医术、医风三高的医疗机构，在几位将军院长的领导下，在全体医护人员和勤杂人员的真诚无私的配合下，一年一天也不间断地运作着，有条不紊，一丝不苟，令行禁止，雷厉风行，为成千上万的广大的军民群众救死扶伤，从而赢得了广泛的赞誉。在我三次进宫长达一百天的停留中，我真感到，能在这里工作是光荣的，是幸福的。能在这里做一名病人，也是光荣的，也是幸福的。

我已经九十二岁了。全身部件都已老化，这里有点酸，那里有点痛，可以说是正常的。有时候我漫不经心地流露出一点来，然而说者无心，听者有意，这瞒不了全心全意为病人服务的三位主治大夫。有一天，我偶尔谈到，我的牙在口腔内常常咬右边的腮帮子；到了医院以后，并没有专门去治，不知怎样一来，反而好了，不咬了。正如上面所说的，言者无心，听者有意。不知是哪一位大夫听到了"牙"字，认为我的牙有点问题，立即安排轮椅，把我送到牙科主任大夫的手术室中。那一位女大夫仔仔细细检查了我的牙齿，并立即进行补治，把没有必要的尖儿磨掉，用的时间相当久。旁边坐着一位魁梧的军人，可能是一位将军，在等候治疗。我占了这么多时间，感到有点内疚。又有一次我谈到便秘和外痔，不到一个小时，就来了一位泌尿科的大夫，给我检查有关的部位。所有这一切都让我既感动又不安。

从此以后，我学得乖了一点，我决不再说身上这里痛那里酸。大夫和病人从而相安无事。偶尔还吊一次瓶子，但这已是比较稀见的事，我再没有"春花秋月何时了？"这样的牢骚了。

时间早已越过了十二月，向岁末逼近了。我觉得自己的身体已经恢复得差不多了。我常把自己的身体比作一只用过了九十二年的老表，怀表和手表都一样。九十二年不是一个短时期，表的部件都早已老化。现在进了医院，大夫给涂去了油泥，擦上了润滑油，这些老化的部件又能比较顺畅地运作起来。但是，所有这一切都只能治标。治本怎样呢？治本我认为就是返老还童，那是根本做不到的事情。世界上万事万物都不能返老还童。可是根据我的观察，我的三位主治大夫目前的努力方向正是这一件根本做不到的事情。他们想把我身上的大小病痛统统除掉，还我一个十全十美的健全的体格。这情况，我看在眼中，感在心中，使我激动得无话可说。

但是，我想回家。病已经治得差不多了，2002年即将结束。我不愿意尝"一年将尽夜，万里未归人"的滋味。虽然不是"万里"，但究竟不在家中，我愿意在家里过年。况且家中不知已积压了多少工作，等待我去处理。我想出院，心急如焚。张大夫告诉我，我出院必须由我七十年前的老学生，301医院的老院长牟善初批准，牟早已离休，不管这些事了；但是，对于我他却非管不行。为此我曾写过两封信，但都没有递交本人。有一天，张大夫告诉我，两天后我可以出院了。心中大喜。但是，过了不久，张大夫又告诉我，牟院长不同意，我只好收回喜悦，潜心静候。实际上，善初的用意同张大夫一样，是希望我多住几天，需要检查的地方都去检查一下，最后以一个健康的人的姿态走出医院。这一切都使我激动而且感动。一直到2002年12月31日下午我才离开了301，完成了"三进宫"。

我国有十三亿人口，但是301只有一所。能住进普通病房，已属不易。像我这样以一个文职人员竟能住进南楼，权充首长，也许只有我这一份儿。其困难程度可想而知。我可是万万没有想到，想离开这里比进来还要难上加难。原因完全是善意的，已如上述。

写到这里，我的"三进宫"算是唱完了。不管我是多么怀念301，不管我是怎样感激301，不管我是多么想念那里的男女老少朋友们，我也不想像前三次进宫那样再来一次"四进宫"。

《病榻杂记》小引
二〇〇三年六月

半年以前，我已经运交华盖。一进羊年，对别人是三羊开泰，对我则是三羊开灾，三羊开病。没有能够看到池塘生春草。没有能看到楼旁小土山上露出一丝绿意。更谈不到什么"沾衣欲湿杏花雨，吹面不寒杨柳风"了。我就病倒，被送进了301医院。到今天已经一百多天，不但春天已过，夏天也好像早已开始了。

春天是复苏，是醒悟，是希望，是光明。这几种东西都是人见人爱的。因此没有人不爱春天，我当然不能例外。

但是我有一个怪的想法，想参与春天的到来。春来春去，天地常规，人怎么能参与呢？我的意思并不是想去干预，我只是想利用自己的五官四肢的某一部分去感知春天的到来。古人诗：

> 镇日寻春不见春，芒鞋踏破垅头云。
>
> 归来笑拈梅花嗅，春到枝头已十分。

诗人的春天是嗅出来的。在过去的九十一年中，我大概每年都通过我的某一个感官，感知春天的到来，心中充满了喜悦和光明，眼前有无限的希望。偏偏今年出了娄子，没有能感知到春天的到来，就进了医院。

我有一个优（缺）点、就是永远不让脑海停止活动。在初进医院的时候，忙于同病魔作斗争，没有想多少东西。病势一稍缓，脑海又活动起来了。全身让人感到舒服的地方，几乎没有，独独思维偏不糊涂。除了有时还遗憾春天的逝去以外，脑袋里想了好多好多的东西。特别是在输液时，有六七大瓶药水高高地挂在自己头顶上，这有极大威慑力，自己心里想：这够你吃四五个小时的了。我还想到许许多多别的事情，包括古代的诗词。我于是想写一些文章，不是记录自己的医疗过程，而是记录自己想到的东西。结果文章确实写了不少。现在把这些文章收集起来，编成了一个集子，名之曰《病榻杂记》送给读者。

我知道，人世间大概还有一些关心我的朋友，他们有的会想到："季羡林哪里去了？"现在这一本小册子就可以告诉他们：季羡林还活着，不过是经过了一段颇长的疾病的炼狱。现在正从炼狱里走出来，想重振雄风了。

在301医院治病期间，受到了院领导、大夫们以及护士们的爱护，衷心感谢。

九十五岁初度

二○○六年八月

　　又碰到了一个生日。一副常见的对联的上联是："天增岁月人增寿。"我又增了一年寿。庄子说：万物方生方死。从这个观点上来看，我又死了一年，向死亡接近了一年。

　　不管怎么说，从表面上来看，我反正是增长了一岁，今年算是九十五岁了。

　　在增寿的过程中，自己在领悟、理解等方面有没有进步呢？

　　仔细算，还是有的。去年还有一点叹时光之流逝的哀感，今年则完全没有了。这种哀感在人们中是最常见的。然而也是最愚蠢的。"人间正道是沧桑。" 时光流逝，是万古不易之理。人类，以及一切生物，是毫无办法的。夫"天地者，万物之逆旅；光阴者，百代之过客"，对于这种现象，最好的办法是听之任之，用不着什么哀叹。

　　我现在集中精力考虑的一个问题是：如何避免"当时只道是寻常"的这种尴尬情况。"当时"是指过去的某一个时间。"现在"，过一些时候也会成为"当时"的。这样一来，我们就会永远有这样的哀叹。我认为，我们必须从事实上，也可以说是从理论上考察和理解这个问题。我想谈两个问题，第一个是如何生活？第二个是如何回忆生活？

先谈第一个问题。

一般人的生活，几乎普遍有一个现象，就是侘傺。用习惯的说法就是匆匆忙忙。"五四"运动以后，我在济南读到了俞平伯先生的一篇文章。文中引用了他夫人的话："从今以后，我们要仔仔细细过日子了。"言外之意就是嫌眼前日子过得不够仔细，也许就是日子过得太匆匆的意思。怎样才叫仔仔细细呢？俞先生夫妇都没有解释，至今还是个谜。我现在不揣冒昧，加以解释。所谓仔仔细细就是：多一些典雅，少一些粗暴；多一些温柔，少一些莽撞；总之，多一些人性，少一些兽性；如此而已。

至于如何回忆生活，首先必须指出：这是古今中外一个常见的现象。一个人，不管活得多长多短，一生中总难免有什么难以忘怀的事情。这倒不一定都是喜庆的事情，比如洞房花烛夜，金榜题名时之类。这固然使人终身难忘。反过来，像夜走麦城这样的事，如果关羽能够活下来，他也不会忘记的。

总之，我认为，回想一些俱往矣类的事情，总会有点好处。回想喜庆的事情，能使人增加生活的情趣，提高向前进的勇气。回忆倒霉的事情，能使人引以为鉴，不至再蹈覆辙。

现在，我在这里，必须谈一个无论如何也绕不过去的问题：死亡问题。我已经活了九十五年。无论如何也必须承认这是高龄。但是，在另一方面，它离开死亡也不会太远了。

一谈到死亡，没有人不厌恶的。我虽然还不知道，死亡究竟是什么样子，我也并不喜欢它。

写到这里，我想加上一段非无意义的问话。对于寿命的态度，东西方是颇不相同的。中国人重寿，自古已然。汉瓦当文延年益寿，可见汉代的情况。人名李龟年之类，也表示了长寿的愿望。从长寿再进一步，就是长生不老。李义山诗："嫦娥应悔窃灵药，碧海青天夜夜心。"灵药当即不死之药。这也是一些人，包括几个所谓英主在内，所追求的境界。汉武帝就是一个狂热的长生不老的追求者。精明如唐太宗者，竟也为了追求长生不老而服食玉石散之类的矿物，结果是中毒而死。

上述情况，在西方是找不到的。没有哪一个西方的皇帝或国王会追求长生不老。他们认为，这是无稽之谈，不屑一顾。

我虽然是中国人，长期在中国传统文化熏陶下成长起来的；但是，在寿与长生不老的问题上，我却倾向西方的看法。中国民间传说中有不少长生不老的故事，这些东西侵入正规文学中，带来了不少的逸趣，但始终成不了正果。换句话说，就是，中国人并不看重这些东西。

中国人是讲求实际的民族。人一生中，实际的东西是不少的。其中最突出的一个东西就是死亡。人们都厌恶它，但是却无能为力。

上文中我已经涉及死亡问题，现在再谈一谈。一个九十五岁的老人，若不想到死亡，那才是天下之怪事。我认为，重要的事情，不是想到死亡，而是怎样理解死亡。世界上，包括人类在内，林林总总，生物无虑上千上万。生物的关键就在于生，死亡是生的对立面，是生的大敌。既然是大敌，为什么不铲除之而后快呢？铲除不了的。有生必有死，是人类进化的规律。是一切生物的规律，是谁也违背不了的。

对像死亡这样的谁也违背不了的灾难，最有用的办法是先承认它，不去同它对着干，然后整理自己的思想感情。我多年以来就有一个座右铭："纵浪大化中，不喜亦不惧。应尽便须尽，无复独多虑。"是陶渊明的一首诗。"该死就去死，不必多嘀咕。"多么干脆利落！我目前的思想感情也还没有超过这个阶段。江文通《恨赋》最后一句话是："自古皆有死，莫不饮恨而吞声。"我相信，在我上面说的那些话的指引下，我一不饮恨，二不吞声。我只是顺其自然，随遇而安。

我也不信什么轮回转世。我不相信，人们肉体中还有一个灵魂。在人们的躯体还没有解体的时候灵魂起什么作用，自古以来，就没有人说得清楚。我想相信，也不可能。

对你目前的九十五岁高龄有什么想法？我既不高兴，也不厌恶。这本来是无意中得来的东西，应该让它发挥作用。比如说，我一辈子舞笔弄墨，现在为什么不能利用我这一支笔杆子来鼓吹升平，增强和谐呢？现在我们的国家是政通人和海晏河清。可以歌颂的东西真是太多太多了。歌颂这些美好的事物，九十五年是不够的。因此，我希望活下去。岂止于此，相期以茶。

封笔问题

二〇〇六年

　　旧日的学者，活到了一定的年龄，觉得自己精力不济了，写作有困难了。于是就宣布封笔。封笔者，把笔封起来，不再写作之谓也。

　　到了什么年龄，封笔最恰当？各个人、各个时代都不同。大抵时代越近，封笔越晚。这与人们寿命的长短有关。唐代的韩愈到了五十岁，就哀叹而发苍苍，而视茫茫，而齿牙动摇。看样子已经到了该封笔的时候了。

　　我脑筋里还残留着许多旧东西，封笔就是其中之一。我现在虽然真正达到了耄耋之年，但是，我自己曾在脑袋中做过一次体检，结果是非常完满。小毛病有点儿，大毛病没有。岂止于米，相期以茶，对我来说，决不是一句空话。在这样的情况下，封笔的想法竟然还在脑筋里蠢蠢欲动，岂不是笑话！

　　我不能封笔。

　　再环顾一下我们的生活环境。从全世界来看，中国的崛起已成定局，谁也阻挡不住。十几年前，我就根据我了解的那一点地缘政治的知识，大胆地做了一个预言：二十一世纪是中国的世纪。虽然遭到了不少人的反对，我却坚持如故，而且信心日增，而且证据日多。

　　总之，从全世界形势来看，对中国来说是一个伟大的时代。

90岁以后作品·337

我怎么能封笔!

再从我们身边的生活来看，也会看到空前未有的情况。我们的行政领导人是完全可以信赖的。我们真可以说是政通人和、海晏河清。

我不能封笔。

像我这样的老知识分子，差不多就是文不如司书生，武不如救火兵。手中可以耍的只有一支笔杆子。我舞笔弄墨已有七十来年的历史了，虽然不能说一点东西也没有舞弄出来，但毕竟不能算多。我现在自认还有力量舞弄下去。我怎能放弃这个机会呢?

我不能封笔。

这就是我的结论。

附录 ———— **季羡林年谱**

1911年8月6日

　　生于山东省清平县（今并入临清市）官庄一个农民家庭。

　　6岁以前在清平随马景恭老师识字。

1917年（6岁）

　　离家去济南投奔叔父。进私塾读书，读过《百家姓》、《千字文》、《四书》等。

1918年（7岁）

　　进济南山东省立第一师范附设小学。

1920年（9岁）

　　进济南新育小学读高小，课余开始学习英语。

1923年（12岁）

　　小学毕业后，考取正谊中学。课后参加一个古文学习班，读《左传》、《战国策》、《史记》等，晚上在尚实英文学社继续学习英文。

1926年（15岁）

　　在正谊中学读过半年高中后，转入新成立的山东大学附设高中。在此期间，开始学习德语。

1928—1929年（17—18岁）

　　日本侵华，占领济南，遂辍学一年。创作《文明人的公理》、《医学士》、《观剧》等。

1929年（18岁）

　　转入新成立的山东省立济南高中。

1930年（19岁）

　　翻译屠格涅夫的散文《老妇》、《世界的末日》、《老人》及《玫瑰是多么美丽，多么新鲜啊！》等。高中毕业时，同时考取清华大学和北京大学。后入清华大学西洋文学系，专修德文。

1934年（23岁）

清华大学西洋文学系毕业。毕业论文的题目是：*The Early Poems of Hölderlin*。应母校山东省立济南高中校长宋还吾先生的邀请，回母校任国文教员。

1935年（24岁）

清华大学与德国签订了交换研究生的协定，报名应考，被录取。同年9月赴德国入哥廷根（Göttingen）大学，主修印度学。先后师从瓦尔德施米特（Waldschmidt）教授、西克（Sieg）教授，学习梵文、巴利文、吐火罗文及俄文、南斯拉夫文、阿拉伯文等。

1937年（26岁）

兼任哥廷根大学汉学系讲师。

1941年（30岁）

哥廷根大学毕业，获哲学博士学位。

1946年（35岁）

回国后受聘为北京大学教授兼东方语言文学系主任。系主任职任至1983年（“文化大革命”期间除外）。

1951年（40岁）

参加中国文化代表团出访印度、缅甸。译自德文的卡尔·马克思著《论印度》出版。

1955年（44岁）

作为中国代表团成员，前往印度新德里，参加“亚非国家会议”。

1956年（45岁）

任中国科学院哲学社会科学学部委员。译自梵文的印度迦梨陀婆（Kalidasa）的著名剧本《沙恭达罗》（Abhijnansakuntala）中译本出版。

1958年（47岁）

作为中国作家代表团成员，参加在苏联塔什干举行的“亚非作家会议”。

1966—1976年（55—65岁）

在"文化大革命"中受冲击。自1973年起，着手偷译印度古代两大史诗之一的《罗摩衍那》（Ramayana），至1977年，终将这部18755颂、80000行的宏篇巨制基本译完。

1978年—1984年（67—73岁）

兼任北京大学副校长。专著《罗摩衍那初探》、《罗摩衍那》（二）（三）（四）（五）（六）（七），散文集《天竺心影》、《朗润集》陆续出版。

1987年（76岁）

主编的《东方文学作品选》（上、下）获1986年中国图书奖。《大唐西域记校注》及《大唐西域记今译》获陆文星－韩素音中印友谊奖。

1994年（83岁）

主持校注的《大唐西域记校注》、译作《罗摩衍那》获中国第一届国家图书奖。

1995年（84岁）

《简明东方文学史》获全国高校外国文学教学研究会首届优秀著作奖。

1996年（85岁）

《人生絮语》、《怀旧集》、《季羡林自传》、《人格的魅力》、《我的心是一面镜子》、《季羡林学术文化随笔》分别出版。

1997年（86岁）

《文化交流的轨迹——中华蔗糖史》（上）、《朗润琐话》、《精品文库·季羡林卷》、《中国二十世纪散文精品·季羡林卷》、《东方赤子》分别出版。主编的《东方文学史》获第三届国家图书奖。《赋得永久的悔》获鲁迅文学奖。

2003年（92岁）

因病入住301医院。

2009年（98岁）

病逝于301医院。